扬州八怪题画诗词研究

王荣华 著

哈尔滨

图书在版编目（CIP）数据

扬州八怪题画诗词研究 / 王荣华著. -- 哈尔滨 :
黑龙江大学出版社, 2022.11（2025.4 重印）
ISBN 978-7-5686-0809-1

Ⅰ. ①扬… Ⅱ. ①王… Ⅲ. ①扬州八怪－题画诗－诗歌研究 Ⅳ. ① I207.22

中国版本图书馆 CIP 数据核字（2022）第 067499 号

扬州八怪题画诗词研究
YANGZHOU BAGUAI TIHUA SHICI YANJIU
王荣华　著

责任编辑　张微微　蔡莹雪　徐晓华　邱　实　张　迪
出版发行　黑龙江大学出版社
地　　址　哈尔滨市南岗区学府三道街 36 号
印　　刷　三河市金兆印刷装订有限公司
开　　本　720 毫米 ×1000 毫米　1/16
印　　张　20
字　　数　307 千
版　　次　2022 年 11 月第 1 版
印　　次　2025 年 4 月第 2 次印刷
书　　号　ISBN 978-7-5686-0809-1
定　　价　78.00 元

本书如有印装错误请与本社联系更换，联系电话：0451-86608666。

前　言

本书主要做扬州八怪题画诗词文本的研究。

若要做好这个题目，有必要知人论世，对扬州八怪的生平，扬州八怪所生存的社会背景、时代背景，扬州八怪与盐商及当时的名流的关系，扬州八怪的绘画题材，扬州八怪的美学思想，扬州八怪的画论，扬州八怪的其他文学创作等方面有所论及。而扬州八怪多至十余人，要做个案，要做综论，还要辑佚、整理相关题画诗词，则无法深入研究。并且前面所提到的各项，前人其实已经多有研究。故此笔者在行文中，前面诸项必定会有所涉及，但不准备多做论述。笔者希望将有限的时间集中在扬州八怪题画诗词文本的研究上，紧扣扬州八怪题画诗词文本，从题画诗词本位出发撰文，不做空泛论述。

本书主体由上、下两大部分构成。上半部分（第一章到第二章）主要从扬州八怪群体的宏观角度行文，希望能归纳出扬州八怪题画诗词所体现的共性特点并讨论扬州八怪题画诗词在清诗史中的地位。扬州八怪十余人都涉及，有详有略。下半部分（第三章到第七章）专做个案，对具体作家的诗论、画论及其题画诗词的数量、体裁、风格、内容、思想、传世和辑佚情况等方面进行考述。

附录部分，放入了“扬州八怪生年对照表”“扬州八怪题画诗词研究论文及专著目录”以及笔者从各种材料里整理出的郑燮、金农、边寿民、高凤翰几位扬州八怪成员的题画诗词作品。

目　录

绪　论

题画诗词的概念，有广义和狭义之分。狭义的题画诗词指题于画作上的诗词。广义的题画诗词则指题于画作上的诗词以及非题于画作上的咏画、赏画之类的诗词（或以画为题，或以画为命意，或赞赏，或寄兴，或议论，或讽喻的诗词）。[①] 本书所言的"题画诗词"，若无明确标注，均指后者。

绪论部分共有四项内容：第一项讨论中国题画诗词的源流；第二项及第三项，分别概述中国古代题画诗词的研究现状、扬州八怪题画诗词的研究现状，并提出笔者的相关思考；第四项是对本书的研究目的、研究意义、研究方法以及研究难点的阐述。

一、中国题画诗词的源流

1. 有多种说法的源头

关于题画诗的起源，学界有多种说法。

一种说法是题画诗起源于屈原的《天问》。东汉王逸在《楚辞章句·天问》中云："屈原放逐，忧心愁悴……见楚有先王之庙及公卿祠堂，图画天地山川神灵，琦玮谲诡，及古贤圣怪物行事。周流罢倦，休息其下，仰见图画，因书其壁，何而问之。以渫愤懑，舒泻愁思。"[②]王逸认为屈原在看到楚国先王之庙和公卿祠堂里的大型壁画后创作了《天问》。后世据此提出题画诗起源于屈原《天问》，例如温肇桐先生便在《浅谈题画诗》中执此论点。[③]

---

① 此处对题画诗词的广义界定，参考了衣若芬定义题画文学的相关观点。

② （汉）王逸注：《楚辞章句》，岳麓书社，1989 年版，第 82 页。

③ 温肇桐：《浅谈题画诗》，载陈履生选注：《明清花鸟画题画诗选注》，四川美术出版社，1988 年版，第 1 页。

另一种说法是题画诗起源于汉代的画颂或画赞。“颂”与“赞”，在古代原本分属两种文体。西晋挚虞在《文章流别志论》中论述的11种文体包含“颂”体。挚虞对“颂”的起源、特点与功能下论曰：“成功臻而颂兴……颂者，美盛德之形容……诗之美者也。古者圣帝明王，功成治定，而颂声兴。于是史录其篇，工歌其章，以奉于宗庙，告于鬼神。故颂之所美者，圣王之德也，则以为律吕。”[①]由此可知，“颂”是一种可以配乐演唱，用于赞美成功、治定的韵文文体。

南朝刘勰的《文心雕龙》对“颂”“赞”二体均有较为详尽的论述。他描述“颂”体的特点曰：“颂主告神，义必纯美。”[②]“原夫颂惟典懿，辞必清铄，敷写似赋，而不入华侈之区；敬慎如铭，而异乎规戒之域。揄扬以发藻，汪洋以树义，虽纤巧曲致，与情而变，其大体所底，如斯而已。”[③]他认为“颂”应是纯正美好的，讲求典雅、美懿：既有赋的铺陈，又需避免赋的华丽侈艳；既有铭的敬慎肃重，又不同于铭的规诫警示。就“赞”体，刘勰论述曰：“赞者，明也，助也。昔虞舜之祀，乐正重赞，盖唱发之辞也。及益赞于禹，伊陟赞于巫咸，并扬言以明事，嗟叹以助辞也。故汉置鸿胪，以唱言为赞，即古之遗语也。至相如属笔，始赞荆轲。及迁史固书，托赞褒贬，约文以总录，颂体以论辞；又纪传后评，亦同其名；而仲治《流别》，谬称为述，失之远矣。及景纯注雅，动植必赞，义兼美恶，亦犹颂之变耳。”[④]“发源虽远，而致用盖寡，大抵所归，其颂家之细条乎？”[⑤]可知“赞”作为一种文体，原本是起说明、帮助之用的，但发展到后期却成了“颂”的变体，也被用来赞扬、美颂了。

我国绘画从很早时期起便被赋予肩负教化职能的重任：“观画者，见三皇五帝，莫不仰戴；见三季暴主，莫不悲惋；见篡臣贼嗣，莫不切齿；见高节妙士，莫不忘食；见忠节死难，莫不抗首；见放臣斥子，莫不叹息；见淫夫妒妇，莫不侧目；见令妃顺后，莫不嘉贵。是知存乎鉴戒者，图画也。”[⑥]曹植《画赞序》中的这段言语颇能体现此特点。汉代，出现了为各类贤人名将绘制画像

---

① （清）严可均辑：《全晋文》（中），商务印书馆，1999年版，第819页。

② 周振甫著：《文心雕龙今译：附词语简释》，中华书局，2013年版，第84页。

③ 周振甫著：《文心雕龙今译：附词语简释》，中华书局，2013年版，第87－88页。

④ 周振甫著：《文心雕龙今译：附词语简释》，中华书局，2013年版，第88页。

⑤ 周振甫著：《文心雕龙今译：附词语简释》，中华书局，2013年版，第89页。

⑥ 祁志祥著：《中国美学通史：第一卷》，人民出版社，2008年版，第290页。

以为世之标榜的风气,汉武帝明光殿画古代贤人、烈士之像,汉宣帝麒麟阁绘功臣之像等都是其中代表。而这些画像的繁盛,使得更能彰显“画教”功能的画颂、画赞也蓬勃发展。

当前可见最早的画颂是西汉时期扬雄奉汉成帝之命为历武、昭、宣的三朝元老——营平侯赵充国画像所作的《赵充国颂》:“明灵惟宣,戎有先零;先零猖狂,侵汉西疆。汉命虎臣,惟后将军,整我六师,是讨是震。既临其域,谕以威德;有守矜功,谓之弗克。请奋其旅,于罕之羌,天子命我,从之鲜阳。营平守节,屡奏封章,料敌制胜,威谋靡亢。遂克西戎,还师于京,鬼方宾服,罔有不庭。昔周之宣,有方有虎,诗人歌功,乃列于《雅》。在汉中兴,充国作武,赳赳桓桓,亦绍厥后。”①《赵充国颂》对赵充国率领六师在边疆克羌以及屯田戍边的事迹予以颂扬。这篇作品被孔寿山先生认为是中国第一首题画诗。②

东汉武氏祠画像石之“曾母投杼”图上有赞语一则,被潘天寿先生认为应是“吾国绘画上题长款的远祖”③:“曾子质孝,以通神明。贯感神祇,箸号来方。后世凯式,以正橅纲。”潘天寿先生虽未明言“题画诗”,但此长款既为四字韵语,大概也就可以归结入“‘题画诗’的远祖”之类的意涵中了。

曾母投杼

画赞大都以四言结文,歌功颂德,政治气息浓重。它们往往处于绘画内

---

① (清)曾国藩纂,孙雍长标点:《经史百家杂钞》(上),岳麓书社,1987 年版,第 301 - 302 页。

② 孔寿山:《论中国的题画诗》,载《文艺理论与批评》1994 年第 6 期,第 109 页。

③ 潘天寿著:《潘天寿美术文集》,人民美术出版社,1983 年版,第 123 页。

容外，即使少量画赞看似在画面内容内，如上举“曾母投杼”画像石之例，但从绘画角度客观来看，它其实并不属于画作的必要成分。后世题在画面上的题画诗与书、画合一，为画面不可缺失的组成部分。这些题画诗的重要特点与画赞存在较大的区别。

此外，还有题画诗起源于《易经》的说法。例如东方乔先生认为《易经》为“题画诗之滥觞”：卦象是图画，彖象释词多为韵文，诗画一体，不可分割。[①]还有人认为题画诗起源于魏晋南北朝，虽然对具体的源头也有分歧：或主张起源于西晋傅咸的《画像颂》，或主张起源于十六国杨宣为宋纤画像所作的颂，或主张起源于南北朝庾信的《咏画屏风诗》。也有起源于唐代、起源于北宋、起源于元代等多种不同的说法。[②]

以上诸种起源说，以两汉画赞起源说最为多见。

刘继才先生在《中国题画诗发展史》中通过分析现有的各种文献以及近几十年来学界对题画诗起源所提出的各种观点认为：我国题画诗与绘画、文字的关系极为密切，而绘画与文字的起源都非常早；我国题画诗最初的吟咏对象主要是岩画、壁画，它们产生的年代极为久远，如内蒙古阴山上的岩画人面纹即产生于新石器时期；在文字产生的初期，以象形文字书写的诗歌就已经具备了题画诗的某些特点。[③] 又引《晋书》第五十一卷《束皙传》所载：“初，太康二年，汲郡人不准盗发魏襄王墓，或言安釐王冢，得竹书数十车……《图诗》一篇，画赞之属也。”[④]认为早在屈原之前的魏襄王时期就已经有证据证明出现了“图诗”“画赞”。故此，不同于以上各家大都将题画诗的起源判定为某个具体时间段内的某位具体作家的作品，或判定为某个具体时间段内的某一篇具体作品，刘继才先生将题画诗的起源设定为春秋至两汉之际这一较长时间段内的某个不确定作家的某篇不确定作品：“题画诗在我国有悠久的历史。既然如此，它就有一个长期的逐渐形成的过程，同五言诗、七言诗等普通诗歌形式的产生一样，题画诗也是集体智慧的结晶，所以很难说是哪一个人独创的。即使从现有书籍中，我们找到了最早的一首题

---

① 东方乔：《题画诗源流考辨》，载《河北学刊》2002 年第 22 卷第 4 期，第 99 页。

② 刘继才著：《中国题画诗发展史》，辽宁人民出版社，2010 年版，第 21 页。

③ 刘继才著：《中国题画诗发展史》，辽宁人民出版社，2010 年版，第 22 页。

④ (唐)房玄龄等撰：《晋书》，中华书局，1974 年版，第 1432 – 1433 页。

画诗,也很难断定它就是第一首,而写这首诗的人就是题画诗的首创者。因为由于年代的久远和书籍的散佚,很可能第一首题画诗并没有保存下来,我们所见到的,也许是第二首、第三首,甚至是第几十首、几百首、几千首也未可知。因此,我们只能论定题画诗的产生年代,而不能、也不可能说出谁是题画诗的首创者。"①

窃以为,刘继才先生的观点确有道理。不只是题画诗,就是我们当前一般所认定的最早的诗歌、最早的画作等,也不一定真的就是历史上最早产生的。最早的作品,或许已经随着历史的逝去而不复存在,或许尚在某一个不为我们所知的角落留存,确实不好下定论。

可是刘继才先生所说的"在文字产生的初期,以象形文字书写的诗歌"令笔者有些疑惑。题画诗与文字、绘画的关系固然密切,早期的象形文字确实有图形特征,早期的岩画、壁画也确实有图符、文字存在,但这些文字毕竟尚未成"诗"。作为一种特定的文学体裁,"诗"毕竟有其固定的基本体裁要素,比如用韵等。而这些早期的图符与文字,严格来说,基本都尚不具备"诗"体的主要特性。因此,若不能确定这些作品既有画的存在,同时又有相关"诗"作的存在,则不适合认定其为题画诗。

既然目前已明确可知魏襄王墓里有"图诗""画赞",暂可将此作为我国最早的题画诗,若日后另有更早的文献出现,不妨再将时限前移。可惜不知此图、此诗的具体内容,若有证据证明此"图诗""画赞"是题写在画上的,或还可进一步认定其为我国最早的题于画作上的题画诗。希望日后的研究可以使这个问题更加明晰。

有关题画词的起源尚无定论。有学者认为唐代张志和的《渔歌》为最早的题画词。因为同为唐代人的张彦远在《历代名画记》卷十中曰:张志和"自为《渔歌》便画之,甚有逸思。"②但张志和先作《渔歌》,后为之配画,词非因画而来,故此《渔歌》或不可被称为题画词。

南唐后主李煜有《渔父》二首:"浪花有意千重雪,桃花无言一队春。一壶酒,一竿身,世上如侬有几人。""一棹春风一叶舟,一纶茧缕一轻钩。花满

① 刘继才著:《中国题画诗发展史》,辽宁人民出版社,2010 年版,第 22 页。

② (唐)张彦远著,俞剑华注释:《历代名画记》,上海人民美术出版社,1964 年版,第 207 页。

渚,酒盈瓯,万顷波中得自由。”北宋刘道醇曾在丞相张文懿家,亲见被李煜以其特有的颤笔“金错刀”书体题写于南唐画家卫贤《春江钓叟图》上的此二词。对此刘道醇在其所撰写的《五代名画补遗》屋木门第五章节“卫贤”则里记录道:“卫贤,京兆人,仕南唐为内供奉,初师尹继昭,后刻苦不倦,执学吴生。长于楼观殿宇、盘车水磨,于时见称。予尝于富商高氏家观贤画《盘车水磨图》,及故大丞相文懿张公第有《春江钓叟图》,上有南唐李煜金错书《渔父词》二首……”[①]据此看来,李煜的《渔父》二首或为我国最早的题画词。

2. 渐入画幅的发展

两汉时期,题画诗基本以画颂、画赞的形式出现。东汉的画颂、画赞已经颇为盛行:“从东汉初期即光武帝建武年间(25—26)到汉顺帝阳嘉年间(132—135)长达一百余年的时间里,在郡府办公场所给历届执政者画像作赞就已成惯例……在此之前,像赞这种文体运用就已经很广泛了,具有一定规模,乃至有了结录成册的举动。画像作赞的风气到东汉末期还十分盛行,像赞作为辅助文字更常常被书写于画侧以配合大型公示性教化纪念类绘画。”[②]“曾母投杼”画像、河北望都一号汉墓画像等的画赞是较为闻名的。

值得讨论的是,此时期的一些题画赋作品也被认为是题画诗。“赋”与“诗”为两种文体,按理说题画赋不该被归入题画诗类。但这一时期不少“赋”的体式和“颂”非常相像,甚至常常“赋、颂不分”:“汉人赋、颂并举,或赋、颂不分,后世论赋,往往而然。迩来学者,如侯文学认为赋颂一类,俱资藻丽,王长华、郗文倩确考赋、颂为体不同,王德华专论东汉前期赋颂互渗,并称切要。《史记·司马相如列传》‘相如既奏《大人》之颂’云云,则视赋为颂,西京已然,但后汉之赋,颂德益多,二者交互,更为明显。考汉人之视赋颂,观念若此,而撰作赋颂,实情如彼。”[③]因此部分题画赋也就被归入题画诗中。

魏晋南北朝时期,画赞盛行。西晋张华的《女史箴》因顾恺之绘的《女史箴图》而成为此期画赞的代表。东晋宋纤画像赞也是较为闻名之作。宋纤,

① 潘运告编注:《中国历代画论选》(上),湖南美术出版社,2007年版,第219页。

② 郗文倩:《汉代图画人物风尚与赞体的生成流变》,载《文史哲》2007年第3期,第88页。

③ 易闻晓:《论汉代赋颂文体的交越互用》,载《文学评论》2012年第1期,第49页。

字令艾,敦煌效谷人。自幼便身怀志节,隐居于酒泉南山中。明究经纬,受业弟子有三千余人。酒泉太守马岌是高尚之士,曾大张旗鼓地造访宋纤。但宋纤将自己置于高楼重阁之中,拒而不见。岌叹曰:“名可闻而身不可见,德可仰而形不可睹,吾而今而后知先生人中之龙也。”并铭诗于石壁曰:“丹崖百丈,青壁万寻。奇木蓊郁,蔚若邓林。其人如玉,维国之琛。室迩人遐,实劳我心。”张祚时,太守杨宣画宋纤像于阁上,出入视之,作颂曰:“为枕何石?为漱何流?身不可见,名不可求。”[①]这篇16字的短颂,被后世部分学者认为是我国题画诗的滥觞。[②]

同时,随着审美自觉时代的来临,魏晋南北朝的士人们对自然山水显现出浓厚的兴趣,于是在人物画之外又出现了较多的山水画作品。与之相适应的便是出现了吟咏山水画屏、侍女图画以及各类画扇、画卷等的五言题画诗,这些作品语言、情感的风格,与此期五言诗的整体风格大致吻合。南朝梁代诗人费昶和萧子显(一说萧子范)的《和萧洗马画屏风二首》为此类作品的代表作:“日净班姬门,风轻董贤馆。卷耳缘阶出,反舌登墙唤。蚕女桂枝钩,游童苏合弹。拂袖当留客,相逢莫相难。”(《阳春发和气》)“佳人在河内,征夫镇马邑。零露一朝团,中夜两垂泣。气爽床帐冷,天寒针缕涩。红颜本暂时,君还讵相及。”[③](《秋夜凉风起》)此外,陶潜的《读〈山海经〉十三首》,因为诗中有“流观山海图”之句,也被认为是此期的题画之作。[④]五言题画诗的出现虽然丰富了题画诗的形式与内容,但总体来看,魏晋南北朝的题画诗仍以画赞为主。

隋唐五代时期,伴随诗歌形式的进一步完善,题画诗的体裁、形式、内容、范围等亦得到进一步的发展。这一时期的题画作品较为丰富,仅清代陈邦彦所辑的《历代题画诗》便选录唐代题画诗150余首,内容涉及天文、地理、山水、名胜、古迹、写真、行旅、羽猎、仕女、树石、兰竹、禽类、兽类、鳞介、器用等多个门类。题画诗的形式也完全由以四言画赞为主变为以五言、七

---

① (唐)房玄龄等撰:《晋书》,中华书局,1974年版,第2453页。

② 刘继才著:《中国题画诗发展史》,辽宁人民出版社,2010年版,第21页。

③ (陈)徐陵编,(清)吴兆宜注:《玉台新咏笺注》,中华书局,1985年版,第251－252页。

④ 刘继才著:《中国题画诗发展史》,辽宁人民出版社,2010年版,第45页。

言诗作为主。题画诗作者则有杜甫、李白、王维、白居易、陈子昂等著名诗人。杜甫为此期最著名的题画诗人，也是此期题画诗传世数量最多的诗人。《杜少陵集》中有题画诗20余首，其中《画鹰》是最为著名之作："素练风霜起，苍鹰画作殊。㩳身思狡兔，侧目似愁胡。绦镟光堪摘，轩楹势可呼。何当击凡鸟，毛血洒平芜。"①

宋代，文人画引发关注，题画诗词的发展进入繁盛时期。《全宋诗》有题画诗5000余首，而《全宋词》也有160余阕题画词，颇为壮观。② 著名的题画诗人有苏轼、黄庭坚等。宋代题画诗以题写山水田园之作为多，苏轼《惠崇春江晚景》、黄庭坚《次韵子瞻题郭熙画秋山》等为其中代表之作。宋徽宗题《芙蓉锦鸡图》《腊梅山禽图》《五色鹦鹉图》等则为此期题画诗进入画幅的代表作。宋代诗人以理性著称，宋代的诗作也以理趣闻名，题画诗亦是如此，诗人的题画诗中常有对绘画的理性思考。例如不少著名诗人都曾对绘画中的"形""神"关系阐发了自己的观点：欧阳修认为"古画画意不画形"（《盘车图》）③；梅尧臣认为"写形宁写心"（《传神悦躬上人》）④；苏轼认为"论画以形似，见与儿童邻"（《书鄢陵王主簿所画折枝二首》）⑤。以上各例均显现出在"形""神"之中更为重神的文人思维特色。但晁补之则"形""神"并举："画写物外形，要物形不改。诗传画外意，贵有画中态。"[《和苏翰林题李甲画雁二首》（其一）]⑥晁补之不仅对"形""神"关系提出不同的主张，同时对"诗""画"关系予以思考。

宋神宗朝俞紫芝的《临江仙·题清溪图》是目前可见的宋代最早的题画词："弄水亭前千万景，登临不忍空回。水轻墨淡写蓬莱。莫教世眼，容易洗尘埃。收去雨昏都不见，展时还似云开。先生高趣更多才。人人尽道，小杜

---

① （唐）杜甫著，（清）杨伦笺注：《杜诗镜铨》（上），上海古籍出版社，1981年版，第6页。

② 刘继才著：《中国题画诗发展史》，辽宁人民出版社，2010年版，第131页。

③ （宋）欧阳修著，洪本健校笺：《欧阳修诗文集校笺》（上），上海古籍出版社，2009年版，第43页。

④ 北京大学古文献研究所编：《全宋诗：第72册》，北京大学出版社，1998年版，第2825页。

⑤ （宋）苏轼著，（清）王文诰辑注，孔凡礼点校：《苏轼诗集》，中华书局，1982年版，第1525页。

⑥ 吴文治主编：《宋诗话全编：第二册》，江苏古籍出版社，1998年版，第1042页。

却重来。”[①]张炎是宋代题画词的代表人物，其所作《山中白云词》中有题画词23首，数量居宋代题画词作家之首。[②] 陆游、辛弃疾、周密等人也都有题画词作品传世。

元、明时期的绘画开始以文人画为主，题于画作上的题画诗开始繁盛。自元代开始，诗、书、画合一的艺术审美形式在文人画家群体里盛行。同时，这一时期也是题画诗人群体的身份开始发生变化的时期：元、明前题画诗人多为文学家，而元、明则有众多诗、画兼擅的诗人和画家。王冕、赵孟頫、“元四家”、“明三家”、陈淳、徐渭等都是这一时期的代表。其中，王冕、徐渭等人的题画诗向性情一路发展。仙佛、渔樵等主题的题画诗在此期明显较前代增多，书画走向市场也始于此期。

元代题画词人有白朴、卢挚、赵孟頫、柯九思、吴镇等。其中吴镇存世的题画词数量较多。卢挚的《六州歌头·题万里江山图》则是其中的代表作品：“诗成雪岭，画里见岷峨。浮锦水，历滟滪，灭陂陀，汇江沱。唤醒高唐残梦，动奇思，闻巴唱，观楚舞，邀宋玉，访巫娥。拟赋《招魂》《九辩》，空目断、云树烟萝。渺湘灵不见，木落洞庭波。抚卷长哦，重摩娑。　　问南楼月，痴老子，兴不浅，夜如何。千载后，多少恨，付渔蓑。醉时歌。日暮天门远，愁欲滴，两青蛾。曾一舸，奇绝处，半经过。万古金焦伟观，鲸鳌背，尽意婆娑。更乘槎，欲就织女看飞梭。直到银河。”[③]

清代，题画诗词继续繁盛。大批诗人、词人以及画家参与题画诗词的创作之中，大约可分成以“四王”、吴历、恽寿平等为代表的正统题画诗派和以朱耷、石涛、扬州八怪等为代表的创新题画诗派。正统派的题画诗诗风一如此期的主流诗风，讲求含蓄蕴藉、温柔淳雅。创新派的题画诗则更倾向于吟咏性情。这一时期，随着书画的进一步市场化，书画作品被大批量创作，出现了诸如扬州八怪等以卖画为生的诗、画兼擅群体。仅以扬州八怪为例，笔者目前已搜集到他们的题画诗词约2500，其中高凤翰一人便传世600余首，而这仅是他们作品中的一小部分。此外，大量女性画家或诗人、词家进入题画文学创作的潮流中，亦是这一时期的一大盛景，如吴藻、顾春等人创作了

---

① 唐圭璋主编：《全宋词》（上），中州古籍出版社，1996年版，第148页。

② 马兴荣：《论题画词》，载《抚州师专学报》1997年第4期，第8页。

③ 黄天骥、李恒义选注：《元明词三百首》，岳麓书社，1994年版，第39页。

大量的题画诗词。

由最初的以题人物画为主,到宋代题山水画繁盛,再到明清时期的题山水、花鸟画并盛,中国题画诗词的内容倾向随着中国绘画内容的发展而变迁,却又稍慢于绘画的发展进度。

题画诗词与画面的关系,经历了由画赞而至题画诗词,由附于画外、渐入画幅而至诗画一体的变化;题画诗词的创作主力,也由元代前不擅绘画的诗人、词人,发展为元、明时不擅绘画的诗人、词人与诗画兼擅的诗人、词人双枝并艳,再到清代正式转化为以卖画为生的诗画兼擅的诗人、词人。题画诗词与书画的关系愈来愈密切而不容分割,题画诗词也愈来愈受到绘画者及诗人、词人们的重视,最终成为中国传统文人画不可或缺的成分,成为中国传统诗词的一个根深叶茂的门类。

二、中国古代题画诗词的研究现状

1. 研究现状概述

有关中国古代题画文学一大主流——题画诗的研究,在20世纪80年代之前基本处于探索阶段。1937年,日本学者青木正儿曾在其《题画文学の发展》一文中稍事提及,此后数十年未见有较大反响。1960年前后,相关研究始有起色,1980年后愈来愈热。

近三十年的题画诗研究,著述颇丰。仅据笔者的不完全统计,国内过去三十年的相关论文有近650篇。除各类题画诗作品的选集之外,有关题画诗作品的研究类专著,国内也有60余部,且涉及总述性研究、断代性研究以及对个别作家作品的研究。具体看来,总述性研究主要涉及对题画诗的源流、发展、与中国画的关系、与美学的关系等方面的研究。刘继才先生的《中国题画诗发展史》是笔者所知迄今为止论述题画诗源流及在各时期的发展情况最为全面的专著。孔寿山先生也有中国题画诗发展史方面的著述,可惜未公开发表,不得一见。①

① 孔寿山先生多年从事题画诗的研究,著有《唐朝题画诗注》《中国题画诗大观》等书,并曾发表论文《论中国的题画诗》探讨题画诗的定义与起源等。笔者曾在网上看到孔先生《中国题画诗发展史》的手稿,网页上附有目录照片,中国题画诗发展史的结构设置完整。但由于已售出,无法得知全貌。

断代题画诗的研究，从南北朝至当代，学界均有涉及，但多数集中于对名家名作的个别讨论，尤以唐宋诗人居多，如对杜甫、苏轼、黄庭坚等人的题画诗的研究，而对不甚著名的作家及作品的研究较少。内容上多集中于与文学史流变的关系、与文学观念的关系、诗歌的形式与格律、文艺方面的审美特点等。对于画家的题画诗，则大都有对诗、画关系的关注。

对题画词的研究，常作为附属内容出现在题画诗的研究论文中。当前可见的题画词研究专题论文十余篇，包括两篇硕士论文。这些论文，除了马兴荣教授的《论题画词》①为总述类论文，其余大都是对断代题画词进行研究的。宋、元、明、清各代的题画词均有论文涉及，宋、清较多，明代较少。研究内容主要有梳理题画词的发展脉络，探究题画词与题画诗的异同，分析题画词的题材、功能、形式、文化意蕴、艺术手法、对后世的影响等。

对题画诗词研究学的相关研究，稍显静寂。目前为止，笔者仅知道衣若芬教授的《题画文学研究概述》。文章虽是从题画文学的宏观角度着眼，但对题画诗的概念和题画诗的源头亦加以探究，还对20世纪以来的题画诗研究情况予以脉络性的梳理，并对包括题画诗在内的题画文学的未来前景做出了前瞻性的分析，较具参考性。

2. 对现状的思考

统观当前中国古代题画诗词的研究，基本还是以文学史发展的脉络为主线。研究较为集中的时代与作家，也基本都是文学史研究较为集中的。这种状况的发生有其可理解之处。其一，既然是面对“题画诗词”——这个偏正式名词短语，相关研究当然应该侧重“诗词”。其二，当前可见的题画诗词，尤其是明代前的题画诗词，多出自各类诗文集等文献。这些文献既然类属文学文献，自然会受到文学发展史上“优胜劣汰”规律的考验，那么能传世的当然以文学史大家、名家的居多。其三，现在关注题画诗词的研究者多是文史专业出身，故此较易从文学史着手去开展研究。

但笔者不禁产生疑问：题画诗词的发展史和文学发展史果真一致吗？诗词与绘画分属两科，在漫长的历史长河中，诗词发展的脉络与绘画发展的脉络未必完全一致，诗词史上的重要人物和绘画史上的重要人物也未必完

① 马兴荣：《论题画词》，载《抚州师专学报》1997年第4期，第7－13页。

全一致。即使是诗、画兼擅的诗人,他们在文学史和绘画史上的地位也未必会完全相同。何况题画诗词的研究更有其特殊性,它虽兼容两科,却既不同于一般的诗词研究,也不同于一般的绘画研究。那么在研究时以文学史或绘画史的发展来预设题画诗的发展史,用文学规律或绘画规律总结题画诗词的发展规律,可能都不够客观。或许,以题画诗词自己的发展脉络来探析题画诗词的发展史,以题画诗词自己的发展状况来摸索题画诗词的发展规律,会更加合理些。

三、扬州八怪题画诗词的研究现状

"扬州八怪"是对清代康雍乾时期活动于扬州地区的一群风格相近的画家的总称,同时也是对以这群画家为核心的书画流派的称谓。扬州八怪这一流派并非派系成员自己立派,而是后人按照他们的书画风格、人生经历、为人志向、性情等方面的特点逐渐将之归类为一个群体的。

1. 扬州八怪解题

本书所探究的主题是扬州八怪的题画诗词。那么,扬州八怪具体是谁?为何被称作"怪"? 这是首先需要弄明白的问题。

"扬州八怪"这一名称并非从最初便确立了的,而是最先出现在成书于光绪年间的《扬州画苑录》中,用来代指一些需要批判的、存在怪异倾向的扬州画家。后经过一百余年的传播与发展,扬州八怪之说愈传愈广,其主要特征愈论愈明,成员也被归纳得越来越多,于是最终成了清代前、中期的著名书画流派。

关于扬州八怪之"八"该作何解,学界对此说法不一。有学者认为是数字"八",故此将扬州八怪定义为八位画家。如凌霞《天隐堂集》、李玉棻《瓯钵罗室书画过目考》、黄宾虹《古画微》、陈衡恪《中国绘画史》,均以"八"作数字用。① 但是,"扬州八怪"一词所出的《扬州画苑录》,只说扬州八怪为李鱓、李葂等人,并未说出其他几人的姓名,也并未明确表示是"八"个人。后来葛嗣浵在《爱日吟庐书画补录》中提到扬州八怪一词,称相关画家为金农、

① 蒋华编:《扬州八怪题画录》,江苏美术出版社,1992 年版,第 8 页。若以八人论,学界多从李玉棻之说。

郑燮、华喦等，同样未说出其他人姓名，也未明确表示扬州八怪是“八”个人。在此之后，才陆续出现了扬州八怪是“八”位画家的说法。“李亚如在《文汇报》发表《扬州八怪的‘八’与‘怪’》，提出‘八’只是一个‘形容词’，‘因为扬州人的口语往往用“八”来形容某种事物。如说某人精神不正常，就叫“八折”，简称“八”。形容时间长叫“八更八点”，语言学家于光元指出‘八怪’之‘八’乃虚数，并以《诗》、《书》等经典作证。”①另有学者指出“八怪”一词在扬州方言中本就存在，指“行为不端的人”②。还有学者认为“八”“魃”二字在近代扬州方言中完全同音，“魃”是指一般的怪物，与“怪”同义，“八”实为“魃”的通假字，“八怪”原本应是同义联合式结构的词语——“魃怪”，并从语言学角度辅以例证予以说明。③ 此外，吴地也有诸如“丑八怪”“蹊跷八怪”④“奇里八怪”⑤这样的词。

可见扬州八怪之“八”，并非确指数字“八”。其实，傅抱石《中国绘画史纲》一书中所列出的扬州八怪名单，就不是八人，而是十人。⑥

汪鋆《扬州画苑录》曰：

> 所惜同时并举，另出偏师，怪以八名（如李复堂、啸村之类），画非一体，似苏张之捭阖，偭徐黄之遗规。率汰三笔五笔，覆酱嫌粗，胡诌五言七言，打油自喜，非无异趣，适赴歧途。⑦

书中大力批判了以李鱓、李葂为代表的扬州八怪违背了五代徐熙、黄筌

---

① 黄俶成：《八十年来扬州八怪之研究》，载《文史知识》1994 年第 1 期，第 113 页。

② 韦明铧著：《扬州掌故》，苏州大学出版社，2001 年版，第 88 页。

③ 王世华：《说“魃（八）怪”》，载《扬州大学学报（人文社会科学版）》2002 年第 6 卷第 5 期，第 43 – 44 页。

④ 李荣主编，王世华、黄继林编纂：《扬州方言词典》，江苏教育出版社，1996 年版，第 24 页。

⑤ 政协靖江市委员会学习文史委员会编：《靖江文史资料：第十八辑（方言熟语汇编）》，2007 年版，第 48 页。

⑥ 傅抱石《中国绘画史纲》载扬州八怪为“金农、高凤翰、李鱓、李方膺、黄慎、汪士慎、高翔、罗聘、张鹏翀、朱冕”十人。他提出了当前普遍认定的十五人外的两人：张鹏翀、朱冕。经笔者初步考证，这二人均诗、书、画兼擅，与十五人中的不少人都有交谊且画风相近，并长年活动于扬州地区，基本符合扬州八怪的条件。或许在不久的将来，张鹏翀与朱冕会被普遍认为是扬州八怪成员。

⑦ 顾廷龙主编，《续修四库全书》编纂委员会编：《续修四库全书 1087 · 子部 · 艺术类》，上海古籍出版社，1996 年版，第 657 页。

以来绘制花鸟的传统道路，以不够谨严的态度从事绘画创作，三笔两笔绘成图画，又胡诌些五言、七言的打油诗题在画上；讽刺这样的画作虽有异趣，实际却是走了歪路，用来做酱缸的封纸犹嫌不佳。可见，作为画家群体称谓的“扬州八怪”一词，该是有如“行为不端的人”之类的含义。

扬州八怪具体有哪些人？汪鋆的《扬州画苑录》说扬州八怪为李鱓、李葂等，却未具体说明是哪些人。此后自清代以来的扬州八怪名单不尽相同，如：凌霞《天隐堂集》中对扬州八怪的表述为郑燮、金农、高凤翰、李鱓、李方膺、黄慎、边寿民、杨法；李玉棻《瓯钵罗室书画过目考》中为罗聘、李方膺、李鱓、金农、黄慎、郑燮、高翔和汪士慎；黄宾虹《古画微》中为李方膺、汪士慎、高翔、边寿民、郑燮、李鱓、陈撰、罗聘；陈衡恪《中国绘画史》中为金农、罗聘、郑燮、闵贞、李方膺、汪士慎、黄慎、李鱓。1962 年，俞剑华在《光明日报》发表文章提出扬州八怪应为郑燮、金农、高凤翰、李鱓、李方膺、黄慎、边寿民、汪士慎、高翔、陈撰、罗聘、李葂、闵贞十三人。随后，卞孝萱在《扬州八怪画集》的序以及《扬州八怪研究资料丛书》的前言中提出扬州八怪应为十五人，即俞说外再加杨法、华喦二人。“1983 年，经研究扬州八怪有影响的学者卞孝萱、薛锋、周积寅等共同议定，并征询启功等专家意见，将清末民初学者所列八怪名单一概予以认可，以后不再在界定问题上纠缠。八怪十五家之说遂逐步为海内外同行接受。”[①]此后与扬州八怪相关的书籍、画册，诸如江苏美术出版社 1985 年 9 月出版的《扬州八怪诗文集》、1993 年 5 月出版的《扬州八怪年谱》等，均采用十五人之说。

但近年来，学界对闵贞是否应列入扬州八怪存在争议。

2007 年 1 月，卞孝萱发表《闵贞不在“扬州八怪”论》一文，阐述闵贞不合身入扬州八怪之列的观点。文章认为没有证据证明闵贞曾在扬州居留、曾作有绘于扬州的画作或曾与其他扬州画派画家往来；闵贞存世画作上无诗文；闵贞未能诗、画兼擅，与扬州画派画家诗、画兼擅风格不符。[②] 卞孝萱从多方面否定了闵贞的扬州八怪身份属性。黄俶成、胡艺等美术史论家的观点也与之类似。

---

① 黄俶成：《八十年来扬州八怪之研究》，载《文史知识》1994 年第 1 期，第 113 页。

② 卞孝萱：《闵贞不在“扬州八怪”论》，载《古籍整理研究学刊》2007 年第 1 期，第 7－8页。

但韦明铧、李不殊等先生较为反对这一观点。2011 年 6 月,张郁明先生发表《也说闵贞与“扬州八怪”》一文,认为虽然没有确凿证据证明闵贞曾到过扬州,但闵贞曾为扬州盐商绘制过居家画像,并且包括扬州博物馆在内的多处扬州收藏场所皆藏有闵贞传世画作及篆刻作品,因此不能排除闵贞到过扬州的可能。他认为闵贞在扬州八怪中生年最晚,出生时扬州八怪大都去世,故此无法和他们来往,还认为闵贞是否到过扬州、是否曾与扬州八怪其他成员有过交游不是问题的关键,事实上,闵贞画作的创作思想、艺术风格与扬州八怪其他成员的创作思想、艺术风格血肉相连。① 张郁明先生据此认定了闵贞的扬州八怪身份属性。

笔者赞同张郁明先生的观点。笔者曾认真考察闵贞的传世书画,其画风确实与扬州八怪的主要画风相吻合。扬州八怪是以绘画关系界定的流派名称,当以绘画关系作为判定的第一标准。因此,虽然闵贞无题画诗词传世,但本书仍将以扬州八怪为十五人的体系撰文。

2. 扬州八怪题画诗词的研究现状

扬州八怪大都诗、书、画、印兼擅,所绘画作也常有题字。郑燮、金农、华嵒等几乎更是每画必题。这些题画作品大半为诗词,内容丰富,思想多样,数量、质量亦颇为可观,学界已有不少研究。以下对相关研究现状予以综述及分析。

对扬州八怪题画诗词的研究,大致可以分为文献整理及理论探讨两类。

(1)对扬州八怪题画诗词的文献整理

专事扬州八怪题画诗词文献整理的专著,笔者目前只看到《苇间老人题画集》,内有边寿民题画诗 71 首、题画词 17 阕。② 虽还有《新罗山人题画诗集》,但书中的内容却并不全是华嵒的题画诗,而是他的诗集《离垢集》。《离垢集》共五卷,题画诗只是其中的一部分。③ 但是,载录有扬州八怪题画诗词的文献却很多,鱼龙混杂。笔者就已知的较为重要的文献,分类概述如下。

有关扬州八怪群体题画诗词整理的著作:

---

① 张郁明:《也说闵贞与“扬州八怪”》,载《扬州日报》2011 年 6 月 23 日第 TO1 版。

② (清)边寿民著,(民国)罗振玉等辑:《苇间老人题画集》,冒氏暨淮阳志局,1921 年版。

③ (清)华嵒著:《新罗山人题画诗集》,古今图书馆,宣统间石印本。

①蒋华先生的《扬州八怪题画录》。该书是笔者所知收录扬州八怪题画诗词最多的文献。虽不专录诗词，但从各处扬州八怪画作中辑录有陈撰、华嵒、高凤翰、边寿民、李鱓、黄慎、汪士慎、高翔、郑燮、金农、李方膺、罗聘的题画诗词作品1200余首，数量可观。[①] ②王凤珠、周积寅编的《扬州八怪现存画目》。该书录有除闵贞、杨法外扬州八怪十三人题画诗词的首句2000余则。[②] ③曹惠民、陈伉先生主编的《扬州八怪全书》。书中除存录陈撰、李鱓、黄慎、汪士慎、高翔、郑燮、金农、李方膺、罗聘九人的传世诗文集及画作外，还辑录李方膺题画诗156首/则、李鱓题画诗90首、黄慎题画诗15首。[③] ④《扬州画派书画全集》[④]丛书。这套从书至今已出版了金农、郑燮、汪士慎、华嵒、李方膺、高凤翰、边寿民、黄慎、李鱓、罗聘十人的分册，其中不少画作上有题诗或题词，可供整理。⑤《历代题画诗选注》[⑤]《明清花鸟画题画诗选注》[⑥]《中国古今题画诗词全璧》[⑦]《中国题画诗大观》[⑧]《中国历代题画诗选注》[⑨]《题画诗选释》[⑩]等文献亦有较多扬州八怪成员的题画诗词作品。

有关扬州八怪个体题画诗词整理的著作：

①上海古籍出版社编的《郑板桥集》，除载录前人所辑含《板桥题画》的《板桥集》外，又增补部分郑燮的题画文字，其中有120余首题画诗词。[⑪] ②卞孝萱先生编的《郑板桥全集》在《板桥题画》的基础上又增补了358则题画文字，其中有大量题画诗词。[⑫] ③宋和修先生的《高凤翰全集》录高凤翰集外

---

① 蒋华编：《扬州八怪题画录》，江苏美术出版社，1992年版。
② 王凤珠、周积寅编：《扬州八怪现存画目》，江苏美术出版社，1991年版。
③ 曹惠民、陈伉主编：《扬州八怪全书》，中国言实出版社，2006年版。
④ （清）郑燮等绘：《扬州画派书画全集》，天津人民美术出版社，1998年版。
⑤ 洪丕谟选注：《历代题画诗选注》，上海书画出版社，1983年版。
⑥ 陈履生选注：《明清花鸟画题画诗选注》，四川美术出版社，1988年版。
⑦ 石理俊主编：《中国古今题画诗词全璧》，河北教育出版社，1994年版。
⑧ 孔寿山著：《中国题画诗大观》，敦煌文艺出版社，1997年版。
⑨ 周积寅、史金城编著：《中国历代题画诗选注》，西泠印社出版社，1998年版。
⑩ 韩丰聚、孙恒杰主编：《题画诗选释》，河北美术出版社，2000年版。
⑪ 上海古籍出版社编：《郑板桥集》，上海古籍出版社，1979年版。
⑫ 卞孝萱编：《郑板桥全集》，齐鲁书社，1985年版。

题画诗 180 余首。[①] ④庄申先生辑的《李鱓诗钞》录李鱓题画诗 109 首。[②]

扬州八怪题画诗词一般散见于扬州八怪的诗文集或画作中，因此对扬州八怪题画诗词的整理很多时候是随着对扬州八怪诗文或扬州八怪画作的整理而进行的。这些资料为研究扬州八怪题画诗词提供了大量较为可用的材料。可惜的是，目前虽已有一些成绩，但扬州八怪多数成员的题画诗词作品尚未整理。已整理出的题画诗词，和作家实际创作的数量相比，也还相差较远。若要较为全面地了解扬州八怪题画诗词的状况，有必要做进一步的搜集与整理。

（2）对扬州八怪题画诗词的理论探讨

对扬州八怪题画诗的理论探讨，目前为止，笔者尚未见到相关的专著。已知与此相关的论文有 70 余篇，内有综论扬州八怪群体题画诗的论文 4 篇及研究扬州八怪个体题画诗的论文 60 余篇，其中包含 4 篇硕士论文。

综论扬州八怪群体题画诗的论文有 4 篇，分别从扬州八怪题画诗的内容、题画诗与画作的关系、题画诗与市场的关系等角度展开研究。

刘晔的《读扬州八怪的兰菊题画诗》主要分析扬州八怪题画诗的内容。文章以扬州八怪中擅长兰菊的郑燮、金农、李方膺等人的兰菊题画诗为主要研究对象，指出扬州八怪的兰菊题画诗具有托物寄情、审美情趣出奇制胜、提倡“适天”“全性”之美、以画法融入题画诗的特点。[③]

薛锋先生的《谈扬州八怪的诗画结合》从诗画关系着眼探究扬州八怪的题画诗。文章指出明末的部分画家背离了宋代以来文人画家追求“诗情画意”的诗画传统，错误地将笔墨的技巧与形式看成是绘画艺术的全部。直到清代康雍乾时期的扬州八怪将这一风气改变，使文人画回归到诗画交融的传统之中。之后又指出扬州八怪的题画诗发扬了我国诗歌的现实主义传统：关心社会民生，指控等级制度，讽刺黑暗现象，表现清寒生活等。[④] 这些观点在现在已经多有陈述，但在 20 世纪 80 年代是较具创新性的，很有参考

---

① 宋和修编校：《高凤翰全集》，中国文联出版社，2005 年版。

② 庄申辑：《李鱓诗钞：“扬州八怪”未刊诗之一》，载《大陆杂志语文丛书》第 3 辑第 4 册《文学・诗词・书画》，大陆杂志社，1975 年第 10 期，第 277 – 284 页。

③ 刘晔：《读扬州八怪的兰菊题画诗》，载《艺苑（美术版）》1995 年第 4 期，第 49 – 52页。

④ 薛锋：《谈扬州八怪的诗画结合》，载《美术研究》1983 年第 2 期，第 64 – 66 页。

价值。在关心社会民生这一点上，似乎扬州八怪中曾经入仕的成员——郑燮、李鱓、李方膺以及高凤翰，在题画诗中写得更多、关注更多，其他成员关注的程度就稍浅一些。例如在当前可见的边寿民的题画诗词，基本看不到相关的内容。

谈云雷的《扬州八怪的题画诗与市场意识》认为扬州八怪题画诗的内容、语言风格均受到市场的影响。扬州八怪多以卖画为生，而扬州市民喜看富有创造性的诗歌，因此扬州八怪便顺应市场需求使他们的画作乃至题画诗无论在内容上还是在文体形式、语言风格上看起来都奇异独特。① 这也是以往普遍认为扬州八怪之“怪”是个性使然的原因之一。

周延、余红微的《论扬州八怪的题画》不专论题画诗，但提出了一个较为重要的观点：扬州八怪的画为人所喜爱，非以画胜，而以题胜。② 这句话将扬州八怪题画诗的一个重要价值点出。

其余 60 余篇论文均做个案研究。研究郑燮题画诗词的最多，有近 50 篇。此外有 6 篇研究金农的题画诗词，3 篇研究华喦的题画诗，两篇研究李鱓的题画诗，研究边寿民、黄慎、陈撰、汪士慎题画诗的论文各 1 篇。

关于郑燮题画诗词的研究，有两篇与此相关的硕士论文，分别为台湾大学衣若芬提交于 1990 年的《郑板桥题画文学研究》与山东师范大学吴志允提交于 2007 年的《郑板桥题画诗文研究》。

《郑板桥题画文学研究》是专研题画诗的学者——衣若芬教授早年的作品。第一章探讨了题画文学的发展源流并简单梳理了题画文学史的发展脉络；第二章从社会环境、郑燮的生平事迹以及郑燮的画作题材三个角度运笔勾勒出郑燮题画文学的面貌；第三章提出郑燮题画文学有纯粹咏物、蕴含教化意义、寄托身世怀抱、随笔记事等类别；第四章从创作的机缘与过程、创作的定则与化机、模拟自然、师法古人四个角度论述郑燮题画文学中所体现的主要艺术思想；第五章则专门探讨诗画关系，用诗画融通的观点分析郑燮的题画文学。衣教授在论述中使用了不少西方美学观点及语言学概念，体现

---

① 谈云雷：《扬州八怪的题画诗与市场意识》，载《常州师范专科学校学报》2003 年第 21 卷第 5 期，第 29 – 30 页。

② 周延、余红微：《论扬州八怪的题画》，载《新疆艺术学院学报》2008 年第 6 卷第 1 期，第 67 页。

出对郑燮题画文学多视野的观照。文章虽非专研郑燮的题画诗词，但有不少值得参考与借鉴的内容。例如文章绪论部分对题画文学加以定义："凡以画为题，以画为命意，或赞赏，或寄兴，或议论，或讽喻，而出之以诗词歌赋及散文等体裁的文学作品。"从广义的角度界定题画文学的范畴，是较为宽容却又不失谨严的。文章还认为郑燮其实对仕宦生涯一直抱着兴趣和理想。笔者赞同这一观点。虽然郑燮在为官时常表现出对出仕的无奈，流露出对闲逸生活的向往，但归隐园林终究不是他的志向所在。这一点笔者将在后文中做出分析。

山东师范大学吴志允提交于 2007 年的硕士论文——《郑板桥题画诗文研究》分别从郑燮题画诗文的创作内容、创作风貌、创作价值等角度进行研究。[①] 文章认为郑燮的题画诗文数量庞大，内容广博，既通过画上题诗、题文抒情言志，又以题画这种方式记录了他的艺术创作过程并进而阐述绘画理论。其艺术形式丰富多样，创作题材、体裁以及画面布局安排等也都呈现出多样化的特征，具有文学、美学、文化等多层面的价值。[②]

其余 40 余篇与郑燮题画诗词相关的论文主要集中在对他题画诗词的内容、思想、美学或艺术价值及意义的研究上。其中研究郑燮题画诗词在美学或艺术上的成就的论文最多。主要观点如下：郑燮题画诗词的内容以兰、竹、石为多；思想上则体现出诸如志向远大，关心、同情人民疾苦等特点，且多借兰、竹抒情表现自己愤世嫉俗、坚忍不拔的情操，以及"适天""全性"的"民胞物与"观；艺术上具有意境美、性灵美、艺术美[③]，具有通脱不羁的审美空间、奇巧睿智的审美机趣、率真独到的造艺心理独白[④]，显示出了诗画的交融以及作者的率真个性；等等。

此外，《板桥题画》历来被认为是郑板桥自辑的，但卞孝萱先生根据已有证据，认为《板桥题画》非板桥自辑，笔者认同此观点。卞孝萱详细论述参见

---

① 吴志允：《郑板桥题画诗文研究》，山东师范大学硕士学位论文，2007 年，第 9 – 46 页。

② 吴志允：《郑板桥题画诗文研究》，山东师范大学硕士学位论文，2007 年，第 3 页。

③ 钟鸣天：《漫谈郑板桥题画诗的美学意义》，载《驻马店师专学报（社会科学版）》1988 年第 2 期，第 10 – 14 页。

④ 赵丽华：《郑板桥题画诗文的美学价值》，载《西南民族学院学报（哲学社会科学版）》1992 年第 3 期，第 76 – 80 页。

《〈板桥题画〉非郑燮所编、刻、印》①《〈板桥题画〉刻本与墨迹勘对》②。扬州八怪诸家题画诗词的研究,数郑燮的最多。相较而言,对郑燮题画诗词的研究也做得最为全面、深入。

金农历来是除郑燮外最受瞩目的扬州八怪成员,在题画诗词的研究方面也不例外。但目前笔者所见的几篇与金农题画诗词相关的研究论文,或研究题画诗文,或研究画跋,或研究画记,其实都不算是纯粹的题画诗研究论文。但这些论文中有与题画诗相关的论述部分,故在此一并提及。

台湾逢甲大学金圣容提交于2004年的硕士论文《金农题画文学研究》,从金农题画文学的内容、绘画观点、表现技巧、风格形成、诗书画三者间的比较等角度对金农的题画文学加以研究。文章认为金农题画文学的内容大致分两类:一类是和绘画鉴赏有关的观点;另一类则是他面对人生的态度、对无人知遇的感慨、抒发怀念友人的情感以及人生终老时思想的转变等内容,是他人生的写照。金圣容还认为金农题画文学的艺术技巧多样,有譬喻、夸饰、拟人、象征、映衬等形式;风格有质朴古拙、疏简淡远、直率、孤寂苍凉、新奇等多种类型;诗画关系则有画中有诗、托物言志、以诗意作画等特点。从题画文学的角度来说,这篇硕士论文将金农的题画诗词研究得很是细致,观点也较具代表性。

邓乔彬先生的《论金农画跋及其文人画的原型精神》经由金农画跋分析金农的思想,并将金农思想中颇为矛盾的一面揭示出来。文章认为金农"特立独行,保持着清高的品行,但不能无视自己生活的窘迫,画瘦竹、野梅、老马以自况,并超越了'感士不遇'的传统思路,表现出具有近代色彩的人格观念。他坚持自己的审美理想、情趣,'众毁不如独赏','不趋时流,不干名誉',重在'出于灵府'的见解是他的创作原则。他反对媚世谀人,但对'昔贤遗法'却很重视,学习古人与自我创造、开拓,使他能推陈出新,取得很高的成就"③。其余几篇论文则是对金农画跋美学、禅意等的研究。

① 卞孝萱:《〈板桥题画〉非郑燮所编、刻、印》,载《社会科学战线》1983年第3期,第314－319页。

② 卞孝萱:《〈板桥题画〉刻本与墨迹勘对》,载《美苑》1984年第2期,第47－49页。

③ 邓乔彬:《论金农画跋及其文人画的原型精神》,载《浙江大学学报(人文社会科学版)》2000年第30卷第1期,第36页。

福建师范大学景献钰提交于2007年的《华嵒题画诗研究》是4篇与扬州八怪个体题画诗相关的硕士论文中唯一一篇专门研究题画诗的。论文共分六章:第一章是绪论,简要说明了当时华嵒研究的状况,认为华嵒研究日益受到重视,但研究者多注目于艺术方面,文学方面的观照较少。确实如此,即使是今天,关于华嵒的研究还大多集中在艺术领域。针对华嵒题画诗的研究论文,笔者目前也只看到三两篇。第二章概说题画诗。第三章介绍华嵒生平。第四章按内容对华嵒题画诗做了分类研究。华嵒兼擅中国画三大科,他的题画诗根据画作内容可分为花鸟、人物、山水三大类。作者认为华嵒的花鸟画更契合大众的审美趣味,呈现了自然界中动植物本身所蕴含的小情小趣,以及由此表现出的蓬勃向上的生命力和喜悦感,并指出这其实和扬州人爱好花鸟的审美趋向有关。除了这类因适应市场需求而创作的花鸟诗外,华嵒还有部分缘物寄情、托物言志的花鸟诗作品。① 华嵒的人物题画诗大致分为四类:第一类为名人高士题材的题画诗。这类诗往往表现的是华嵒对名人高士的赞颂与向往,和其所坚守的"离垢""扫尘"思想相关。第二类为仕女题材的题画诗。这类诗大都着力于描摹美人姿态,少有寄托。第三类为钟馗题材的题画诗。华嵒喜作钟馗诗画,他创作这一题材不仅是为了面向市场,更是为了面向自己的内心,寄寓人生理想。最后一类是反映现实生活的风俗小品。华嵒的山水题画诗,基本都是寄情山水、借景抒情之作。看似清空淡雅,没有一丝烟火气,实则深藏着对人生、对生命的极大热情。第五章从华嵒题画诗看华嵒画论,提到华嵒诸如"读书以博其识,修己以端其品","画意不画形""师造化""用我法"的绘画理念和主张。作者认为华嵒的画论没有很大的独创性,却是他的切身感受,有着较强的实用性。第六章是从华嵒题画诗看华嵒的思想与人格。作者认为不慕荣华、安贫乐道、远离尘垢、超尘脱俗的人生理想与高洁人品是华嵒的主要思想倾向与人格追求,这源于道家思想的影响。文章的结论部分阐述华嵒题画诗的总体特色:清新淡雅,平易风趣,注重人生情感与世俗趣味的结合,教化意味不

---

① 景献钰:《华嵒题画诗研究》,福建师范大学硕士学位论文,2007年,中文文摘第3-4页。

浓。[①] 文章对华喦题画诗探讨得较为全面,也做了较为深入的分析,所阐述的观点也较具代表性,值得肯定。

此外,《龙岩师专学报(社会科学版)》曾于1989年3月刊登赖元冲的《试析华岩的题画诗》[②]一文。文章选录华喦《离垢集》中题画诗约40篇,按人物、动物、植物、山水景色分为四类,分别加以举例与分析。人物类首先论及华喦的题钟馗诗,认为华喦对钟馗形象的刻画及内心世界的歌颂,表现出华喦正直的秉性和善良的愿望。作者指出华喦《题李靖虬髯公》诗中的"谁识英雄在布衣"为诗眼,是此画的精神所在;《题文姬归汉图》的"老瞒端的是怜才"显出华喦的卓识远见;而美人图中诸如"自怜绝世一双人"等句,则寄寓了华喦的同命之感。之后作者对华喦题牛、马、狮、虎、鹤、鹏、雀、鹦鹉、画眉、蜘蛛、壁虎、鼠、鱼等动物,竹、松、桂、梅、菊等植物,山中、江上、草堂等山水以及雪景的诗加以赏析性的分析。[③]

这两篇文章都紧扣华喦题画诗的文本,从第一手资料中分析出较为可信的结论。

除了郑燮、金农、华喦的题画诗词外,还有零星篇章论及李鱓、边寿民、陈撰、黄慎、汪士慎的题画诗词。

《荣宝斋》曾于2009年第6期与2010年第1期分上、下篇发表赵钲的《画家本质是诗人——从李鱓题画诗略论画家诗词创作对中国画创作的影响》。文章的题目虽是从诗与画之间的关系着眼的,实际却对李鱓题画诗的形式、内容、思想、诗画关系等方面都做了较为具体的分析。作者认为李鱓的题画诗形式多样:有与画上题材有关的题画诗,也有与画上题材无直接关联的题画诗;有先画后题的,也有按诗意创作的题画诗;有为自己画作题写的,也有为他人画作题写的;等等。[④] 又认为李鱓的题画诗内容丰富,涉及针砭时政、表达对现实生活的看法、诉述遭遇和抱负、表现不畏权贵以及不慕

---

① 景献钰:《华喦题画诗研究》,福建师范大学硕士学位论文,2007年,中文文摘第4-6页。

② 华喦的"喦"字为"岩"的异体字,该学报排为"华岩"。

③ 赖元冲:《试析华岩的题画诗》,载《龙岩师专学报(社会科学版)》1989年第7卷第1期,第51-57页。

④ 赵钲:《画家本质是诗人(下)——从李鱓题画诗略论画家诗词创作对中国画创作的影响》,载《荣宝斋》2010年第1期,第79页。

荣利等多个方面，分析得甚是细致妥帖。① 蒋将《题画诗的史料价值——以敝斋庋藏的李吉寿、李鱓画作为例》则是用个人所藏李鱓一幅画上的题诗证明题画诗于了解画家生平及思想的重要性。②

边寿民家乡在今江苏淮安。2008 年 6 月，淮安学者张一民先生在其博客发表《边寿民题画诗词拾遗》一文。文章主要部分为他在《三万六千顷湖中画船录》《梦园书画录》《澄兰室古缘萃录》《清画家诗史》《十百斋书画录》《全清词钞》等处辑的边寿民题画诗词 70 余首。文章对边寿民题画诗词做了评价，认为边寿民的题画诗词“或即景抒情，或咏物谐趣。这些诗词写得平实灵动，淳朴自然，苍润处透出清雅，浑厚中显出骨力，超逸中生出理趣。虽然很少用典，却极富韵味，且言简意赅，既诠释画面，又生发画意。他将写实与象征、具象与寓意相结合，展现出绘画艺术与语言艺术两者妙合生趣、浑然成章所生发出特有的魅力”③，颇具见地。

郑奇的《陈玉几的诗与画》是 1986 年发表的文章。文中就陈撰的生平与著述做了简要考证，对其画迹做了述评，并对陈撰题画诗在画中的布局予以分析。④ 黄雯的《浅谈黄慎的题画诗的思想内容》指出黄慎的题画诗体现了黄慎志行高洁、坚韧不屈、吊古伤今、羁旅怀乡以及热爱自然的思想及情感。⑤ 杨飞飞的《汪世慎题画诗的审美意趣》⑥认为汪士慎的题画诗具有以物比德、愉悦性情、拓展画境等审美意趣。⑦

统而观之，这些文章或从某一个体作家的题画作品谈起，或整体研究扬州八怪诸家，研究着眼点不同，都各具价值，但总体感觉稍欠对题画诗有针

---

① 赵钲：《画家本质是诗人（下）——从李鱓题画诗略论画家诗词创作对中国画创作的影响》，载《荣宝斋》2010 年第 1 期，第 78 页。

② 蒋将：《题画诗的史料价值——以敝斋庋藏的李吉寿、李鱓画作为例》，载《新学术》2007 年第 4 期，第 45 页。

③ 张一民：《边寿民题画诗词拾遗》，http://blog. sina. com. cn/s/blog_4e5341fe01009nbr. html，2008 年 6 月 20 日。

④ 郑奇：《陈玉几的诗与画》，载《扬州师院学报（社会科学版）》1986 年第 3 期，第 151－154 页。

⑤ 黄雯：《浅谈黄慎的题画诗的思想内容》，载《大观周刊》2012 年第 1 期，第 85 页。

⑥ 汪士慎名字有“汪士慎”“汪世慎”两种说法，前者常见。

⑦ 杨飞飞：《汪世慎题画诗的审美意趣》，载《数位时尚（新视觉艺术）》2011 年第 2 期，第 103 页。

对性的、较为深入、较为具体的分析。扬州八怪个案的研究也多集中在声名最响的郑燮处，其余的14位作家，研究得都还较少，甚或没有。此外，这些论文有不少不是专论题画诗的。题画文学种类繁多，包含诗、词、文、赋等多种文体，题画诗词只是其中的一部分。若以扬州八怪的题画文学或题画诗文整体作为研究对象，所总结出的结论大概不可尽数适用于扬州八怪的题画诗词作品。例如金农的题画文字不少，几乎每画必题，其中还有很多钻研绘画技巧的篇章，但大都是题记。金农的题画诗词不多，探讨画技的题画诗词更为少见。如此一来，若以金农题画文学的视角去概括扬州八怪题画诗词的特点，显然不够准确。又如边寿民的诗歌被时人评作“力宗豫章”①，说他的诗风近宋。但当前可见的边寿民题画诗词，风格其实更接近清代“性灵”派。看来对扬州八怪题画诗词的研究，还需有更多更具针对性的文章支持。

从目前可知材料来看，扬州八怪除闵贞外都曾有题画诗的创作。但题画词仅郑燮、边寿民、金农、罗聘有创作，且数量较少。这当是词体不如诗体适于即兴创作所致。专门研究扬州八怪题画词的专著或文章，笔者尚未见到，只研究扬州八怪题画诗的论文中有时会用零星词作为例证。

四、本书的研究目的、研究意义、研究方法及研究难点

1. 研究目的与研究意义

扬州八怪除闵贞外的14人均有诗文集，亦作有题画诗。就笔者目前搜集材料的情况来看，扬州八怪传世的题画诗词至少有2500首，实际数量当比这个数字更大，而且其中颇多上佳之作。梁绍壬曾经评价金农题画诗曰：“题画之诗，全要逸趣横生，国朝以金冬心先生为最。”②

由当前扬州八怪题画诗词研究的现状可知，扬州八怪题画诗词的研究热度并未与其数量和价值成正比。造成这种状况的原因是多样的。其一，在扬州八怪所生存的康雍乾时期，诗坛主流诗风讲求的是含蓄内敛、温柔敦厚。而扬州八怪的诗大多任性放情且时露锋芒，自然不受正统文人的喜爱。

① 《制义丛话》卷十一：“蔡芳三曰：‘淮阴有曲江楼十子，皆能吐弃凡近，力宗豫章。’”“曲江十子”为周振采（白民）、王家赉（镜湖）、刘培元（万资）、刘培风（万吹）、邱谨（浩亭）、邱重慕（长孺）、吴宁谔（慎公）、边寿民（颐公）、程嗣立（水南）、戴大纯（伯玉）。

② 丁家桐著：《扬州八怪全传》，上海人民出版社，1998年版，第113页。

例如沈德潜和扬州八怪中的边寿民、金农等人多有往来，但他的《清诗别裁集》录990余诗人近4000首诗，却只录有扬州八怪中李葂的小诗3首。其二，扬州八怪在当时属“异端”，其言行举止及绘画多有怪诞之处，因此受到不少正统文人的轻视。其三，扬州八怪诗名为画名所掩。这个在当时就有人提及，如邱崧生《苇间老人题画集》跋文讲边寿民“苇间先生品诣超卓，以文章雄一时……今海内但知重先生画耳”①。顾均耀《慈竹居诗话》云黄慎“尺纸零缣，世争宝贵之，致其诗名，为画所掩。顾翠庭先生铉独谓画可数百年物，而诗必传之不朽，世以为知言”②。其四，李鱓《浮沤馆集》、边寿民《苇间书屋题画诗》、高翔《西唐诗钞》、杨法《匏尊集》等，均已失传，而留传下来的扬州八怪诗文集，大多也不易见到。例如《玉几山房吟卷》、四十一卷本的《南阜山人诗集类稿》等，也是在近几年有了《清代诗文集汇编》《山东文献集成》等大型丛书后才较易找到。这一点严重影响后世研究者的相关研究。其五，连同扬州八怪在内，清人对题画诗词这种文体的重视程度远不如其他诗文体裁，因此他们往往随写随丢，这直接造成扬州八怪题画诗词的散佚。所有这五个原因，使得扬州八怪的题画诗词研究尚未有较大规模的展开。而扬州八怪题画诗词数量颇巨，价值亦高，研究却较少，故笔者以此为本书的选题。

前人已经解决的问题如下：扬州八怪诸人的生平，所生存的社会背景、时代背景，其书法、绘画、篆刻艺术等已经多有研究；扬州八怪中华喦、高凤翰、汪士慎、金农、黄慎、李葂、郑燮、罗聘等人的诗文集已有刊刻或出版，部分人的诗文集已有点校本，如郑燮、高凤翰、汪士慎、李葂、黄慎；已有对扬州八怪群体题画诗词的少量整理或研究，以及对扬州八怪中部分个体题画诗词的整理或研究。

需要进一步解决的问题如下：扬州八怪多数成员的题画诗词作品尚未整理；除郑燮、金农、华喦、李鱓的题画诗词有一些研究外，其余人的题画诗词几乎没有相关研究；尚未对扬州八怪整体的题画诗词做较为深入的研究；尚未全面衡估扬州八怪题画诗词在清诗史上的地位。

---

① 卞孝萱主编：《扬州八怪诗文集》，江苏美术出版社，1985年版，第22页。（本书中所引《苇间老人题画集》作品，若无特别标注，均引自此本。后文标注为《题画集》。）

② 顾麟文编：《扬州八家史料》，上海人民美术出版社，1962年版，第19页。

希望可以通过本书,对扬州八怪群体的传世题画诗词加以较为宏观的分析,对扬州八怪部分成员如高凤翰、边寿民、金农等的题画诗词作品予以较为全面的整理;希望可以为清代文学研究、古代诗词研究、绘画文学研究、中国文学史研究以及清代画派研究等提供若干具有参考价值的资料和观点。

2. 研究方法

至于研究方法,按搜集资料—整理资料—分析资料—撰写个案—撰写综论的步骤进行。

搜集扬州八怪题画诗词的主要途径和次序如下:

(1)从扬州八怪存世的文学作品集中搜集。例如郑燮的《板桥诗钞》《板桥词钞》、金农的《冬心先生集》、黄慎的《蛟湖诗钞》、边寿民的《苇间老人题画集》、汪士慎的《巢林集》、李葂的《啸村近体诗选》、罗聘的《香叶草堂诗存》、华喦的《离垢集》、李方膺的《梅花楼诗草》、高凤翰的《南阜山人诗集类稿》、陈撰的《玉几山房吟卷》等。

(2)从已出版的各类专著中搜集,包括文学、艺术等方面的专著。已整理的如《扬州八怪题画录》《扬州八怪全书》《郑板桥集》中收集的集外题画诗词等。未经整理的如李坦主编《扬州历代诗词》中收集的华喦、高凤翰、李鱓等人的集外题画诗文,曹惠民、陈伉主编《扬州八怪全书 第二卷》里的高翔诗辑,《晚晴簃诗汇》中的边寿民集外诗《题画雁》,《香叶草堂诗存》中留存的金农《题江路野梅图》,吴企明、史创新在《题画词与词意画》一书中收载的边寿民的《转应曲·题芦雁图》《万年欢·题古缶清供图》《百字令·题杂画册之十一》,罗聘《桂殿秋·题岁寒三友图》等。此外还有如《扬州画派书画全集》《扬州画派题画精品集》中搜集的扬州八怪画作上题写的诗词。

(3)从已发表的各类论文中搜寻,包括文学、艺术等方面的论文。例如卞孝萱《扬州博物馆看"扬州八怪"书画记》,载录了汪士慎的题墨梅绝句、高翔的题梅绝句佚诗;李不殊在《李葂及其书画艺术》里,存录了李葂两幅《墨荷图》上的散佚诗。

(4)在网络上或其他资源中搜集。例如在各大拍卖会、各大博物馆、各美术网站等处收藏的扬州八怪绘画上寻找题画诗词。

扬州八怪题画诗词大都随画作散于世界各地,欲集全不大可能。因此笔者的研究以扬州八怪存世作品集中的题画诗词为核心,其他各类补遗作品视情况而定。

3. 研究难点

本选题的研究存在一些难点,主要集中于对各家题画诗词的辑佚与整理方面。

(1)扬州八怪成员的题画诗词大都未被整理,需从他们的诗文集或画作中摘出。而扬州八怪诗文集有的为手抄本,异体字很多,不易辨识,且有的需断句。扬州八怪题画诗词又多为行草,甚至是草书,也不易辨识。还有的画册版本模糊,每个字都需检索多种文献辅助确认。

(2)扬州八怪题画诗词,有的一诗多题,有的虽大同却有小异,有的则是部分句子相同或相似,等等。且不同人辑的同一首诗,或同一首诗的不同版本,也常有不少差异之处。

(3)扬州八怪题画诗词中有不少是他人之作,却又未做说明。已辑出的扬州八怪题画诗词,有不少非扬州八怪作品,尚未辑出的更多。

以上每一项,均得耗费一些时间,或进行校勘,或查阅工具书,或予以考证,方能基本定文。而辑佚、整理、校勘、撰写文章耗时甚大,因此任务较为艰巨。

第一章 扬州八怪题画诗词概观(上)

本章主要从文学本体出发,对扬州八怪题画诗词的发展进行分期;并从体裁、内容、风格、诗文观等几个角度,对扬州八怪题画诗词的共性特点予以分析并探究它们的生成原因。

第一节 扬州八怪题画诗词的发展过程分期

一、三个发展阶段

扬州八怪题画诗词的发展大约可以分为前、中、后三期。

前期,约自康熙十七年戊午(1678)扬州八怪中年龄最长的陈撰诞生,至康熙三十九年庚辰(1700),前后持续约 22 年。这一时期,扬州八怪大都尚未成年或忙于科举,传世题画作品鲜少。至 1700 年,陈撰 23 岁,华嵒 19 岁,高凤翰 18 岁,其余成员都尚在 17 岁或以下。华嵒、黄慎因谋生之需,已开始为卖画做准备或已经开始卖画,但尚未有诗名;陈撰、高凤翰等人则忙于科举,无暇专事绘画。因此当前能够被确认为此期作品的仅有高凤翰的《题画梅》(冷韵疑无匹)及《题画〈古木秋声图〉仿房山画意》等极少数篇章。①

中期,约自康熙四十年辛巳(1701)扬州八怪次第步入诗坛,至乾隆三十年乙酉(1765)郑燮辞世,前后持续约 64 年。此期为扬州八怪题画诗词创作的全盛期。现可确知有年款的扬州八怪题画诗词大都创作于此期。

---

① (清)高凤翰撰:《南阜山人诗集类稿》,载《山东文献集成》编纂委员会编:《山东文献集成:第一辑第三十七册》,山东大学出版社,2007 年版,第 505 页。

在这一时期，扬州八怪与当时各界名流，如毛奇龄、朱彝尊、卢见曾、马曰琯、马曰璐、王士祯、沈德潜、厉鹗、丁敬、杭世骏、袁枚等家交游甚繁。扬州八怪诸家之间的往来也很频繁。不少唱和性质的题画诗词出现于此期，例如边寿民的《苇间老人泼墨图》便在此期广征题咏，得到卢见曾、沈德潜、程嗣立、马曰琯、周振采、李笨、蒋衡以及扬州八怪中的陈撰、高凤翰、金农、郑燮等80余位诗人的题诗，为一时盛事。又如汪士慎、李鱓、郑燮、李方膺等人合作完成的花卉图轴。郑燮的《兰竹图》（板桥道人没分晓）、金农的《寿女士方婉仪》也同时创作于乾隆二十六年辛巳（1761）六月二十四日罗聘之妻方婉仪30岁生日之时。另外如高翔、汪士慎等家的"才有梅花便风雨"题梅组诗也出现于此时。

后期，约自乾隆三十年乙酉（1765）至嘉庆四年己未（1799）罗聘逝世，前后持续约34年。此期扬州八怪题画诗词创作状况较为冷寂。至1765年郑燮辞世，扬州八怪诸家基本谢世。健在的仅余黄慎、闵贞、罗聘三人。而黄慎此时已是79岁高龄，闵贞不会作诗，罗聘虽能作诗，但以一己之力无法改变扬州八怪题画诗词创作大势已去的状况。

二、有关分期需注意之处

关于扬州八怪题画诗词的分期，有几个需要注意的地方。

首先，扬州八怪有大量题画诗词尚未编年。虽然目前已有一些对他们画作编年之类的资料出现，但可惜的是已编年作品只占扬州八怪20000余幅传世画作中的一小部分，这些资料又大都只摘首句，无法得知作品全貌。且题画诗词的搜集渠道不只是画作，还有各类别集、总集以及子书等，这些资料往往并未注明年月。因此扬州八怪诸家题画诗词的创作年代大都不够确定。

其次，扬州八怪年龄跨度较大。自年岁最长的成员陈撰诞生，至年岁最幼的成员罗聘离世，扬州八怪的在世时间前后绵延约121年。乾隆十四年己巳（1749），年岁排在第三位的高凤翰于67岁去世时，年岁排在末位的罗聘年方17岁。而他们步入画坛的年龄又参差不齐，例如华嵒、黄慎20岁前便以卖画为生，高凤翰、金农等家则在晚年才以卖画为生。因为文献资料相对匮乏，目前为止，扬州八怪中不少成员的生平情况都还不够明晰。他们具体

于何年开始学画,何年开始学诗,何年开始卖画,何年终止,中间是否有停顿时期,大都暂未有确切资料可循。

因此,这里只能凭借少量已知资料,大约按照扬州八怪诸家的在世时间将其题画诗词的发展分为前、中、后三个时期。

第二节　扬州八怪题画诗词的体裁

本节主要讨论扬州八怪题画诗词的体裁。扬州八怪题画诗词以诗为主,主要为五言、七言绝句;词则仅存四家64阕,以边寿民与金农之作为代表。以下分而述之。

一、五言、七言绝句为主

扬州八怪诸家题画诗的体裁以形式较为自由、在明清题画诗中也较为常见的五言、七言绝句以及古风为主,尤其以七言绝句为多。

律诗数量较少,几乎找不到排律。这和他们不喜束缚的群体个性特征有关,也和他们以卖画为生的客观情况有关。当市场需求量较大时,相较于律诗,篇幅短小的绝句、古风创作起来会稍微省时省力些。且接收画作及题诗的大众,未必乐意购买囿于格律、难以发挥才智、韵味稍显寡淡的律诗。而在五言绝句与七言绝句间,五言绝句需要炼字,七言绝句的创作则更显自由、轻松。故此扬州八怪诸家所作的题画诗基本以七言绝句为多。

已知扬州八怪有题画诗词的14家,其所题绝句、律诗大都遵守格律,但也有少数未完全恪守格律。有些诗在平仄上有出律,例如金农的《感春口号》:"春光门外半掠过,杏靥桃绯可奈何。莫怪撩衣懒轻出,满山荆棘较花多。"这是一首平起平收、首句入韵的七言绝句。第一句的平仄该是"平平仄仄仄平平",但此句第六字"掠"为入声,属破格。有些诗的对仗也不是很严谨,例如:"寄画兼双妙,边鸾老作家。一枝香梦影,我亦赠梅花。随意图官阁,因风到水涯。明春如有兴,河上扫荒衙。"(《答淮上边颐公寄画》)[①]这是首律诗,中间两联需对仗,但"一枝香梦影,我亦赠梅花"句并未对仗。不过,

① 孙龙骅笺注:《高凤翰诗集笺注》,北京师范大学出版社,1993年版,第191页。(出于此书的高凤翰作品均在本书中显示为"孙笺《×××》",如:孙笺《题画梅》)

此类作品在扬州八怪题画诗词整体中数量较少。

事实上，扬州八怪有时会有意作些不合格律的诗作，与杜甫故作拗句类似，这是文人练笔时的文字游戏。例如："小山丛桂宴，多病失追陪。虚阁掩白日，商声生暮哀。何期蟾窟树，分遣妙香来。再拜忽三叹，朽株其荣哉。"（《题画瓶桂呈观察公》）①此诗诗题后有注："效古律格"，即效仿古代格律未健全时的格式。也就是说，作者有意使得格律不备。又如："彭泽高风后，无人识此香。看花少别眼，大都为人忙。先生抽簪早，飘然返故乡。悬知开合日，秋色近重阳。"②此诗的诗题为《题画菊送李休宁深庵遂初旋里》，诗题后有注："戏效散律体"，所谓"戏效散律体"，是故用拗体的又一证据。

二、兼有其他体式

除了五言绝句、七言绝句、古风、律诗以外，较具扬州八怪个性特点的还有三言、四言、六言、九言、杂言等句式的题画作品。这应和扬州八怪喜好求新、求变的创作习惯有关。此几类诗体不为正宗，它们的存在本身意味着扬州八怪的别出心裁、独辟蹊径，也和书画市场较为青睐特立独行的"不俗"作品有关。

扬州八怪的三言题画诗较为稀少，只在郑燮、金农等家的题画作品中有少量出现。例如："竹君子，石大人。千岁友，四时春。"（郑燮《题画竹》）③"凌霜雪，节独完。我与君，共岁寒。"（金农《题画》）④"安石榴，花叶稠。谁人种，博野侯。"（金农《题画》）这些诗大都篇幅短小，爽利精悍。二人还喜好在三言诗中用入声韵，更显利落。例如郑燮的《四竿竹》："一竿瘦，两竿够；三竿凑，四竿救。"⑤使用一连串的排比句，便道出绘竹时的四种章法及意境的高下，言简意赅。金农的《题〈苇间书屋图〉》也是这般。

---

① （清）高凤翰撰：《南阜山人诗集类稿》，载《山东文献集成》编纂委员会编：《山东文献集成：第一辑第三十七册》，山东大学出版社，2007 年版，第 409 页。

② （清）高凤翰撰：《南阜山人诗集类稿》，载《山东文献集成》编纂委员会编：《山东文献集成：第一辑第三十七册》，山东大学出版社，2007 年版，第 349 页。

③ 上海古籍出版社编：《郑板桥集》，上海古籍出版社，1979 年版，第 209 页。

④ 张郁明、吴岭梅、蒋华等编：《扬州八怪诗文集（三）》，江苏美术出版社，1996 年版，第 194 页。

⑤ 上海古籍出版社编：《郑板桥集》，上海古籍出版社，1979 年版，第 168 页。

扬州八怪所作四言题画诗较多。郑燮、高凤翰、华嵒四言题画诗传世作品不少,李鱓、边寿民、金农、罗聘、黄慎、陈撰等家亦有作品涉及。所作大都清新流畅、疏野天放,如:“兰芳叶劲,神柔笔硬,清品清材,此交可订。”(郑燮《兰》)[①]“苍松劲草,久耐风霜。流水孤岩,天然生活。”(李鱓《山水》)“谁道铁拐,形跛长年。芒鞋何处,醉倒华巅。”(黄慎《〈铁拐醉眠图〉横幅题诗》)[②]“先生瞌睡,睡着何妨。长安卿相,不来此乡。绿天如幕,举体清凉。世间同梦,唯有蒙庄。”(金农《〈芭蕉午睡图〉挂轴》)[③]寻常词语的率意组合,却生出自然流动的气韵,情态昂扬。还有些承袭上古四言诗风之作,例如:“威加百兽,惠析三苗。既逸且豫,雾昼烟宵。”(华嵒《题子母虎》)“眷彼乔柯,爰适爰止。讵不怀游,劳情薄弛。竹风哦商,素英敷旨。纤缴奚加,幽宴澄视。旷其遐林,弥有清祉。”(华嵒《题幽鸟择止图》)[④]“挹彼注兹,餴饎可炊。而胡不谐,言左其匙。言左其匙,非时之宜。”(高凤翰《自题背匙图小照》)[⑤]“乐哉新婚,鼓瑟鼓簧。为以旨酒,载笑载觞。悠悠长道,露浥碧草。愁来煎心,匪不我好。历历三台,下土徘徊。今我不乐,日月相摧。仰视霄汉,出门天旦。铗好谁弹?长吁累叹。”(黄慎《〈携琴仕女图〉题诗》)[⑥]遣词用句颇类《诗经》,却又出语浅易。也有不少空明之作如:“一丝罗风,一尾曳尘,两意欲得,相睇忘真。”(华嵒《题蜘蛛壁虎》)[⑦]“镜中之影,水中之月。云过山头,狮子出窟。”(汪士慎《镜影水月图》)[⑧]此外亦有少量清丽缠绵之作,如华嵒

① (清)郑板桥著,郑炳纯辑:《郑板桥外集》,山西人民出版社,1987 年版,第 170 页。

② (清)黄慎著,丘幼宣校注:《蛟湖诗钞校注》,海峡文艺出版社,1989 年版,第 435 页。

③ 蒋华编:《扬州八怪题画录》,江苏美术出版社,1992 年版,第 118 页。

④ (清)华嵒撰:《清代稿本百种汇刊 第 66 册 集部 离垢集》,文海出版社,1974 年版,第 146 页。

⑤ (清)高凤翰撰:《南阜山人诗集类稿》,载《山东文献集成》编纂委员会编:《山东文献集成:第一辑第三十七册》,山东大学出版社,2007 年版,第 423 页。

⑥ (清)黄慎著,丘幼宣校注:《蛟湖诗钞校注》,海峡文艺出版社,1989 年版,第 392 页。

⑦ (清)华嵒著:《离垢集:新罗山人华嵒诗稿》,福建美术出版社,2009 年版,第 153 页。

⑧ 曹惠民、陈伉主编:《扬州八怪全书:第三卷》,中国言实出版社,2006 年版,第 64 页。

的《花鸟图》："春风文鸟，烟草绿波。濛濛南浦，幽如之何。"①重蒙一层南朝小赋的明丽幽怨。

六言题画诗，以郑燮所作为多，李鱓、高凤翰、陈撰、汪士慎、罗聘等家亦有零星创作。笔者所见郑燮 10 余首六言诗，除 1 首题山水外，其余均为题兰、竹、石之作。郑燮常夹叙夹议地借用六言诗来阐述他的绘画主张，对此笔者在后文中有专门分析。

综观扬州八怪的六言诗，有一种较为一致的倾向：好反复，好用叠字。例如郑燮《题画》："秋山秋树秋水，苍瘦秃落清驶。"三用"秋"字。陈撰《梅花册》："亏他三薰三沐，供我一咏一觞。""三"字与"一"字，均重复使用一次。李鱓《柳枝鲈鱼》："月又春宜花盎，溱溱兆起鱼竿。"后句句首使用了叠字"溱溱"。高凤翰《题芭蕉》："记取天涯草色，江南江北丛丛。"重复使用"江"字，又用了叠字"丛丛"。六言句常见的用字节奏都是较具停顿之感的二言组合，一般情况下，不如五言、七言那样可以运用能够显出顺畅、下泄之势的三言组合。但若或重叠，或反复地连用，则较易产生层递、渲染或排比的气势。故此扬州八怪多利用这样的句式结构做排比、重叠等，或增加、渲染诗歌的气势，或强化诗歌的情感力度，或深化诗歌的意境。固然，叠字并非六言诗的专利，历代三言、四言等诗体中也有不少，如"关关雎鸠"等。但在扬州八怪的六言题画诗中，叠字的使用及其效果的显现较为引人注目。

扬州八怪传世九言题画诗及杂言题画诗数量较少。九言诗，笔者仅见到金农的《宣城沈丈廷瑞画松歌》，16 句 144 字，记载了他与宣城画家沈廷瑞之间的交游。杂言题画诗，高凤翰有 20 余首，郑燮有 10 余首，金农、李方膺、罗聘、李鱓等家也有少量创作。

高凤翰的杂言诗，篇幅一般都较长，情感往往较为鲜明、强烈，整首诗歌也常是从头到尾气脉贯通，倾注而下。例如其《三台画石歌》："吁嘻异哉，谁持倚天之长剑，割取泰华峰头三台磊落之奇石。崩云下堕千丈强，流光十日惊霹雳。笔端摄怪追其精，缩入陟厘较咫尺。此石安所用，玩弄羞几席，宜与天地之间伟丈夫，勒钟铭鼎杂青碧，不然当出肤寸云霖雨，化作苍生泽。公乎但取此石定无负，等闲事业鸿毛掷。努力鞭弥会相从，决眦八极看挥

① 蒋华编：《扬州八怪题画录》，江苏美术出版社，1992 年版，第 324 页。

斥。”通过对石的不断自问自答、感叹、赞颂，借石写心。全诗一气呵成，畅快淋漓。高凤翰喜欢在杂言诗中使用语气词，如前引“吁嘻异哉”，又如“呜呼”“吁嗟”“噫吁嘻”“吁嗟呼”等。他有时还喜欢使用极长的句子，如：“吁嗟呼！此中真赏有定力，安问后来纷纷聚讼嗡苍蝇。”（《题沈石田残卷》）“判呼判呼吾独爱尔高冠大剑好须眉，胡不从我痛饮醉如泥？”（《题〈对镜钟馗图〉》）更加显出气势。

郑燮的杂言题画诗篇幅一般较短，有的仅有短短3句。与高凤翰的杂言诗相比，郑燮的杂言诗不以气势取胜，却是以睿智灵动取胜。如其题《兰石》：“兰之气清，石之体静，清则久，静则寿。”十分清简，却显出思考。又如他论画兰之法：“一叶翩，一叶拂。浊中清，清中浊。画家若识此中情，何患一门无酒肉。”（《兰》）郑燮常以辩证的思维作画、作诗。

此外，扬州八怪的一些杂言诗为时人所批判，后文将具体论之。

三、题画词的情况

扬州八怪诸家中，目前已知有题画词传世的仅有边寿民、郑燮、金农和罗聘四家，他们所作题画词的数量也不多。

边寿民的题画词，仅笔者所见有28阕，从最短的、仅有16字的《归字谣》到116字的《贺新凉·女史恽冰画菊》，小令、中调、长调均有，分别占21阕、1阕、6阕。且用了19种词牌，显出变化。此外还有一篇名为《藕叶》的作品：“风光别清凉，又迎中秋节。中秋节，几经风雨，破残荷叶，相看此景真清绝。赏心欲悦，和谁说之？兴来把笔，永留缃页。”句式长短不一，颇类词体。但《钦定词谱》《词律拾遗》等文献里并无与此体式相同的词牌，疑为其自度词。

郑燮现存题画词两阕，均调寄《一剪梅》：“几枝修竹几枝兰，不畏春残，不怕秋寒。飘飘远在碧云端，云里湘山，梦里巫山。画工老兴未全删，笔也清闲，墨也斓斑。借君莫作画图看，文里机闲，字里机关。”（《题兰竹石调寄一剪梅》）“一幅齐纨七尺长，不画春芳，不画秋芳。写来蕙草意飘扬，恍在潇湘，又在沅江。红罗斗帐挂深堂，月夜流光，雨气新凉。薄衾碧簟拥韦娘，帐里花香，帐外花香。”（《一剪梅·题兰竹菊帐额》）前阕用《词林正韵》第七部平声“元寒删”韵，后阕用《词林正韵》第二部平声“江阳”韵，均效蒋捷《一剪

梅》逐句押韵，谨守前人法度，按谱填词。

笔者目前尚未发现金农有填前人词牌的作品。金农《冬心先生自度曲》一卷，所录30余阕题画词皆为自度词，自成一格。有关其体式的相关论述，详见后文。

笔者所知罗聘传世题画词有两阕。一为《桂殿秋·题岁寒三友图》："竹君子，松大夫。与梅合成三友图。梅花只恐嘲松竹，可有调羹手段无？"明代杨士奇有题画词《桂殿秋》："竹君子，松大夫。梅花何独无称呼。回头试问松和竹，也有调羹手段无？"显见罗聘此词由杨词化用而来。① 罗聘另一词为自度词："采菱港口少风波。两头纤纤同唱歌。吴娘初嫁，新扫双娥。斜阳未落，忽飞晚雨，归也迟迟。悄无人影，想瓜皮小艇，去不多时。"②罗聘为金农弟子，这阕词该是效仿其师而为。但金农通音律，其自度词也基本都是付乐工歌唱了的。罗聘是否通音律、其自度词是否付乐工歌唱，笔者尚不得而知。

第三节　扬州八怪题画诗词的内容

一、以吟咏具高洁意象的动植物为主

在人物、花鸟、山水这中国画三大科中，扬州八怪的题画诗词以题花鸟的作品为主，这主要缘于他们所绘多是梅、兰、竹、菊、荷、松等各类花草树木，以及鹤、雁、鸡等各种禽类，相应地，他们题画作品里吟咏最多的也是这些动植物。

分析扬州八怪以花鸟为主要绘材的原因，当有受市场因素影响的客观原因以及他们大都是文人出身的主观原因。

市场因素的影响首先体现在人物，尤其是山水的绘制，常需耗费大量时间与精力方可完成。而花鸟画的绘制则不然，常可立就，便于画家节约绘画成本，以进行大批量创作。况且若精心绘制，成本便高，售价也高。对

---

① 吴企明、史创新编著：《题画词与词意画》，云南人民出版社，2007年版，第138－139页。

② 林秀薇编译：《扬州画派》，艺术图书公司，1999年版，第168页。

于常年卖画的扬州八怪而言，虽也有盐商与高官购买他们的画作，但其主要顾客仍是数量庞大却经济实力不甚雄厚的普通民众。有据可依：郑燮自己定的润格，除了四两、六两的高价外，还有一两、五钱的平民价格①；汪士慎卖出的四本画册，合计报酬也才三两八钱②；金农也曾绘制画灯托袁枚代售③。对于面向整个市民阶层的销售模式来说，相较于厚利薄销，薄利多销的利润来得更为丰厚些，给商家带来的成就感也要更多些，因此往往更招商家的喜爱。

其次，诸如牡丹、鸳鸯等明显具有祈福意味的花鸟作品历来为世俗市场所欢迎。"朝来寻纸挥毫卖，利市先开画牡丹"④，李鱓用牡丹来博取开张，大概可以作为证据。再次，扬州人喜爱花鸟，"无贵贱皆栽花"⑤。且在当时的扬州，花鸟画的市场价值很高，是仅次于人物的畅销画材。因此，扬州八怪有选择花鸟为绘画内容的必要。

扬州八怪并未以最受市场青睐的人物画为念，而是作花鸟画最多。分析其中缘由，除了有人物画耗时、耗力的因素外，更重要的当在于扬州八怪大多是文人出身。

扬州八怪中的绝大多数成员出身于文人家庭，并在幼年时期接受过较为正统的学业教育。虽是无奈卖画，在画作上也有着对于市场因素的考虑，但他们不愿就此沦为画匠一族。画匠作画，少情志而多笔墨，更加注重市场的喜好。市场最喜人物，他们便可能专绘人物。但扬州八怪有着守护自身精神领域的文人意识，也具有维护自己文人身份的强烈意愿。而便于托物言志、吟咏心情的花鸟画历来在三科中最为文人所喜爱，扬州八怪并未在这一点上另立新格。郑燮题画诗词中吟咏最多的是竹与兰；边寿民题画诗词中吟咏最多的是芦雁；金农、汪士慎、陈撰、高翔、李方膺、罗聘等家更是专攻梅花，题画诗词也以题梅诗居多。可见一斑。

---

① 顾麟文编：《扬州八家史料》，上海人民美术出版社，1962 年版，第 118 页。

② 丁家桐著：《扬州八怪全传》，上海人民出版社，1998 年版，第 37 页。

③ 薛永年编：《扬州八怪考辨集》，江苏美术出版社，1992 年版，第 170 页。另袁枚《小仓山房尺牍》的卷一亦有记录。

④ 中国人民政治协商会议江苏省兴化县委员会文史资料研究委员会编印：《兴化文史资料：第五辑》，1982 年版，第 23 页。

⑤ 王伯敏主编：《中国美术通史：第六卷》，山东教育出版社，1988 年版，第 207 页。

此外，我们犹能从扬州八怪的题画诗词中看到他们自己的身影。例如："绕帘梅影认前身"（黄慎《〈梅花〉册页》）；"视心如莲花"（陈撰《荷花》）；"兰花不是花，是我眼中人"（郑燮《兰》）；"兰有芳心我有心，相同臭味泪沾襟"（李方膺《题墨兰图册》）；"好似老夫多倔强，雪深一丈肯低头"（金农《墨竹》）；"自度前身是鸿雁"（边寿民《芦雁》）。在他们的意识里，这些植物、动物不同于其他物事，是直接与他们的心灵相连接的。

除了华喦、黄慎外，扬州八怪诸家大都在人生的前半段不以绘画为生。虽当前可见的有关他们生平的资料尚显匮乏，但经由他们现存画作的款识可知其画大都作于他们人生的中后期。年谱较为明晰的成员如李方膺、高凤翰、郑燮、金农等人，虽也曾在青少年时期参与绘画活动，但他们前半生的主要精力绝不在作画上。那么，对于扬州八怪的大多数成员而言，前半生或未曾学画，或主要精力不在作画上，他们的绘画功力与自幼事画的画匠相比，多会有所亏欠。若想在短期内练就可供养家糊口的绘画才能，选择见效最快的花鸟题材便成为可以预见的结果。如此一来，可谓雅俗共赏。既满足了市场需要——迎合广大市民趣味，又与扬州商人的"儒商"身份相宜，更使其超脱于画匠身份，多出境界与韵味，守护了文人的尊严。

此外，笔者留意到，在扬州八怪现存的画作与题画诗词中，出现最多的画材是梅花与牡丹。除杨法与李葂外，郑燮、李方膺、黄慎、边寿民、高翔、华喦、高凤翰、陈撰、金农、罗聘、李鱓、汪士慎十二人（除闵贞外）绘过梅花。其中，金农、汪士慎、李方膺、罗聘、高翔、高凤翰等家更以绘梅闻名，同时都有较为著名的题梅诗句传世。罗聘、高翔的传世画作中没有牡丹，其余诸家均绘制过牡丹图，郑燮、李方膺、黄慎、边寿民、华喦、高凤翰、陈撰、金农、汪士慎、李鱓十家更有题牡丹诗词传世。即其梅花图、题梅诗数量最多，牡丹图与题诗仅次于梅花。

这大概是个值得注意的现象。在中国传统文化中，每种花卉都有其特定的形象与意象。梅花具有高洁的意象，象征着文人的操守，反映文人的精神领域；牡丹代表富贵，对于以鬻画为生的扬州八怪而言，还代表着市场的青睐，象征着名利，可引申至物质领域。精神藏于文人的内心，物质则摆在文人的面前。没有物质，无法生存；没有精神，没有操守，也就不成其为文人。它们处于文人心灵天平的两端，都是文人无法回避的问题。扬州八怪

怎样看待梅花与牡丹,也就间接体现了他们对于精神、操守与物质(生存)间关系的判断与选择。

广义的“花鸟”,包含各类花卉、翎毛、蔬果、草虫、龙鱼等。①

扬州八怪题花鸟画诗词吟咏对象中占绝对优势的是具高洁意象的动植物。此外他们有时也会绘制、题写一些其他主题的花鸟图、花鸟诗。例如牡丹、芍药、桃、杏、月季、蔷薇、秋葵、玉簪、芙蓉、水仙、桂花、萱草、绣球、百合、紫藤、牵牛、凌霄、菖蒲等各类花草;柏、柳、芭蕉等各类树木;画眉、鸲鹆、鹦鹉、白鹭、燕、鹰、喜鹊、鸳鸯、黄鹂、翠鸟、蝴蝶、蝉等各种鸟虫;木瓜、荔枝、杨梅、石榴、枇杷、葡萄等各色水果;也有体现文人生活的琴、砚、棋等雅物以及表现世外情怀的鱼竿、芒鞋、佛珠、拂尘等。这些也多是明清文人题画诗词所常题咏的内容。

但还有一些题写的是麻雀、鸭、猫、狗、羊、牛、马、鱼、蟹、蛤蜊、瓜、豆、笋、菇、藕、萝卜、芋头、茄子、白菜、佛手、荸荠等表现世俗烟火气息的动植物或时令蔬菜,以及棕扇、蓑笠、茶壶等日常用品。这些内容是当时题画诗词中所不常见的。

花鸟之外,扬州八怪题画诗词中也有些题人物图与题山水图的内容。但因为扬州八怪中能绘或喜绘这两类作品的成员较少,相较于题花鸟画的作品,题写这两类画作的作品比例明显偏低。题人物画诗词较多的有华嵒、黄慎、罗聘、金农等几家,题山水画较多的有高凤翰、高翔等几家。这主要缘于他们的绘画兼涉多科。题人物画的作品,大致有题画像、人物图、仙鬼图等类别。题自己画像的作品常带有对自身经历的慨叹。题他人画像的诗作,除了如华嵒、黄慎等少数几位擅画人物的成员外,其余各家多是因应付人情而作,溢美之辞较多。题山水画的诗则是颂山水、叙交游较多。

佛教思想对扬州八怪的影响较大。扬州八怪中的金农、边寿民、罗聘等

---

① “二十世纪以来,中国画史论家、画家多习惯于将中国画概括为三大科——人物画科(包括人物、道释[仙佛]、鬼神等);山水画科(包括山水、台榭、宫室、屋木舟车、小景杂画、界画等);花鸟画科(包括花卉、翎毛、蔬果、草虫、龙鱼、梅兰竹菊等)。古代所讲的人物、山水、花鸟三科是狭义的,是从本体意义上去认定的,属于中国画的一部分;而今天,我们所讲的人物、山水、花鸟三大科是广义的,是从超本体意义上去认定的,它们代表了中国画的全部。”周积寅主编:《中国画论大辞典》,东南大学出版社,2011 年版,第 4 页。

家本身就是佛教徒。金农绘有多幅佛像画并题诗如："三熏三沐开经囊，精进林中妙意长。礼毕小身辟支佛，写时指放玉毫光。"他的《冬心先生集》便是扬州般若庵刻印的，晚年的终老之地更是名为"西方寺"的佛教庙宇。边寿民有号曰"渐僧"，还绘有佛珠画并题诗。罗聘曾为重宁寺作壁画，一生也曾画过多幅佛像、罗汉图，并有题诗。相较于扬州八怪其他诸家，他们的作品中题写这些图画的作品稍微多些。

二、兼题俗物、神鬼

另外，扬州八怪还有些为当时文人所较为不齿的题画作品。如题麻姑等体现出谀世色彩的作品，题写渔翁、盲人、流民等平民生活的作品，题写钟馗、群鬼、铁拐李、济公等图画内容本身就具有怪异性的仙、鬼、人物的作品，等等。

《全集・黄慎》65 图①

例如黄慎的《群盲聚讼图》[《全集・黄慎》65 图]，绘了八位盲人正在起纷争，纷争似乎较大：有的情绪激动地举起竹杖；有的拽住竹杖想要阻止；有的又在向天而吁；有的抓起算盘，莫名发笑；有的倒在地上摸寻坠地的三弦；还有的向纷争处摸来……地上七零八落地散落着一些用于说唱的乐器。整个画面绘的是盲人，还是为数八个的一群盲人，又是在起纠纷。这样的画面内容，是为当时文人所蔑视的。而画上的题诗，更让一些文人皱眉："一腔余

---

① 该图出自《扬州画派书画全集・黄慎》中的第 65 图。为保持体例统一，后文中出自《扬州画派书画全集》系列的图画均采用"《全集・画家》+ 图序"的方式进行标注，如：《全集・边寿民》15 图。

热血，两颗失明珠。聚讼知何事，乾坤唤腐儒。”原来这是一幅刺世的作品。

这些画作的内容已经被当时文人所看轻，扬州八怪又题写了诗文，更为文人所鄙夷。若再在画作中、诗句中显现出怪异、凌厉或谀世特点，则更为居于高位的正统文人所不容。

第四节　扬州八怪题画诗词的风格

“雅淡辞质”“情真疾邪”，是扬州八怪题画诗词风格的总特征。

一、素净雅淡的色泽

扬州八怪题画诗词的色泽淡雅素净。

首先，他们很少在题画诗词中使用颜色艳丽浓重的字词，而喜选用较为浅淡素净的词语。例如在高凤翰600余首题画诗中，具浅淡意象的“白”字出现了70次，“苍”字出现64次，“青”字出现52次；而作为颜色词使用的、具艳丽色彩的“朱”字及“紫”字均仅出现了19次，“丹”字也只出现了17次；“金”字虽出现了39次，却大多是作为“金陵”“金华”等名词的修饰部分使用的，作为颜色词使用的仅有17处，明显较少。又如在《扬州八怪全书》中收录的81首李鱓题画诗里，“白”字便出现了近10次。

其次，形容色泽程度的词语里，“清”“玉”“淡”等具浅淡意象的词在扬州八怪的题画诗词中出现的频率普遍较高。例如在120余首汪士慎题画诗中，“清”字出现了30次；400余首郑燮题画诗中，“清”字出现了79次，不可谓不多。而色泽程度浓重的字词出现的次数明显偏少。

最后，扬州八怪还喜好使用能给人素淡、剔透、空灵感觉的词语，例如“清江”“清芬”“清光”“玉露”“玉线”“溪云”“汀烟”“清晖”“水月”“清风”“水晶”“清影”等词。

在具体使用上，他们也总是把具有类似意象的字词多重组合，使之形成较为完整的素净雅致的诗貌。例如：“桥头浅水漱芦根，云净天空月坠痕。更有一番堪画处，秋来红叶打柴门。”（高翔《题吕半隐山水挂轴》）水、云、天、月，是实有的物体，却又都是看得到、感受得到，却抓不着的、具有“清空”意象的词语。“浅水”，自是清透无色的，不同于“深水”；“芦根”是白色的，

“云”是白色的，若再“净”，更见清白飘逸；“天”是空透的；“月坠痕”便是影，而影是缥缈虚无的；“秋来”往往伴随的是“气爽”，显出凉意的空彻；“红叶”常常也隐含着“飘落”的内蕴。所有这些词语组合出的意象是空灵而显出逸气的。若再加上“桥头”“柴门”这样虽显出人类的“质实”、又蒙着“野”韵的词语，其展示出的图画，自是一幅素净雅淡的月夜图。又如“明月如积水，蕉叶如立荷。着个鹭鸶睡，白莲出绿波。”①清明的月下，蕉叶轻轻舒展着，一只白鹭鸶栖息其下。不远的水面上，素洁的莲从澄静的涟漪中悄悄凌出。这一系列意象交织在一起，绘成了另一幅素雅静谧的月夜图。

扬州八怪题画诗词的色泽与他们画作的风格相匹配。落实在具体的画法上，便显现出“以素为贵”的绘画审美趋向。有关这一点，后文有专门论述。

二、辞质而径的语言

扬州八怪题画诗词的语言是辞质而径的。

他们有意识地避免在题画诗词中使用僻涩佶屈的字词，而代之以常见的、简单的词语。诸如“山”“水”“日”“月”“天”“人”“上”“下”“不”等含义简明、笔画简少、读之流畅又观之顺畅的字词，在扬州八怪题画诗词中的使用频率均很高。例如汪士慎的《〈空里疏香图〉题诗》：“小院栽梅一两行，画空疏影满衣裳。冰花化水月添白，一日东风一日香。”整首诗 28 字，除了“画”“满”2 字稍显烦琐外，其余 26 字基本都给人浅易、清爽的感觉（以繁体论）。而至为直观简明的“一”字，在汪士慎的题画诗中出现了 65 次，在金农的题画诗词中出现了 60 次。在《扬州八怪题画录》里收载的 90 首李方膺的题画诗中，“一”出现了 30 次，平均每 3 首诗便有 1 个。这使得他们的题画诗句读起来和看起来均没有晦涩之感，容易给人流畅的感觉。

扬州八怪的题画诗词也较少用典。即使用典，所使用的也常是多见之典。例如郑燮的“吾家颇有东篱菊，归去秋风耐岁寒”（《画菊与某官留别》），引用陶潜《饮酒》之典阐明自己归隐桃源的想法。又如边寿民的“绿珠宴罢归金谷，七尺珊瑚夜不收”（《题〈雁来红〉》），引用绿珠、金谷园之典

① （清）高凤翰撰：《南阜山人诗集类稿》，载《山东文献集成》编纂委员会编：《山东文献集成：第一辑第三十七册》，山东大学出版社，2007 年版，第 280 页。

形容雁来红。再如李方膺的"相门才子清人骨,索写梅花意气雄。不是孤山林处士,调羹鼎鼐旧家风"(《〈梅花〉册页》),用林逋之典题写梅花。除此之外,他们引离骚、屈原以咏兰花,引湘妃、王徽之、苏轼、文同以咏竹,引甘谷咏菊花或引陶潜以咏菊花、桃花,引林逋以咏梅花、仙鹤,引杨玉环以咏牡丹,引西施以咏荷花,等等。这些是扬州八怪题画诗词里所常使用的典故,基本都是大众可以掌握的典故,读来不觉艰涩。

三、情真疾邪的情感

扬州八怪是一群情感丰富的文人画家,他们的题画诗词往往情真意挚、以情纬文,这是他们的题画诗词与情寡词工的画院派题画诗词最大的差别。

在他们的题画诗词中,或喜,或怒,或哀,或恶,我们总可以感受到真实情感的存在。例如"寻梅有约喜新晴"(汪士慎《梅花》),"且喜和风被庭院"(华喦《海棠白头图》),是他们的喜悦;"生憎施粉与施朱"(李方膺《梅花图册》)①,是他们的烦厌;"才有梅花便风雨,教人惆怅恼春天"(高翔《题墨梅图》)②,是他们的怅然;"三年倦作兰陵客,浪墨濡濡晚翠图"(李方膺《枇杷》)③,是他们的倦怠;"所恨未曾亲得见,钩完花瓣点椒时"(金农《题梅花》)④,是他们的遗憾。这种"真",不是讲求温柔敦厚的诗词可以表现出的,也不是讲求含蓄蕴藉的诗词或讲求肌理考据的诗词能够生发出的。

因为感情真挚,所以爱憎分明。对于所见之美好事物,扬州八怪不吝笔墨地予以赞扬;对于不合理的丑恶现象,他们也毫不顾忌地给予批判,甚至以笔为刃,口诛笔伐。

如李鱓的"辕门桥上卖花新,舆隶凶如马踢人"(《〈花卉图〉册页》),揭露了衙门舆隶仗势欺人的丑恶面目;"劲直苍松拔太清,绝无攀跻与逢迎。岂知老鹤营巢外,也许穿窬鼠辈行"(《松鼠图》),表达了君子对宵小之人多行恶事、损毁他们清名的愤怒;"画鸡欲画鸡儿叫,唤起人间为善心"(《题

① 林秀薇编译:《扬州画派》,艺术图书公司,1999 年版,第 157 页。

② 曹惠民、陈伉主编:《扬州八怪全书:第二卷》,中国言实出版社,2006 年版,第 448 页。

③ 林秀薇编译:《扬州画派》,艺术图书公司,1999 年版,第 161 页。

④ 韩丰聚、孙恒杰主编:《题画诗选释:第二卷》,河北美术出版社,2000 年版,第 2562 页。

〈秋柳雄鸡图〉》），直截了当、一针见血，直刺社会人心。又如郑燮的“天公雨露无私意，分别高低世为何”（《峭壁兰图》），“山上山下都是兰，香芬馥郁是一般。可恨世人薄幸眼，只因高低两样看”（《题山兰》），“两枝修竹出重霄，几叶新篁倒挂梢。本是同根复同气，有何卑下有何高”（《题画竹》），借兰、山、竹喻人，直刺等级差别、高低不公的社会弊端；“屈宋文章草木高，千秋兰谱压风骚。如何烂贱从人卖，十字街头论担挑”（《画兰》），又对怀才之人的不遇抱以不平。再如李方膺的“冻枣垂垂映柿红，来年买米做农工。只愁县吏催科急，贱卖青钱到手空”（《枣柿图》），以及“菜把甘肥色更鲜，劝农曾见口流涎。从来不到街头卖，怕得官衙索税钱”（《青菜图》），都以辛辣的笔墨把统治者残暴贪婪的形象生动地描摹出来。此外，“浮埃滚滚塞青明”（华嵒《题钝根周处士小像》），“劝君莫饮人间水，直是清池也污君”（罗聘《题〈鹤石图〉》），锐气逼人，更见凌厉；“钟馗尚有闲钱用，到底人穷鬼不穷”（李方膺《风雨钟馗图》），“吁嗟山精木魅动成把，更愿扫尽人间蓝面者”（华嵒《钟馗图》），借鬼说世，讽刺犀利至骨。

这需要莫大的勇气。在扬州八怪所生存的康雍乾时期，康熙朝有文字狱 11 起，雍正朝有文字狱 25 起，乾隆朝有文字狱 135 起。[①] 清政府对文人，尤其是扬州八怪所在的江南之地的文人施行的镇压及杀戮此起彼伏。因文字狱而被抄家灭族的文人不计其数。一旦文人们没有谨言慎行，不仅自身难保，还会株连九族。即使已经辞世也会被掘墓戮尸。这使得当时绝大多数的文人都“避席畏闻文字狱，著书都为稻粱谋”[②]，畏谈国事。此外，当时从帝王到诗坛名宿所倡导的诗风大都是温柔敦厚、含蓄雅致的，可以想见，扬州八怪的任情放性甚至锋芒外露必然会引起不满，甚至诋毁。但他们仍然在画作上题写了为数不少的讽时刺世作品。因此，题画诗词上的“愤世疾邪”成为扬州八怪题画诗词与其他家题画诗词的重大区别之一。

此外，扬州八怪题画诗词有时还会显示出“天外落想”的特点，新颖奇致，出句不凡，颇具“逸气”。例如边寿民题藕曰：“纵把银刀生断却，一丝牵杀几多人。”（《藕》）藕断丝连，一语双关。郑燮题竹曰：“他日江头作渔父，

---

① 张兵、张毓洲：《清代文字狱的整体状况与清人的载述》，载《西北师大学报（社会科学版）》2008 年第 45 卷第 6 期，第 62 – 63 页。

② （清）龚自珍著：《龚自珍全集》，上海人民出版社，1975 年版，第 471 页。

钓竿便在画图中。”(《竹》)题八哥曰:“借问人间何手足,相逢此鸟便称哥。”(《八哥》)因名打趣,逸气横生。李葂曾作:“不涂铅粉不施朱,破冻芙渠色转殊。为问君家旧花墅,雪深有此一枝无?”(《题荷花图轴》)咏冬日荷花,有奇思怪想。金农的“雀查查,忽地吹香到我家。一枝照眼,是雪是梅花”(《题梅》)①,下笔无端,想象奇特,与袁枚所评“皆从天外落想,焉得不佳”②较为吻合。

扬州八怪诸家各有性情,他们题画诗词的风格并未完全相同。例如高凤翰虽是王士祯门下弟子,他的题画诗风格却似乎更接近陈撰、华喦、黄慎的题画诗风格,稍有“雅正”倾向;而郑燮、金农、边寿民则在性情上更为张扬些,接近“神韵派”,甚至部分作品的风格接近晚明的“公安派”。但相较于当时其他文人或画家的题画诗,扬州八怪诸家题画诗词从整体而言,或多或少地打破了雅正、平和的时风,较少内敛、较多外扬,趋向统一。

第五节　扬州八怪题画诗词里的诗文观

扬州八怪时常在他们的题画诗词中阐述他们对各类事物的看法,其中包括对诗文的观点。因此经由扬州八怪的题画诗词,我们可以考察他们的诗文主张。

一、诗歌的社会效应

扬州八怪有关诗歌社会效应的看法有肯定与否定两方面的内容,主要在肯定方面。

首先,他们认为诗歌可以发抒本心,诗人可以通过在诗作中吟咏物事以言志写心。这具体包含三层内涵:其一,诗歌可表达诗人内在的情感,即诗歌具有抒情功能;其二,诗歌可以展露诗人的志向、抱负等,即诗歌具有言志功能;其三,诗歌的抒情与言志通过外物而完成,即诗歌具有寄托的功能。

扬州八怪虽是以卖画为生,需要迎合世俗市场的需求,但扬州八怪所绘

① 张郁明、吴岭梅、蒋华等编:《扬州八怪诗文集(三)》,江苏美术出版社,1996 年版,第 167 页。

② (清)袁枚著,顾学颉校点:《随园诗话》,人民文学出版社,1982 年版,第 231 页。

画材，占绝大多数的仍是梅、兰、竹、菊、荷等植物或是雁、鹤等动物。并且，他们每每在题画诗词中不遗余力地对这些物事予以赞美。他们赞美梅花“轻烟淡墨玉精神，洗尽繁华不染尘”（李方膺《题梅花图》）；赞美兰花“不容荆棘不成兰”（郑燮《为侣松上人画荆棘兰花》）；赞美葵花、菊花“葵有丹心菊有骨，脚跟立定敖金霜”（李方膺《题秋葵图》）；赞美白鹭“不竞山鸡羽，羞同野鸭游。终当凌破壁，万里上高秋”（高凤翰《题画〈江汀雪鹭图〉》）；等等。之所以尽情描摹和赞美这些生物，正是因为它们所体现出来的精神，是扬州八怪心灵中已经固有并一直在坚持的。扬州八怪的此类题画诗词，究其本质来说，正是他们的托物言志写心。

对于诗歌的寄托与言志功能，扬州八怪在他们的题画诗词里也曾专门讨论。例如高凤翰的《题画寒林鸦阵图》诗序评价徐渭《题〈古木寒鸦图〉》曰：“诗有寄托，具见胸次。徐文长有题所画古木寒鸦诗云‘莫作曹瞒三匝绕，汉阳江上有周郎’。其胸中伏芒隐刺流露如揭。”指出徐渭借用曹操、周瑜之典咏古木寒鸦，实际就是在借物抒情，一吐徐渭自己胸中的不遇块垒。其实不只徐渭，高凤翰自己也是对此身体力行的。例如他就曾借咏荷花来向举荐他的塞中丞表露自己的志节。并在诗序里明确说道：“托物寄怀，用申慕效，尚亦诗人之志也夫。”（《题画荷上塞中丞人荐》）又一次阐明自己的相关主张。

陈撰也有相关论述，例如他曾在《题边寿民〈泼墨图〉》诗里说：“我嗟世人乏兴寄，淹淹方幅无余地。惟君万事任天然，墨水三升姿游戏……对之如读古诗骚，美人香草良有以。”①诗画并举，明确提到“兴寄”的问题，对时人画作缺乏兴寄予以批评，又肯定边寿民的画作如同《诗经》《离骚》，寓意深长。

其次，除了托物、抒情、言志，扬州八怪还认为诗文具有积极的社会功能，他们肯定诗文的教化作用，这一理论深受儒家思想影响。“文章合为时而著，歌诗合为事而作”——自儒家以《诗经》怨刺及孔子提出“事父”“事君”的主张，数千年来文人们一直以各种形式不断地对此表示肯定并发扬。到扬州八怪这里，更是踵事增华。他们借助题画诗词批判各种不合理的社会现象，发扬以诗“刺世”的传统，对此前文已多有论及。此外，对符合诗教

① 丁志安著：《边寿民》，上海人民美术出版社，1988 年版，第 26 页。

内容的人物、事件与行为，他们也总是全心全意地予以赞美并加以弘扬，第二章第五节里有详细论述。

再次，扬州八怪还毫不避讳地肯定诗文给予社会与个人的实际利益。例如黄慎有句曰："君不见丹漆礼器执梦中，《文心雕龙》光裕后。"（《读刘氏柳溪子〈儒林世家传〉，复观〈画马图〉，并作长歌以赠》）借这几句道给友人的言语写出自己心中对此现象的企慕。刘勰在其《文心雕龙·序志》中叙述了他撰写《文心雕龙》的动机：梦见自己手执丹漆礼器，追随在孔子身后，这激发了他借文弘道之心。而黄慎此句，正是借刘勰之事对诗文的功用予以颂扬：诗文不仅可以上行君子之道，流泽于世，还可光前裕后，荣耀及身。

客观而言，黄慎的这个观点既与儒家思想相一致，又有与之相背离的地方。所一致之处在于，正如《易》之"鼓天下之动者存乎辞"①，刘勰之"道沿圣以垂文，圣因文而明道"②，儒家讲求著书立说以宣扬"道"，黄慎之说是应当受到儒家所赞许的。不一致之处则在于，孔子"罕言利"，孟子称"何必曰利"，此后深受儒家思想影响的正统文人基本以言私利为不义之事。但黄慎却在此处明确提及与自身利益息息相关的"光前裕后"。此言、此思的产生，结合黄慎的生平来看，存在迫于生计的缘故。但这样的言论与观点终究与儒家思想有所背离。

扬州八怪诸家之所以在当时被不少正统文人诟责，很重要的一个原因就在于他们有卖画这一"言利"的行为。例如俞樾曾曰："余谓东坡书字，在当日只换羊肉吃而已；吾辈率尔落笔，便欲白银，亦大罪过。"③

虽是以正面的观点居多，扬州八怪对诗文功能的评价也存在否定的观点。例如陈撰曰："文义日以新，性天日以坼。何如束高阁，屏弃弗复习。"（《奉题偕柳先生拥书图》）在陈撰的认识里，对于诗文的解读是时时有所进展、有所变化的，而处在这瞬息万变的学习之中，会使人离与生俱来的性情愈来愈远，既然如此，不如不学。

陈撰的观点与北宋程颐"作文害道"的主张稍有相同。而"因文变性"的观点与李贽的"童心"理论更为相似。李贽认为人原本有纯真的赤子之心，

---

① 陈鼓应、赵建伟注译：《周易今注今译》，商务印书馆，2005 年版，第 639 页。

② （梁）刘勰著：《文心雕龙》，中华书局，1985 年版，第 3 页。

③ 顾麟文编：《扬州八家史料》，上海人民美术出版社，1962 年版，第 119 页。

因为后天参与到各种学习中，失去了“一念之本心”，遂变得复杂虚伪。陈撰“文义日新”的观点与唐代刘禹锡、宋代欧阳修以及明代“公安派”、李贽的理论也有相似之处。刘禹锡在《唐故尚书礼部员外郎柳君集纪》中提到了“八音与政通，而文章与时高下”[①]的说法，认为文章不是一成不变的，而是会因为时代的更替、社会政局的变化等因素产生变化。这主要是就每个时代所兴起或繁盛的文体有所不同而言的。欧阳修在《唐书·艺文志》序中曰：“历代盛衰，文章与时高下。然其变态百出，不可穷极，何其多也！”承其余绪。明代“公安派”黄辉在《刻八大家文集序》中又将“文章与时高下”的观点提出：“文章与时高下，信乎！乃推挽掎角之故，岂不以人哉？东京以还，靡于六代，俳于五季，而砥柱于元和嘉祐，盖五百余岁而得韩子，又三百岁而得欧阳子，柳、苏、曾、王，鞭弥者相随属也，前者唱于，后者唱喁，自然之势也。”[②]认为江山代有才人，从诗文创作者因时之变的角度，肯定“唐宋八大家”等人的文学成就，反对“明七子”等人在诗文创作学习中“文必秦汉，诗必盛唐”的贵古贱今倾向。李贽也提到了“文章与时高下”，肯定诗文的变化，但主要是就诗歌形式的变化而言的。

诸家均肯定诗文会随着时间的推移而有所变化。但陈撰从文义角度出发，论诗文的日新月异，与前述诸家或从文体的角度，或从为文之人的角度出发等其实有所不同，显出新意。

陈撰对诗文的批判和他屡试不第的坎坷经历不无关系。在以科举取士的时代，士子们往往是成也诗文，败也诗文，甚至因诗文而生、死。与陈撰大约同时的蒲松龄在其《聊斋志异》里塑造的司文郎，便是诗文的牺牲品。而其时屠人无数的文字狱，更是真实世界中的“因诗文而祸己及人”。陈撰作为曾被荐举“博学鸿词科”的才子、名士，却在考核诗文的科举考试中屡次败北，人生也因此落魄多歧。“本望文字达，今因文字穷”（孟郊《叹命》），这对他来说实为恨事。他曾有《拟古》诗曰：“苍颉彼何为，殚心创文字。流毒百

① 《刘禹锡集》整理组点校，卞孝萱校订：《刘禹锡集》（上），中华书局，1990 年版，第 236 页。

② 贾宗普著：《公安派文学思想研究》，中国社会科学出版社，2011 年版，第 177 页。

世下,功名由章句。”①由此可见他心中的愤慨与凄怆。

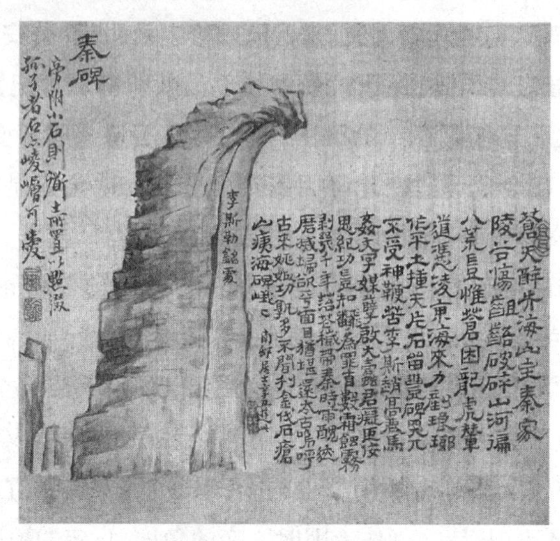

《全集·高凤翰》318 图

除陈撰外,高凤翰在《秦碑》中写道:“李斯赵高鹿马奸,文字媒孽启大蠹。”[《全集·高凤翰》318 图]认为诗文若指鹿为马、颠倒黑白,成为罪恶行为的帮凶,是于世有害的。这亦属对诗文具有负面功用的一层阐述。

实际上,中国文学史上对于诗文功能的讨论,数千年来不曾终止。有关此类观点,自先秦《尚书·舜典》里的“诗言志,歌永言,声依永,律和声”②,《礼记·乐记》里的“情动于中,故形于声”③,到《毛诗序》里的“在心为志,发言为诗”④,再到陆机的“诗缘情”理论,延及刘勰、钟嵘、孔颖达、白居易、叶燮、王夫之等人,都曾发表主张或进行阐释。它是中国古代诗文论家对诗本质的基本认识。

但扬州八怪则紧密结合自身的各种实践经验,不只认为诗歌可以借物言志抒情,还肯定诗歌给予诗人的各种名利,抨击诗歌具有的消极意义,将

---

① 张如安:《陈撰生平事迹考略》,载《宁波师院学报(社会科学版)》1996 年第 18 卷第 4 期,第 97 页。

② (汉)孔安国传,(唐)孔颖达等正义:《尚书正义》,上海古籍出版社,1990 年版,第 44 页。

③ 陈戍国校注:《礼记校注》,岳麓书社,2004 年版,第 272 页。

④ (汉)毛公传,(汉)郑玄笺,(唐)孔颖达等正义:《毛诗正义》,上海古籍出版社,1990 年版,第 15 页。

诗文对于社会、个人所产生的各种功用阐释得更为全面，相关的理论层次也显得更为清晰。这是较具扬州八怪群体特色的理论。

二、逆境造就佳作

郑燮曾在一幅兰花图上题句曰："杭州金寿门题墨兰诗云：'苦被春风勾引出，和葱和蒜卖街头。'盖伤时不遇，又不能决然自引去也……使当事尽如公等爱才，寿门何得出此恨句？"①认为金农之所以会创作出"苦被春风勾引出，和葱和蒜卖街头"这样满含怨愤的诗句，是缘于他的不遇。又认为，若没有诸多的遭遇与坎坷，便不会有这样的句子出现。

郑燮还曾在一幅墨竹图上题语曰："扬州汪士慎……索杭州金农寿门题咏。金振笔而书二十八字，其后十四字云：'清瘦两竿如削玉，首阳山下立夷、齐。'自古今题竹以来，从未有用孤竹君事者，盖自寿门始。寿门愈不得志，诗愈奇。"②认为用伯夷叔齐来比喻竹子，前所未有，但金农却能从天外落想，写出了"清瘦两竿如削玉，首阳山下立夷、齐"这样的奇句。并进一步分析金农之所以能写出这样的句子，是缘于他的不得志。继而郑燮得出一个结论：金农诗歌的成就与他的际遇有关系。金农愈不能得志，他的诗歌就会愈发具有奇思妙想，出奇制胜。

在这两段话中，郑燮以金农为例，评述了诗人的境遇与其诗歌创作之间的关系。认为诗人在"抱负不凡，不见于用"的情况下，会伤时不遇、激发情志，从而作出常人无法企及的"恨"句、"奇"诗。

除了郑燮的有关言论，黄慎也曾在赠友人朱草衣的诗中评价自己曰："酒政愁难禁，时宜老未工。"（《送朱草衣返江东》）③欧阳修曰："予闻世谓诗人少达而多穷，夫岂然哉？盖世所传诗者，多出于古穷人之辞也……盖愈穷则愈工。然则非诗之能穷人，殆穷者而后工也。"（《梅圣俞诗集序》）黄慎在此处化用欧阳修的观点反讽自己，显现出他心中对"逆境可以造就佳作"观点的认同。

---

① 丁家桐著：《扬州八怪全传》，上海人民出版社，1998 年版，第 111 页。

② 卞孝宣编：《郑板桥全集》，齐鲁书社，1985 年版，第 358 页。

③ （清）黄慎著，丘幼宣校注：《蛟湖诗钞校注》，海峡文艺出版社，1989 年版，第 17 页。

高凤翰也曾有“人入危途炼骨骼，天出辣手逼文章”[①]的句子评论杜甫，说的也是类似的意思。而“天出辣手逼文章”七字更显明白、利落。

其实扬州八怪不止金农、黄慎，包括郑燮在内的所有十四位（除闵贞外）成员的诗文创作，莫不与他们怀才不遇的人生遭遇有密切关系。至少，他们对自己人生境遇的伤怀与抱怨与此有关。

例如雍正十二年甲寅（1734），已经42岁的郑燮仍未中举。他在李鱓的画上写下“最羡先生清贵客，宫袍南院四时红”（《题李鱓蕉竹月季堂幅》）[②]的句子，艳羡李鱓宫廷画师的身份。他还曾写下“养成便是干霄器，废置将为爨下薪，千古兰亭修竹茂，事因王谢几家人”[③]，对人才得遇便竿冲云霄、成为大器，不遇便颠沛流离、境况沉沦的两极境遇予以慨叹。而李鱓，后来在因为不合时宜被迫离开仕途后，曾将“苦李”作为其画作的落款，也曾写下“古木参天倚碧霄，春光凌乱好垂条。朱藤画罢无人赏，只有黄鹂吹洞箫”[④]的句子，显示出失意的心情。还曾写下“自入长门着淡妆，秋衣犹染旧宫黄。到头不信君恩薄，犹是倾心向太阳”[⑤]的句子，对重返仕途满怀盼望之情。又如李葂说自己的境况曰：“笑我饥驱西复东，年来歧路正飘蓬。”[《题观察许公细雨骑驴入剑门小照》（其四）][⑥]一个“笑”字，寄寓了太多内容。罗聘说“我是当年鹿门子，也将辛苦付遥岑。行经趣路云遮截，箪瓢命定向谁说”（《深谷樵薪歌为内兄且乡题照》）[⑦]，慨叹可被其许为“是花不是画”的自画梅花图，结果“可怜也向街头卖”，当然也有罗聘对自身命运的感伤。

此外还有李方膺的“四十无闻误是吾”（《题〈枇杷图〉》），“孤标别韵不逢时”（《题〈梅〉》）；高翔的“酸咸原与世人殊”（《岁除用寙民韵八绝句之三》）；汪士慎的“寂寞平生老故邱”（《送吴载皇之赵州署》），“写梅心抱寒，

① （清）高凤翰撰：《南阜山人诗集类稿》，载《山东文献集成》编纂委员会编：《山东文献集成：第一辑第三十七册》，山东大学出版社，2007年版，第442页。

② 卞孝宣编：《郑板桥全集》，齐鲁书社，1985年版，第412页。

③ （清）郑板桥著，郑炳纯辑：《郑板桥外集》，山西人民出版社，1987年版，第155页。

④ 黄俶成著：《画仙春秋：李鱓传》，上海人民出版社，2001年版，第209页。

⑤ 丁家桐著：《扬州八怪全传》，上海人民出版社，1998年版，第67页。

⑥ 滋芜著：《扬州八怪题画诗考释》，武汉大学出版社，2020年版，第415页。

⑦ 曹惠民、陈伉主编：《扬州八怪全书：第四卷》，中国言实出版社，2006年版，第397页。

谁是会心者”(《〈梅花〉挂轴》)；黄慎的“自笑生明世，惭无一寸功”(《送朱草衣返江东》)[①]；华嵒的“乾坤浩浩人如虱，谁识英雄在布衣”(《题李靖虬髯公》)[②]；高凤翰的“一副伤心泪眼人，犹能有地报君恩。独怜生折孤寒骨，虮虱如臣更莫论”[《为雅雨公题出塞图六首》(其六)]；等等。或直抒胸臆，或托物言情，均是不得志而发愤的体现。

“怎样的人才能成为文学家——尤其是成为一流的文学家？如何才能造就出优秀的文学作品——尤其是经典的文学作品？两个问题，似乎都可以从一个角度来寻求解决的途径：那就是贫困。这里的贫困既指物质的极度匮乏，也指情感上的历尽挫折，当然更包括个人志向的难以实现。”[③]扬州八怪个个才华横溢。幸或不幸，这里的“物质极度匮乏”“情感历尽挫折”“个人志向难以实现”，扬州八怪全都符合。

在笔者看来，诗人创作于困境的作品之所以会引起广泛共鸣并被称为“佳作”，除了被广泛认同的困至而情真、中国文学以悲为美等原因外，或许还有一处可以一说的地方：中国传统男性文人的心性。

中国传统男性文人的主要心性特点之一便是怜才、惜才，善于同情弱者，尤其是怀才的弱者，这该与中国文人数千年来所接受的诸如“君子去仁，恶乎成名”“仁者爱人”等思想教育有关。例如中国文学史上对曹植的评价时常高于对曹丕的评价，很大程度便在于文人们对曹植境遇的同情。又如清一代的女性文学之所以会盛极一时，也与此有关。袁枚、王昶、王文治、陈文述等男性文人，广收才媛为徒，对才媛们的智慧与才华予以充分肯定，同时又对处于不幸命运中的才媛充满同情。李怡堂、谭柳原、陈萧楼、姚树堂、黄武陵、张理庵等多位男性文人，都曾对十二岁丧父的才媛沈善宝予以或经

---

① 曹惠民、陈伉主编：《扬州八怪全书：第四卷》，中国言实出版社，2006 年版，第 360 页。

② （清）华嵒著：《离垢集：新罗山人华嵒诗稿》，福建美术出版社，2009 年版，第 153 页。

③ 彭玉平著：《诗文评的体性》，北京大学出版社，2012 年版，第 159 页。

济,或精神,或学业等方面的支持与帮助,可见一斑。[①] 人性是善良的,也往往是期望圆满而不留缺憾的。真正受过儒家思想浸润的传统男性文人更见如此。自觉不自觉地,他们往往愿意给予困苦诗人的作品以较高于其他诗人作品的评价。或许,从他们的本心来说,这算是他们在以自己的方式对那些困苦的诗人予以安慰;也或许,他们觉得这是对人生有缺憾的诗人的一种具有善意的、特殊形式的补偿。

诚然,对一篇作品价值的评定,往往有多方面的因素。事实上千百年来,我们对不少作品的评价也常是变来变去的。就是对被称为"诗仙"与"诗圣"的李白与杜甫的文学地位的评价,也在不同的时代里有很大的差异。但这些应该不会影响"中国传统男性文人的心性"这一因素的存在。

三、生活对诗歌创作积极与消极的影响

在扬州八怪的认识里,诗歌非自闭门觅句而来,而是"工夫在诗外",源于生活的。例如李鱓说"若在灞桥驴背上,应多诗句满奚囊"(《题〈花卉册〉十二》)[②];李葂说"天街此日已鸣珂,风雨孤征较若何。一事却输驴背上,行行容易得诗多"[《题观察许公细雨骑驴入剑门小照》(其三)][③]。他们题画诗词中的不少作品写的都是生活中的各种现象与经历。

在他们的思想中,生活对诗歌的作用也不仅是创作源头,还具有促进创作与阻滞创作的双重影响。

生活对诗歌创作的促进作用,在扬州八怪题画诗词中多有体现。日常生活中的各种怀时感物,都会激发他们创作的热情。例如高翔说"疏梅破蕊添诗草"(《题〈山水册〉》),可知他是因为看到梅花绽放而心中有了感触,写下了这个句子。又如汪士慎的一首题梅诗序如此记载:"戊申春,院庭梅一树,忽为风折,徘徊庭际,不胜怆然,乃感而赋此,以记其事。"(《〈诗画〉册

---

① 为什么这里只提到男性文人?原因很简单:历史上,男性文人想要获得在文人圈子的地位,一般情况下,只要得到同性文人的肯定即可。而女性文人想要获得在文人圈子的地位,就必须得到异性文人的肯定才可。当时,才媛们若不能引起一些较具实力、较具地位的男性文人的肯定,则无法在文人圈子里立足。

② 黄俶成著:《画仙春秋:李鱓传》,上海人民出版社,2001 年版,第 202 页。

③ 滋芜著:《扬州八怪题画诗考释》,武汉大学出版社,2020 年版,第 415 页。

页》）[①]可知他作此诗是缘于对梅树突遭天灾的感伤，于是“情动而辞发”[②]。类似的诗句还有黄慎的“杨柳青青忆昔时，六朝尘迹鸭鸥知。画船载得雷塘雨，收拾湖山入小诗”（《题〈柳鸭图轴〉》）[③]等。诗歌与生活很多时候是相互生发的。“情以物迁，辞以情发。”[④]外感触及内，内情又延至于外。源自生活的诗歌，记录了生活；生活感发出诗歌，又成为诗歌的内容。情、景相生，诗、情相生。

但在扬州八怪的心中，现实生活不只会促进诗歌的创作，有时还会反应消极的情绪。例如高凤翰在其题芍药的画上说：“未向去前别，先从去后思。大都题画懒，也只为将离。”[⑤]芍药别名“将离”，诗中的“将离”一词语兼二义。其时，高凤翰即将离开武康，在与友人分别之际，画下芍药图题赠。作者强调离别后的思念之情，离别的情绪弥漫其间，因而借芍药寄意，可是到题画时就显得懒散了。而“大都题画懒，也只为将离”，则体现出生活造成的种种失意情绪，写出巧思。

这样的观点在汪士慎的题画诗里也有体现：“冷云侵户懒为吟”（《〈才有梅花便风雨〉挂轴》）[⑥]写出了诗人因为早春时节的寒冷，作诗之心变得疏懒的状况。金农游弁山，心印和尚向他求画并求题诗。金农在诗中曰：“老来懒似水牯牛，随意题诗在上头。”[⑦]因为年老体弱而性情慵懒，以致题诗都变得不精雕细琢，随意而作，表现出感慨情怀。而诗中的“慵懒”，可能更是一种无欲无求、不受拘束的至高境界。

四、推陈出新与师古人之意

扬州八怪历来不喜墨守成规。无论作画还是作诗，他们都一直保持着

---

① 蒋华编：《扬州八怪题画录》，江苏美术出版社，1992 年版，第 18 页。

② （梁）刘勰著：《文心雕龙》，中华书局，1985 年版，第 66 页。

③ （清）黄慎著，丘幼宣校注：《蛟湖诗钞校注》，海峡文艺出版社，1989 年版，第 340 页。

④ （梁）刘勰著：《文心雕龙》，中华书局，1985 年版，第 62 页。

⑤ （清）高凤翰撰：《南阜山人诗集类稿》，载《山东文献集成》编纂委员会编：《山东文献集成：第一辑第三十七册》，山东大学出版社，2007 年版，第 404 页。

⑥ 蒋华编：《扬州八怪题画录》，江苏美术出版社，1992 年版，第 26 页。

⑦ 张郁明、吴岭梅、蒋华等编：《扬州八怪诗文集（三）》，江苏美术出版社，1996 年版，第 109 页。

勇于创新的态度。例如在李方膺之前，画家画竹子基本未见有画风竹之作，因为风的形象很难用画笔描绘。而李方膺则“逆流而上”，专画风竹，且题句曰：“画史从来不画风，我于难处夺天工。请看尺幅潇湘竹，满耳叮咚万玉空。”（《题潇湘风竹图》）[1]写出气势，将风的神韵通过具体可感的形象显现出来，深具创意。

高凤翰也有《题牡丹》诗曰：“乱头粗服说文长，密染层渲属静香。自笑南邨风格异，平翻前调写花王。”明代徐渭（字文长）、清初周荃（字静香）均擅绘水墨牡丹。高凤翰论说徐渭的泼墨牡丹是“乱头粗服”，周荃的牡丹是“密染层渲”，自己所画的牡丹则是“风格异”“平翻前调”的，“翻”即“反”，反对徐、周二家的习尚，另辟蹊径，绘出牡丹花王的神貌，显示出他的创新意识。

边寿民在书法上的“人情皆米董，吾意只钟王”[2]，也将米、董媚俗与钟、王古雅的风格区别开来，在米、董盛行的书画时流里推崇钟、王，显示出其不肯迎合时流的思想倾向。将受冷落的观念重新发扬，大概也可算作一种“创新”。

在作诗上，他们的态度亦是如此。李鱓有题松诗曰：“诗家习气比龙鳞，画手雷同寿意陈。我道两翁秦汉物，敢将墨汁貌先民。”[3]在李鱓所处的时代，绘松干的常见方法是用鱼鳞纹皴擦，一如邹一桂在其《小山画谱》中所言：“松干如龙鳞。”[4]墨守成规，陈陈相因。李鱓对这种毫无新意的画法甚为不满，曾极力批判。具体到这首题松诗中，李鱓又将诗画并举，以画松为例批判模拟雷同、抱残守缺的作诗“习气”。显露出他在绘画与作诗这两方面态度的统一。“诗画本一律”，创作之理原本相通。

又如黄慎题友人吴励斋《山水册子》曰：“标题乐府皆古意，笑人辛苦学

---

① 曹惠民、陈伉主编：《扬州八怪全书：第一卷》，中国言实出版社，2006 年版，第 439 页。

② （清）徐用锡撰：《圭美堂集・卷二十二・苇间先生书册跋》，载《清代诗文集汇编》编纂委员会编：《清代诗文集汇编：200 册》，上海古籍出版社，2009 年版，第 614 页。

③ 蒋华编：《扬州八怪题画录》，江苏美术出版社，1992 年版，第 45 页。

④ （清）邹一桂撰：《小山画谱》，商务印书馆，1937 年版，第 41 页。

妃豨。”[①]“妃豨”一词源自古乐府《有所思》：“妃呼豨！秋风肃肃晨风飔，东方须臾高知之！”[②]“妃豨”为语气词，本无实义。王士祯有《戏仿元遗山论诗绝句》三十六首之九曰：“草堂乐府擅惊奇，杜老哀时托兴微。元白张王皆古意，不曾辛苦学妃豨。”[③]强调不能执着于个别的词语，反对刻板拟古之作，批评时人学诗路径的错误。指出他们不懂学诗应该首重学意，而非重形。因此在作诗时只知一味地机械模拟，甚至为了使自己所作的乐府诗与古人所作相像，连诸如“妃豨”这样的词都照搬入诗中，结果不伦不类。而真正学乐府学得好的诗人，诸如杜甫、元稹、白居易、张籍、王建，反倒都不是重形不重意之人。王士祯的观点是针对盲目拟古的创作流弊而谈的。黄慎此处虽是就画作而起论，对吴励斋画作的“师意不师形”予以赞赏，但他引用王士祯论诗观点并表露出了相同的态度。显然，他的这一观点与王士祯的观点及明代袁宗道所主张的“学其意，不必泥其字句也”的观点异曲同工。

此外高凤翰还曾在其《题靳别驾〈拥书图〉》中曰：“书生不假南面王，此乐无乃剧恣肆。奇书一卷当膝横，其意不愿效獭祭。架上床头次第搜，吸髓研精要独至。不然流浪作书淫，散圣终非无上义。一笑题诗并赠君，与君同参妙不二。”[④]诗中，高凤翰提到自己“不愿效獭祭”，装点门面，以拥书多者为胜；主张读书应该“吸髓研精要独至”，就是深入理解，获得精要；严厉批评“书淫”只是炫耀心态，并非真正的读书人，无法体会“无上义”。可见他主张活学，与友人同参不二之门的胜境。

“圣代空嗟骨相癯，常裁别体辟榛芜。他年诗话添公案，不在张为主客图。”（《新编拙诗四卷，手自钞录，付女儿收藏，杂题五首》）[⑤]金农追求骨相瘦硬的诗风，更着意于扫除芜秽，创新诗歌的体制，显出改革的勇气。此外

---

① （清）黄慎著，丘幼宣校注：《蛟湖诗钞校注》，海峡文艺出版社，1989 年版，第 196 页。

② 王思宇选注：《长相思：中国历代恋情诗》，辽宁人民出版社，2018 年版，第 56 页。

③ 王运熙、顾易生主编：《清代文论选》（下），人民文学出版社，1999 年版，第 348 页。

④ （清）高凤翰著，孙龙骅笺注：《高凤翰诗集笺注》，北京师范大学出版社，1993 年版，第 184 页。

⑤ 曹惠民、陈伉主编：《扬州八怪全书：第二卷》，中国言实出版社，2006 年版，第 359 页。

他也反对张为《诗人主客图》的主张，强分座次。此中的“常裁别体辟榛芜”“不在张为主客图”，正是扬州八怪力求在诗歌创作中求新求变的力证。

笔者分析扬州八怪与此相关的诗文理论，大概包含两个方面的内容：不能因袭守旧，应有所创新；不能机械模拟形式，而应师古人之意、师古人之心。这些其实在他们自己的题画诗词创作中是有所体现的。例如扬州八怪题画作品的体裁、内容、风格等都具有不同于时流的创新面貌，显示出他们异于常流的创新意识。其实他们反对拟古而主张师造化，也可以算作是他们那个时代的创新。仔细体会扬州八怪的绘画及题画诗词，可以感知到他们对当时占主流地位的绘画思想的叛逆与斗争。

除了以上所提到的较为集中的几个诗文观点外，扬州八怪还有些零星提出的主张。

例如郑燮主张画竹时先要“成竹在胸”，他在为文方面的态度亦是如此：“读书写画要先知，除此奇能未足奇。”（《竹》）高凤翰也有类似观点，他在《题画甘菊屏风》中曰：“画家无小品，文家无小事。只争落笔前，眼界与胸次。画菊以菊求，所得有何味。点染篱落间，蜂蝶皆小致。”[①]明确提出写诗作画，胜在着笔前“先知”，有了充分的认知与想法，然后再提升至眼界与胸次。指出若在下笔前心中仍无较为卓越的认识，只是一味地追求外在的毛皮，则只能是价值不大的“小致”。表现出对诗歌思想、境界的高度重视。又如黄慎在《题〈伏生传经图〉》中就秦始皇焚书坑儒之事做出评价曰：“兴亡自古关文运”[②]，指出时代兴衰对诗文的影响。再如李方膺在《梅花图》上题曰：“文章润色贵清真”[③]，表明他不仅是在作画上，而且在作文上“贵清真”的主张，以自然为法，反对侬艳的观点。而郑燮则在其题竹诗中言：“竹枝刷石傍山根，岁久年深石有痕；千古文章无捷获，惟求问此且关门。”[④]指出作文没有捷径，向上一路唯有勤习、熟参。

---

① （清）高凤翰撰：《南阜山人诗集类稿》，载《山东文献集成》编纂委员会编：《山东文献集成：第一辑第三十七册》，山东大学出版社，2007 年版，第 326 页。

② （清）黄慎著，丘幼宣校注：《蛟湖诗钞校注》，海峡文艺出版社，1989 年版，第 180 页。

③ 韩丰聚、孙恒杰主编：《题画诗选释》，河北美术出版社，2000 年版，第 2556 页。

④ 曹惠民、陈伉主编：《扬州八怪全书：第一卷》，中国言实出版社，2006 年版，第 149 页。

客观地说，题画诗词本不是谈论诗文理论的常见处所。但扬州八怪在他们的题画诗词中留下了颇多可耐思量的观点，值得讨论。

第二章　扬州八怪题画诗词概观（下）

木章主要通过题画诗词探究扬州八怪的绘画理论、市场化表征、群体形象及扬州八怪题画诗词与画作的关系、对现实的关怀等几个方面，对扬州八怪题画诗词予以文学本体外的延伸性探讨。

第一节　扬州八怪题画诗词里的绘画理论

扬州八怪这一群体是以书画闻名的。他们虽未如一些流派或学派那样明确地提出派系名称、定位派系主要成员、确立派系主要理论，但却在书画的创作与研究方面有着颇多相类的观点。“师造化”“求创新”“以素为贵”“神重于形”等是可以经由他们的题画诗词看出的最具扬州八怪特色的绘画主张。

一、师造化与求创新

在绘画的学习路径上，究竟应该“师古”还是“师造化”？以王时敏、王鉴、王原祁、王翚等为代表的“四王”所倡导的绘画拟古观在清初画坛占统治地位。

王时敏是董其昌的弟子。王时敏曾曰：“董巨逸规，后世竞宗。”（《西庐画跋》）他认为学习绘画当以南唐画家董源及由南唐入宋的画家巨然为榜样，极力推崇这种向古人学习的绘画途径。王鉴是明代文学界以拟古闻名于世的“后七子”之代表人物王世贞的曾孙。他不但主张学习董、巨二人，还

将此二人外的学习绘画门径统统视为不可触碰的外道。他认为，“画之有董巨，如书之有钟王，舍此则为外道”（《染香庵画跋》）。这一主张和“七子”的“文必秦汉，诗必盛唐”“大历之后书勿读”的机械拟古理论大有相似之处。王原祁是王时敏之孙，也是“四王”中年龄最小、影响最大的。他曾奉旨编纂《佩文斋书画谱》，受到康熙皇帝的赏识，一时声名显赫。王原祁曰：“画自晋唐，代有名家，若理趣兼到，右丞发其蕴，至宋有董巨，规矩准绳大备矣。”①明末董其昌将山水画分南、北两宗，认为南宗为文人画宗，较北宗更具意趣，王原祁沿袭此说，指出南宗以唐代王维为宗，董、巨成就至高。他极力肯定王维、董源、巨然等人在绘画史上的地位，进一步推进绘画摹古潮流。王翚的绘画理论较前三位稍显宽容，主张不拘董、巨，不拘南、北，博采众家之长。他也曾亲身体验写生山水，但后来又放弃了。从他一生的整体创作情况来看，其绘画实际仍以拟古为主。

“四王”宣扬“日夕临摹”古人之画，力求所作之画“宛如古人”。以这“四王”为代表的在康雍乾时期占据时代话语权的书画界名家们，借助于他们宫廷画师和“娄东画派”代表人物的身份及影响力，使得这种非常重视笔墨、技法的绘画拟古观成为康雍乾时期整个书画界学习风气的主流。

但扬州八怪说：“但能用我法，孰与古人量？”（华喦《画马》）他们坚定决然地反对盲目拟古，主张深入真实的画材之境，向“化工”（指自然的造化者）学习。金农也有句曰：“浩荡天机日往还，不摹董巨仿荆关。驱毫别具分云力，幻出云边雨后山。”（《题画》）此诗表达出同样的意思。

又如当时绘梅一般以元代王冕（字元章）与南宋杨无咎（字补之）所画之梅为范式。其影响之大，以致不仅画家们模仿，连皇帝也时常如此。清代汪由敦《松泉集》诗集卷十二有《叠前韵恭题御笔仿杨补之梅花》诗，裘曰修《裘文达公诗集》之“恭和御制诗卷六”里也有《奉敕恭题御笔临杨补之梅花》诗。风气之盛，从此可略见一斑。而李方膺却作《题梅图》曰：“铁干盘根碧玉枝，天机浩荡是吾师。画家门户终须立，不学元章与补之。”②强调不愿

---

① 葛路著：《中国画论史》，北京大学出版社，2009 年版，第 182 页。此处将董源的时代弄错。

② 韩丰聚、孙恒杰主编：《题画诗选释：第二卷》，河北美术出版社，2000 年版，第 2547 页。

依循于人,而是要立自己的"门户"。他的挚友李鱓也曾题画梅诗曰:"不学元章与补之,庭前老干是吾师。"①也明确表达出不愿一味临摹王、杨画作,而是要向自然中鲜活之梅学习的态度。

再如边寿民曰:"谁写生兮化工,曰边生兮颐公。"②边寿民之所以号"苇间老人",正是缘于他直接以生活中的自然景物为其绘画的创作源泉。为了把芦雁了解得更透,画得更真,他特意将住宅建在芦荡之中,然后近距离地观察芦雁的形态、习性,数十年如一日。他还有句曰:"我画雁鸿求粉本,苇间老屋日开门"(《题画集〈芦雁〉》);"雁汉门迎,正粉本、当前无数"(《题画集〈长亭怨慢·雁〉》)。"粉本"是模仿前人画作时用于参考的稿本或是创作大幅画作前用的小样。别人的"粉本"是从前人处求的,他却是从自然中求的。

高凤翰也曾有句曰:"按图摹古人,多堕皮毛想。但种菊与梅,潜逋争雄长。"(《题探梅图》)他认为,只是描摹古人之画,却不重视自然世界中的实物,是只可知其皮毛而无法获得真正意蕴的。他主张若想将画画好,就要对画材有真实深入的了解。譬如准备学习画菊、画梅,就种上菊花、梅花,时常地观察、临写。天长日久,经验既多,便可进入堂奥。高凤翰自身"种梅六十年"(《题画梅示五侄汝卓》),就是这样身体力行的。高凤翰还有"活墨活苔活水云。文心活处见氤氲。倪黄不比空摹想"(《题伯阳老人画二首》)之句,更加明确地强调向"活物""活景"学习的重要性。

郑燮也非常重视向自然学习。"影落碧纱窗子上,便拈毫素写将来"(《题竹石图》),"缩写修篁小扇中,一般落落有清风。墙东便是行庵竹,长向君家学化工"(《为马秋玉画扇》),写的正是他善向"化工"学习。

其实扬州八怪并非不学古人之画。事实上,他们对古人之画颇为熟悉,也时常临摹古人之画。他们也在很多题画诗及画记中毫不避讳地提到这一点。

例如金农在其《墨梅图》上题字曰:"香雨三兄良友以前明内库纸,乞予

---

① 蒋华编:《扬州八怪题画录》,江苏美术出版社,1992年版,第74页。

② (清)边寿民绘:《扬州画派书画全集·边寿民》,天津人民美术出版社,2000年版,第7图杂画卷(上)之六。

画江梅小直幅。因仿元人王元章法，奉其教益。”[①]罗聘也在其和方婉仪合作的《梅花图》上的诗作后题字曰：“癸未夏六月，仿王元章繁枝梅花。”他们二人均言及自己学习王冕画法画梅。金农甚至期许他的两大得意弟子项均、罗聘为再世王、杨：“冬心先生今已矣，落梅满地酸香死。君与我是岁寒交，曾共花前称弟子。先生画梅本花光，期我与君为王杨。”（罗聘《项贡夫画梅歌》）[②]

又如在前引之例中我们知道李方膺说自己不学王冕、杨无咎。但在林秀薇主编的《扬州画派》一书中，李方膺一幅题名《疏影横斜》的梅花图上有题记曰：“逃禅老人画梅，真有疏影横斜之致，偶仿其意于梅花楼，奉星翁老公祖清玩。”杨无咎即号“逃禅老人”。李方膺另有一幅墨梅图上的落款是“逃禅老人画梅，有疏影横斜之致，偶仿其意”。很显然，李方膺不仅在此赞扬杨无咎之梅有疏影横斜的韵味，而且这两幅画也是向杨无咎学习的结果。而且李方膺其实经常在他的题画诗中提到王冕，诸如“偶想元章换米时”（《〈梅花〉册页》），“元章炊断古今夸”（《题梅花图》）。高凤翰赞美梅花时说道：“冷韵疑无匹，疏枝半欲藏。如卿真绝品，只合嫁元章。”（《题画梅》）他也曾在赞美朋友的诗中有句曰：“奇兼篆隶王黄鹤，洁比梅花杨补之。”（《入山访仇仲默看画三绝句》）可见他们其实并不真正排斥杨无咎、王冕，甚至可以说杨、王在他们心中的地位一点也不低。

再如边寿民的绘画博取多家之长。他对明代陈淳（白阳）、徐渭（青藤/天池）、唐寅（六如）等擅长水墨写意的画家学习最多。他的这一学习门径，在其题画诗词中可以看出。例如：其墨葡萄图上多次径直题写徐渭甚为出名的题墨葡萄诗（半生落魄已成翁）[③]，一幅牡丹图上有“徐天池诗云（后

---

① 许莘农编：《扬州八家画集》，文物出版社，1959年版。

② （清）罗聘撰：《香叶草堂诗存》，载《续修四库全书》编纂委员会编：《续修四库全书1453·集部·别集类》，上海古籍出版社，2002年版，第465页。

③ 见（清）边寿民绘：《扬州画派书画全集·边寿民》，天津人民美术出版社，2000年版，第22图杂画卷（下）之九，以及香港艺术馆编：《乾隆时代绘画展》。二图画面不同。

略)”[①],一幅梅花图上题写了陈淳的《画梅》(风引上春香)诗[②],一幅菊花图的题诗是唐寅所作,后写着“看青藤道人画,写六如居士诗”[③],还有一幅杂画图,题了唐寅的《晓起图》(独立茅门懒拄笻)诗。在边寿民自己创作的题画诗中,也有向众人学习的影子。他的不少画作的落款处更是直接写着“笔意在白阳、青藤之间”[④],“用笔在白阳、青藤之间”[⑤],“边维祺仿白阳山人笔意”[⑥],等等。

但他们却时常强调向自然学习,甚至不时有意地做出一副似乎明显抵制向这些古人书画学习的夸张姿态。笔者认为,之所以会如此,是因为他们对当时一味强调摹古却不主张甚至抵触写生的绘画时流非常不满。他们期望能以那样的方式引起时人关注及重视,导歧正流。

分析扬州八怪有关“师古”和“师造化”的相关理论可知,其具体含义应包含两方面的内容:一方面,从他们本心来说,他们并不反对向古人书画学习。但他们认为师古应师古人之心、师古人之意。固然应认真临摹古人之画,但绝不能只学古人的用笔与用墨,要用心揣摩古人绘画之用意,即“画不可拾前人,而要得前人意”[⑦]。另一方面,他们认为,摹古绝非学画的首要途径,画家应该不只向书斋里的平面、静态之“画”学习,还要主动向自然界中立体、动态的“画”学习。在“师古”“师造化”之间,扬州八怪并非想要完全地守此弃彼或是扬此抑彼,而是希望画家们在学习方法上有所兼顾。例如华嵒《鸲鹆图》上就题写着“戊辰春朝,新罗山人拟元人法写生”。“拟元人

① (清)边寿民绘:《扬州画派书画全集·边寿民》,天津人民美术出版社,2000年版,第200图《瓶牡丹图》。

② (清)边寿民绘:《扬州画派书画全集·边寿民》,天津人民美术出版社,2000年版,第2图杂画卷(上)之一。

③ (清)边寿民绘:《扬州画派书画全集·边寿民》,天津人民美术出版社,2000年版,第161图花卉册之五。

④ (清)边寿民绘:《扬州画派书画全集·边寿民》,天津人民美术出版社,2000年版,第9图杂画卷(上)之八。

⑤ (清)边寿民绘:《扬州画派书画全集·边寿民》,天津人民美术出版社,2000年版,第68图花果册之二。

⑥ (清)边寿民绘:《扬州画派书画全集·边寿民》,天津人民美术出版社,2000年版,第173图瓜果图。

⑦ 周积寅编著:《中国历代画论:掇英·类编·注释·研究》(上),江苏美术出版社,2007年版,第194页。

法”，说明华嵒有向古人画法学习；但“写生”二字则又说明华嵒并未只是学习前人，而是将自己所学前人之法融入向自然学习之中。应该说这是一种兼容并蓄的绘画态度。扬州八怪的绘画态度并不偏颇。

换个角度来看，北宋晁补之在其《跋董元画》中曰：“翰林沈存中《笔谈》云：‘僧巨然画，近视之几不成物象，远视之则晦明向背，意趣皆得。’余得二轴于外弟杜天达家，近存中评也。然巨然盖师董元，此董笔也，与余二轴不类，乃知自昔学者皆师心而不蹈迹。”[①]“四王”极力主张“日夕临摹”，要求画作“宛如古人”，而他们所模仿的对象巨然却善于创新，董源“师心而不蹈迹”。这一点颇具讽刺意味。

扬州八怪在绘画上主张创新，前面诗文观一节已多有阐述，此处不再赘述。“师造化”与“求创新”是相辅相成的。因为在当时而言，主张向造化学习本身就意味着对创新的追求。而扬州八怪在绘画上创新的一个重要观照点便是“师造化”。它们是扬州八怪这个画家群体在绘画方面最具群体特点，也最为重要的绘画主张。

二、以素为贵与神重于形

和他们的题画诗普遍具有清雅色泽的特点相一致，扬州八怪在作画时也是“以素为贵”的。与扬州八怪大约同时的花鸟画家绘花时常涂脂用粉，例如恽寿平没骨法画花“粉笔带脂”[②]，邹一桂画花“用重粉点瓣，后以淡色笼染，粉质凸出缣素上”[③]。有些市廛画家甚至用大红重绿将画画得更显俗艳。而扬州八怪却偏好用墨创作。他们的画作大都有意避免使用较为俗艳的色彩，而代之以颇具文人清雅意趣的淡彩或水墨。

从他们传世的画作来看，15 人里，除了李鱓的部分画作色彩较为浓艳外，其余 14 人的画作基本都是淡彩的或水墨的。而就算是李鱓的画作，上重彩的作品其实也只占少数。李鱓最善画制的松树，往往都是用墨而不用彩的。其他的画材，也多有水墨绘制之作。李鱓自己也曾曰：“羞拈粉白与脂

① 谈晟广著：《浮玉山居：宋元画史演变脉络中的钱选》，中华书局，2013 年版，第 201 页。董源之名有“董源”“董元”两种写法，前者多见。

② （清）方薰著：《山静居画论》，中华书局，1985 年版，第 20 页。

③ 孔六庆著：《中国画艺术专史·花鸟卷》，江西美术出版社，2008 年版，第 514 页。

红”(《题〈牡丹兰石图〉》),“不拈粉白间脂红”(《题〈魏紫姚黄图〉》),“何曾粉黛去争妍”(《题〈水仙竹石图〉》),“粉黛何曾着一分”(《题〈花卉册〉》)。从中可以看出他心中以素为贵的意识。

笔者在可见的扬州八怪题画诗词中,可以看到大量显示出“以素为贵”意识的诗句。例如:陈撰曾曰“佳人耻施朱,欲与天真比”(《题墨荷图》);李葂曾曰“不涂铅粉不施朱,破冻芙蕖色转殊”(《题墨荷图》);李方膺曾曰“世上胭脂贱如泥,一文钱买一筐提。李生淡墨如金惜,笑杀丹青手段低”(《题牡丹图》);华喦曾曰“俗艳删除尽,幽馚泼丽华”[①];郑燮曾曰“淡烟古墨纵横,写出此君半面”(《竹石》);李鱓曾曰“常将水墨仿坡公”[②];金农曾曰“洗尽铅华,疏影横枝偷写”(《为沈君学子画梅花帐额》);高凤翰曾曰“提粉拖朱学不来”,“支离左臂不辞劳,几叶天香淡淡描。金碧无劳借艳色,墨池种出更清高”(《墨笔桂枝再贺姚观涛》);黄慎曾曰“知君不爱胭脂抹,墨蘸徐妃半面妆”(《题杂画花卉》),“要上牡丹为近侍,铅华不御学梅妆”(《芍药》),“最爱葵花浅淡妆,秋来何事殿群芳?却嫌银粉多相污,还忆当年尚额黄”(《题葵花册页》);等等。

甚至如边寿民,不像平常用墨绘画的画家那样选择色泽较为明亮的油烟墨绘花,而使用多用于书法的、色泽厚重的松烟墨尽性写意。

边寿民还有《牡丹》诗曰:“退毫试写将离意,枯淡能兼色与香。肯向时流斗秾艳,一团脂粉貌花王。”[《全集·边寿民》15 图]“貌花王”是指画牡丹。边寿民向当时的绘画潮流“斗秾艳”,不愿绘出满溢脂粉气息、具有浓艳色彩的牡丹,而是用秃笔着淡墨白描,把极易画俗的牡丹画得脱却俗态、别有意趣。

---

① (清)华喦撰:《清代稿本百种汇刊 第66册 集部 离垢集》,文海出版社,1974 年版,第 34 页。

② 蒋华编:《扬州八怪题画录》,江苏美术出版社,1992 年版,第 94 页。

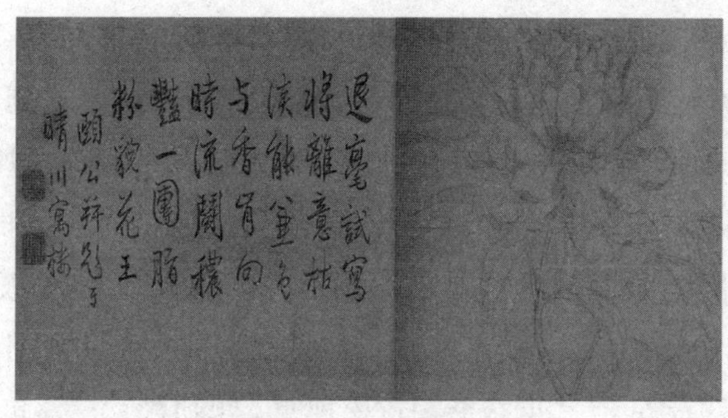

《全集·边寿民》15 图

扬州八怪之所以会“以素为贵”，大概是因为“素”和“淡”意味着“洁”，意味着文人们对于自己高洁精神的坚守。正如李方膺所说的“雪意风情逸韵增，淡于秋水洁于冰”（《题〈梅花图〉册页》）。

而李方膺本人即使用墨，也尽量用得很淡，以使画作与心中淡然的君子心境相吻合：“淡到黄花淡更奇，淡中滋味少人知。声声鹈鸠摧芳草，挺立霜天不寄篱。”（《题〈墨菊〉图册》）尽管如此，他犹言“自愧不如花意淡，一池墨汁尚嫌浓”（《题菊》）。

涉及绘画中的形神关系，职业画家常偏重画之形色，而文人画家总是重神轻形。扬州八怪作为极富个性的文人画家群体，除了重视创新、重视向造化学习、以素为贵外，还非常注重绘画时凸显“神”韵、气韵。而与“神”相对应的形态描摹，他们则往往看得较轻一些。

例如郑燮便在其《瘦劲孤高图》上题字曰：“画竹之法，不贵拘泥成局，要在会心人得神。”罗聘在其《兰石》图上题诗并作画记曰：“予不善写兰，不过写胸中之逸气耳。岂复计其似与不似哉。”①李鱓在其《枯木竹石》图上引徐渭句曰：“道人写竹并枯丛，却与禅家气味同。大抵绝无花叶相，一团苍老暮烟中。”李方膺说：“梅花有品格性情，必画得其旨趣，然后可以传神。不则无盐子学美人也。”（《墨梅长卷》）②高凤翰也说：“石翁之画不屑工，寄意多在有无中”（《戏题王石丈〈秋柳鹳鸽图〉》），“我题卯君像，三年笔不下。譬如临劲敌，千金选刀马。劲敌易却词难工，此君意气真不同。但从皮相不可得，拖沓毋乃村中翁。别有千古藏清照，一双秋电眉间瞳”（《题张卯君行云

① 蒋华编：《扬州八怪题画录》，江苏美术出版社，1992 年版，第 297 页。

② 林秀薇主编：《扬州画派》，艺术图书有限公司，1999 年版，第 147 页。

送怀图》)。高凤翰更是时常在其题画诗中讨论诸如“形”“象”“意”之类的问题。他在《寄鲍明府索题画像》中评价朋友的诗曰:“读君题象诗,妙得象外意。象外夫如何,须眉关生气。”一开篇便赞扬对方之作富“神”。

边寿民题荷诗曰:“溪藤一幅藕花新,擎雨摇风肖逼真。物态物情何处得,画师原是水乡人。”[①]他赞美自己画的荷花“肖逼真”,又以颇为自豪的语气肯定自己画出了荷花的“物态物情”,似乎是形神并重的。但他的“不貌花容只写香”(《题荷花》),“退毫能貌古松神”(《题劲松》)[②]等句,仍然将他的看重气韵彰显了出来。

就算是黄慎与华嵒也不例外。他们两位都是自幼学画,为扬州八怪10余人中绘画功底最为扎实的成员,也都是在人生的少年时期便开始以卖画为业的,其画风似乎应该比其他成员更接近当时绘画市场、绘画时流,在画作笔墨形象与气韵、神致之间更应重视“形”,但实际并非如此。黄慎在他的《题漱石捧砚图》中说“写神不写真”,明白显示出他的选择是“神”。他在《题米点山水》中也有“横涂直抹气穹窿,不与人间较拙工”的句子,显示出对于绘画形象的逼真性不是非常强调的态度。华嵒也有“非求笔墨工,聊写闲窗意”(《婴戏》)的句子,表现出同样的主张。

但我们可能需要注意的是:扬州八怪虽然重神,却并非于“形”彻底不顾。只是相较于“形”,“神”在他们心中的权重更高一些。

绘画中的神重于形,不是扬州八怪提出的,也不是只有扬州八怪才有的。前引欧阳修“古画画意不画形”[③],苏轼“论画以形似,见与儿童邻”[④],以及沈括“书画之妙,当以神会,难可以形器求也”[⑤]都是此类观点的代表。更有甚者如王维,画《雪中芭蕉图》将本不生于同时同地的雪与蕉绘作一处。

---

① (清)边寿民绘:《扬州画派书画全集·边寿民》,天津人民美术出版社,2000年版,第159图花卉册之三。

② (清)边寿民绘:《扬州画派书画全集·边寿民》,天津人民美术出版社,2000年版,《边寿民年表》第3页。

③ (宋)欧阳修著,洪本健校笺:《欧阳修诗文集校笺》,上海古籍出版社,2009年版,第43页《盘车图》诗。

④ (宋)苏轼著,(清)王文诰辑注,孔凡礼点校:《苏轼诗集》,中华书局,1982年版,第1525页。

⑤ 葛路著:《中国画论史》,北京大学出版社,2009年版,第90页。

但扬州八怪在以重视技法、笔墨为主流画法的康雍乾时期提出并实践相关主张，具有积极的意义。

因为身兼文人与画家两重身份，所以扬州八怪常在论文或论画时，兼论另一种。因此我们无法将他们的诗文理论与画论截然分离。事实上，不只是他们在论述时进行双向观照。笔者分析扬州八怪的诗文理论时，也常常发现它们可通用于绘画；而他们的绘画观点，也总是适用于诗文。因此这一节的内容，虽是大致分作论文理论与画论两部分来论述以显示出侧重，但二者常是互文见义的。

而扬州八怪的“求创新”“师造化”“重神韵”“以素为贵”等，不仅影响了这个群体本身，还进一步影响了他们之后的虚谷、吴昌硕、“海上画派”乃至齐白石等诸多成就卓著的画家。至今仍对画坛产生着较为重要的影响。

第二节　扬州八怪题画诗词对现实的关怀

扬州八怪的题画诗词中，虽有大量作品似乎超脱于世外，但也有不少作品十分贴近现实生活。我们时常可以从中感受到较为浓重的现实主义气息。这与他们前代及当时其他家的题画诗词相比有较大不同。

一、对生民的关怀

扬州八怪题画诗词对现实的关注，首先体现为他们的作品经常关注现实社会，尤其是社会底层人民的生活。曾经出仕的高凤翰、李鱓、李方膺、郑燮等格外如此。

例如高凤翰的《题〈渔家乐〉画幅》：“冻雨低篷坼，凄风破灶斜。乡关逐岛屿，性命寄鱼虾。”前两句写渔民的生活环境：寒冷的雨水从天而降，低矮的篷屋却有着裂缝。大概是因为已经断粮，久未开伙——破败的灶台将要坍塌，倾斜在风雨中。景象残败不堪。而更悲惨的在后面：为了生计，他们被迫以捕鱼为生，常常一出海便居无定所、四处为家。并且，每日都可能再也回不来，葬身于大海之中。质直平易的笔触，白描出高凤翰对渔民贫苦生活的深重同情。

又如李方膺的《题牡丹图》：“紫紫黄黄色色多，三春花市闹如何？最怜

巷口提筐者,抹粉涂脂老卖婆。”黄黄紫紫,姹紫嫣红,三春时节的花市热闹非凡。然而在巷口,已该安享晚年的老妇人却为了糊口而涂脂抹粉、提篮叫卖。此诗的情感看似并不低沉,却以乐景写哀情,分明透出一缕心酸。

又如郑燮的《题李复堂秋稼晚崧图》:“稻穗黄,充饥肠。菜叶绿,作羹汤。味平淡,趣悠长。万人性命,二物耽当。几点濡濡墨水,一幅大大文章。”毫不起眼、滋味平淡的稻穗与菜叶,实际却是可以赈荒救饥、挽救生命的天下至宝。李鱓似乎不以为意的浅涂疏抹,画出的却是关系万人性命的“大大文章”。郑燮评价李鱓的图画,却径直将画面拉入现实,讲出粮食对于平民百姓的重大意义。他的这几句话绝非说说而已的门面话。乾隆十一年丙寅(1746),郑燮从山东范县调任至潍县任知县。恰值山东发生一连三年的重大饥荒,洪灾、旱灾交替肆虐,饿殍满地。所以郑燮能切身体会出粮食的分量。也因此:他违规开仓放粮,救活万余人;秋季歉收,又捐出自己的养廉银以代替百姓的赋税;次年又想尽办法筹集粮米,救活百姓无数。为此潍县人民对他感恩戴德,在他后来离开潍县的时候设了生祠。[①] 如“万人性命,二物耽当”这样担承着生命之重的句子,不是养尊处优的台阁诗人、画院诗人、闺阁诗人可以写出的。

因生民而忧,因生民而乐。扬州八怪题画诗词的情感常随着他们对黎民百姓的关怀而变化。因此他们的作品中不只有以上较为感伤的句子,还有显示出喜悦的句子。例如李鱓的《题葵鸡秋足图》:“正是烹葵八月天,一年鸡黍足秋田。布袍未典官粮纳,敢谓村愚是古仙。”金秋八月,仓廪丰足。曾靠典卖衣服来充缴官粮的困苦村民,将在未来的一年里丰衣足食。诗句字里行间,显示出李鱓面对农人温饱生活的惬意开怀。又如高凤翰的《三月一日过岳王墩看桃花》:“我来为爱农桑好,不向春风问若耶。”高凤翰此时在江苏泰州为官。烟柳三月,泰州城西北隅的岳王墩桃花盛开,民众争相前往。高凤翰也去了,但他此行“不向春风问若耶”,非为欣赏美景而去,而是因为对“农桑好”的喜爱而去的。“农桑好”意味着人民将会在未来的一年里米粮富足、安居乐业。高凤翰在诗中隐约透露的欣喜,显示出他对农事的关心,对人民生活的关怀。

---

① 见(清)郑燮著,吴泽顺编注:《郑板桥集》,岳麓书社,2002年版,第370页。

此外，还有如李方膺《题画梅》曰："挥毫落纸墨痕新，几点梅花最可人。愿借天风吹得远，家家门巷尽成春。"表达了他心中对广大民众拥有美好生活的良好祝愿。再有如黄慎《题渔翁渔妇图》曰："渔翁晒网趁斜阳，渔妇携筐入市场。换得城中盐菜米，其余沽酒出横塘。"描绘出了渔家虽然清贫却温馨祥和的日常生活场景。

因为对社会有关心，故其诗中不只有希望，还有批判。扬州八怪在他们的画作上留下了不少批判社会现实、揭露社会黑暗的诗句，显示出他们的"金刚怒目""愤世疾邪"。对此前节已举多例论述。

此类关怀生民的题画诗，明代沈周、陶安等人亦有少量创作，但未能产生较大影响。

二、对现实生活的描摹

除了对广大底层百姓的生活予以关念，扬州八怪题画诗词对现实的关注还表现在对他们自身及周边人现实生活的真实描写上。

部分作品描写了他们的日常生活。例如郑燮的《兰竹图》题诗："官罢囊空两袖寒，聊凭卖画佐朝餐。最惭吴隐奁钱薄，赠尔春风几笔兰。"诗中写了他辞官归乡后家境清贫，无力给女儿置办嫁妆，只好惭愧地绘画相赠之事。高凤翰也曾有过这样的无奈。《长女归省题画送还》记录了高凤翰出嫁的女儿回家省亲，将返婆家时，贫寒的高凤翰没有什么财物可以相赠，只好学徐渭作画以赠："文长昔嫁女，无物作奁妆。百幅青藤墨，双盛黄篾箱。寻常轻淡薄，声价久飞扬。残纸千金值，《三都》贵洛阳。"①高凤翰还在诗中写出了他的愿望：希望他的画可以像徐渭的画那样在以后升值，成为女儿的丰厚财产。其中的况味可以感知。

又如高凤翰在一幅玉兰图上的题诗中记载了他晚年时发生的一件事情：高凤翰的女儿半夜突得急症，病情严重。而高凤翰足蹇手废，无法去请郎中。面对痛苦的女儿，他心中既怜惜、焦急，又悲切、惭愧。与他年龄相近的弟弟不顾天寒地冻，连夜寻医，求来方剂，祛了女儿的急症。之后高凤翰以画（《女病中夜促舍弟入城延医得愈，题画与之》）相赠。整件事情的时间、

---

① （清）高凤翰著，孙龙骅笺注：《高凤翰诗集笺注》，北京师范大学出版社，1993年版，第65页。

地点、人物，以及事情的起因、经过、结果，在诗中尽数可知。

不过，当然不只有心酸，他们的题画诗词里也有些较为轻松的生活片段。例如“东邻满座管弦闹，西舍终朝车马喧。只有老夫贪午睡，梅花开候不开门”（金农《题梅花图》）。在这里，“贪睡”的金农活泼、可爱。又如他们对自己书斋生活的描写：“漫天风雪正交加，三径泥融酒懒赊。闲煞老夫无个事，炙开水砚画梅花。”（金农《题梅花》）金农写了他在风雪交加的冬日里无所事事，于是烫开砚台里已经冻却的墨汁闲画梅花之事。“闲煞老夫无个事”，性情中人的金农形象似乎立即闪现在读者面前。“雪片千层彻夜敲，挑灯研墨画梅梢。”（李方膺《题〈梅花册页〉》）李方膺也雪夜画梅，其诗和金农诗情境相似，不过诗句与金农的相比，明显少了分诙谐，却多了些端庄。汪士慎写自己在孩子婚事之后以怡然自得的心情绘写萱草：“尚平婚嫁看看毕，闲写阶前儿女花。”（《萱花》）边寿民写自己趁着酒兴画泼墨芭蕉之事：“墨汁淋漓酒一瓢，狂来放笔写芭蕉。”（《芭蕉》）郑燮则写了自己睡醒之后一边端着茶碗一边画雨竹的悠然：“蝶梦初回茗碗持，一瓯清墨仿天池。萧萧几叶凉生笔，是画摇风带雨枝。”（《竹》）诸如此类等等。生活中的扬州八怪各有性情，读过他们的题画诗，笔者脑海中的扬州八怪形象变得栩栩如生。

还有部分作品描写的是他们的日常交游。如“复堂奇笔画老松，晴江干墨插梅兄。板桥学写风来竹，图成三友祝何翁”（郑燮《题三友图》），记录了郑燮、李鱓、李方膺合作完成《三友图》之事。李鱓画老松，李方膺画干梅，郑燮画风竹，三人各将自己最擅长的绘画内容绘在这幅图上，用以表达他们对何翁的祝福。郑燮还记录了他在僧舍看到自己非常珍视的颜真卿《争坐位帖》被山僧当作了糊墙纸，却又苦求不来之事：“鲁公《坐位帖》，要以草稿得。我昔未尝见，僧粘在破壁。及经惊叹奇，千求不我锡。此纸立即破，装潢事孔急。吾求不汝强，汝当真爱惜。”（《僧壁题张太史画松（讳鹏翀）》）汪士慎也记录下和友人相聚时的谈诗论句：“草堂风日美，闲话共开怀。竹几并肩坐，春盘一字排。诗中传铁佛，醉里说荆钗。”（《题墨梅图》）

部分诗句则写了他们的各种游历，其中不少是事后回忆的作品。例如高凤翰的《长河清晓》[《全集·高凤翰》74 图]：“挂帆杨柳青，遥指天津口。破晓问水程，秋声动岸柳。天光镜面开，双桨拨星斗，时闻沙鸟飞，惊起烟中

宿。”诗中记载了他于雍正六年戊申（1728）前往北京开始仕途时的沿路风景。从他对两岸美景的轻快描写中，可以感受到他当时的心境。复观此画，画面情态平静祥和，画笔规矩、温雅，题诗也是字字方正、中规中矩，尚未出现他人生后期画作中疏放粗豪的“怪”相。

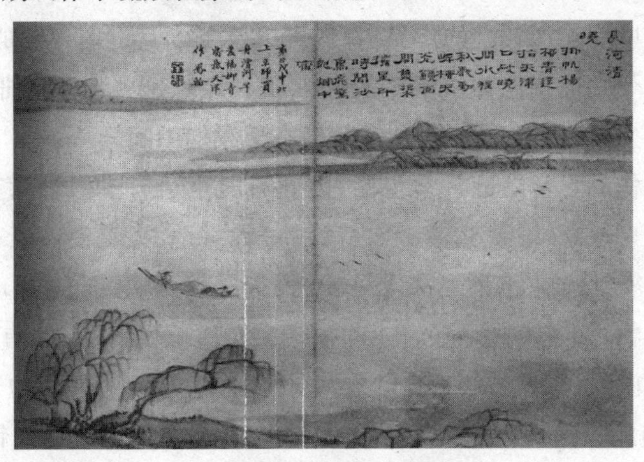

《全集·高凤翰》74 图

又如金农的“回汀曲渚暖生烟，风柳风蒲绿涨天。我是钓师人识否，白鸥前导在春船”（《风柳图》）[《全集·金农》164 图]，记载了他二十年前泛舟萧家湖的往事。诗的内容是较为明晰的，显示出的往事色彩也较为明亮。但画面则以暗色打底，给人以较为明显的“夜梦”“非真”印象。一明一暗间，将这二十年前的往事彼时在金农心中既历历在目、又如梦似幻的影像淋漓展现。金农还有自度新词一阕，“前年，独泛九江船。二更后，一声凉笛，把月吹圆。团团，烂银盘，中央田地宽。阿谁偷种娑娑树，散麝尘无数”（《忆枞阳道中看月》），回忆在枞阳望月的往事。

《全集·金农》164 图

黄慎也曾在其《〈写生山水〉册页》十幅图上，依次将他负老母、挈家人，从江南返回福建家乡的一路经历写出。① “我归盘谷老，君订武夷游。挥手淮阴道，依依上小舟”（《留别秣陵白长庚》），写的便是黄慎即将负母归乡，在淮阴道上与友人依依不舍地道别之景。② 如此等等。

经由这些真实而朴素的作品，我们可以感受到其中留存着的生活气息，也可以从多个角度描绘出真实的扬州八怪形象。这些形象并非高高在上，而是立足于生活、接近大众的，似乎就存在于我们中间。

他们的作品常常贴近日常生活，因此有时也会有少数篇章写得太过日常、随意，信口成章、滑熟戏谑。如李鱓的“大官葱，嫩芽姜。巨口细鳞时新尝”（《桂鱼葱姜》），“莫谓老夫无处躲，人皆寻我画蛤蟆”（《祥瑞图》），“劈开古锦囊中物，百宝生光颗颗奇。昨夜老夫曾大嚼，临风一吐有新诗”（《题〈石榴牵牛花〉》）。听起来一若口语，率性随意。郑燮、金农、边寿民的部分作品更是如此。如郑燮题竹笋曰：“山妻只要街头卖，一个铜钱一大筐。”（《竹篮春笋》）又题百瞎图曰：“说与闺中妇女知，嫁夫须要嫁盲儿。缺额掀唇都不见，恩情到老是西施。”（《题朱炎百瞎图卷》）金农《题西瓜》曰：“行人午热，得此能消渴。想着青门，门外路，凉亭侧。瓜新切，一钱便买得。”类似的还有边寿民的“江南瓢儿北黄芽，冬笋兼之味更佳。清夜一杯三白酒，新鲜只欠几勺虾”（《笋菜》），“有人征画自携钱，宿食飞鸣要画全”（《题画集〈芦雁〉》），“果然有用即为灾，节近端阳入药材。昨日溪头涨新雨，捉来囚系已成堆”（《菖蒲蟾蜍图》），等等。

“若不多读书，多贯穿，而遽言性情，则开后学油腔滑调，信口成章之恶习矣”，王士禛弟子所持的这一观点，应该可以代表当时一些文人的诗文观。③ 而扬州八怪诸人虽大都饱读诗书，但有以上风格的作品行世，或者正可成为彼时一些文人用以下论批判的例证。汪鋆批判扬州八怪题画诗“胡诌五言七言，打油自喜”，该也主要是就此类作品而发的。

其实这些作品数量很少。除了郑燮、金农、边寿民、李鱓外的扬州八怪成员，极少或根本没有创作此类作品。且这几位成员的这类作品也很少，大

① 蒋华编：《扬州八怪题画录》，江苏美术出版社，1992 年版，第 155 页。

② 蒋华编：《扬州八怪题画录》，江苏美术出版社，1992 年版，第 154 页。

③ （清）王士禛等著，周维德笺注：《诗问四种》，齐鲁书社，1985 年版，第 4 页。

概也只是一时兴起，以诗“雅谑”。但人们可能更习惯于将“多数”淡忘，记住这些带有游戏人间意味的“少数”，因为它们更为显眼。于是“滑熟戏谑”或成为扬州八怪题画诗词的显著特点之一。

第三节　扬州八怪题画诗词的市场化表征

题画诗词大都题于画作之上。扬州八怪既以卖画为生，他们的题画诗词必然有市场化的表征。笔者总结这类特征，除了前面曾经提及的多题花鸟、多绘牡丹、多为七言绝句、语言浅切自然、较少用典等，主要还表现为层出迭见、不注出处及谀世善祷等几个方面。

一、题画诗词的层出迭见

扬州八怪的题画诗词中，在二百余年后的今天犹能看到为数不少的同一个题材反复出现的重复之作。

有的是诗同画异。画中的“异”，多在背景布局、画幅安排、色彩敷设、题诗位置等方面，而和题诗相互支撑的主图则常相同或相近。

例如李鱓《五松图诗》，在《全集·李鱓》54 图、125 图、130 图、164 图、235 图上均有题写。五图不尽相同，但主要布局相仿：主图均为五棵松树，其中的两三棵向上生长，其余的几棵虽有位置高低、用墨深浅、笔力劲弱的不同，却都朝着同一侧斜伸出去。

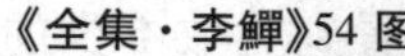
《全集·李鱓》54 图　　《全集·李鱓》125 图　　《全集·李鱓》130 图

《全集·李鱓》164 图

又如金农《山僧叩门图》诗，在《全集·金农》151 图、162 图、172 图中均有题写。三图主要内容相似：画幅中间用重墨绘了几棵浓荫密布的树，树下，画幅的右下角淡墨画着一道门，一个夜归的山僧正在叩门。但 151 图绘两棵树，左侧树开叉两分，门为方形，山僧头部轮廓较为囫囵。162 图绘两棵树，门为拱形，山僧面部轮廓清晰。172 图绘四棵树，门为方形，山僧眉目不清。总体来看，三图大同小异。

《全集·金农》151 图

《全集·金农》162 图

《全集·金农》172 图

再如边寿民题篓蟹的一则七言句“甲士纷纷溃围去，凭谁佐我醉乡侯”在《全集·边寿民》208 图、香港艺术馆编制的《乾隆时代绘画展》篓蟹图中均有呈现。《全集·边寿民》208 图绘一在篓口、一在篓右的逃蟹两只；《乾

隆时代绘画展》篓蟹图则在篓左多绘一只。两图基本布局及内容相类似。

《全集·边寿民》208 图

《乾隆时代绘画展》篓蟹图

另如高凤翰的《古木寒鸦图》也有多种。总体来说,诗同画不同的画作,画面内容总是相近。

还有的是诗画均有小异的作品。在这类作品中,画中的"异"和"诗同画异"中"异"的情况相同。而诗中的"异"表现为题诗大体相同,但有零星字词存在差异。例如《全集·边寿民》73 图芦雁花卉册之一的题诗为"寒雪宵来战北风,荻芦丛里玉玲珑。宾鸿乐此停双翼,不是云山没路通",但在《全集·边寿民》126 图中,"北风"作"朔风","停双翼"作"息双翼"。《尔雅·释训》篇曰:"朔,北方也。"①"北""朔"二字,字义相同,且均为入声字,类属仄声,置换后也不会产生麻烦。"停"与"息",字义相近,词性也同。虽一为平声,一为入声,但因处于此诗第三句第五字处,可以不用考虑平仄,故此也可置换。

---

① (晋)郭璞注:《尔雅》,中华书局,1985 年版,第 31 页。

《全集 · 边寿民》73 图

《全集 · 边寿民》126 图

又如前举金农《山僧叩门图》诗,《全集 · 金农》151 图、162 图上均题为“树阴叩门门不应,岂是寻常粥饭僧。今日重来空手立,看山昨失一枝藤”。但在 172 图上,“门不应”变成了“悄不应”。

此外,也有少数重复的作品存在较大变化。例如《全集 · 郑燮》108 图上的郑燮《笋竹》诗:“斫鲙烧猪切笋新,家家厨爨损吾真。此身(愿劈千丝)篾,织就湘帘护美人。”[①]在《全集 · 郑燮》297 图上变作“笋菜沿江二月新,家家厨爨剥春筠。此身愿劈千丝篾,织就湘帘护美人”。前两句里的九个字被置换掉。

① 此诗后两句多见于郑燮诗作,但此画中文字不全,故以括号形式标出。

《全集·郑燮》108 图

《全集·郑燮》297 图

虽然重复的形式不尽相同,但相似内容反复出现,一定有其生成原因。笔者分析,这些作品的重复出现,该和扬州八怪画作市场需求量过大而他们来不及新制有关。郑燮的书画在晚年被抢购。他的老友金农曾明确就此现象说过:“以其曾为七品官,人争购之。”①又如李鱓曾曰:“索画催诗老兔泣。”②“老兔”指毛笔。唐韩愈《毛颖传》说毛笔:“其先明视。”③《礼记·曲礼》曰:“兔曰明视。”④李鱓在这里用了拟人、诙谐的手法形容其作品受欢迎的状况。李鱓还曾在其题画诗后的跋中说:“世每多赝本,此时渠营小利,将来损我淑名。”(《〈花鸟〉屏条》)可见当时已有人托名李鱓作伪销售。再如

---

① 金农题《双钩丛竹图》语,见单国强《郑燮生平与艺术》。单国霖等编:《扬州画派研究文集:〈扬州画派书画全集〉序论汇编》,天津人民美术出版社,1999 年版,第 209 页。

② 陆家衡编:《中国画款题类编》,人民美术出版社,2002 年版,第 207 页。

③ 屈守元、常思春主编:《韩愈全集校注》,四川大学出版社,1996 年版,第 1693 页。

④ (汉)郑玄注,(唐)孔颖达等正义:《〈十三经注疏〉之六黄侃经文句读:礼记正义(附校勘记)》,上海古籍出版社,1990 年版,第 97 页。

边寿民曾被朋友劝说“休嫌乞画日纷纷”[①]，也曾请其外甥薛怀为之代笔[②]。此外金农也曾请其弟子罗聘、项均等代笔。从上可知他们作品的受欢迎程度。那么，连伪作、代笔的状况都已经出现，扬州八怪忙于卖画的情形可以想见。在这样的情况下，同一首诗反复地在画作上出现，大概也就有了可能。此外，这些作品符合当时市场的需求，销量较好、评价较高，也有可能是扬州八怪多次将之题写于他们的画作上的一个原因。

而至于这些重复出现的题画诗词在内容上之所以会有差别，笔者推见，可能是因为他们对字词进行了斟酌与修改，并且在不同画作中题写同一首诗词体现了他们求新求变的创作态度。当然，也不能排除这些不同的画作中有部分是赝品的可能。

其实在画作以外的录有扬州八怪题画诗的各种诗文集中，也常会出现类似的重复与大同小异。在这类作品中，有义同字异之“异”、形近字异之“异”、字词顺序颠倒之“异”、较大篇幅改变之“异”等多种情况存在。

在这些情况中，义同字异和形近字异的情况最为多见。义同字异的具体表现是题诗大体相同，但有零星字词存在差异，且这些词在词意上常有关联，词性也常相类。如在《苇间老人题画集》中，有一首芦雁诗：“板桥一曲水通村，岸阔沙平绿有痕。我画雁鸿求粉本，苇间老屋日开门。”在《中国题画诗大观》中，“求粉本”作“寻粉本”[③]。“寻”“求”二字词性相同，意思相近。又如“于陵于陆羽缤纷，岂逐菰蒲野鹜群。昨夜西风看矫翮，一行冲破碧天云”(《芦雁》)。《全集·边寿民》92 图题诗与此相同，但“夜”作“日”，“西”作“秋”。“夜”与“日”词性相同，在词义上也有相通之处。“西风”和“秋风”则在词义上显得更为接近。还有《浪淘沙·雁》：“塞草日茫茫，塞月荒荒，关河冷落客途长。都说江南烟水好，且自随阳。菰米足潇湘，芦荻苍苍，于焉饮啄忽飞翔。排向碧天书几字，如此秋光。”《全集·边寿民》74 图芦雁花卉册之二、191 图芦雁图册之五题词与此相同，但“日”均作“白”。又有“鸭嘴滩头几曲沙，栖鸿安稳似归家。愁佗风雪无遮护，多写洲前芦荻花”(《芦

① 见(清)边寿民绘：《扬州画派书画全集·边寿民》，天津人民美术出版社，2000 年版，马鸿增序第 2 页。

② 杨代欣著：《中国书画收藏与鉴赏》，巴蜀书社，1999 年版，第 275 页。

③ 孔寿山著：《中国题画诗大观》，敦煌文艺出版社，1997 年版，第 759 页。

雁》)。《八怪绘画精品录》181 图题诗与此相同,但“佗”作“他”。“日”与“白”二字,“佗”与“他”二字均字形相近。

还有存在字词顺序颠倒差异的,如《绣球》:“谁言天孙巧,未若春风奇。团团霏玉屑,缀上最高枝。”《全集·边寿民》158 图花卉册之二题诗与此相同,但“团团霏玉屑”作“霏霏团玉屑”。又如《水调歌头·雁》:“秋水一何碧,芦叶弄晴霜。玉关奋起双翼,几日到潇湘。不恋沉云菰米,不与栖鸡争食,天际任翱翔。偶爱芙蓉渚,栖息水云乡。　论踪迹,看情性,不寻常。鳜生结茅,苇际相狎不相妨。摹写飞鸣食宿,点染汀沙浦渚,挥洒笑颠狂。老拙无他技,笔墨擅微长。”《全集·边寿民》202 图芦雁图题词与此相同,但“食宿”作“宿食”。类似等等。

笔者分析,这类现象的出现不一定是由市场因素引起的,可能是辑录者自画作上抄录题画诗词时或是在各个诗文集版本间传抄时造成的小误差。

二、题画诗词的不注出处

扬州八怪画作上的题诗有不少是他人的作品。扬州八怪在将这些作品题在自己的画上时,有时会注明出处,但不少时候并未注出。

例如华喦在其麻雀图上题写了“翼翼归鸟,戢羽寒条。游不旷林,宿则森标。晨风清兴,好音时交。矰缴奚施,已卷安劳”,未作任何款识或说明,钤了内容为“华喦”的方形白文印章①,而此诗原为陶潜的《归鸟》诗②。

---

① (清)华喦绘:《华喦书画集》,中国民族摄影艺术出版社,2003 年版,第 120 页。
② (晋)陶渊明著,袁行霈撰:《陶渊明集笺注》,中华书局,2003 年版,第 53 页。

华嵒所作麻雀图[1]

华嵒还在其《〈花鸟〉图轴》上题写了“碧桃满树，风日水滨；柳荫路曲，流莺比邻”[2]，这原是司空图《二十四诗品》中“纤秾”品的内容[3]。

又如《全集·边寿民》22 图题诗“半生落魄已成翁，独立书斋啸晚风。笔底明珠无处卖，闲抛闲掷野藤中”和 24 图题诗“故园三径吐幽丛，一夜玄霜堕碧空。多少天涯未归客，借人篱落看秋风”。前者是徐渭所作，后者为唐寅所作。再如《全集·郑燮》146 图、292 图均绘竹图，题诗均是“我亦有亭深竹里，也思归去听秋声”，落款均为郑燮的名字。

---

① （清）华嵒绘：《华嵒书画集》，中国民族摄影艺术出版社，2003 年版，第 120 页。

② 蒋华编：《扬州八怪题画录》，江苏美术出版社，1992 年版，第 349 页。

③ 乔力著：《二十四诗品探微》，齐鲁书社，1983 年版，第 15 页。

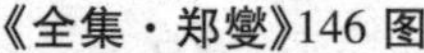

《全集·郑燮》146 图

《全集·郑燮》292 图

不明就里的人大概会以为诗句为郑燮所作，但他的《板桥题画》里面有句："文同墨竹诗云'拟将一段鹅溪绢，扫取寒梢万尺长'，梅道人云'我亦有亭深竹里，也思归去听秋声'。"①可知此诗非郑燮所作，而是元代的梅道人吴镇的作品。这类作品混在扬州八怪的作品中，若原作者或作品本身较为出名，读者有可能会知道其非题写者所作，否则可能会产生误会。

事实上已经产生不少误会。《扬州八怪诗文集》中的《黄慎集外诗文》里便混入不少他人之作。如第 85 页"但得琴中趣，何劳弦上声"，为晋代陶潜之句。② 第 86 页"杜若青青江水连，鹧鸪拍拍下江烟。湘夫人正梦梧□(下)，莫遣一声啼竹边"，为徐渭的《水仙》诗。③ "叶厚有棱俾多健，花深少态鹤头丹"，为宋代苏轼《和子由〈柳湖久涸，忽有水，开元寺山茶旧无花，今岁盛开〉二首》之句。④ 第 94 页"岁晚何人肯卜邻？梅于我辈最情亲。南

① (清)郑燮著：《郑板桥集》，上海古籍出版社，1979 年版，第 155 页。

② (唐)房玄龄等撰：《晋书》，中华书局，1974 年版，第 2463 页。原诗"得"作"识"。

③ (明)徐渭撰：《青藤书屋文集》，中华书局，1985 年版，第 177 页。原诗第三句作"湘夫人正苍梧去，莫遣一声啼竹边"。

④ (宋)苏轼著，(清)王文诰辑注，孔凡礼点校：《苏轼诗集》，中华书局，1982 年版，第 336 页。原句作"叶厚有棱犀甲健，花深少态鹤头丹"。

山尽是经行处，一雪不知多少春。先后花随人意思，横斜枝写月精神。寒香嚼得成诗句，落纸云烟行草真”，为宋代方岳所作《次韵梅花》。[①] 第 97 页“饮哺惩浇俗，行驱梦逸材。仙人拥不去，童子驭未来。夜眼含星动，晨毡映雪开。莫言鸿渐力，长牧上林限”，为唐代李峤所作《羊》。[②]“昔时贤相惟三阳，升平辅理称虞唐。九重优游翰墨香，天与人文垂四方”，为明代谢承举《恭题灵羊图》中的诗句。[③] 第 98 页“好风吹树桔花香，花下真人道姓王。大篆龙蛇随笔札，小天星斗编衣裳。闲抱南极归期晚，笑指东溟饮兴长。要唤麻姑同一醉，更人载酒向（下）余杭”，为唐代曹唐《王远宴麻姑蔡经宅》。[④]“高髻阿那长袖垂，玉钗仿佛挂罗衣。折得花枝向宝镜，比妾颜色谁光辉”，为明代徐渭《题折花美人图》。[⑤] 第 100 页“左看若侧，右视如倾。劲翮二六，机速体轻。钩爪悬芒，正如枯荆。嘴利吴戟，目颖星明。雄安邈世，逸气横生”，为晋代傅玄所作《鹰赋》中的片段。[⑥] 如此等等。

李鱓与李方膺的作品也常被弄混。《题〈年年顺遂图〉》（河鱼美，穿稻穗）一诗，在天津人民美术出版社出版的《扬州画派书画全集·李方膺》中有载[⑦]，在中国言实出版社出版的《扬州八怪全书：第三卷》中又被归到李鱓

---

① （宋）方岳撰，秦效成校注：《秋崖诗词校注》，黄山书社，1998 年版，第 230 页。原诗“南山”作“两山”。

② 中华书局编辑部点校：《全唐诗：增订本 2》，中华书局，1999 年版，第 720 页。原诗为：“绝饮惩浇俗，行驱梦逸材。仙人拥石去，童子驭车来。夜玉含星动，晨毡映雪开。莫言鸿渐力，长牧上林限。”

③ （清）陈邦彦选编：《康熙御定历代题画诗·下卷》，北京古籍出版社，1996 年版，第 580 页。原诗作：“是时贤相惟三杨，升平辅理称虞唐。九重优游翰墨场，天与人文垂四方。”

④ 中华书局编辑部点校：《全唐诗：增订本 10》，中华书局，1999 年版，第 7388 页。原诗作：“好风吹树杏花香，花下真人道姓王。大篆龙蛇随笔札，小天星斗满衣裳。闲抛南极归期晚，笑指东溟饮兴长。要唤麻姑同一醉，使人沽酒向（一作下）余杭。”

⑤ （明）徐渭著：《青藤书屋文集》，中华书局，1985 年版，第 169 页。

⑥ （清）严可均校辑：《全上古三代秦汉三国六朝文》，中华书局，1958 年版，第 1719 页。原文为：“左看若侧，右视如倾。劲翮二六，机连体轻。句爪县芒，足如枯荆。嘴利吴戟，目类明星。雄姿邈世，逸气横生。”

⑦ （清）李方膺绘：《扬州画派书画全集·李方膺》，天津人民美术出版社，2000 年版，第 164 图。

名下①。

又如罗聘常在画图上题写其老师金农的作品并不标注出处，致使二人作品多有混淆。“竹里清风竹外尘，风吹不断少尘生。此间干净无多地，只许高僧领鹤行”（金农《题竹》）②，在《中国题画诗发展史》中，被归入罗聘名下③；“采铅客，拾珠人，种满墙阴一架新。葫芦口大贮古春”（金农《题画》）④，在《明清花鸟画题画诗选注》中也被列入罗聘名下⑤。

还有，在罗振玉等人辑的边寿民题画诗集《苇间老人题画集》中，也误收了晋傅统妻辛氏的《菊花颂》及南宋范成大的《秋日田园杂兴十二绝》之“菽粟瓶罂贮满家”诗⑥。

此外，“娇黄初绽欲题诗，尽日含毫有所思。记得玉人春病后，道家装束厌禳时”⑦，这首在《扬州八怪全书：第三卷》中归入李鱓名下的作品，是唐代薛能的《黄蜀葵》。《明清花鸟画题画诗选注》里归入罗聘名下的题《梅花轴》九言诗，“元冬小春十月微阳回，绿萼梅蕊早向南枝开，折寄未赠陆凯陇头去，相思忽到卢仝窗下来；歌残水调沉珠明月浦，舞破山香碎玉凌风台，错恨高楼三弄叫云笛，无奈二十四番花信催”，本为明代杨慎的《九字梅花诗》⑧。类似情况不胜枚举。

扬州八怪饱读诗书，对历代、同代的诗词多有涉猎，又交有不少能诗会词的朋友。名家、名作尚好厘清，若非名家之作，他们随笔题于画上，我们很难把每首诗的作者都确定清楚。大概只能靠文史研究者从文史的角度辨析，书画研究者从书画的角度去伪。合两方面之力，争取逐渐将它们验明正

---

① 曹惠民、陈伉主编：《扬州八怪全书：第三卷》，中国言实出版社，2006 年版，第 368 页。原诗作“河鱼一来穿稻穗”。

② 张郁明、吴岭梅、蒋华等编：《扬州八怪诗文集（三）》，江苏美术出版社，1996 年版，第 160 页。

③ 刘继才著：《中国题画诗发展史》，辽宁人民出版社，2010 年版，第 451 页。

④ 张郁明、吴岭梅、蒋华等编：《扬州八怪诗文集（三）》，江苏美术出版社，1996 年版，第 191 页。

⑤ 陈履生选注：《明清花鸟画题画诗选注》，四川美术出版社，1988 年版，第 283 页。

⑥ 《苇间老人题画集》，江苏美术出版社，1985 年版，第 11 页。

⑦ 韩丰聚、孙恒杰主编：《题画诗选释：第三卷》，河北美术出版社，2000 年版，第 3602 页。

⑧ 丁福保辑：《历代诗话续编》，中华书局，2006 年版，第 636 页。

身。因此笔者在整理扬州八怪题画作品时，尽量将每首作品的出处详细标明。

分析扬州八怪为什么时常不在他们的画作上标明题诗出处，该与市场有关。他们卖画的主要对象是商人及广大市民，而非鸿儒，且这些画作更不是应用于学术研究，因此大概没有必要将题画诗词的出处尽数标出。何况若引经据典，逐一标引出处源流，也不符合大众的审美趣味。

三、题画诗词的善颂善祷

“善颂善祷”一词出自《礼记・檀弓下》：“晋献文子成室，晋大夫发焉。张老曰：‘美哉轮焉！美哉奂焉！歌于斯，哭于斯，聚国族于斯。’文子曰：‘武也得歌于斯，哭于斯，聚国族于斯，是全要领以从先大夫于九(京)〔原〕也。’北面再拜稽首。君子谓之善颂善祷。”[①]晋国献文子的新居落成后，晋国的大夫们都去祝贺。张老赞扬房子美轮美奂，称献文子将可以在此地祭祀祖先、居丧哭泣、和族人们聚会。献文子以他的话为吉言，表示非常感谢。后人便评价张老曰“善颂善祷”。由此可知此词有善于祝颂、善于祈福之类的含义。

作为市场需求的产物，扬州八怪的部分画作存在着迎合市场喜好的特点。而题于他们画作上的题画诗词，因为其与生俱来的“陪嫁”身份，也就时常不可避免地存在着较为明显的“善颂善祷”色彩。正如李鱓在其《花鸟》屏条上所言：“画索其值，随人指点。或不出题目，而索人高价，只得多费工夫，以奉迎索画者之心。”

扬州八怪的此类作品大概可以分为两种。

第一种，所题画作内容本身寓有告祷祈福之意，符合人民对于美好生活的期待。例如牡丹图。在中国传统文化中，牡丹往往象征着富贵与名利，蕴含着诸如高官厚禄、锦衣玉食、家财万贯之类的寓意，为民众所喜爱。扬州八怪 15 人中，除了因资料匮乏不能确定李葂、杨法、罗聘、高翔 4 人有无牡丹图外，其余诸家均有证据证明绘制过牡丹图。郑燮、李方膺、黄慎、边寿民、华嵒、高凤翰、陈撰、金农、汪士慎、李鱓等人更有题牡丹诗词传世。事实上，在不少人现存的题画诗词中，题牡丹诗词的数量仅次于题梅花的诗词。当

---

① 陈戍国校注：《礼记校注》，岳麓书社，2004 年版，第 82 页。

时人们对牡丹的喜爱和推崇可见一斑。又如枇杷。因为它“秋萌、冬花、春实,夏熟,备四时之气,他物无与类者”①,所以被认为是吉祥之果,深为民众所喜爱。笔者已知绘有枇杷图的扬州八怪成员有金农、高凤翰、陈撰、李鱓、李方膺、黄慎等人,其中金农、陈撰、李方膺、黄慎、李鱓等人有题枇杷诗传世。又如钟馗图。它符合民众全福远祸、驱灾辟邪的良好愿望。扬州八怪中,笔者已知有题钟馗图诗词传世的便有高凤翰、华喦、边寿民、罗聘、李方膺、黄慎、金农等人。

事实上,扬州八怪题画诗词中的题《牡丹图》《枇杷图》《来蝠图》《松鹤图》《钟馗图》《甘泉图》《麻姑图》《石榴图》《百花呈瑞图》《三元图》《寿星图》《年年顺遂图》《岁朝图》《四季平安图》《双松图》《艾草图》《蟾蜍菖蒲图》《灵芝呈瑞图》《宝相图》等作品的出现大都与此有关。在这类作品中,即使题画诗词本身并未出现谀世、祈福之属的言语,作为题写对象的图画内容也已经强加给它谀世的色彩。

第二种,画作内容本身或不具有谀世之意,但扬州八怪题写在画幅上的诗词善颂善祷,赋予了画作符合人民期待的意象。这类作品如:“飞鹅伴踏千山雪,海外逍遥乐太平”(黄慎《虬髯驰驱图》)②;“画出人间真具庆,诸孙罗抱阿家翁”(郑燮《竹》);“竹劲兰芳性自然,南山石块更遒坚。祝君花甲应无算,加倍先过百廿年”(郑燮《兰竹石》)。又如:“石首鱼鲜酒待沽,石榴花映石菖蒲。分明记取三生石,绘作端阳庆瑞图”(李鱓《鱼鲜图》);“问年得似松枝老,富贵还如藤蔓缠。更写兰花芝草秀,卜君多寿子孙贤”(李鱓《松华兰秀图》)③;“寿客花宜碧树秋,双禽争共凤凰游。百花偕老皆黄友,四季平安到白头”(李鱓《梧桐秋色图》);等等。上述诗词内容明显有着附和市民大众的诸如福寿康宁、荣华富贵等心愿的倾向。扬州八怪诸人中,李鱓的此类作品最多,郑燮也有不少。

即景谀世之作善颂善祷,符合一般民众的期待,颇受欢迎。而这也是以卖画为生的诗人群体遵循“适者生存”法则的特有产物,同时也是扬州八怪

① (明)王象晋纂辑,伊钦恒诠释:《群芳谱诠释(增补订正)》,中国农业出版社,1985年版,第90页。

② 丘幼宣著:《一代画圣黄慎研究》,福建教育出版社,2002年版,第812页。

③ 蒋华编:《扬州八怪题画录》,江苏美术出版社,1992年版,第53页。

为当时传统文人群体所诟病的一个关节点。

但扬州八怪也有自己的底线，在不少显现出媚俗、怪异倾向的画作上，他们并未题诗。这是扬州八怪传世画作中一种较为普遍的现象。例如：黄慎的《八仙图》《盲叟图》《探珠图》《戏蟾图》《渔翁得利图》《天官赐福图》《三羊开泰图》等，李鱓的《一路荣华图》《儿女富贵图》《平安富贵图》《堂茂双龄图》《同到白头图》等，罗聘的《荆蛮民图》《五瑞图》等，边寿民的《天中呈瑞图》等，高凤翰的《清华富贵图》等，李方膺的《端阳钟馗图》等均未题诗。这体现出他们心中潜藏的、对文字的敬畏之心。黄慎曾"自评其画凡三等：最得意者题一诗于上，次则识以岁月，再次只署'瘿瓢'二字"[①]。最得意的才予以题诗，其文人操守由此可见一斑。

第四节 扬州八怪题画诗词与画作的关系

诗、书、画关系配合得好，会相得益彰，浑如天成；不好，则会"伤局"[②]，破坏整个画面的艺术效果，反不如"学没字碑"，什么都不题。[③] 扬州八怪于此极为看重，因此他们并未每画都题。又如李方膺、汪士慎、罗聘、高凤翰等家的不少传世画作上都没有题画诗，只有穷款[④]。在有题诗的画中，扬州八怪也总是很在意题画诗词与画面的协调性，常会视画面的整体风格来选用不同的字体、运用不同的书写形式、定位不同的题写位置，以使题款与画面相协调。

观扬州八怪的题画诗词，或填补画面空白、平衡画面关系，或再现画面内容，或评论画面内容，或解释画面含义，或补充画作信息，或深化画面意境，或体现绘画思想等，都与画作有着不容割裂的、多方面的联系。

例如郑燮的《仿文同竹石图》[《全集·郑燮》114 图]。画面左半部，郑燮用轻墨皴出一堆棱角分明、参差错落却又如斧劈刀削的山石，它们几乎占

① 杨臣彬主编：《扬州绘画》，上海科学技术出版社，2007 年版，第 118 页。

② 见（明）沈颢《画麈》。葛路著：《中国画论史》，北京大学出版社，2009 年版，第 175 页。

③ 见（清）王概《学画浅说》。黄宾虹、邓实编：《美术丛书：第一册》，江苏古籍出版社，1986 年版，第 383 页。

④ 即落款只署名号。

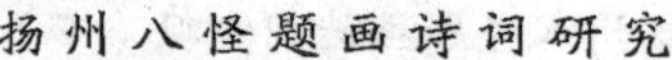

满整个画幅的左半部；画面正中，自下而上生出几茎细竹，顶天立地，将画面剖为两半；而浓墨醒笔的竹叶，攒聚于画面中上方，向右上角延伸到画幅外。整幅画的重心倒向右上，似乎连山石亦有倾覆之险。但郑燮在左上、中间偏左及左下的三块石上分别题诗、作记、落款。用的是他所独创的“六分半书”，重墨小字，凸棱见角，细瘦刚劲，一若石筋。由此这些题字看似摩崖之作，又似给山石用了斧劈皴，以诗代皴，匠心独具，成为中国画擅于题款的典范。

《全集·郑燮》114 图

《全集·汪士慎》7 图

又如《全集·汪士慎》7 图，汪士慎绘了一块石、一丛草、一只猫及一树桃花。石为条石，位于画面右下角，向上倾斜悬出至中下方；草是细草，以重墨密笔，自石下向左扫出；桃枝出于画面中右处，自右向左，渐趋渐细，在画面左上角留出大片空白；猫头向左，淡墨轻描，猫背、猫尾重墨醒笔。整幅画的重心压向右下，似乎失去平衡。而汪士慎在左上处用浓墨由右向左齐头题了一首为数四列的七绝，既平衡了画面，又填补了画面左上方的空白。

又如高凤翰《甘谷图》[《全集·高凤翰》40 图]。图中山谷、菊花、流水

将整个画面占满，题诗似乎显得多余。但高凤翰在画面左侧的一处山壁上题了首长诗。题诗未着重墨，以与周围画色相协调，看起来就似给这块山壁用了米点皴①。以诗代皴，匠心独具。而诗中“画家无小品，文家无小事。只争落笔前，眼界与胸次。画菊以菊求，所得有何味。点染篱落间，蜂蝶皆小致”的观点更是将画的境界提升到另一个高度上。诗与画面相融合，又将画面内容升华。

《全集·高凤翰》40 图

此外，华喦有一首题画诗的诗题便是《夏日作山水题以填空》，道出他《夏日山水图》题诗的来由，正是为了填补画面中的空白之处。

不只填补画面空白、平衡画面关系，扬州八怪的题画诗词还常常或再现画面内容，或评论画面内容，或解释画面含义，或补充画作信息，或深化画面意境等，与画面相互配合，形成“诗中有画，画中有诗”的浑然局面。

例如边寿民《四鲚鱼图》的题诗（见《全集·边寿民》231 图）。该图上绘了一个敞口大瓶，瓶边有四条鲚鱼。若有图无诗，观画者或许会觉得这是一幅瓶鱼图，甚至可能会觉得画意该和饮食有关，未必能想到其他深意。但若看了题诗则会不同。“特大瓶边四鲚鱼，戏拈谑语一葫卢”，说明“瓶”同“平”、“鲚”同“季”，这原来是一幅令作者“胡卢”一笑的谐语图。“不须更种平安竹，春夏秋冬看此图”则将画面意旨提升，说明此图寓有“四季平安”之意。

又如署名李鱓的“河鱼美，穿稻穗，稻多鱼多人顺遂。但愿岁其有时自今始，鼓腹含哺共嬉戏，岂惟野人乐雍熙，朝堂万古无为治”②，从诗句里便庶

---

① 米点皴：中国画技法之一。是山水画中用点来表现山石的一种皴法。

② 卞孝萱主编：《扬州八怪诗文集》，江苏美术出版社，1985 年版，第 13 页。

儿可知这是被禾穗贯串了的鲇鱼之图,作者是借这幅“无声诗”表达了“年年顺遂”之意。而后面的四句,更进一步说出了美好祝愿。题诗将画面内容再次呈现,并将画中深意点出,达到了使观者明白作者创作意图的目的,也使画面显出诗、书、画合一的浑然气势。

《全集·边寿民》231 图

“画难画之景,以诗凑成”①,这是题画诗词的又一大重要功能。“骑驴踏雪为诗探,送尽春风酒一甔。独有梅花知我意,冷香犹可较江南”(黄慎《踏雪寻梅图》),“半树短墙头,萧萧斜日冷。谁忍面春光,依稀说香影”(陈撰《梅》)。“冷”是触感,“香”是嗅感,均是画面所不易展现的,有了这样的诗句,读者便可将对这二者的想象结合。又如“花气晴熏日,鸟声娇战春”(华喦《花鸟》),观画只能得到视觉的信息,而这句诗则将听觉与触觉的信息一并提供。“骄嘶掣影耳生风,晓日曈曈正照东”(金农《马》),“日短夜长继以烛,夜半如闻风声、竹声、水声秋肃肃”(郑燮《竹》),更是将多种听觉上的感受综合描绘出来。诗与画相呼应,引发通感,使读者获得更为丰富的信息与感受。

“高情逸思,画之不足,题以发之。”②扬州八怪的题画诗还具有深化画面意境的作用。例如李方膺很擅构图,他的风竹图,题诗往往在来风的一侧。以《全集·李方膺》130 图为例。这幅图中,醒笔的竹叶与石、草隐约形成弧度,使画面墨色压向左侧。竹子的茎与叶均以凌厉之势向右上方倾斜。右侧除了随风势而动的竹叶,一片空旷。而重墨的题诗放在左上角,使得画面左侧更显厚重、凝肃,亦愈发使整个画幅的右上方显得空无,将狂风大作时的暴劲景象极力凸显。诗与画面相融合,又将画面内容升华。

藏拙、解嘲等也是扬州八怪针对画作经常使用的题诗功能。扬州八怪

① 见(宋)吴龙翰《野趣有声画序》。周积寅主编:《中国画论大辞典》,东南大学出版社,2011 年版,第 93 页。

② (清)方薰著:《山静居画论》,中华书局,1985 年版,第 26 页。

非常清楚题画诗的功能，很会随机应变地使用题画诗。

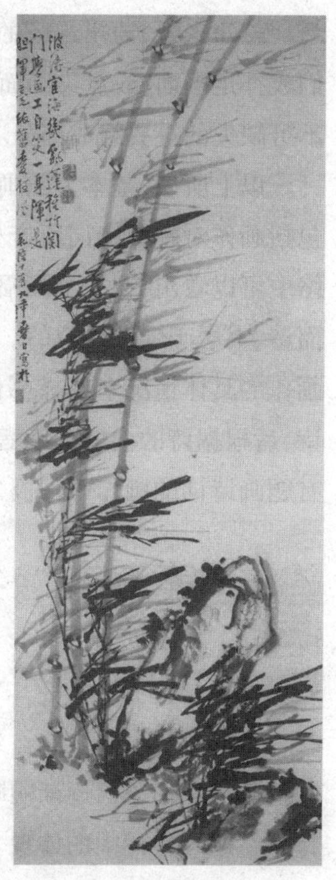

《全集·李方膺》130 图

例如高凤翰便于此颇有会心。他有一首题画诗的诗题是这样写的："客有遗李复堂画垂枝芙蓉双钩苇者，断裂零落，十缺七八，而画独完。予为补缀，染作雨景，与本来所画风枝低亚颇相宜，遂为完幅。更于其纸墨痕迹未融处，题诗以焦墨掩之。"在诗题的最后一句，高凤翰点出其题画诗的又一功能：用题画诗的墨色连接纸、墨间的关系，使之看起来更加融合。又如在用于给王可木侍郎祝寿的菊花图上，高凤翰不慎滴落墨汁。他将墨汁扫成蜜蜂和蝴蝶，并题写诗句"蜂蝶由来逐热场，何来菊外趁新霜。可知落墨非关误，要为东篱画冷香"（"画时左手拙滞，误污点墨痕。扫作蜂蝶，再为题句"），以巧妙地将失误掩饰过去。他还多次使用题画诗解嘲。如其《杏花美人图》，在美人手中画了羽扇。既是杏花时节，当为春天，画扇自是多余，故此有人讥其时景不合。他题诗作："惜花心事自低回，咒杀风姨太性乖。不为春喧捉羽扇，应将接待落红来。"（题画杏花美人，却捉一羽扇立窗下。客有讥其时景不合者。戏为解嘲）将扇子的功能说成是承接为风所吹下的落花，将画中这一矛盾处变得理所当然。

此外，金农还为题画诗增加了一种并不十分光彩的功能：作伪。这在他的题画诗题里可以找到证据："题《溪亭琴坐》小卷，款署咸淳二年临安陈□制。"①若只见到他的那幅"咸淳二年临安陈□制"的画作，而未在他的诗集中看到这个题目，我们大概会一直被他有意弄错的落款而蒙蔽，永远不知道还有这样一件事情。

① 见（清）贝墉抄藏贝氏千墨庵版《冬心先生续集》下卷。（清）金农著：《冬心先生续集》，载《清代诗文集汇编：二六三》，上海古籍出版社，2010 年版，第 96 页。文中"□"标示处原文不清，以此代替，下同。

总的来看,扬州八怪的题画诗词与他们画作的关系是多种多样的。它们或补足画面,或点染画面,或升华画面,往往与画面相得益彰,是整个画面不可缺失的重要组成部分。

以上所谈,基本为题画诗词对绘画起到的作用。而诗画关系,当然还该包括画作对题画诗词所产生的影响。但是,我们从中国题画诗词的发展脉络中可以看出,在一个画幅上,诗、书、画之间的关系,往往是画占主要地位,而诗、书居于辅助地位的。故此,一幅作品,往往是先画好了画,之后才依据画作的具体情况来选择书体、配诗。当然,也有少量画作是诗意画,即先有诗,后根据诗的内容与意蕴绘制相关的画幅。但这样的情况终究仅在历代有题画诗词的画作中占极少数。

第五节　扬州八怪题画诗词里的“八怪”形象

诗词本是写心之物。经由扬州八怪的题画诗词分析,充满思想与个性的扬州八怪形象已逐渐明晰。本节侧重探究扬州八怪思想与个性上的共性特点在题画诗词中的体现。

一、“异端”外衣下的卫道者

扬州八怪在近二三百年来常被认定为不合礼教的“异端”。例如有学者评论扬州八怪对代表时流的“四王”山水和“院派”花卉的反对,与贾宝玉、林黛玉、杜少卿等反对旧礼教,以及戴震的指斥旧义理障蔽了人欲,是完全一致的;认为他们“从不同的文化部门,不约而同地向封建正统主义进攻,不约而同地要求个性的解放”。[①] 还有学者认为扬州八怪的“怪”是异于道统的。[②] 事实上,扬州八怪诸家虽有时特立独行,但在骨子里都是谨守封建礼教的传统文人。本节尝试以扬州八怪题画诗词为主要切入点,从心怀天下、

---

① 赵俪生:《论清中叶扬州画派中的“异端”特质——为“红楼梦”讨论助一澜》,载《文史哲》1956年第2期,第61页。

② 王伯敏:《“扬州八怪”之所以“怪”——在香港中文大学文物馆答客问》,载《扬州师院学报(社会科学版)》1988年第4期,第151页。

重“善其身”、谨守人伦、遵循礼法等几个角度分析扬州八怪群体对传统礼教的恪守与弘扬。

（一）对天下的关怀

传统礼教植根于儒家思想，儒家讲求以天下为己任。因此考察一个人或一个群体是否受到传统礼教的影响，或者可以从“心怀天下”去着眼。

扬州八怪的“心怀天下”首先体现在他们汲汲于功名上。或锲而不舍地应试科举，或东飘西徙地游宦京师，或手不释卷地博通经籍……上述行为所持续的时间，长达他们生命中的数十年，甚至整个人生。而他们如此努力的原因，当然是他们有着强烈的淑世之心，期望可以有所作为，服务于家国。现可见的扬州八怪题画诗词中，仍有不少相关的证据。例如汪士慎有句曰：“不才亦有四方志”（《送吴载皇之赵州署》），“儒生亦有四方志”（《题梅花图》）。又如：高凤翰在写给别人的题画诗中说自己“烧灯背画弹吴钩”（《王郎歌为潜英主人题画》）；华嵒也有题大鹏诗“朝吸南山云，暮浴北海水。展翅鼓长风，一举九万里”（《题鹏举图》）；等等。不能说扬州八怪积极努力地追求功名和为自身着想没有关系，但对于传统文人来说，最好的状况大概莫过于“了却君王天下事，赢得生前身后名”，于国于己，兼而有利。

除了重视功名，扬州八怪的“心怀天下”还体现在他们无论是为官还是为民，都时常对劳苦大众予以关念。除了前文已举各例外，我们尚能找到很多相关的例子。例如李方膺曾在任兰山令时写下：“青山列处肯埋骨，暂歇奚囊但是家。”（《题梅花图》）陆游曾有句曰：“青山是处可埋骨，白发向人羞折腰。末路自悲终老蜀，少年常愿从征辽。”①李方膺此处化用陆游之句，写出他愿将一身报与家国的决心。高凤翰用“酷吏不屑为，长谢张汤碣”（《戏题二狮图赠张山人》）来表明自己的政治志向：反对张汤的为政方式，欲做爱惜生民的贤吏。李鱓在即将赴任之时写下“画尽胭脂为吏去，不携颜色到青州”（《牡丹》）的句子，显示出他准备一心一意为个好官的用心。郑燮在从山东潍县卸任之时写下的“乌纱掷去不为官，囊橐萧萧两袖寒。写取一枝清瘦竹，秋风江上作渔竿”（《予告归里，画竹别潍县绅士民》），显示出他为官

① 《醉中出西门偶书》。见（宋）陆游著，钱仲联点校：《剑南诗稿》，岳麓书社，1998年版，第214页。

的两袖清风；还有稚子可诵的“一阵狂风倒卷来，竹枝翻回向天开。扫云扫雾真吾事，岂屑区区扫地埃”（《竹》）及“衙斋卧听萧萧竹，疑是民间疾苦声。些小吾曹州县吏，一枝一叶总关情”（《潍县署中画竹呈年伯包大中丞括》），同样显示出他对万千人民的深切关念。

对国家、社会的评判，都须基于关注的前提。因此说，扬州八怪对功名的汲汲追求、对社会大众的关心甚至对社会弊端的批判，无不显示出他们的“心怀天下”。

（二）对个人操守的重视

传统礼教宣扬“得志，泽加于民；不得志，修身见于世”①。因此对一个人接受礼教与否的考察，不应只关注他能否“心怀天下”，还应关注其人能否“修身”。而扬州八怪诸家对自己人格境界的追求是自觉并且持之以恒的。

“清癯骨相，倔强性情”（陈撰《梅》）；“自惜羽毛清，迥立风尘上”（华喦《鸣鹤图》）②；“虽惭老圃秋容淡，且看黄花晚节香”（黄慎《菊花图册页》引宋代韩琦句）。无论处于顺境还是逆境，扬州八怪都一直遵循着传统文人的道德与操守，不曾改变。他们之所以选择具有高洁形象的物事作画材，一次次地表明内心与这些物事质性的相通、相容，正是缘于他们视这些动植物为符合他们心灵需求的、另一种形体的君子，缘于他们心中对这些植物、动物所具有的“君子质性”的高度认同，缘于他们的“画笔纵横不肯庸”（李方膺《梅花》）。“七十三岁人，五十年画兰”（郑燮《兰》），“平生心事许谁知，不是梅花不赋诗”（汪士慎《墨梅册页》引元代贡性之句），之所以有这些题画诗语传世，也正是因为他们将毕生的情志都托付其中。在唯利是视的商界中谋生，想要守护自己的至真本心绝非易事。而扬州八怪坚持日日与这些具有志节的动植物为伴，绘制、吟咏它们，就是在表明他们对自己德行修养的重视，他们在用这种方法时刻提醒自己将这些动植物的质性与他们的品行合一，守心护德，沁骨入髓，“即无梅之可见，而所见无非梅”（李方膺《题梅花图》）。

---

① （战国）孟子著，杨伯峻、杨逢彬注译：《孟子》，岳麓书社，2000 年版，第 227 页。

② （清）华喦撰：《清代稿本百种汇刊 第 66 册 集部 离垢集》，文海出版社，1974 年版，第 69 页。

传统礼教还要求君子固穷守志。扬州八怪在这方面的表现也非常值得尊敬。对此本章第三节已有详细论述，不再赘述。

(三)对人伦关系的谨守

传统礼教一直重视君臣、父子、夫妇、兄弟、朋友这“五伦”之间的和睦关系。扬州八怪的题画诗里，可以看到大量相关的文字。

人伦关系之首，体现在君臣关系上。对于扬州八怪来说，这关系是通过对皇帝的“忠”、对国家的“忠爱”来体现的。例如李葂曾经题“圣主无刑及大夫”，“义重及门由从我，恩深解网帝同天”(《题雅雨夫子出塞图》)，高凤翰曾经题“毕竟圣君思骏骨，安边犹自筑金台”(《为雅雨公题出塞图》)，赞美不舍弃置卢见曾的乾隆皇帝。又如李鱓，他的经历被郑燮评价为“回头痛哭仁皇帝，长把灵和柳色看”(《李鱓》)，即使被多次贬官并最终被罢职断送仕途，他也未曾对皇帝有半分怨言。李鱓甚至还在《喜鹊梅花图》上说“梅花春信早，喜遇圣明时”。又如高翔曾在其画上落款“山林外臣”(《蟒导河图轴》)，显示出身处庙堂外的一片忠心。此外，郑燮还曾写下赞扬忠仆的句子：“放眼乾坤臣主义，青衣往往胜乌纱。”(《题黄慎画丁有煜像卷》)这体现出他们对另一种“忠”的看重。

尽“忠”之外，便是尽“孝”。扬州八怪对此亦很重视。例如杨法“事亲以孝称”①。李方膺作《题三代耕田图四首》来深切回忆老父在世时对他的谆谆教诲，“披开不禁泪痕枯，辗转伤心辗转孤”，凄恻的怀亲之情了然于纸。他还曾为母亲作下《百花呈瑞图》诗：“不写冰桃与雪藕，百花呈瑞意深长。只缘贤母传家训，惟愿儿孙向太阳。”显示出对母命的重视与谨守。黄慎自幼丧父，事母至孝。② 其诗“舟驾广陵涛，旋归慰母劳。春江怜白发，绿水插寒篙”(《篱角牵牛》)，显示出他的赤子之心。高凤翰在其《鸿雪集》第十四卷详细回忆了少时父亲跟他介绍《鹊华秋色图》的往事，“昔我童年侍老父，

① 单国霖等编：《扬州画派研究文集：〈扬州画派书画全集〉序论汇编》，天津人民美术出版社，1999 年版，第 282 页。

② 蒋华编：《扬州八怪题画录》，江苏美术出版社，1992 年版，第 242 页。

窃闻画事述掌故”，满溢沧桑之感。[①] 高翔的“惟愿白发亲，岁岁容颜好”（《弹指阁图》）则表现了对堂上椿萱的美好祝愿。此外，闵贞也以“孝”闻名。再如在中国历史上惨烈的“扬州十日”大屠杀中，仅同一日，罗聘家族自焚以保名节的女子就有12人。罗聘的曾祖母是《清史稿·烈女传》中所载的罗仁美妻李氏，方苞《罗烈妇李氏墓表》、厉鹗《罗烈妇赞》、蒋士铨《焚楼行》、翁方纲《罗烈妇诗》等作品的事件主人公。[②] 而翁方纲之所以创作有《罗烈妇诗》，即源于罗聘宣传之故。[③] 他的“孝”由此可见。

“忠”“孝”之外，还有夫妇之间的爱情、亲情。高凤翰曾在妻子生日时取谐音“大耄”绘了大猫祝愿妻子长寿，并作150余字的长诗（《大耄图为老妻生日作》）赞美妻子的贤良淑德。金农曾在枇杷图上题写“橛头船，昨日到，洞庭枇杷天下少。额黄颜色真个好，我与山妻同一饱”（《记昔年为亡室写折枝枇杷》），围绕枇杷回忆、纪念亡妻，写出他带泪的微笑。罗聘诗、书、画兼擅，其妻方婉仪也工诗擅画，两个人伉俪情深。罗聘还曾在一幅二人合作的梅花图上记下了他们颇为浪漫动人的爱情故事：“癸未夏六月，仿元王元章繁枝梅花。赵子固云：‘浓墨点椒大是难事。’予画此卷三日始成，内子白莲展观再四，嫌其不甚分明，晨起乃摘牵牛花浸汁，渍其花瓣，令观者一目了然。予不可不记其苦心也。”[④]而华嵒的《离垢集》中，更是有多篇作品描写他与妻子蒋妍之间至死不渝的爱情。

“悌”一般在题画诗中较少见到，但扬州八怪的题画诗却有“悌”的存在。高凤翰曾作有《题黄愚园夫子鸰原图》：“世人写真如儿戏，佻荡轻儇作布置。妖花艳草罗满前，美人行杂狡僮侍。下至狗马及禽鱼，更无一席着兄弟。呜呼画里虚文尚如此，实地相看可知矣。请君读此鸰原图，一条肝肠贯生死。我亦半途失兄人，对此如堕烟雾里。古柏云垂惨淡阴，血泪飘风洒满纸。”在诗中，高凤翰借鸰原图批判世人对兄弟之情的淡漠，并对自己失兄的悲伤情怀予以描写。而郑燮则借评写鹡鸰的机会赞扬兄弟之情，并对世间的阋墙

① （清）高凤翰撰：《南阜山人诗集类稿》，载《山东文献集成》编纂委员会编：《山东文献集成：第一辑第三十七册》，山东大学出版社，2007年版，第418页。

② 丁志安：《罗聘家世考》，载《江苏大学学报》1982年第2期，第91页。

③ 李晓廷、蔡芃洋著：《花之寺僧：罗聘传》，上海人民出版社，2001年版，第77页。

④ 见罗聘《罗聘方婉仪梅花合作图》。西川宁、青山杉雨监修：《扬州八怪展》，朝日新闻社，1986年版，附图。

之事予以慨叹："鹡鸰两两唤同行，不减原令好弟兄。可叹世人无古道，酿他饥饿逼他争。"（《鹡鸰》）他还用兰竹的关系比拟兄弟，勉励友人处理好兄弟关系："兰竹芳馨不等闲，同根并蒂好相攀。百年兄弟开怀抱，莫谓分居彼此山。"（《兰竹芳馨图》）并且，他还有一幅《墨兰图》，上面记叙了因为其二弟在家不肯读书，大家规劝都不听，他便画兰蕙图并模拟《离骚》体题诗以寄之事。① 可见"悌"在他们心中的重要性。

扬州八怪题画诗词中，也有不少重视友情的诗句。例如："念彼二三子，高会良难卜"（高翔《〈山水〉册页》）；"最爱晚凉佳客至，一壶新茗泡松萝"（郑燮《竹》）；"驿路梅花影倒垂，离情别绪系相思。故人近日全疏我，折一枝儿寄与谁"（金农《墨梅》）。还有不少描写天伦之乐、表现对后辈关怀的文字。例如："和风暖雨儿孙长"（李鱓《竹笋》）；"老干霜皮滑可扪，娟娟小翠又当门。人间俱庆图堪画，却是家公领阿孙"（郑燮《题墨竹图》）。静享天伦，和乐融融。又如："教子尤勤老著书"（黄慎《教子读书图》）；"新竹高于旧竹枝，全凭老干为扶持"（郑燮《竹》）；"爱竹总如教子弟，数番剪削又扶持"（郑燮《竹》）。从中可以看出他们作为长辈对后代的良苦用心。

儒家历来注重诗教，即以诗来教化民众。而"经夫妇，成孝敬，厚人伦"是儒家诗教所看重的。② 扬州八怪在他们的诗歌中表现相关的内涵，既体现出他们对礼教人伦观的接受，又体现出他们对礼教人伦观的传播与弘扬。

（四）对礼法的遵循

不只前面所说的心怀天下、重视修身、谨守人伦，扬州八怪对传统礼教的维护还体现在多个方面。

他们会对礼教所尊崇的诸如忠孝节义、礼义廉耻等规范的人物与事件予以肯定、歌颂与宣扬。例如黄慎在其诗中对儒林世家刘柳溪家族予以赞美："麻沙镇上刘氏裔，一门五忠谁可继"，"只今文采之子孙，经术犹能相抵论"，"又不见闻鸡起舞枕戈矛，千古壮心今不朽"（《读刘氏柳溪子〈儒林世

① 蒋华编：《扬州八怪题画录》，江苏美术出版社，1992 年版，第 236 页。

② （汉）毛公传，（汉）郑玄笺，（唐）孔颖达等正义：《毛诗正义（附校勘记）》，上海古籍出版社，1990 年版，第 17 页。

家传〉,复观〈画马图〉,并做长歌以赠》)①。他还对被世人认定为“醇儒”的曾巩也充满崇敬之心:“得拜先生庙,空堂山四围。文章追大雅,礼乐见当时。”(《晚花蛱蝶》)②又如华嵒赞美友人董文敏“以道敦名教,风雅著斯人”(《题董文敏画卷后并序》);写百字长诗题于《苏武牧羊图》上,极力赞扬苏武的忠节,说他“缅垂千载名,清芬播贤哲”;又记载其《苍松彦士图》及画上题诗的来历,缘于一位叫作盛约庵的人,此人“宠仁向义,践德谦和,就俗引善,远情稽古,即昔之明达、今之君子也”③。

对于被普遍认为在传统意义上遵循儒家道统的著名文人,他们也是倍加尊崇的。例如罗聘为杜甫、韩愈二人作像,并在画像上题写“少陵、昌黎二公合像,扬州罗聘敬写”(《题杜韩二公合像》)④,“二公”“敬写”四字显示出他的态度。又如李方膺在柏树图上题写:“武侯柏,少陵诗,鲁公书,千古三绝,惜无画之者。予何人,斯敢随其后,存其意耳。”⑤再如高凤翰给毛奇龄、朱彝尊画像并作诗赞美:“我昔游济南,边李得遗像。大雅久销沉,风流悲俯仰。至今一瓣香,转徙无定享。毕竟吴兴人,好事多遐赏。前辈图诗翁,典型犹可访。西河冰雪文,竹垞烟霞杖。二公品第同,齐肩差不枉。流传到参军,冥契得同响。”且在题诗后作注曰:“向年曾收沧溟、华泉两公遗像于济南酒肆。沧溟像供入白雪楼。惟华泉像无所归,至今犹寄收于济南朱五弟潜园家。”(《题毛西河朱竹垞两先生合像卷》)讲到他和挚友在家中供奉李攀龙(号沧溟)、边贡(号华泉)画像之事。⑥ 高凤翰更有《题张伯刚岱麓课子图》,诗首句便曰:“鲁国群瞻地,名山吾道存。”将孔子之道称为“吾道”,他心中的思想归属地明白如是。

便是在咏物诗中,扬州八怪也常常加入礼教的成分。例如郑燮喜好将所绘之物比拟为被礼教所推许的圣贤:“友孤山梅,伴东篱菊”(郑燮《竹》),

---

① 陈传席主编:《扬州八怪诗文集(二)》,江苏美术出版社,1987年版,第16页。

② 蒋华编:《扬州八怪题画录》,江苏美术出版社,1992年版,第153页。

③ (清)华嵒撰:《清代稿本百种汇刊 第66册 集部 离垢集》,文海出版社,1974年版,第220页。

④ 蒋华编:《扬州八怪题画录》,江苏美术出版社,1992年版,第282页。

⑤ 林秀薇主编:《扬州画派》,艺术图书有限公司,1999年版,第155页。

⑥ (清)高凤翰撰:《南阜山人诗集类稿》,载《山东文献集成》编纂委员会编:《山东文献集成:第一辑第三十七册》,山东大学出版社,2007年版,第412页。

“欲将孤竹幽兰比，只是夷、齐、屈大夫”（《兰》）。还喜将它们合绘在一起，以象征君子间的同气相求：“一竹一兰一石，有节有香有骨。满堂君子之人，四时清风拂拂。”（《兰竹石》）李鱓、金农亦是如此：“一节一节复一节，屈原苏武夷齐骨”（李鱓《墨竹图轴》）；“清瘦两竿如削玉，首阳山下见夷齐”（金农《兰竹》）。李鱓还在其著名的《五松图》上，用直松比之大臣，用秃松比之名将予以歌颂：“一株劲节古臣工，搢笏垂绅立辟雍。颓如名将老龙钟，卓筋露骨心胆雄，森森羽戟旧军容。”罗聘也在其《兰花》册页上题“非素心，即赤心。为名士，为忠臣。香风拂拂，千古为春”，将兰花与忠臣名士一起赞美。①

其他为传统礼教所注重的方面，扬州八怪也常常遵循。例如传统礼教对女德要求严格，扬州八怪便对此予以弘扬。华嵒《题崔司马宫姬玩镜图》用“和性调顺思。素趣舒闲婉，朗神广幽怡”赞美宫姬；汪士慎更是赞扬《女诫》的作者班昭是“天子尊之国后重，一编《女诫》千秋垂”（《应夫藏石公所画班惠姬小像》）。罗聘也曾专门作诗赞颂年轻守寡、抚育幼子绝不改醮、逢大火首先抢救父及夫著述的严月英。② 诗中写有“秉质直与冰壶清”，“此心有如明月光，此节有如百炼刚。可知廿载茹荼苦，褴褛不耻嫁时裳”，对严月英评价很高，明白显现罗聘对于女节、女行的推崇。又如传统礼教讲求谦逊，郑燮便有句曰：“新栽瘦竹小园中，石上凄凄三两丛。竹又不高峰又矮，大都谦退是家风。”（《竹》）又如传统礼教讲求“仁”“智”，郑燮说“知仁山水分头乐，竹性由来兼得之”（《竹》），黄慎说“乃知惟士尚谋智，戒儿切勿暴虎同区区”（《答古延王潜夫司马索画虎歌》）。再如传统礼教讲求“民胞物与”，郑燮曾说：“莫漫锄荆棘，由他与竹高。《西铭》原有说，万物总同胞。”（《〈墨竹〉册页》）李鱓也曾说：“勿谓虫介小，造化多精良。”（《题虾蛤图》）黄慎更是焚香明志：“凤翥鹰翔，垂绅委珮。焚香正告，琴鹤自随。朱弦玉轸，皆吾知音。缟衣玄裳，皆吾同类。”（《〈赵公琴鹤图〉折扇面题诗》）③

礼教内涵很广，而扬州八怪对礼教的接受与传扬也体现在方方面面。以上这些，虽不能涵盖所有，却可以使我们从不同的角度看到扬州八怪对礼

---

① 蒋华编：《扬州八怪题画录》，江苏美术出版社，1992 年版，第 274 页。

② 张郁明、吴岭梅、蒋华等编：《扬州八怪诗文集（三）》，江苏美术出版社，1996 年版，第 317 页。

③ 丘幼宣著：《一代画圣黄慎研究》，福建教育出版社，2002 年版，第 958 页。

法的遵循。

诚然,扬州八怪确有和礼教不相统一或是常被说"怪"的时候,诸如对"君子不言利"传统的挑战、对"淳雅含蓄"主流诗风的游离、对"平和简远"绘画审美时流的抗争,以及对"匀圆丰满"馆阁体书法的改造。他们绘画时也会绘一些诸如乞儿、鬼怪等不入正统画师作品的内容等,对此我们不能否认。

但若站在扬州八怪的处境中去思考,我们或者可以对他们有"同情之理解"。说他们"言利",这主要指他们的卖画行为。扬州八怪既已无法在仕途发展,又无其他生活收入来源,若再不依靠绘画这门技艺为生,他们及家人该如何存活?又如说扬州八怪作诗情感张扬。自古以来,在诗文中张扬性情的文人大有人在,为何对扬州八怪批判独甚?不过是因为在他们所处的时期,以帝王为首的文人主流圈尊奉淳雅敦厚之风,而他们恰是盛世里的"不和谐音符",便遭到排斥。又如有人批判他们的题画诗不够严谨,"胡诌五言七言,打油自喜"①。确实,扬州八怪的有些诗作写得较为率性随意,但这其实也正是因为扬州八怪看重礼教。在正统文人眼中,书画的教化功能远弱于诗文,故此题画诗词不负载诗教重任。也因此,扬州八怪虽重视诗文,却普遍对题画诗重视不够,他们的题画诗才会少了些传"道"的气息。事实上,在扬州八怪自辑的诗文集及书信等文献中,我们可以看到更多能够明确地凸显出他们礼教卫道者形象的证据。但即便如此,我们仍可看到诸如上文所举出的若干例子,可见"诗教"在他们心中影响之深。还有扬州八怪画材、书法的不同时流性——这点也不为主流文人所接受。但对于以画谋生的扬州八怪而言,若想在画家辈出的扬州谋得一点买家目光、多一些糊口机会,就必须有其新奇之处。文明该是在保证生存基础上的需求。我们不宜苛求扬州八怪为了恪守礼教去放弃生存,这该也可以被理解。

所有这些,与扬州八怪对礼教的接受、遵守和弘扬从根本上并不相违背。总的来说,他们所背离的大概只属礼教的枝梢部分,于主干仍是遵循的。

① 陈传席著:《中国绘画美学史》,人民美术出版社,2002 年版,第 557 页。

二、与现实矛盾的重文轻画

传统礼教重视经世济国，属于百艺之首的绘画历来不受正统文人重视。扬州八怪虽是诗、文、书、画兼擅，都有书画上的声名，却也有同样的观念。正如李鱓在其题画诗序中说：“以画为娱则高，以画为业则陋。”①郑燮也有言曰：“不得已亦借此笔墨为糊口觅食之资，其实可羞可贱。”②在绘画与经济间，毫无疑问，扬州八怪首重经济。“若书若画以及一切文事制作，皆好稽考，仅足备山泽枯槁之玩，不足为清庙明堂之器”③；“大丈夫不能立功天地，字养生民，而以区区笔墨供人玩好，非俗事而何？”④这两则例子大概可以进一步证明，在扬州八怪心中，相较于经济，其实诗文尚且位置靠后，更遑论书画。

“太上有立德，其次有立功，其次有立言。”⑤基于礼教的影响，当时人们总是在无法实现经世济国理想时，便对诗文格外重视。这在扬州八怪心中同样如此。例如金农晚年将其《冬心先生集》交付女儿收藏时特意叮嘱：“卷帙编完顶发疏，中郎有女好收储。帽箱剥落经簾敝，莫损严家饿隶书。”⑥黄慎有着“一春忙过无诗草，负却墙东一树梅”（《绿萼梅图》）的慨叹。郑燮即使是在题画词中，也会写这样的句子：“借君莫作画图看，文里机闲，字里机关。”（《题兰竹石调寄一剪梅》）又如他在其诗文集序中说：“板桥诗刻止于此矣，死后如有托名翻板，将平日无聊应酬之作，改窜烂入，吾必为厉鬼以击其脑！”此外，高凤翰在其诗集跋中写道：“盲子顽孙，箧笥谁付？不知后来所作，尚复几许？亦不知得成卷与册否？尚有人拾取于蛛丝蠹腹之余，以少得流传人世否？露电茫茫，老病日笃，死且不知何时。而犹惓惓于此故纸橐中

---

① 蒋华编：《扬州八怪题画录》，江苏美术出版社，1992 年版，第 73 页。

② （清）郑燮著，华耀祥、顾黄初译注：《板桥家书译注》，人民文学出版社，1994 年版，第 67 页。

③ 高凤翰言。见王克捷等编著：《高凤翰编年录》，青岛出版社，1991 年版，第 49 页。

④ 郑燮言。见（清）郑燮著，华耀祥、顾黄初译注：《板桥家书译注》，人民文学出版社，1994 年版，第 67 页。

⑤ 杨伯峻编著：《春秋左传注》，中华书局，1990 年版，第 1088 页。

⑥ 诗题为《新编拙诗四卷，手自抄录，付女儿收藏，杂题五首》。

物，愚哉南阜不直达人一笑矣。”[①]足见他们对诗文的看重。

但扬州八怪虽重视诗文，却普遍对题画诗重视不够。例如汪士慎《巢林集》存诗约560余首，题画诗却仅有49首。不是因为汪士慎题画诗作得少——在数百年后的今天，笔者只是不完全地整理，便整理出百余首汪士慎的集外题画诗——只能说是因为他对题画诗的重视不及诗集中的其他作品。如果再将郑燮《板桥诗钞》中的诗歌与未录于《板桥诗钞》中的题画诗相比较，可知后者无论是从思想内涵上看，还是从创作态度、遣词用句上看，都远不及前者来得谨严。我们分析这一状况出现的原因，固然有些题画诗是为应景、应市而作的，属游戏之作，因此不值得放入诗集中。但深究其本质原因，当然该是在传统礼教思想中，书画的地位远不及诗文重要。在当时人们的价值观中，画匠的身份与地位远低于书生。与画匠的身份相比较，读书人的身份在社会上得到的尊重更多。而趋利避害是人性的本能。因此心底深处的自尊使得扬州八怪在有意识地进行着自我保护，降低着从事书画买卖带给他们的不利影响，最大限度地保留他们作为文人的身份与地位。

相较于“画家”“画师”的身份，扬州八怪更愿意将自己视作“文人”“书生”“诗人”等。这一点从他们在题画诗中对自己的称谓上可以看出。例如，李方膺称自己为“秀才”：“雪片千层彻夜敲，挑灯研墨画梅梢。秀才偏是寒酸骨，冷淡知心故故交。”（《梅花册》）华喦称自己为“书生”：“俯仰宇宙间，书生真迂狂。”（《画马》）边寿民称自己为“诗人”：“只须山菌兼花蛤，便作诗人骨董羹。”（《蛤菌》）金农在《松树桃花》图题诗后落款作“金牛湖上诗老”，在多幅题画诗序里称其弟子罗聘为“诗弟子”。甚至，郑燮将自己称作“书呆”：“数尺峰峦不当山，几枝竹叶翠珊珊。小窗风暖谁相对？只有书呆屋半间。”（《竹》）李鱓将自己称作“腐儒”：“水肴与山味，粗粝腐儒家。”（《荸荠》）高翔更是将自己称作“诗狂”：“动怜酒病心偏爽，大笑诗狂腹自扪。”（《村饮醉归图》）

事实上，翻开扬州八怪的画作我们可以读到这些诗句：“一室但余书卷我，其间亦有水仙梅”（汪士慎《〈水仙梅花〉册页》）；“一窗灯影一窗书”（李鱓《题竹图》）；“心癖无机事，家贫有破书”（高翔《〈山水〉册页》）；“一峰石，

---

① （清）高凤翰撰：《南阜山人诗集类稿》，载《山东文献集成》编纂委员会编：《山东文献集成：第一辑第三十七册》，山东大学出版社，2007年版，第505页。

六竿竹。倚纱窗，对华屋。伴清谈，陪相读”（郑燮《竹石》）；“故园草屋书千卷，辜负梅花三十株”（李方膺《墨梅》）；“乍暖轻凉正及晨，笔床茶灶总随身。冶春漫道风流歇，剩有渔洋一辈人”（高翔《平山堂七景册》）；等等。从中可以看出他们的人生完全遵循着传统文人的生活方式。

由此可见，从扬州八怪的本心来说，他们最大的愿望是能致力于天下之事。若不可时，他们希望自己是文人。但他们的可悲之处大概也在这里：不但没有机会经世济民，连专心做个文人也不可能。

三、持续一生的失意与坚韧

扬州八怪群体非常重要的特点之一，便是他们都是失意的人。还有一个重要的特点，便是他们都是坚韧的人。

扬州八怪的失意体现在很多方面。首先便是功名不成，怀才不遇。

扬州八怪之中，除了闵贞不会写诗填词，其他 14 人，个个均是诗、文、书、画兼擅的。部分成员更是声名远播。例如：郑燮诗、书、画被称为“三绝”；高凤翰是王士禛的弟子，曾被先后举荐应“贤良方正科”“博学鸿词科”试；金农是浙西词派的代表人物，曾被举荐应“博学鸿词科”试；李方膺曾被举荐应“贤良方正科”试；陈撰为毛奇龄弟子，曾被举荐应“博学鸿词科”试；李葂是《儒林外史》里“季萑”的原型，“总角应童子试，辄冠一军。其为诗，叉手立成，如不经意，而新警隽拔，无一字拾人牙后慧”[①]，也曾被举荐应“博学鸿词科”试[②]；罗聘创始“罗家梅派”；边寿民被列入“淮上三民”“曲江十子”；等等。

而对于处在封建王朝的才子们来说，“学而优则仕”该是最好的出路。扬州八怪也确实是这样认为并为之努力的，屡战屡败，屡败屡战：陈撰过了约 10 年的应举不第生涯；边寿民曾七赴乡试，为期约 20 年；郑燮在 44 岁、高凤翰在 46 岁时犹参加科举考试。即使是因特殊情况无法参加科举的成员，也是心怀抱负的。例如黄慎，出身书香之家，幼习翰墨，却因少年失怙，为养家学画而偏离科考之途。但郑燮曾评说他极为勤勉，一心想流芳百世，“铁

---

① 卞孝萱主编：《扬州八怪诗文集》，江苏美术出版社，1985 年版，第 288 页。

② 单国霖等编：《扬州画派研究文集：〈扬州画派书画全集〉序论汇编》，天津人民美术出版社，1999 年版，第 278 页。

砚犹穿况石头,知君心事欲千秋”(《题黄慎画黄漱石捧砚图小像轴》)。

他们期冀能够施展抱负,却为此耗费大半生的时间也未能如愿。即使部分成员曾跻身仕途,也是一直位居下僚,且饱历坎坷后,最终都被迫离职,以卖画为生。高凤翰46岁方才入仕,郑燮50岁方入仕。为官时间最久的李方膺,虽是33岁便入仕,54岁被罢官,似乎宦海沉浮20余年,但实际上他在44岁至51岁这本当大有作为的盛壮时期里是赋闲在家的,且在为官之期还曾下狱。李鱓的经历则被郑燮如此评价:“两革科名一贬官,萧萧华发镜中寒。”(《李鱓》)可见他们之中没有一位是仕途平坦的。罗聘也曾一生多次入京宦游,甚至曾经为有机会进入仕途,在爱妻病危之时离乡北上,但最终仍是空老林园。“自知人世忤,徒有帝乡心”(黄慎《〈望玉皇阁图〉题诗》),扬州八怪群体的济世之心与飘零身世的抵牾,以及幽苦无奈的心境,自黄慎的这两个句子可见一斑。王伯敏先生曾以金农“荐举博学鸿词科,不就”为例阐述扬州八怪的“异于道统”。事实上,金农的“不就”,不是不赴或不应,而是未被录用。对此,张郁明先生已有《金农“荐举博学鸿词科不就”考》一文辨析。而且,郑燮与金农是多年好友,郑燮曾在其《兰花图》挂轴上写道:“杭州金寿门题墨兰诗云:‘苦被春风勾引出,和葱和蒜卖街头。’盖伤时不遇,又不能决然自引去也。”①这一表述应该具有较高的可信度。另外,金农晚年曾在画作上多次落款作“荐举博学鸿词杭郡金农”。若金农对此事真的不屑,不会这样署名。可知虽都怀才,虽在明世,但扬州八怪个个不遇。

其次,除了人生事业的不得志外,扬州八怪还被迫时常承受来自经济方面的压力。这也是他们失意的一大缘由。这一方面和他们在功名之路上的蹭蹬紧密相连:“生事之术的缺乏是导致文人贫困的重要一因。但需要强调的是:古代文人的谋生能力并不是主要通过劳动或其他直接的生财之路体现出来,而往往是要先获得功名,然后才能获得相应的财富……志向落寞,生活也就往往陷于贫困当中。”②不遇,却又努力坚守着文人的身份与志节,使得他们都曾饱受贫寒之苦,有时连最基本的果腹都无法保障。即使是晚年经济较为宽裕的郑燮,也在20余岁时无奈以卖画谋生,也曾深怀惭愧之心为女儿作画以为嫁妆。

---

① 蒋华编:《扬州八怪题画录》,江苏美术出版社,1992年版,第222页。

② 彭玉平著:《诗文评的体性》,北京大学出版社,2012年版,第161页。

再次，扬州八怪中还有部分成员长年为病痛折磨。例如汪士慎晚年双目失明，高翔、高凤翰都右臂残废。此外，诸如高凤翰晚年接连遇到百年难遇的天灾，金农晚年孤苦一人，等等。这些都成为他们失意的重要原因。

扬州八怪均是失意的，有时难免会有些失意之言。但他们却又终究都是坚韧的，是处穷善身、安贫乐道的。在他们的题画诗词中，我们总能看到一股不甘沉沦的韧劲。

在人生抱负不能伸展时，汪士慎仍在梅花图上表明心迹道："白头何曾减壮心。"(《题梅花图》)不为官后，李鱓题诗道："薄宦归来白发新，人言作画少精神。岂知笔底纵横甚，一片秋光万古春。"(《题画桂花葵花》)郑燮题诗道："宦海归来两鬓星，故人怜我未凋零。春风写与平安竹，依旧江南一片青。"(《竹石轴》)都显示出或乐观或顽强的心态来。即使是面对贫困甚至饥饿，他们也都没有失去自我，还时常在题画诗中表现出宁静、坚韧的心境。"我今常饥鹤缺粮，携鹤且抱梅花睡"(金农《题墨梅图》)；"十日厨烟断未炊，古梅几笔便舒眉，冰花雪蕊家常饭，满肚春风总不饥"(李方膺《题冰花雪蕊图》)……在生存都面临着重大威胁时，他们不约而同地选择用最为清介孤节的梅花来砥砺自己，平静却又顽强。这令后世读者感叹了二百余年。人生当然还有其他的各种失意，扬州八怪的坚韧更可见出。汪士慎晚年双目失明。在一目失明时，他犹写下"一目著寒花"(《写梅答可村》)的句子；双目失明后，还展纸作狂草拿去送给金农，并与金农论诗甚欢。高翔晚年右臂因病不能执笔又坚持题诗写下"右臂偏枯容我懒"(《〈扬州即景图〉册页》)的句子，说是自己"懒"，实际他却是笔耕不辍的。高凤翰在右臂残废后，还坚持用左手写诗作画，并终于以左笔书法驰名。

虽然他们的"失意"不尽相同，但"坚韧"却同。对于前人批判扬州八怪是"小人忧戚戚"、有"穷酸"气，甚而进一步质疑扬州八怪人品的观点，窃以为有失公允。

扬州八怪均才华横溢，又深受传统礼教的影响，重视功名，关心社会，抱负远大，期望能够建功立业。他们又都是德行高洁的，在生命里最困窘的时刻也不忘维护操守。

不能说他们生不逢时，他们存世的康熙中期至乾隆中期是清代政治、经济、文化、科技均最为繁盛的时期，当时的帝王康熙、雍正、乾隆也在中国历

史上以惜才、爱才著称。

但是他们却“蹭蹬壮盛年”①。即使如边寿民的画作曾受到尚未即位的雍正皇帝的喜爱而被悬于王府壁上②,李方膺曾在父亲奉诏觐见雍正皇帝时被特意召见并授予官职③,李葂在乾隆皇帝南巡时被举荐接驾并接受召试④,他们却仍是不遇,一生命运多蹇,处于社会的中下层,饱历世态冷暖,不仅志向无法伸张,生计也总是异常困窘。

他们是盛世里不遇文人的代表。

---

① 曹惠民、陈伉主编:《扬州八怪全书:第三卷》,中国言实出版社,2006 年版,第 419 页。

② (清)边寿民绘:《扬州画派书画全集·边寿民》,天津人民美术出版社,2000 年版,马鸿增序第 2 页。

③ 见薛永年编《李方膺年表》。(清)李方膺绘:《扬州画派书画全集·李方膺》,天津人民美术出版社,2000 年版,卷尾。

④ 单国霖等编:《扬州画派研究文集:〈扬州画派书画全集〉序论汇编》,天津人民美术出版社,1999 年版,第 279 页。

第三章　率性疏狂的郑燮题画诗词

郑燮(1693—1765),字克柔,号板桥,江苏兴化人。曾先后任山东范县、潍县知县,颇有政声。“在任十二年,囹圄囚空者数次。以岁饥为民请赈,忤大吏,遂乞病归。去官日,百姓痛哭遮留,家家画像以祀。”①晚年卖画于扬州。郑燮在诗、词、文、书法、绘画、篆刻、政治等多个领域均有声名,是扬州八怪10余人中最受瞩目的成员。学界目前已有的扬州八怪题画诗词研究著作中,亦数对郑燮的研究最多。但这些研究大都以美学或艺术的角度为着眼点。笔者以《板桥诗钞》《板桥题画》为基础,兼考各类郑燮诗文集及画册等,整理出郑燮题画诗474首/则,题画词2阕。这些题画诗,或齐言,或杂言,或一首只有三两句,或一首数十句一泻而下。以五、七言绝句占多数,但还有三言诗7首、四言诗28首、六言诗15首/则,杂言诗17首,合计近70首的其他体式的作品。笔者拟在此章中对这些题画诗词从文学的角度着眼,加以分析。

第一节　“竹”与“兰”:入世与逃世

郑燮所作题画诗词,绝大多数为题竹、兰、石的作品。在笔者所辑409首完整的郑燮题画诗词作品中,写竹的最多,约为250余首,写兰的其次,约为170余首,第三位的是写石的诗词,约为80余首(有兼咏其二或其三者)。三者合计约占郑燮题画诗词的九成以上。

---

① 见《清代学者像传》。上海古籍出版社编:《郑板桥集》,上海古籍出版社,1979年版,第239页。

一、常用的意象

郑燮题画诗中的竹子，时常有着“湘娥”“洞庭”“苍梧”“斑竹”之属的意象。例如“湘娥夜抱湘云哭，杜宇鹧鸪泪相逐”（《为黄陵庙女道士画竹》），“湘云湘雨两模糊”（《兰竹》）。郑燮歌颂坚贞执着的爱情，为故事的悲剧性而感念，并努力地描摹、渲染故事中所生发的凄美意境与情感。

在题竹诗中纳入伯夷、叔齐的意象，较为少见。但继金农之后，郑燮也在其题竹诗中运用了这一意象。例如他曾有言曰：“欲将孤竹幽兰比，只是夷、齐、屈大夫。”（《兰》）又如在《全集·郑燮》136图上，笔者看见一条显示不全却与此相关的诗句：“满纸皆风君子法，伯夷……”以人喻竹，以竹喻人。同样的秉性与节操，将原本分属两类的人与物紧密连接。既表现出郑燮心中对诸如伯夷、叔齐这样的传统君子的尊崇，也表现出郑燮对具有君子情操的竹子这种植物所抱有的异于其他植物的特有情怀。

此外，郑燮画竹学习文同、苏轼，因此与他们相关的内容或意象在郑燮的咏竹诗里也时常出现。例如：“竹中有竹，竹外有竹。渭川千亩，此为巨族”（《墨竹册页》）；“渭川千亩入秦关，淇澳清清水一湾”（《竹》）；“两枝石笋甲成都，天下名流仰二苏”（《竹石》）。郑燮总是在这类作品中描述渭川之竹的繁盛，赞美竹子如《诗经·淇澳》中所写的君子一般温润，颂扬苏轼、文同的情谊，表达对苏、文的敬仰，等等。

郑燮题画诗词中的“兰”时常和屈原、楚辞、《离骚》等相关联。

关联的形式有多种：有的是直接将屈原的名字入句，如用“灵均”；有的是使用屈原的作品入句，如用“离骚”“九歌”等；有的是以屈原的职位入句，如“三闾”等。例如：“凭谁写作灵均赋，为尔招魂到楚湘”（《兰》）；“《离骚》纫作幽人佩，今日方称王者香”（《兰》）；“常笑灵均作《九歌》，歌成十一不为多”（《兰》）；“却被三闾轻物色，漫恃臭味入《离骚》”（《竹》）。

从《离骚》“余既滋兰之九畹兮，又树蕙之百亩”中演绎出的“九畹兰”“楚畹”等词，也时常出现于郑燮的题兰诗词中。例如：“何劳芍药夸金带，自是千秋九畹青”（《九畹兰》）；“浓处清幽淡处香，花开楚畹久名扬”（《兰》）；“百岁老人多种德，自然九畹尽开花”（《兰》）；“九畹兰花自千古，兰花不足蕙花补”（《兰》）；“九畹兰花江上田，写来八畹未成全”（《八畹兰》）。具有

着清幽、淡香、清妍的“九畹兰花”形象，深刻于郑燮的心中。

郑燮有时还会模仿楚辞的体式题诗。例如：“根之茂兮土弗离，花之美兮香堪娱。品纵雅兮叶与扶持，总不若春风吹女兮，花叶依依。”（《兰》）

此外，郑燮的兰意象有时还会和马湘兰有关。例如：“画成一幅将人去，惭愧秦淮马四娘。”（《兰》）明末清初“秦淮八艳”之一的马湘兰亦擅绘兰，和扬州八怪所生存的时代也相距不远。故此在扬州八怪的题兰诗词中时常可以见到她的影子。

其实湘妃、湘夫人和由此衍生出的斑竹、楚客等意象，本在历代咏竹诗中较为常见，是竹子的常用意象。而用屈原、《离骚》之典来吟咏兰花也是文人咏物诗里常见的手法。但郑燮在他的题画诗词中有较多相关的应用，至少可以作为一个观照点来说明：郑燮的题画诗词并非完全如不少人所预想的那样标新立异、特立独行，也有着与当时题画诗词主流相统一的地方。

另外，郑燮所尊重的伯夷、叔齐、屈原等人，除了志行高洁外，还具有一个共性：都是传统礼教所颂扬的人。“昨夜潇湘谒二妃，黄陵古庙掩柴扉。谁知步上君山顶，却见芳魂在翠微。”（《竹》）首句的“谒”字，所显现出的也是对礼教宣扬的娥皇、女英的敬仰。在郑燮的题画诗词中，能够读出郑燮具有儒家色彩的传统文人形象的例子很多。而当今有不少学者根据郑燮家书及郑燮的少数表现出反叛、抗争意识的作品便认定郑燮不是谨守礼教之人，甚至断定他是个礼教的背叛者，笔者不能赞同相关的主张。

竹、兰、石中，前两者为植物，本就具有生命的气息。而石原本是没有生命的。但在郑燮的题画诗词中，石不仅有生命，还常具有人间的气息，并且总是被赋予“长辈”的身份。例如：“园林几盛衰，花树几更易。但问石先生，先生俱记得。”（《题石图》）能够说得出历史的沧桑与变迁，需要时间的积累与沉淀。这里的石，俨然就是一位惯看秋月春风、是非成败的长者。又如：“近栽竹君，千岁为友。晚逢石丈，四时有春”（《竹石》），“竹称为君，石呼为丈”（《竹石》）。这里的石，直接被呼为“石丈”，身份更为明了，显出人伦。不仅如此，在郑燮的题画诗词中，石和竹、兰一样，也有着君子的形象。例如郑燮曰：“兰之气清，石之体静。”（《兰石》）他认为石具有“静”的品性。而君子之行，静以修身，“静”正是君子的良好秉性之一。

其实郑燮题画诗词中最为常见的意象便是兰、竹、石的君子形象：“兰竹

石，相继出。大君子，离不得”(《兰竹石》)；“竹劲兰芳性自然，南山石块更遒坚”(《兰竹石》)。他笔下的兰、竹、石，常常有着非同凡俗的气韵与节操。如前文提到的：“一竹一兰一石，有节有香有骨。满堂君子之人，四时清风拂拂。”(《兰竹石》)在他的眼中，竹意味着君子之节，兰意味着君子之香，石意味着君子之骨。因此他喜好将这三种物事合绘，或将其中的两两结合绘到同一幅图中。也因此他的题兰、题竹、题石作品中也常常可以见此观彼。

二、入世与逃世

郑燮笔下的竹与兰还有着一类特殊的寓意，即他的题竹诗在不少时候蕴含着积极、强劲等“入世”的信息，题兰诗则总是蕴有消极、柔软的“避世”心态。它们象征着郑燮心底意识的两个方面。

虽然郑燮题竹诗中有少量诸如“钓竿”等显示出退隐之意的词语，但郑燮题画诗词中带有诸如积极进取、建功立业、努力抗争、无所畏惧等思想倾向的内容，很多时候也是借由他的题竹诗体现出来的。

郑燮心中的竹子，常有着超群的能力，有着类似于国之栋梁的寓意。例如“纸外更相寻，干云上天阙”(《题墨竹图》)中的竹子，是可以直上云霄的。又如“画工何事好离奇，一干掀天去不知。若使循循墙下立，拂云擎日待何时”(《出纸一竿》)。竹子具有“掀天”“拂云”“擎日”的能力与气魄。而在中国传统文化中，“拂云”“擎日”不少时候有着清除奸佞、勤于王室之类的含义，意味着为国家、人民做出巨大的人生贡献。

郑燮笔下的竹子，又常常有着抗争精神。例如：“画根竹枝插块石，石比竹枝高一尺。虽然一尺让他高，来年看我掀天力。”(《竹石图》)石块虽然暂时比竹子高出一头，但竹子绝不气馁，暗自蓄力，到来年迸发出石破天惊的“掀天”之力。又如前举《出纸一竿》诗中的竹子，不愿“循循”立于墙下。并且为了突破邈远无谓的等待，为了更早地“拂云”“擎日”，便代之以“离奇”的“掀天”之举。再如“秋风昨夜渡潇湘，触石穿林惯作狂。惟有竹枝浑不怕，挺然相斗一千场”(《竹石图》)，纵使秋风长驱直入，狂劲悍然，竹子不仅“浑不怕”，还敢与其“相斗一千场”。这时的竹子，有着少年英雄的拼劲与魄力，果敢锐气，英勇顽强。

“二十年前载酒瓶，春风倚醉竹西亭。而今再种扬州竹，依旧淮南一片

青”(《初返扬州画竹第一幅》);“心秉虚兮节挺直,啸傲空山人弗识。任他雨露又风霜,四时不改青青色”(《竹》);“一二十片叶,三四两竿节。可以耐风霜,亦可欺冰雪”(《题墨竹扇面》)。纵使饱经风霜,郑燮的竹子依旧坚韧,没有了前面几首诗中的勇猛,却又多了经过岁月打磨的沉着与坚持。

在这些作品里,郑燮笔下的竹子是无所畏惧、敢于斗争的,并且是敢于长期、持续斗争的。这些均体现出郑燮心中敢于突破藩篱、勇于担当的积极进取精神。

郑燮题画诗词中关怀国家、人民的内容也常常是通过题竹作品体现的。例如前文曾举的“衙斋卧听萧萧竹,疑是民间疾苦声。些小吾曹州县吏,一枝一叶总关情”,“扫云扫雾真吾事,岂屑区区扫地埃”。

郑燮的题竹诗常和入世相关联,但他的题兰诗词却总是遗世的。

郑燮笔下的兰,常常生存在远离尘世的高山、深涧里。郑燮总是强调兰的出身是“世外”的、非尘俗的。例如:“峭壁一千尺,兰花在空碧。下有采樵人,伸手折不得。”(《峤壁兰》)兰花生长在远离人烟的千尺“峭壁”之上,处在青云缥缈的“空碧”里。即使被世人所观望到,也是可远观而不可得的。“小草无名,实为兰家。高风迥露,天近其芽。”(《深谷幽兰》)在郑燮的眼里,兰花根本就是接“天”的。而这个“天”,大概又寓着太多的意味。它不是人世的“天”,更不是君主,而是远离人世尘嚣的化境。

郑燮总是希望兰可以保持它的原生状态,不受尘世的侵扰或污染。因此,在他的题画诗词中,也时常有意识地要将兰“送回”“护回”它的原生状态中。例如:“兰花本是山中草,还向山中种此花。尘世纷纷植盆盎,不如留与伴烟霞”(《兰》);“东风昨夜发灵芽,一片青葱一片花。盎植盆栽殊可笑,青山是我外婆家”(《兰》)。他不仅希望将原本属于大山的兰草送归大山,还明白地评说尘世间用花盆、花盎将兰花从它的净地里带到纷扰的世间是错误的安排。又如:“此是幽贞一种花,不求闻达只烟霞。采樵或恐通来径,更写高山一片遮”(《兰》);“世间盆盎空栽植,唯有青山是我家。画入悬崖孤绝处,兰花竹叶两相遮”(《兰》)。为了维护生性幽静贞洁、不求闻达的兰花,郑燮把它们画在人迹难至的“悬崖孤绝处”,用来防止樵夫发现它、把它带到人间,甚至不惜为它画出一片重峦叠嶂。“山中兰草乱如蓬,叶暖花酣气候浓。出谷送香非不远,那能送到俗尘中?”(《兰》)此诗的最后一句,更

是将郑燮的护花心情表现得十分清楚。

在这些诗句里,郑燮似乎对兰有着“适天”“全性”的期冀。但从笔者的视角看来,此中其实蕴含了郑燮对自身远离尘嚣的向往,是他心中“逃世”思想的变相体现。“身在千山顶上头,突岩深缝妙香稠。非无脚下浮云闹,来不相知去不留。”(《兰》)此诗的后两句,或者正可将郑燮心中“遗世”“逃世”的思想显现出来。这大概也是郑燮对自己心灵深处净地的维持与呵护。与边寿民题画诗词中时常体现出的对大雁的怜惜与保护有些类似。

第二节　谈诗论画:富于思辨色彩

郑燮的题画诗词还具有“紧扣画题”“善于思辨”“好为画论”的特点。

一、紧扣画题

题诗内容紧扣画面内容是郑燮题画诗词的一大特点。在笔者所辑 409 首完整的郑燮题画诗词中,诗画内容没有关系的仅有不到 10 首,数量极少。

这点和扬州八怪中不少成员的情况不同。例如黄慎、金农的不少题画诗词题的是旧作。又如高凤翰时常借题画的机会或记叙,或议论,或抒情,不少时候题诗内容和画面内容不相吻合。再如高翔的不少山水图上的题诗是他之前与诗友间的酬唱之作,很多时候也和画面没有必然联系。但郑燮的题画诗词虽也好议论,却常是紧扣画题的议论。

题画诗紧扣画题的形式,有的表现为直接点题,即在诗词中直接将所画之物的名字点出。这种扣题方式在郑燮的题画诗词中较为多见。一般来说,我们在作题物诗时,以尽量不点出物名为佳。郑燮却反其道为之。他的涉竹题画诗中约有 170 余首直接提到“竹”字,涉兰题画诗词中约有 90 余首直接提到“兰”字,涉石题画诗中约有近 70 首直接提到“石”字。占郑燮题画诗词总数的大半。此外,即使没有提到本名,他也常会用别称将画面内容点出。例如他对“筱”“篁”“笋”“[illegible]”“龙孙”“琅玕”“蕙”等词语的运用。我们或可从这一较为直白的扣题方式看出郑燮爽直率性的性情。当然,也不排除因为是题在画上的,画面已经明白展示出诗的主题,所以无法像寻常咏物诗那样设谜,郑燮便索性直接吟咏的可能。

除了直接点题，郑燮题画诗词中还有少量的作品采用了传统咏物诗词中最为常见的间接点题形式：利用对相关植物的形状、色泽、秉性等的描写，间接使读者明白所咏何物。

二、善于思辨

郑燮非常善于思辨。他的题画诗词中有不少显现出辩证色彩的内容。

例如："不容荆棘不成兰，外道天魔冷眼看。门径有芳还有秽，始知佛法浩漫漫"（《为侣松上人画荆棘兰花》）；"何事荆榛夹杂生，君子容之更何忤"（《兰》）；"写得芝兰满幅春，傍添几笔乱荆榛。世间美恶俱容纳，想见温馨澹远人"（《画芝兰棘刺图寄蔡太史（讳时田）》）。荆棘本是影响兰花生长的"恶物"。但郑燮提出的"不容荆棘不成兰""君子容之更何忤""世间美恶俱容纳"体现出他对于矛盾对立统一规律的认识。从中也可感受到他宽博的胸怀。又如"叶长花则少，叶少花则多。世上有余不尽，英雄豪杰如何！"（《兰》）以花、叶分别喻英雄、豪杰与庸人、小人，指出两者间的相互消长，并由此生发出对社会人生的慨叹。"一枝瘦竹何曾少，十亩丛篁未是多。勘破世间多寡数，水边沙石见恒河。"（《竹》）何谓少，何谓多——这原本是一个相对的问题。与一枝相比，十亩算多。与百亩相比呢？极致的多与极致的少都是不存在的。或者，只在人心中的一念。"忽焉而澹，忽焉而浓。究其胸次，万象皆空"（《竹》），写出了郑燮心中具有的和前诗类似的感悟。

此外还有："一片绿阴如洗，护竹何劳荆杞？仍将竹作笆篱，求人不如求己"（《篱竹》）；"四块兰花三块开，中间一块且迟回。世间万事从容好，直待春闺兰复来"（《兰》）；"两枝石笋甲成都，天下名流仰二苏。任是文同能画竹，也须蜀老共持扶"（《竹石》）；"春兰未了夏兰开，画里分明唤阿呆。阅尽荣枯是盆盎，几回拔去几回栽"（《题盆兰倚蕙图》）；"世间万事何时足，留取栽培待后贤"（《八畹兰》）；等等。通过花落花开，诸般色相，分别带出了"求人不如求己""世间万事从容好""也须蜀老共持扶""阅尽荣枯是盆盎""留取栽培待后贤"等不同的主题。表达了退一步海阔天空，包容万宇，得大自在。

这类作品莫不借生动之形象，阐释万象之道理。同时也带出了郑燮的智慧和怀抱，绝不糊涂。

郑燮还常在他的题画诗词中论画。例如:“有兰有竹有石,一种多情历历。何须碧绿丹黄,千载墨痕一色”(《兰竹石》);“浑然一片玲珑,苏轼文同郑燮”(《竹》);“偶学云林石法,遂摹与可新篁。一片青葱气色,居然雨过斜阳”(《竹石》);“画竹意在笔先,用墨干淡并兼。从人不得其法,今年还是去年”(《竹》);“淡烟古墨纵横,写出此君半面”(《竹石》);等等。阐述出三个方面的观点:其一,就他的绘画渊源而谈。在画竹上,他的画竹之法沿袭苏轼、文同二人路径;在画石上,他也有意识地向元代倪瓒学习。其二,就绘画技巧而言。他提出了意在笔先的绘画关键及用墨干淡并兼的绘画技法,并就其弟子们对此重要技巧迟迟未能掌握而提出批评。其三,就绘画审美而谈。他和其他绝大多数的扬州八怪成员一样,不喜浓艳,倾向用墨色绘制画幅。郑燮就像跟读者对话一样,谈文论画,交流写作经验,十分亲切。

第三节 “率性疏狂”的个性体现

二百余年来,中国文学史评价郑燮的题画诗词,常说它深具性情。综观扬州八怪诸家的题画诗词,确属郑燮的最为纵情任性、气势张扬,不时彰显出“率性疏狂”的意味。“率性疏狂”从何来?主要源于郑燮的心态与性情。“率性疏狂”是如何体现的?主要体现于语言、意境、体式等方面。以下将分而论之。

一、语言之“率性疏狂”

郑燮题画诗词之所以“率性疏狂”,首先体现在用词、修辞上。

郑燮很善于运用各类副词、动词、疑问代词、数量词来表现他的题画诗的情感与气势。常用的有“不”“莫”“非”“自”“还”“偏”等。郑燮的470余首/则题画诗词里有160余个“不”字。例如:“我今不肯从人法,写出龙须凤尾排”(《竹》);“兰蕙种种要栽盆,无数英雄挤破门。不如画个空缸在,好与山人作酒樽”(《兰蕙空缸》);“昨日寻春出禁关,家家桃柳却无兰。市廛不是高人住,欲访幽宗定在山”(《兰》)。还有16个“莫”字,6个“非”字。例如:“不如归去匡庐阜,分付诸花莫出山”(《兰》);“画兰且莫画盆罂,石缝山腰寄此生”(《兰》);“莫谓个中皆上品,两竿修竹有高低”(《竹》)。数量颇

能惊人。诸如“不”“莫”“非”之属的字，常是对已有的观点、看法、现象、主张、态度等的否定。而使用这样的字，是对他人已有观点的不顺承，是“破”，是否定，是通过“破”来“立”自己的主张。如“还”“偏”“自”“任”“更”，这些字不少时候是指在受到质疑、动摇的状况下的“立”，有着较为凌厉的情感倾向，在郑燮的题画诗词中也多有出现。例如：“坚贞还自抱，何事斗群芳”（《兰》）；“偏不学花卉，爱作芝兰菖”（《芝兰菖蒲》）；“我自不开花，免撩蜂与蝶”（《兰》）；“任渠霜雪连冰冻，苍翠何曾减一些”（《竹》）；“万水千山外，知余老更青”（《韬光庵为松岳上人作画》）。[①] 它们均表现出郑燮性情中的坚守与不屈服。400 余首诗中，“不”“莫”“非”合计出现了近 200 次，“还”“偏”“自”“任”合计出现了 90 次。此外，“何”字被郑燮用了 65 次，大多是作为疑问代词用的。“画竹何须千万枝，两三片叶峭撑持”（《竹》）；“两峰夹兰竹，幽香在空谷。何必世人知，相知有樵牧”（《兰竹》）。似问非问，提出问题，表明态度。更似乎是强调他自己的态度，显出强硬。郑燮个性中的“率性疏狂”，我们该能有所感受。

郑燮还很善于运用各类动词来表现他的“率性疏狂”。诸如“笑”和“欲”。对他人、他物的“笑”，在很多时候会显现出自己的骄傲。郑燮“笑”的时候不少：“盎植盆栽殊可笑，青山是我外婆家”（《兰》）；“常笑灵均作《九歌》，歌成十一不为多”（《兰》）；“玉指尖纤指何许，似笑姮娥无伴侣。又似天边笑薄云，夜寒不得成浓雨”（《题双美人图》）。他的“笑”，或表示了他的否定，或表示了他的轻视。总之，体现的不是谦逊，而是“率性疏狂”。传统文人讲求温润含蓄，不少时候，他们未必会直接表露自己的“欲”，尤其是以较露锋芒的方式。而在郑燮的题画诗词中则有“欲把霜翎斗霜色”（《鹭鸶》），“石峰一块欲撑天”（《竹石》）。他的“欲”往往是毫无遮掩的。郑燮还善于使用一些质感极强、很具冲击力的动词。例如“压”字：“何劳绿叶扶持我，自有孤芳压服他。”（《兰》）“压”有着“征服”的含义，具穿透力。郑燮的不甘居下由此可以看出。又如“写根竹枝栽块石”（《竹》），这里的“栽”字便很有力度。郑燮在另外的画上还将这句诗题写作“写根竹枝插块石”（《竹》）。“插”字也是一个霸气外露的动词。另如他形容高凤翰笔墨之妙

① 上海古籍出版社编：《郑板桥集》，上海古籍出版社，1979 年版，第 167 页。

曰:“睡龙醒后才伸爪,抓破南山一片青。”(《题高凤翰画册》)“抓破”一词极具气势。这些具有冲击力和向外延伸性的动词为郑燮题画诗词中增添了“率性疏狂”的意味。郑燮有时还将有此类特点的字词组合在一起运用,更显气势。如广为传诵的“咬定青山不放松,立根原在破岩中。千磨万击还坚劲,任尔东西南北风”(《竹石》)。诗中,“咬定”“破”“击”等具冲击力的词语,与“不”“还”“任”等加强情感程度的词语联合使用,使得此诗成为代表郑燮的“率性疏狂”与不顺服的代表之作。

郑燮题画诗词还常出现诸如类比、粘连、反复、叠字等可以加强语气、增重情感的修辞手法。例如“画兰画竹画石”(《兰竹石》)、“秋山秋树秋水”(《题画》),既是类比,又属粘连。读者连着读出,其中气势便立刻能从口中感知。反复的应用,同样可以“添狂”。“一言反覆何多少,吁嗟乎,一日反覆何多少”(《竹》),借题竹发难,锋芒不待掩饰。有时甚至是同一个词语反复连说几遍,或是用大量的叠字,以增强气势,例如:“一节一节一节,一叶一叶一叶”(《竹》);“一瓶一瓶又一瓶”(《题李萌岁朝图》);又如“磊磊一块石,疏疏两枝竹”(《竹》);“萧萧两三竿”(《竹》);“风风雨雨最宜”(《竹》);“自然淡淡疏疏,何必重重叠叠”(《竹》);“老老苍苍竹一竿”(《竹》);等等。此类情况在郑燮题画诗词中很是多见。

二、意境之“率性疏狂”

郑燮题画诗词中常会有一些和蕴藉的主流诗风很不相吻合的意境,这该也是具有“率性疏狂”意味的。

例如他的“山僧爱我画,画竹满其欲。落笔饷我脆萝卜”(《竹》),“满目黄沙没奈何,山东只是吃馍馍。偶然画到江南竹,便想春风燕笋多”[①],活脱脱地显现出他狂放乐观的性情来。还有“东坡与可太颠狂,画竹千枝又万行。袖里玲珑还有石,拈来压倒米元章”(《兰竹石》)。苏轼、文同善于绘竹,米芾善于画石。郑燮在这里讲自己像苏轼、文同一样画竹,又画石直赛米芾。四句中,第一句的“太颠狂”和最后一句“拈来压倒米元章”,将郑燮的“率性疏狂”在诙谐的气氛里张扬。读来一如口语,至浅至白,似诗非诗。新

---

① (清)郑燮著,张素琪编注:《板桥题画》,西泠印社出版社,2006年版,第32页。

颖却又具有碰撞感的诗句，将郑燮题画诗词中的“率性疏狂”再次展现。

三、体式之“率性疏狂”

郑燮题画诗词的“率性疏狂”还体现在体式上。郑燮题画诗的篇幅，或长或短，跨度极大。有的仅有三言两语，例如“石如叟，竹如孙，或老或幼皆可人”（《墨竹图轴之一》），寥寥 3 句 13 个字，言简意赅，惜字如金。有的又似潮涌江河，几不欲止。例如《僧壁题张太史画松（讳鹏翀）》诗，全诗共 26 句 130 余字，句如驰马。而具体到他题画诗的单个句子上，字数也是或长或短，丝毫不以为意。短的如他的三言诗，每句仅有三个字；而他的有些杂言诗又不安于墨守成规，喜欢“出格”，例如“夜半如闻风声、竹声、水声秋肃肃”（《竹》），一句长至十数字。总之，随心所欲，完全不受束缚。

其实在扬州八怪中，不只是郑燮一个人很“率性疏狂”。还有些成员也自认为是“狂”的。

例如边寿民就曾说：“乱拨松煤兴太狂，荷花荷叶满池塘”（《题画集〈荷〉》）；“每狂来揎袖挥毫，渝糜满纸”（《贺新凉·女史恽冰画菊》）；“摹写飞鸣食宿，点染汀沙浦渚，挥洒笑颠狂”（《水调歌头·雁》）；“狂来笔底生云雾，直送莲花峰顶头”（《松》）。又如高凤翰说自己“指墨狂欲飞，怒马不可控”（《题画飞白竹》），“悬椎十指想东坡，醉里狂涂墨易讹”（《雨景枯木竹石》）。再如前引华嵒说自己“俯仰宇宙间，书生真迂狂”（《画马》）；高翔说自己“动怜酒病心偏爽，大笑诗狂腹自扪”（《村饮醉归图》）。可见诸家都是狂放欲飞、不受拘束的。李鱓《菊竹坡石图》曰：“自在心情盖世狂，开迟开早说何妨。可怜习染东篱竹，不想凌云也傲霜。”虽看似在评论菊花，其实也显现出李鱓自己的心境，表现出傲视万物的气度。

扬州八怪的绘画风格学习明代徐渭、陈淳。而徐渭就曾经有题画作品说自己：“我亦狂涂竹。”（《竹》）可见扬州八怪的“狂”，也算是他们的一个有着渊源的群体特征。而“狂”和讲求温雅的时风距离太大，致使时人难以适应。因此，扬州八怪题画诗词被当时的一些文人所诟病，这种“狂”往往也是被批判的重点之一。

入世也罢，逃世也罢，率性也罢，疏狂也罢。郑燮终究是一位具有“硬”性情的文人。翻开他的画集便可知道，他画的竹子枝干虽细，却似钢筋铁骨，而叶子看似肥厚，却往往是以重墨运侧锋挑出，使得叶面板挺如在凌风，叶尖处也显出凌厉之态。他画的兰花，虽叶片细长却笔力遒劲，下笔利落，绝无寡断迟疑之笔。题字用的书体，或粗或细，或重或浅，或圆或直，或丰腴或瘦癯，也都有着特定的考量。题字错落有致，并未随意下笔。更重要的是，筋骨分明，绝无软媚之态。

郑燮的题画诗词，无论是心怀庙堂的严肃之作，还是随意戏谑的游戏之作，或是其他的种种作品，都充盈着一种“气”。这种气，虽有着爽利、狂傲、沉郁、嬉笑、愤世、忧愁等多种面貌，却均是有“骨”的，是“硬”的，和他的书画相一致。这大概也是郑燮题画诗词最具有个人特色的地方。

文人之“硬”，硬在骨里，丝毫不亚于武人。

第四章　善裁别体的金农题画诗词

金农(1687—1763),字寿门,号冬心先生、昔耶居士、曲江外史等,浙江仁和(今浙江杭州)人。他精擅诗、书、画、印、砚,与郑燮、李鱓、汪士慎等并称扬州八怪,与丁敬、吴西林合称“浙西三高士”,还曾获举荐参加“博学鸿词科”①,为康雍乾时期名士。金农的题画诗词,散见于各类文献中。对于金农题画诗词的研究,鲜少见到相关的专题论著。故笔者从《冬心先生集》《冬心先生续集》《冬心先生杂画题记》《冬心先生杂画题记补遗》《冬心先生自度曲》及各类相关诗集、画册等文献中,辑得金农的题画诗词约220首/则,并以此为基础对金农题画诗词的风格、内容、思想、体式等予以分析。

第一节　常裁别体辟榛芜

扬州八怪诸家题画诗词的风格,从总体上看,大都具有素净、自然、晓白、冲淡的特点。但除了以上几点外,金农的题画诗词中还有少量作品具有率性不羁的特点。如《题山僧叩门图》:“光圆头脑,定是前山跛长老。叩门何事,口念新诗笑倒。草堂尘扫,树团团围抱。蔬饭好,此间无热恼。”脱口而出,率性天真。而前引其《题西瓜》,更是滑熟直白。在这一点上,金农的题画诗词与郑燮、边寿民的题画诗词相类。金农另有零星题画诗词较具思辨色彩。如“莫轻折,上有刺。伤人手,莫可治。从来花面毒如此”(《蔷薇》),语言张力之大,足耐细忖。

① 《冬心先生续集·自序》记:“乾隆元年,开博学鸿词科,明府荐予姓名于节钺大夫,遂到都门。”载张郁明、吴岭梅、蒋华等编:《扬州八怪诗文集(三)》,江苏美术出版社,1996年版,第90页。

从体式上来说,金农题画诗以五言、七言绝句和古风为主。七绝最多,有80余首,约占其题画诗总数的一半。其他有七古30余首,五古、五绝10余首,还有少量五言、七言律诗及三言、四言、六言、九言的齐言诗。金农在少年时即有诗名,他的诗曾受到毛奇龄、朱彝尊等先贤的青睐,又与厉鹗、杭世骏、丁敬等人为挚友,为南屏诗社的重要成员之一。金农娴于诗法。他的格律诗大都工稳,偶有少量出律之处,如“赏遍桃花与李花,千钱买酒不须赊。阿谁拖着红藤杖,来看僧楼野枇杷”(《题画》),末句第六字应为仄声,却作了平声。“树阴叩门悄不应,岂是寻常粥饭僧。今日重来空手立,看山昨失一枝藤”(《题山僧叩门图》),首句第四字应为仄声,也作了平声;第六字应为平声,“不”字虽多音,兼属平、仄声,作否定含义讲时却应读入声。然瑕不掩瑜。他的古风诗既有长诗如386字的《题梅竹》,转韵十数次,激扬文字,一泻千里,又有仅寥寥三句的21字作品如《题海棠》《题木瓜》,澄澹精致,含蓄蕴藉,各具姿态。

220首/则作品中,有60余篇为杂言作品。这60余篇作品的体式,颇有讨论的空间。其中30余篇属金农的“自度曲”,在后节中设有专论,暂不赘述。还有20余篇作品,在此分类辨析。

此中近半作品虽然押韵却不讲究平仄,体式类别也就较好判断,可以归入古风诗类。但还有多半作品,不易辨析。如“忘忧草,女儿花。青棠蠲忿不如他。可种五侯家”(《萱》)。全篇的韵字“花”“他”“家”,无论在诗韵还是在词韵中,均属同一韵部。格律上,“●○●,●○○。○○○●■○○。●●●○○”[①],每句皆符合格律的基本规范。又如“绿衣新戏舞,临风老更亲。雁来时候更精神”(《老少年》)。“亲”“神”二韵字,在诗韵、词韵中均属同一韵部。平仄式为“■○○●●,○○●●○。●○○●●○○”。句句无误。再如“三月尽,花放晴,廊笑不休。鼠姑花谢,春去难留。眉心眼角,绝少一些愁。老也风流。绿鬓团栾到白头”(《绣球》)。平仄式为“○■●,○●○,○●■○。●○○●,○●○○。○○●■,■●■○○。●●○○。■●○○●■○”,句句合乎平仄规律。全篇“休”“留”“愁”“流”“头”五个韵字,在诗韵中同属下平声十一尤韵,在词韵中同属《词林正韵》第

① “●”表示仄声,“○”表示平声,“■”表示可平可仄。

十二部尤侯幽韵部，等等。这样的作品，共有10余首。

若将它们看作“诗”，它们同时也是长短句，格律、用韵都符合“词”的要求。但若将它们看作“词”，一方面，它们既没有词牌，又不似金农《冬心先生自度曲》里的作品一样有句数、字数的规范，没有证据证明它们曾经入乐，也没有证据证明金农认为它们是“词”；另一方面，若说它们是古体诗，却又有格律，这就有些异常。我们大概不能说合律是金农无意识的行为，毕竟诗词格律有多样的规范，零星出现的合律，可以说是偶然的，若10余篇作品皆如此，当不会是偶然的或无意识的行为造成的。那么它们究竟是何体式？是耶非耶之间，难于判断。但有一点可以确定，即无论归作哪类体式，它们都有着金农赋予的特别之处。或者，这也可算是金农的创新。

第二节　花鸟马舟 山水人物

金农传世的文集有《冬心先生画梅题记》《冬心先生画竹题记》《冬心先生自写真题记》《冬心先生画马题记》《冬心先生画佛题记》等。从这些文集以及金农的传世画作中，我们可以大概了解金农题画诗词的内容。总的来看，题花鸟画诗词在金农题画诗词总数中约占四分之三。

《全集·金农》282图

金农以画梅闻名，他的绘作中最多的便是梅图。他的题画诗词中最多的也是题梅诗词。但实际上，笔者已知的金农题梅诗词仅有30余首，仅占其题画诗词总量的七分之一。金农笔下的梅总是充满野趣的，它们常生长在水、林、江、山等郊野地区。如“半树出江楼，一林见山店”(《题梅》)，又如“水边林下，一两三株”(《题梅》)。金农笔下之梅生长的形态是纤毫不拘、一派天真的“无数花枝颠倒开”(《题梅》)。它们有着寒彻的清香，“清到十分寒满把”(《画梅》)，“冷香透骨风棱棱”(《题画》)，“消受清香透毛骨”(《题画》)；有着纤瘦的身姿，“瘦影看来有若无”(《题梅》)，“寒香瘦影弄墙阴”(《为谷林二兄题画梅》)，“真个瘦来无一把”(《为沈君学子画梅花帐额》)。梅，有着金农心中理想文人的色彩。

题梅之外，金农还有20余首题竹诗词。金农笔下的竹，常蕴藏着“潇湘”愁味。如“风约约，雨修修。翠袖半湿吹不休。竹枝竹枝湘女愁”(《题竹》)，“余音在水湘江远，潇潇暮雨增幽怨”(《竹枝曲》)。又如“竹枝新长楚江头，便有烟昏细雨愁。若说无心心最苦，斑斑湘女暮啼秋”(《题湘阴女郎画竹》)。在描摹潇湘爱情悲剧的外衣下，其笔下之竹悄然附着一层“楚客”意味的忧愁。他的题竹诗词中还总是出现“秋”“风”“雨”等字词，如前引数例。又如“山中箨龙三日眠，龙子龙孙飞上天。秋来弄云扫紫烟，一唱竹枝人可怜”(《竹枝曲》)，给人霜风凄紧的落寞之感。这些应该都是他心情的写照。金农常年客居异乡，晚年嫁女、丧妻、遣妾后，借居西方寺，过着“无家人白头”(《题竹》)的潦倒日子。

题梅、题竹诗外，金农还有近10首题马诗：有的寓英雄垂老的落寞之意，“扑面风沙行路难，昔年曾蹑五云端。红鞯今敝雕鞍损，不与人骑更好看”(《题马》)，“古战场中数箭瘢，悲凉老马忆桑干。而今衰草斜阳里，人作牛羊一例看”(《题瘦马图》)；有的寓千里之驹未遇伯乐的伤感，如“龙池三浴岁骎骎，空抱驰驱报主心。牵向朱门问高价，何人一顾值千金”(《题牵马图》)。金农满腹才学，一生未遇伯乐，可知他是在借马述怀。

《全集·金农》228 图

金农还有题菖蒲诗约 7 首。他笔下的菖蒲兼具仙性、人性与物性:“一盏清泉当清醑”(《题菖蒲》),“灵根九节俯潭清,饮水仙人绿骨轻。砌草林花空识面,肯从尘土论交情”(《题菖蒲》),不食人间烟火,心性超凡;“蒲郎蒲郎须发古”(《题菖蒲》),“曾享尧年千万寿,一生丝发无秋霜”(《题菖蒲》),有着凡人无法企及的长寿;“行年七十老未娶,南山之下石家女,与郎作合好眉妩”(《题菖蒲》),又有着凡人的爱情与婚姻;“乞来岂但洗烦恼,令我道眼增双明”(《题菖蒲》),“双眼忽明书细字,夜深不怕烛油灯”(《题菖蒲》),还具有清心明目的药物属性。

金农现存的题兰诗不多,但诸如“苦被春风勾引出,和葱和蒜卖街头”(《题兰》),以及“无人问,国香零落抱香愁。岂肯和葱和蒜,去卖街头”(《秋兰词》),饱含失意的愤懑,近二三百年来尤为世人传诵。

还有其他数十首题花鸟画的诗词。有题杏花、桃花、腊梅、荷花、萱草、芍药、牡丹、凌霄、雁来红等花卉的,有题杨梅、枇杷、石榴、葡萄、西瓜、木瓜、藕、莲子、笋、菱角、豆角、芋头等瓜果蔬菜的,有题芭蕉、松、柏、棕榈等树木及鹤、牛等动物的,等等。题材颇为广泛。

金农题山水诗有 30 余首。他的题山水诗常有着“小舟从此逝”的情怀。例如,相较于诗酒生涯,他认为“何似江湖一舸,绿波颜色满瓶”(《六言寄题洪三上舍公寰江湖载酒游卷》)。又如他形容扁舟江湖的情景,“此中可梦南浦,而外宜游洞庭。小泊互为主客,野鸥飞下凉汀”(出处同前),水、泊、鸥、人,一片淡荡怡人。再如他说,“难得浮生等水鸥,每逢佳处便勾留。江山若大容何许,只著诗人一叶舟”(《题画》),“忽买轻航便归去,饱看门外,九峰

婉孊”(《为沈君沃田题桐阴结夏图即送还华亭》),话语中有着抛开凡尘俗世、快意河山的意蕴。金农还喜好在题山水的诗词中阐述他的绘画主张,显示他突破明代董其昌南宗一路笔墨作画的思想。例如,“灵想云烟总化机,砚池应有墨华飞”(《题画》),“一带山庄四五峰,环村流水漾溶溶。先生自是如云手,先脱南宗与北宗”(《题画》)。他反对机械模拟,主张从自然中学习。

金农题人物诗有20余首,大部分为朋友间往来应酬的作品,赞美人物,叙述友情。其中有6首为题自己画像的作品。在这几首诗中,他或回忆往事,慨叹飘零,如“柴车已毁幔全无,烟棹霜篷计不孤”,“烛油灯影话飘零,往事无情隔杳冥。杯底青山波上宅,每年秋雨梦中听”(《自题四十三岁小像后三首》),或展现志行,如“对镜濡毫,自写侧身小像。掉头独往,免得折腰向人俯仰。天留老眼,看煞隔江山,漫拖着一条藤杖。若问当年无边风月,曾为五湖长”(《题自写曲江外史小像》),都是对自身形象的摹写。金农的画作中还有不少佛像画,但他题佛像画的诗却很少,仅有3首,写得甚为恭谨。究其缘由,该出于金农心中对神佛的敬畏。

第三节 “自度曲”之辩

金农的30余篇题画韵文作品被他收入《冬心先生自度曲》一集中,占该集作品的大半。《全清散曲》悉数收录该集作品,将之归入“小令”类;《中国文学大辞典》《中国曲学大辞典》均将该集归为散曲集;《清代散曲研究》中有对此集的专门论述。[①] 上述诸作均将金农自度曲归为“曲”,即散曲。笔者以为,金农所作自度曲或者应该被看作是“词”。我们不妨以金农自度曲与“词”“曲”两种文体之间的关系为切入点,以集中题画作品为例,分析金农自度曲的体裁。

---

① 凌景埏、谢伯阳编:《全清散曲》,齐鲁书社,1985年版,第738－754页。钱仲联等主编:《中国文学大辞典》,上海辞书出版社,1997年版,第1411页。齐森华等主编:《中国曲学大辞典》,浙江教育出版社,1997年版,第664页。兰拉成著:《清代散曲研究》,中国社会科学出版社,2011年版,第140页。

一、金农自度曲是“词”

首先，金农一直以作“词”的心态来从事相关创作。金农《冬心先生自度曲》序曰：

> 昔贤填词，倚声按谱，谓之长短句。即唐宋以来乐章也。予之所作，自为己律。家有明童数辈，宛转皆擅歌喉，能弹三弦、四弦，又解吹中管。每一曲成，遂付之宫商。哀丝脆竹，未尝乖于五音而不合度也。鄱阳姜白石、西秦张玉田，亦工斯制。恨不令异代人见之。若目前三五少年捃缚旧调者，酒天花地间，何可与之叠唱。使其骂老奴不晓事也。岁月既久，积为一卷。广陵诗弟子项均、罗聘、杨爵各出橐金，请予开雕。因漫述之如此。①

金农的这段话，前面三句说古人填词须用他人既有词牌谱式“倚声按谱”去“填”，他自己却并非如此，而是“自为己律”。前后对比，显示出金农创新作“词”的意旨。之后“鄱阳姜白石、西秦张玉田，亦工斯制。恨不令异代人见之”两句，则直接提到姜夔与张炎。姜、张二人均是著名的自度曲词家。金农提及此二人，并说“亦工斯制”，可见他认为自己的行为同于姜、张。“恨不令异代人见之”，金农遗憾姜、张二人未见过他的杰作。紧接着，金农又说，“若目前三五少年捃缚旧调者，酒天花地间，何可与之叠唱”。他说时人“捃缚旧调”，当指的是按旧谱填词。金农此话，建立在将自己作自度曲与当时人按谱填词做对比的基础上。至此，金农在序中所表达的意思已然明确：他就是在像姜夔、张炎一样，作自度曲、词。

还有其他证据表明，金农将其自度曲视为“词”。例如，自度曲中一篇作品的名字是《秋兰词》，该作品曾被其题于画上，并作注曰，“龙梭旧客仿魏国夫人双钩秋兰，并谱小词，己卯二月记”。又如他在朱二亭桃花扇面题写其自度曲后落款曰，“金牛湖上诗老画并填词”②。再如他在《寒梅欲雪图卷》上题其自度曲一篇，并曰：“本初长老从径山来，请予画梅花长卷。改月画成

① 张郁明、吴岭梅、蒋华等编：《扬州八怪诗文集（三）》，江苏美术出版社，1996年版，第237页。

② 张郁明、吴岭梅、蒋华等编：《扬州八怪诗文集（三）》，江苏美术出版社，1996年版，第207页。

寄与之,并自度新词书其上。词中三五溪翁,谓陈仲父、镏巨生、褚道南诸隐君也。"[①]又如在一幅花卉册页上,金农写了一阕自度曲,后有落款曰,"寿门画并填小词一阕"[②]。上述"词""谱小词""填词""自度新词""词中""填小词一阕"诸语,可证金农是将其自度曲视为"词"的。

其次,金农的自度曲曾被入乐演唱,有其相对固定的宫调及曲谱。金农的自度曲均未标注词牌,而直接标以词题,如《吾家棕亭诗老以其吴趋小友徐郎定定写真乞题》《为沈君沃田题桐阴结夏图即送还华亭》《题山僧叩门图》等,词题既细碎烦琐、难于记忆,又常欠缺对具体的时、事、人、情的描写,因此不易使人觉察到它们为词。但前引《冬心先生自度曲》序中曰:"家有明童数辈,宛转皆擅歌喉,能弹三弦、四弦,又解吹中管。每一曲成,遂付之宫商。"可见金农在完成其自度曲创作后,付乐演唱。且金农在序中又说其自度曲"未尝乖于五音而不合度也",当是指其自度曲符合音律规范且音韵和谐。而一段和谐的旋律,无论是用了单个宫调,还是用了转调、犯调等多个宫调,必定是符合声调美感的,也必定有相对固定的调高与调式。"在音乐中,音与音之间都有一定的内在联系,即互相推进、互相依附,它们总是按照一定的关系连接在一起来表达音乐思想的。一个孤立的音或和弦,或者一群彼此毫无关系的音拼凑在一起,是难以塑造音乐形象的。"[③]换句话说,金农将自度曲付乐且"未尝乖于五音而不合度也",必定有其宫调与旋律谱式。金农只是未将这固有的宫调及旋律谱式记录下来。

金农会弹琴、鼓瑟,也通晓音律,具备相关的音乐素养。金农善于弹琴,这从他的传世作品中可以得知。他有不少作品提到弹琴之事,如《坐洗药泉上,出匣中雷氏琴,手弦而口歌之》,"独茧丝作弦,抚琴膝上横"(《山中琴兴》),"君作洛生咏,我弹越客琴"(《携客步至七柿滩望樊山》),等等。金农还有不少作品提到与琴友的交游以及探论琴旨之事。如《琴叟季大衍出游海上,诗以赠行》《寒夜听韩丈弹琴,送姜五入蜀二首》,又如"何来蜀僧论琴

① 文物出版社资料室编:《扬州八怪》,文物出版社,1981 年版,金农图版五。

② 蒋华编:《扬州八怪题画录》,江苏美术出版社,1992 年版,第 103 页。

③ 贾方爵著:《基本乐理》,西南师范大学出版社,1997 年版,第 129 页。

旨,请弹雅曲销尘情”[①],再如《韩叟约伯僻居有年,尝牧羊山中,又种秫田数亩,以供酿事,暇则著琴说十篇,近腊过其池上,韩叟手操一曲,因作诗赠之》等。金农甚至爱琴成癖,“君袖石,我抱琴,癖各具癖心同心”(《与丁隐君敬身诣南屏山中访释子让公》)。丁敬是清代著名篆刻流派“西泠八家”的代表人物,著有《武林金石录》,他对“石”的爱好程度以及他在“石”上的造诣为世人所共知。金农将丁敬之石与自己的琴并论,可见他对自己爱琴程度及在琴上造诣的自信。

金农弟子罗聘在《冬心先生续集》跋里提到金农去世后的状况曰:“书笶琴瑟,几杖器服,百年之聚,浩然云散。”[②]琴、瑟,能与书笶一起成为罗聘对金农身后物的指代,可见它们对金农的重要性。金农善于弹琴,并且爱琴成癖。因此他对于音律,自然该是精熟的。从他评其自度曲“未尝乖于五音而不合度也”,也可知金农不仅“通五音”,亦知“度”之所在。

再次,金农的自度曲有固定的谱式规律,且符合词体规范。词的体式是“调有定格,字有定数,韵有定声”。金农在其每首自度曲的标题下,都注明诸如“十二句四十九字”“七句三十四字”“四句十二字”等体式要求,并且都列具体的作品作为示范。每篇多少句,每句多少字,何处用平,何处用仄,是合阕一韵还是间有转韵,是押平声韵还是仄声韵,仄声韵是押上声、去声、还是入声等等,一看便知。

如《题朱君二亭桃花扇面》,题目后有注“八句四十五字”,例为:“野外桃花,窥人好似墙东女。乱红无主,难得春风抬举。二八华年,怜他笑靥眉能语。今日暖云如许,恐变明朝连夜雨。”据例作,可析出此篇的基本谱式为:●●○○,○○●●○○●。●○○●,○■○○○●。●■○○,○○●■○○●。○■●○○●,●●○○○●●。平仄稳妥,并无不当。又如《题粉团花便面》,题目下注“六句三十四字”,例为:“花攒一朵,数了又数,

① 诗题为《晓起入西湖,周览湖中诸山,复舍舟渡黄泥岭憩灵隐寺门,观南宋人纪游题字。予出马希仁所斫瑟,蜀僧为弹商音一曲。是日心意恬适,放笔成歌,有未尽者,以俟再来》。

② 张郁明、吴岭梅、蒋华等编:《扬州八怪诗文集(三)》,江苏美术出版社,1996 年版,第 124 页。

数不尽花房几个。风枝轻颤粉初匀，红漾酒鳞鳞，看花难得去年人。”[1]可析出此篇基本谱式为：○○■●，●●●●，●■●○○●●。○○○●●○○，○●●○○，●○○■●○○。除“了”字有误，平仄亦无不妥处。又如被金农多次题于画作上的《题画》，题目后有注“八句三十七字”，例为：“荷花开了，银塘悄悄。新凉早，碧翅蜻蜓多少。六六水窗通，扇底微风。记得那人同坐，纤手剥莲蓬。”据此可析出此篇平仄谱式如下：○○○●，○○●●。○○●，■●○○○●。■■●○○，●●○○。●■●○○●，○●■○○。平仄也是妥帖的。

此外，金农自度曲的用韵符合词体要求。仍以前举三篇为例。《题朱君二亭桃花扇面》，全篇六个韵字“女”“主”“举”“语”“许”“雨”，均属上声仄韵，属《词林正韵》第四部韵字。《题粉团花便面》，韵字“朵”“个”均为去声，均属《词林正韵》第九部韵字；转韵的韵字“匀”“鳞”“人”均为平声，均属《词林正韵》第六部韵字。《题画》韵字“悄”“早”“少”均为上声仄韵，属《词林韵部》第八部韵字，“通”“风”“蓬”均属《词林韵部》第一部的平声韵字。诸篇用韵均无不妥。

金农的自度曲里还有不少押了入声韵的作品。如“逭暑无方，长林之下。僦屋有如结宅。爱帝城城外西山，不比他山颜色。想见王郎，熏香朝罢。换生衣，萧然吟客。凉风满席，定甲乙丙丁编集”（《题梦绿居士丁辛老屋图》）。整阕词，除了“下”“罢”二韵字属去声韵外，其余的“宅”“色”“客”“集”四个韵字均为入声韵字，均属《词林正韵》第十七部入声韵部中的韵字。

又如“不巾不栉，终年不出，六月溪堂常衣褐。茶磨绿尘飞，药囊仙草肥，松风聒聒，肯教人攘夺”（《题天游生溪上草堂画卷》），这是一首逐句押韵的作品。全篇除了“飞”“肥”二字押了《词林正韵》第三部平声韵外，“栉”“出”二字押了《词林正韵》第十七部入声韵，而“褐”“聒”“夺”三个韵字则均押了《词林正韵》第十八部入声韵。

再如“不坐蒲团，不扶藤杖，寻觅本来面目。峭紧草鞋何处去，非人世东西南北。山中泉石，林间猿鹤，都是老僧眷属。天一握，与野云同宿”（《题小山开士小影》），这篇作品里的“目”“北”“属”“宿”四个韵字，皆是《词林正

---

[1] （清）吴颖芳等撰，方田点校：《西泠五布衣遗著》，浙江古籍出版社，2015 年版，第 593 – 594 页。

韵》第十五部入声韵部的韵字。

此外,《题秋江泛月图》《题团扇桃花杨柳》《为沈君沃田题桐阴结夏图即送还华亭》等篇也皆是押了入声韵的。而散曲,至少北曲,是不押入声韵的。

二、金农自度曲非"曲"

前述诸家把金农自度曲视为"曲"的,都是将这些作品视作散曲了。或者,我们还可从金农自度曲不是"散曲"的角度来探析。

首先,散曲的一大特点是用衬字,这最早是为应舞台演唱之需。如王实甫《北曲·天下乐》:"(只)疑是银河落九天。渊泉,云外悬,(入)东洋不离此径穿。(滋洛阳)千种花,(润梁园)万顷田。(也曾泛)浮槎(到)日月边。"30字的小令,用了12个衬字。关汉卿的《南吕·一枝花·不伏老》更是用了近40个衬字。而金农的54首自度曲,均不用衬字。每首作品,字数均同于他标注的规定字数。虽然到中后期,也有些不用衬字、经过雅化的散曲,如张可久《南吕·一枝花·湖上归》、乔吉《双调·雁儿落带过得胜令·忆别》,但那终归不是散曲本色。

其次,散曲的用韵是四声通叶,平仄通押。如李开先《仙侣·傍妆台》:"路滑滑,恐防跌倒便归家。(乘春)就请樊迟稼,早种邵平瓜。(饥时)一钵雕胡饭,(醉后)三杯阳羡茶。穴中鼠,井底蛙,得矜夸处且休夸。"此曲"滑""家""瓜""茶""蛙""夸"几个韵字均是《中原音韵》"家麻"韵部的平声韵字,但第三句却用了"家麻"韵部属去声的仄声韵字"稼"。而金农的自度曲,押平声就是平声,押仄声就是仄声,虽有转韵,却并未混押。

再次,散曲虽可平仄混押,却须一韵到底。如尤侗的《中吕·驻云飞·十空曲》:"弦索丁冬,绛蜡烧残曲未终。鼓叠江南弄,箫吹秦楼凤。嗏,转盼白杨风,挽歌相送。子弟梨园,同入钧天梦,(君看)大地音声总是空。"此曲"冬""终""风""空"几个韵字是平声字,"弄""凤""送""梦"属去声字。整篇曲平仄参差,却均用的是《中原音韵》里"东钟"韵部的韵字。但金农的自度曲常换韵,如前举《题粉团花便面》,用韵为二仄声韵转三平声韵,《题画》用韵为三仄韵转三平韵。

又次,散曲不分段,整曲为一段,而词则有单调、双调等多种段式结构。

综观金农的自度曲,除了少量单调作品外,还有双调作品如《题自画江梅小立轴》:“耻春翁,画野梅,无数花枝颠倒开。舍南舍北,处处石黏苔。最难写,天寒欲雪,水际小楼台。但见冻禽上下,唬香弄影,不见有人来。”又如《题庭前草本小花为板桥居士作》《题赠雪舫先生》以及前举各例等。事实上,《冬心先生自度曲》中的双调作品有46篇,占绝大多数。

此外,散曲不避重韵。如白朴的《双调·庆东原》,“(暖日宜)乘轿,(春风)堪信马。(恰)寒食(有)二百(处)秋千架。(向)人娇杏花。(扑)人飞柳花。(迎)人笑桃花。来往画船游,招飐青旗挂”,三用“花”韵,而词多避之。金农的自度曲共数十篇,均没有重韵之作。

而且,即使金农因未注明词调、词牌而受到诟病,他也仍未在其自度曲中注明曲调、曲牌。

三、金农自度曲词曲辩体

其一,金农的自度曲有无“宫调”和“工尺”。

清代杜文澜曰:“昔金冬心先生有自度曲一卷,序云……余谓既无宫调足据,又无工尺可循,恐不免英雄欺人,不敢引以为据。”(《憩园词话》)[①]此论大概有欠公允。“宫调”一词,既可作以七声之宫音为主的“宫声”解,也可作包含调高和调式的、类似现在所说的“调”解。杜说当指后者。“工尺”一词,指音阶上各音的总称,或乐谱上各记音符号的总称。杜文澜此处将其引申为曲谱之义。而金农的自度曲既“自为己律”,又能演奏,且“未尝乖于五音而不合度”,自然有其相对固定的宫调及旋律曲式,对此前文已有论述。当这调高与调式被奏出、唱出时,便是可听的“工尺”;被记录下来时,便是可看的“工尺”。既有旋律曲式,怎无工尺。我们不能断然地说没有录于纸上,这工尺便不存在,大概只能说它存在的形态不同,金农只是未将这固有的宫调及曲谱录于纸上而已。

《冬心先生自度曲》付梓之时,金农已处于暮年,妻死、妾遣、儿无、女嫁,且又体弱多病、孤处异乡,经济状况非常困窘。尽管他一生著述颇多,却不能尽数付梓。事实上,金农还有部非常珍爱的《冬心先生续集》,罗聘描述金

① 唐圭璋编:《词话丛编3》,中华书局,1986年版,第2852页。

农晚年对待此集的珍惜程度曰,“留枕箧中,摩挲永日,意有出入,即为刊落,秘惜过情,聘所及见”①,金农渴望将之刊刻的心情可以想见。但最终因为经济窘迫,直到去世他都未能如愿。连《冬心先生自度曲》的刊刻经费,都是由金农的弟子们凑捐的。或者,金农为了节省版面与经费选择了不刊出宫调、曲谱,也不是没有可能。

其实杜文澜之所以有此番评论,是因为他从根本上就主张恪守前人词律,并对宋元以后的自度曲常持怀疑态度:

> 有明一代,未寻废坠,绝少专门名家。间或为词,辄率意自度曲,音律因之益棼。我朝振兴词学……我圣祖既选历代诗余,复御制词谱,标明体调,中分句韵,旁列平仄,俾承学之士有所遵循,词书于是大备。倘能从此审定调律,讨论宫商,庶几可得乐章之遗,冀复大晟之旧。故今之为词者,必依谱律所定字句,辨其平仄,更于平声中分为入声所代,上声所代,于仄声中分为宜上、宜去、宜入,音声允洽,始为完词。若谓既不能谱入管弦,何妨少有出入。借宋、元、明人之误声误韵,以自文其失律失谐,则且贻误后人,不如勿作。今录友人近词,专以协律为主。稍一背驰,虽有佳句,亦从割爱。万红友作《词律》,不收明人自度腔,极为卓识。……明人知音者少,率意命名,遂无底止。(《憩园词话》)②

在上段引文中,杜文澜对有些明人不懂音律、率意作些文字便称作“自度曲”的行为是予以批判的。并且在此段引文后,杜文澜又批评谢默卿曰:

> 亦作长短句,名《海天秋角词》。又刻《碎金词谱》,仿白石道人歌曲旁注工尺,谱虽甚精,恐不免如冬心先生之自度曲以意为之,未敢遽信。

但杜文澜并非对一切明、清时期的自度曲均予以否认,其《憩园词话》收录了姚燮的一首自度词并作注语曰:

> 余前以万红友不收明人自度腔为有识,盖以宫调失传,恐不能付之歌唱。今韵甫谓梅伯善洞箫,能自按所制曲,因观其自制露华

① 《冬心先生续集》序,载张郁明、吴岭梅、蒋华等编:《扬州八怪诗文集(三)》,江苏美术出版社,1996年版,第124页。

② 唐圭璋编:《词话丛编3》,中华书局,1986年版,第2852页。

春慢一调小序，说律甚精，决非臆断，特录之。

综上所述，可知他从根本上就怀疑金农、谢默卿的自度曲同有些明人的一样，是不通音律的“臆断”之作。由此可以推知，他大概不知金农擅音律，也不知道金农的自度曲是付乐演唱了的。

其二，金农自度曲所依的是否为曲乐。

有学者认为，金农的自度曲既入乐歌唱，那么确定其自度曲“词”“曲”之别的重要依据当是所依之乐，而在当时，词乐早已失传，金农所依必然是曲乐，因此将之归为“曲”是有道理的。窃以为，这里的“所依必然是曲乐”，或可再容商榷。金农在序中所提到的自度曲的配乐乐器“中管”（即金农后文中所说的“脆竹”）很重要。中管是“唐、宋燕乐中，用以移调的管乐器。宋仁宗《景祐乐髓新经》及张炎《词源》中所列八十四调，在中吕宫、高般涉等调名之外，于高一律的调高位置上另列‘中管中吕宫’、‘中管高般涉调’等调名，即是此意。《旧唐书·礼乐志》论燕乐宫调：‘复有银字之名，中管之格，皆前代应律之器也。’即指此种乐器”①。清代凌廷堪《燕乐考原》卷五“羽声七调”曰：“银字管，即中管也。”《全宋词》第391卷所载吴文英《喜迁莺》词，副题便是“太簇宫，俗名中管高宫，同丁基仲过希道家看牡丹”。由此可知“中管”是词乐的代表乐器之一。且金农自度曲所用的乐器三弦、四弦（即金农所说的“哀丝”），也是燕乐的常见乐器。那么，即使中管、三弦、四弦在清代曲乐中也有出现，我们大概也无法断然排除金农自度曲和词乐的关系。

而且，我们一般所认为的“宋代词乐在清代失传”，大概也不是绝对的事情。毕竟，唐代的敦煌曲谱已被发现，宋代《白石道人歌曲》的曲谱及《乐府浑成集》的小品谱也还见存，“南宋陈元靓《事林广记》日本元禄本戊集卷二所载《愿成双》赚曲谱，日本国《天平琵琶谱》《五弦琵琶谱》等文献中的部分曲谱亦可能与词乐有关”②，此外还有唐宋遗声存在于《九宫大成南北词宫谱》《碎金词谱》《魏氏乐谱》等文献中。固然，这些曲谱的拍眼与时值现在还不能确定，但基本曲式尚可奏出。笔者也曾用古琴弹出了其中的部分曲

---

① 中国艺术研究院音乐研究所《中国音乐词典》编辑部编：《中国音乐词典》，人民音乐出版社，2012年版，第506－507页。

② 朱崇才：《唐宋词乐谱何以“失传”》，载《西南民族大学学报（人文社科版）》2006年第12期，第201页。

子，而拍子和时值，相信随着散佚文献的陆续被发现以及学界对唐宋宫调与音乐关系愈来愈精细的梳理，逐渐也会被研究出来。

退一步看，即使“宋代词乐在清代失传”，所失传的大概也只是曲谱及可被认定为词乐的部分既成曲式，不一定就意味着唐宋以后的音乐与唐宋无关、他们之间的关系是断裂的。对此已有不少学者做出论述，此处不再赘述。

这里大概存在“‘自度曲’该怎么界定”，“宋元以后有没有‘自度曲’”的问题。学界对此，意见尚未统一。数百年来，一直有不少学者认为只有唐宋时期的自度曲可被认定为“词”，唐宋以后的不能被认定为“词”。“词”与“唐宋词”，是否为一个概念？“词”该作为“一种文学体裁”来理解，还是该作为“某些朝代的文学体裁”来理解？判定一篇作品是否为“词”，该以它“是否具有‘词’体本身的特质”，还是该以“是否‘出自唐宋’”为首要判定标准？这些问题或许值得探讨。

其实平心而论，有的学者反对将唐宋以后的自度曲认定为词，或和他们具有强烈的、普遍存在于文人群体中的“文化使命感”有关。我国古代知识分子因为受到儒家思想的浸润，文化使命感较为强烈，对于前人所留下的宝贵文化财富，会有意识地去保护，尽量使之维持“原汁原味”，不受到侵害。事实上，我们历史长河中的很多文化，也都因此而得以发扬光大。但也因为具有文化使命感，可能一些学者潜意识里觉得若承认了宋代以后的自度曲，便意味着承认了对唐宋词，尤其是唐宋曲的改变。而这样的改变，可能就意味着打破“原汁原味”，意味着不够完美，意味着残缺、遗憾，甚至意味着我们对前人文化财富的保护不力。这或许也是可以被理解的，因为在很多时候，笔者自己也是如此。

此外，还有学者认为词曲的主要区别是一“雅”一“俗”。孰雅孰俗，拿什么做判断标准呢？若拿词中较早期的曲子词与曲中较后期的雅化曲做对比，哪个更雅，哪个更俗呢？可能也是不大好说的事情。

综上所述，金农的自度曲可能不适合作“曲”看。

确实，宋代以后直至现在，有颇多不通音律的人随意写出些既与常规词牌不合、也与常规词谱不合的文字，称之为“自度曲”，这使我们似乎已经习惯于质疑宋以后的自度曲。也因此，我们对出自清代的金农自度曲“是否为词”的怀疑也就深一些。但若比较词、曲两种文体的体式等，金农自度曲为词的结论大概就会自然地呈现出来。而且，金农的题画诗词中有不少诸如“填小词一首”的表达，并且除此自度曲一卷外，金农并无其他的集子载录词作。可见，金农的自度曲大概就是他的词，而《冬心先生自度曲》实际上可能就是金农的词集。

简而言之，金农的题画诗词，总体风格清雅，语言简淡，却又表现出恣意畅达、随性散漫的特点；在体式上以较为正统的五言、七言绝句和古风为主，兼有标新立异的自度词及难以辨明体式的杂言作品；在内容上，涉及花鸟、山水、人物，又以花鸟为主，其中的题梅、题竹、题马等作品，有金农对自身处境的描摹与对心情的抒发。

第五章　独以禽名的边寿民题画诗词

边寿民(1684—1752),原名维祺,字寿民,后改字颐公,号苇间居士,江苏山阳(今淮安)人。《山阳县志》《淮安府志》都有其传。① 边寿民一生布衣,但在康雍乾时期的江苏,尤其是苏北地区,颇有文名,与周振采(白民)、陆立(竹民)并称为“淮上三民”②,和当时名流方苞、沈德潜、郑燮、金农等时有文聚往还,被誉为“吐弃凡近,力宗豫章”的“曲江十子”之一。《山阳县志》及《淮安府志》的《艺文卷》均载其著《苇间书屋题画诗》及《墨癖说》二种③,但目前未见,疑佚。边寿民在当时“以文名”④,但近两百余年来,却文名不彰。究其原因,大概是其作品严重散佚所致。

边寿民传世的自编作品集仅见其61岁前辑的《苇间书屋词稿》27阕,内有题画词17阕,但他的画作多有题词,诗词作品亦多。边寿民勤于绘事,流传至今的画作数量甚为可观,仅《扬州八怪现存画目》一书便录其画作500余幅。⑤ 倘加上各时期出版的边寿民画册,在世界各地拍卖公司所拍卖的边寿民绘画,以及各种文献中散见的画作,数量当更为巨大。其画作在他生前大都被他或卖或赠,边寿民离世后,其弱妻孤子迫于生计又将家中所存画作

① (清)张兆栋、孙云等修:《同治重修山阳县志》,江苏古籍出版社,1991年版,第207页。(清)孙云锦等修:《光绪淮安府志》,江苏古籍出版社,1991年版,第478页。

② 丁志安著:《边寿民》,上海人民美术出版社,1988年版,第2页。

③ (清)张兆栋、孙云等修:《同治重修山阳县志》,江苏古籍出版社,1991年版,第263页。(清)孙云锦等修:《光绪淮安府志》,江苏古籍出版社,1991年版,第609页。

④ (清)顾栋高著:《奔篋记》,载卞孝萱主编:《扬州八怪诗文集》,江苏美术出版社,1985年版,第6页。

⑤ 边寿民最先被晚清凌霞在《天隐堂集》中归入扬州八怪,而后被黄宾虹等人认同。现与扬州八怪相关的文献基本都认同其扬州八怪之一的身份。

变卖殆尽,致使其画作的流散情况极其严重。收藏家黄靖、王道生、罗振玉等人于光绪初年辑录边寿民的部分作品合成《苇间老人题画集》[①],录其题画诗71首、题画词17阕、题画跋文3则以及非题画词18阕。1921年,如皋冒广生将边寿民的题画诗词刊刻入《楚州丛书》第一辑,现该书已被编入《扬州八怪诗文集》第一集中。笔者在此基础上又从各类文献中辑得110首题画诗、25则题画诗句及11阕题画词,去除《苇间老人题画集》中误归入边寿民名下的《酒菊》二首[②],合《苇间老人题画集》及笔者所辑,共得其题画诗词232首/则。以下将从形式、内容、思想以及与此相关的人物等几个角度对边寿民题画诗词予以论析。

第一节　体裁上的兼擅多体

边寿民的题画创作兼及诗、词、文、赋等多种文体,这在整个中国题画文学史上都不多见。事实上,在自作画上题诗、文的画家很多,题词的却少,题赋的更少,兼及4种的尤为罕见。以扬州八怪为例,虽几乎都有题画诗存世,现今可知有题画词的却仅有郑燮、罗聘、金农以及边寿民4人。而郑、罗二人的题画词合计亦不过5阕。题赋的,仅边寿民一人。

边寿民的题画诗词体式多样。他的题画诗以五言、七言诗居多,兼有四言、六言、杂言等各体;绝句、古体固多,但也有律诗、类骚体等不同形式。

他的四言诗如“白云采芝,青山采药。山远云深,归骑黄鹤”(《锄篓图》),“长日如年,午睡初足。素心客来,与之对局”(《围棋图》),与先秦至汉魏六朝四言诗的风格迥然不同。不显厚重甚至稍显轻飘的用字,浅淡的色彩兼缥缈的意蕴,使其诗少了份雍容典雅,却多了份闲逸之气,即使都押了短促紧致的入声韵。

---

① 淮安人邱崧生的邱氏容书楼刊印。是集前有侯嘉缙著《苇间老人传》,顾栋高著《弃篋记》,后有邱崧生作跋。

② 《酒菊》(一)载于胡蔚点校《苇间老人题画集》,载卞孝萱主编:《扬州八怪诗文集1》,江苏美术出版社,1985年版,第11页。但《艺文类聚》卷八十一药香草部上子部、《御定佩文斋广群芳谱》卷四十九《菊花二》均记载为晋傅统妻辛氏所作。《酒菊》(二)载于胡蔚点校《苇间老人题画集》,载卞孝萱主编:《扬州八怪诗文集》,江苏美术出版社,1985年版,第11页。实是范成大《秋日田园杂兴十二绝》“菽粟瓶罂贮满家”诗。

他的六言诗如“四海都无矰缴,江湖秋色堪夸。不须打更奴子,忘机卧稳平沙”(《芦雁图》),“月冷风清洲北,沙明水碧汀西。得睡且须熟睡,莫近客舟乱啼”(《芦雁图》),时有句子入律,但总体并不以格律为重,更重内容。

而他的杂言诗风格多样,不拘一格。例如“鬓渐苍,顶渐秃。手掏牟尼渐渐熟”(《佛珠图》),“清泉一注,墨浪一泓。解衣礴裸边颐公”(《砚台图》),下句甚为率性随意。“江南竹,绿于玉。冰坚地冻百草枯,竹下之笋怒而触。荒橱百日无粱肉,饥肠饱此愿亦足。莫道山人臞,山人滋味腴。玉为质,金为铺,雪中还有山蘑菇”(《竹笋蘑菇图》),诗意肉中见骨,加之以入声字作韵,读之更觉棱角分明。而在“胡为乎泥中?胡为乎清空?芰以此盖,荷以此筒。朵以此瓣,实以此蓬。揽玉□之丰隆兮,授玉节之玲珑。贯雪心之白虹兮,斗雪窦之神通。啖不涉齿兮,冰遇春风。咽即沁腑兮,晶泊瑶宫。谁写生兮化工,曰边生兮颐公”(《莲藕图》)中,诗人使用了大量的“……之……兮”式用句,描述清晰精准、有条不紊。这首杂言诗读来俨然有楚辞的痕迹,可被认为是类骚体的作品。

他的诗情绪多端,或失意,或感伤,或叛逆,或狂放,怀时感物,抒发胸臆,莫不真切感人。这在他题芦雁的作品中体现得尤为明显,也与他所主张的“肯似凡文共俗争”①、以避俗为宗旨的创作路径相吻合。

边寿民的题画词则不专某一种或几种词牌,而是在创作中使用多种词牌。仅笔者所见的27阕题画词便用了《归字谣》《采桑子》《好事近》《沙塞子》《水调歌头》《玉楼春》《浪淘沙》《柳梢青》《洞仙歌》《长亭怨慢》《醉太平》《贺新凉》《百字令》《望江南》《万年欢》《西溪子》《调渔夫》《转应曲》《谒金门》等19种词牌,小令、中调、长调均有。除《好事近》有4阕外,其余的词牌每种都只有一两阕。用韵上,全词一韵、中间换韵,全篇押平声韵、全篇押上去声韵、全篇押入声韵等多种情况均有出现。这和他的题画诗形式多样较为相近,显示出其不喜拘束、任情放诞的性格倾向。

还有零星边寿民的题画作品,明显既押韵又依了平仄规律,却让人无法判断是诗还是词,例如前举《藕叶》,与金农部分作品的情况近似。

总体来看,边寿民的题画词,格律往往较为精准,很少有出律之处,与他

---

① 韩丰聚、孙恒杰主编:《题画诗选释:第三卷》,河北美术出版社,2000年版,第4878页。

的近体题画诗情况相同。

第二节 内容与思想上的“雁我合一”

边寿民的画作以鸟为主,是扬州八怪十余家中唯一一位主攻禽类的成员。他的题画诗词以题芦雁的居多,这当然与他被称作“边雁”[①]“以芦雁著称”[②]及芦雁画作最多有关。边寿民笔下的雁,大致有两种类型:一种是人性化的雁,有时甚至是他自己的化身;另一种则是和他无关的、和其他鸟类无多大区别的、动物世界中客观存在的雁。

“雁我合一”是边寿民题芦雁诗词的最大特点。雁既体现了文人边寿民心中所向往的人格,也是他郁不得志、颠沛流离、身心不安的真实写照。

坚贞专情是雁的基本品质,边寿民显然对此颇为看重。其芦雁图以双雁图居多,其题画诗词也多次阐释这一形象。例如,“湘江来去镇相依”[③],“天涯少俦侣,两两莫轻离”[《全集·边寿民》136图],等等。边寿民还在题画诗词中多次将雁和鸳鸯同咏,如“双飞双宿学鸳央,芦叶芦花深处藏”[《全集·边寿民》176图]等,但其眼中之雁又不同于鸳鸯,事实上,他认为雁远比其他禽类高洁。“不慕鸳央守池沼,碧天无际会相飞”[④],“愧煞莺莺和燕燕,生平只解斗春妍”[⑤],他认为雁不似鸳鸯、莺莺、燕燕等胸无大志、只能整日在狭小的池沼中厮守的禽类,而应胸怀天地、比翼齐飞。“鹅鸭争稻粱,雁兮尔应耻”(《题画集〈芦雁〉》),“于陵于陆羽缤纷,岂逐菰蒲野鹜群”(《题画集〈芦雁〉》),他还认为雁不应也不会与鹅、鸭、野鹜等只知谋食的禽类为伍,这和庄子笔下的“鹏”、陈胜言语里的“鸿鹄”十分相近。此外,在他眼中,雁还大有“富贵不能淫”“贫贱不能移”“不食嗟来之食”的品质,例如他写雁“不

---

① 侯嘉缙《苇间老人传》,载卞孝萱主编:《扬州八怪诗文集》,江苏美术出版社,1985年版,第5页。

② (清)张兆栋、孙云等修:《同治重修山阳县志》,江苏古籍出版社,1991年版,第207页。

③ 丁志安著:《边寿民》,上海人民美术出版社,1988年版,附图3。

④ 丁志安著:《边寿民》,上海人民美术出版社,1988年版,附图3。

⑤ 韩丰聚、孙恒杰主编:《题画诗选释:第三卷》,河北美术出版社,2000年版,第4869页。

受人间握粟呼”(《题画集〈芦雁〉》)。

又如他形容雁“倦羽息寒渚,饥肠啄野田。稻粱留不住,老翅破江烟”(《题画集〈芦雁〉》),这首20字的五绝被他多次题写在不同的芦雁图上,仅《扬州画派书画全集·边寿民》一书中就有三幅不同的画作上题有此诗①,每幅图皆有几枝芦苇和两只一前一后的雁[《全集·边寿民》88图]。三幅图中后雁的动作不尽相同,但前雁均昂首回望远空,寓意何在?“稻粱留不住,老翅破江烟”:纵是稻粱这样的美食,也不能留住坚毅的心,雁终归会张开饱经风霜的老翅,又一次冲入远处的云霄中。这就是答案。此诗被边寿民反复题写在不同的芦雁图上,可见这是他较为看重的作品。为何这般看重?这样的边寿民,又是怎样的边寿民?结合这画与诗,答案已经明了,而画面之所以相近,可能是因为他根据诗的内容已有潜在的意象和构图。

《全集·边寿民》88图

“自度前身是鸿雁”(《题画集〈芦雁〉》),“一生踪迹与渠同,描写处,凄婉无穷”(《题画集〈沙塞子·雁〉》)。于雁身,除心中的人格理想,边寿民犹看到他自己在现实社会中失意的身影。雁为候鸟,常年为生存劳累,在两地间往返,而他自己为生计也有数十年奔波不定的生活。他认为雁“不妨宿露共餐风,雪片冰花又满空。若是稻粱谋可得,应无人作信天翁”[《全集·边寿民》98图],“芦荻秋风两岸开,孤飞碧海独徘徊。怜君万里辞边月,只为潇湘菰米来”[《全集·边寿民》122图],又言雁“荻尾响秋风,知菰米、稻粱

① (清)边寿民绘:《扬州画派书画全集·边寿民》,天津人民美术出版社,2000年版,88图杂画册之八、124图杂画册之八、190图芦雁图册之四。

何处?"(《题画集〈长亭怨慢·雁〉》),实在言己。谋生之难,人雁相同。个中艰辛,冷暖自知。"江湖有矰缴"[1],"河朔草深多羽箭"(《题画集〈芦雁〉》),在雁的世界中处处潜伏着杀机,边寿民深感人的世界又何尝不是?恐惧、无奈与悲哀尽可被感知。"平安写就每频看,客地何人吊影单。偌大乾坤无住处,横空嗟尔入云寒"[2],"塞北风霜,江南烟水,到处为家。行行字字欹斜,声断候、呜呜暮笳。匹马秋风,孤舟夜雨,人在天涯"(《题画集〈柳梢青·雁〉》)。这究竟是在写雁还是在写己?值得玩味。

《全集·边寿民》122 图

因为觉得与自己的身世有太多共通之处,边寿民对雁常充满怜惜与同情:"放他空阔无矰缴,不遣惊飞入断云"[《全集·边寿民》192 图],"愁他风雪无遮护,多写洲前芦荻花"(《题画集〈芦雁〉》),"荻花深处孤蒲里,落得安身不受惊"[《全集·边寿民》224 图]。物伤其类,他的雁不"惊飞",可以有"遮护",可以"安身不受惊",其实这也是他对改变自己艰难处境的期望。

虽然对雁有着特殊感情,甚至时常视雁为己,边寿民却并未在任何时候都将雁拟人化。他有时也以客观的视角题写他结庐苇间时观察到的千姿百态、鲜活的雁:"一行斜逐楚天云,嘹唳寒烟动夕曛。风急不知洲近远,荻花

---

① 安徽省博物馆编:《安徽省博物馆藏画》,文物出版社,2004 年版,第 140 图。

② 韩丰聚、孙恒杰主编:《题画诗选释:第三卷》,河北美术出版社,2000 年版,第 4875 页。

声里各为群”(《题画集〈芦雁〉》),“海色瞳曚朝雨歇,又随红日上青天”①,“一夜西风吹不断,雪天月白卧芦花”(《题画集〈芦雁〉》),“涤羽溯中流,修翎立沙上”[《全集·边寿民》223 图],“廿载江湖边塞客,于今衰病息菰蒲”(《题画集〈芦雁〉》)……此时的边寿民,是客观而冷静的,他将雁的一举一动白描在文字中。他有时还会纯以人类的角度来观察作为动物的雁。例如“涯曲潮平沙渚横,风吹落叶动深更。连天几阵惊飞去,笑汝芦中不解鸣”(《题画集〈芦雁〉》),“得睡且须熟睡,莫近客舟乱啼”②,这时的雁明显和边寿民不是同类,而成了他所怜惜的他者了。

边寿民眼中雁的形象不是单一的,而是立体的。雁,既是边寿民对自己身心的寄托,又作为动物呈现本原形态。他一生都没有停止绘雁,大雁于他而言其实是异化的内心世界的一种表现形式。从边寿民题雁的诗词中,我们可以更深地理解“画乃心印”③一词的内涵。

除了题芦雁的诗词,边寿民的题画诗词描写对象较多集中在莲、菊、芍药、牡丹、梅等花卉上。边寿民的莲类绘画作品众多,从雍正时期到乾隆时期,从小写意到大写意的绘莲作品均有存世。其题莲的诗词涉及莲的花、叶、藕等,常从莲的形、味、性、蕴等角度着笔,观察细致。《题画集》存其题墨梅七律 10 首,每首均首句入韵,当是组诗。当前可见的边寿民诗词较少见到律诗,七律则除此组诗外并未见到。而此组诗格律严谨,对仗工整,下字缜密,篇篇用典,有较为明显的修饰痕迹,大概是其刻意创作的一组作品,或是作者根本就另有其人。

边寿民还有不少诗词题写在各类杂画上。其杂画所绘基本为家常用品或常见果蔬,但他总是独具慧眼地在题画诗词中将这些平凡物事的不凡秉

---

① 韩丰聚、孙恒杰主编:《题画诗选释:第三卷》,河北美术出版社,2000 年版,第 4866 页。

② 丁志安著:《边寿民》,上海人民美术出版社,1988 年版,附图 13。

③ 郭若虚《图画见闻志·论气韵非师》:“凡画必周气韵……出于灵府也。且如世之相押字之术,谓之心印。本自心源,想成形迹,迹与心合,是之谓印……矧乎书画发之于情思,契之于绡楮,则非印而何?”载周积寅主编:《中国画论大辞典》,东南大学出版社,2011 年版,第 83 页。

性写出。例如写锄篓“白云采芝,青山采药。山远云深,归骑黄鹤”①,写草鞋“漫说天台路渺茫,也曾采药到仙乡。试从脚下看芒屦,犹带林花砌草香”[《全集·边寿民》62 图],写拂尘扫帚“扫除拂拭不停手,那怕软红十丈高”[《全集·边寿民》167 图]。在他笔下,日常采药用的锄与篓、最为常见的草鞋,均成了求仙问道的工具。连常与污垢打交道的至俗之物,拂尘与扫帚,也成了除却俗尘的圣物,具有了仙气。这些事物的灵性一面之所以能被写出来,当然与边寿民向往遗世独立的思想有关。边寿民号渐僧,既画佛珠,又言其“手掏牟尼渐渐熟”(《佛珠》),可见一斑。然而,边寿民的题杂画诗并不尽处在飞升的境界中,也有的体现了他入世的思想。“蓑衣脱却钓丝卷,知是携鱼入酒家”[《全集·边寿民》169 图],“只须山菌兼花蛤,便作诗人骨董羹”(《题画集〈蛤菌〉》),经由这些诗句,一位颇具生活气息的文人形象就呈现出来了。

《全集·边寿民》170 图

第三节　边寿民与扬州八怪

边寿民和扬州八怪中的许多人有交往。华嵒为其绘制了《苇间书屋图》

① (清)边寿民绘:《扬州画派书画全集·边寿民》,天津人民美术出版社,2000 年版,第 170 图杂画册之六。

的第三图[①]，高凤翰、陈撰、郑燮、金农、汪士慎等都曾为他的画作或画像题诗。

高凤翰有五律《答淮上边颐公寄画代柬四首》[②]，诗中"墨香才透纸，已觉宝光腾"显示出他对边寿民作品的惊艳之感。又有五绝《题边寿民画荷》，"娃儿湖边住，娇憨未识愁。偷临中妇镜，低头照梳头"[③]，用拟人的手法将边寿民所绘荷花形容得生动有情。高凤翰还曾为边寿民的《苇间书屋图》题诗，有"平生烟水心，难问芦花曲。画里通梦有竹屋"[④]一句。此言用于描述边寿民的诗作，也可说是确评。陈撰作有《题〈泼墨图〉》，"惟君万事任天然，墨水三升恣游戏。长笺大卷劲且雄，淡抹浓涂无一同……始知事事有三昧，愈益离披愈豪气……"[⑤]盛赞边寿民泼墨作画的气势。其七绝六首《题边寿民〈瓶梅〉》如"休嫌寂历春光里，香在清高第一天"，"下临止水无镜尘，照出天生本性香"，则从时节、形象、品性等角度重重描摹、赞美边寿民笔下的梅花。[⑥] 陈撰存世题画诗多为五言、七言律绝，用词下字有意避免僻涩，追求清雅，与边寿民的诗风差别较大。郑燮有《淮阴边寿民苇间书屋》一诗，写边寿民心若云水的隐逸生活："数枝芦荻撑烟霜，一水明霞静楼阁。夜寒星斗垂微茫，西风入帘摇烛光。"[⑦]《怀人二十一首》组诗中又有《边维祺》一诗赞赏边寿民笔下的芦雁图情韵兼致，"画雁分明见雁鸣，缣缃飒飒荻芦声。笔头何限秋风冷，尽是关山离别情"[⑧]。郑燮题画诗词随情任性的风格和边寿民的最为接近，但郑燮题画诗词中的关世情怀则是边寿民题画诗词中所不

① "边寿民年谱"，第 4 页，见(清)边寿民绘:《扬州画派书画全集 · 边寿民》，天津人民美术出版社，2000 年版，附录。

② (清)高凤翰撰:《南阜山人诗集类稿》，载《山东文献集成》编纂委员会编:《山东文献集成:第一辑第三十七册》，山东大学出版社，2007 年版，第 368 页。

③ (清)高凤翰撰:《南阜山人诗集类稿》，载《山东文献集成》编纂委员会编:《山东文献集成:第一辑第三十七册》，山东大学出版社，2007 年版，第 448 页。

④ 丁志安著:《边寿民》，上海人民美术出版社，1988 年版，第 8 页。

⑤ 丁志安著:《边寿民》，上海人民美术出版社，1988 年版，第 26 页。

⑥ 胡艺《陈撰年谱》，载卞孝萱主编:《扬州八怪年谱》(下)，江苏美术出版社，1993 年版，第 6 页。

⑦ 华耀祥笺注:《郑板桥诗词笺注》，广陵书社，2008 年版，第 25 页。

⑧ 华耀祥笺注:《郑板桥诗词笺注》，广陵书社，2008 年版，第 160 页。

具有的。边寿民的《泼墨图》《苇间书屋图》均有金农的题诗。[①] 金农的《题〈苇间书屋图〉》是较为少见的三言诗,"三分水,一分屋。菰芦声,秋雨足。中有人,媚幽独。时高吟,沧浪曲。门常扃,客不速。头上巾,酒可漉……"描写了居于苇间的边寿民隐逸高洁的形象。金农还曾用"活禽生卉"四字为边寿民的册页题款。金农自言好玉溪,天随诗,率性的风格和边寿民的题画诗风较为接近。汪士慎有《题边颐公〈雪行栈道图〉》,赞扬边寿民写出了"马蹄破雪过天险,人面分云上太空"的豪情,又进一步指出边寿民之所以能够如此,源于他"自小爱从戎"的心志。[②] 边寿民题芦雁的诗最多,汪士慎题梅花的诗最多。若说芦雁是边寿民心灵的写照,梅花便是汪士慎心灵的寄托。李鱓、黄慎也曾与边寿民合作绘《花果图》扇面为陈撰祝寿。[③]

总体来看,边寿民的题画诗风与扬州八怪中郑燮、金农、李鱓的相类,大约靠近"性灵派"[④],直抒胸臆,而陈撰、高凤翰、汪士慎、华喦等人的作品中虽也多有个人性情的展示,但稍显内敛,行文时较前面几人更重意境,重"雅"的意味。目前的资料显示,扬州八怪其他作家赠边寿民的诗作颇多,但边寿民回应的作品却连一首都没有被发现,可能是严重散佚所致。唯一能见到的是边寿民就帮汪士慎卖画之事写给汪士慎的一封书信[⑤],因此边寿民对扬州八怪其他作家的评价就不大好说了,现在只能谈他们对边寿民的评价。

第四节　对"邦治"的考证

在丁志安先生著的《边寿民》、韦明铧先生著的《风尘未归客——边寿民、陈撰、杨法、李葂、闵贞合传》,以及《扬州画派书画全集·边寿民》等几部

---

① 胡艺《金农年谱》,载卞孝萱主编:《扬州八怪年谱》(下),江苏美术出版社,1990年版,第165页。

② (清)汪士慎绘:《扬州画派书画全集·汪士慎》,天津人民美术出版社,2000年版,第8图诗画合璧。

③ 卞孝萱主编:《扬州八怪年谱》(上),江苏美术出版社,1990年版,第106页。

④ 《制义丛话》称其诗"力宗豫章"当是就边寿民的整体诗风而言。"豫章"指黄庭坚,"力宗豫章"大概是说"曲江十子"的诗风近宋,重视学问,锻炼字句。但经考察,边寿民的题画诗词主要风格并不如此,似乎更接近和他同时期的"性灵派"。

⑤ 丁家桐著:《扬州八怪全传》,上海人民出版社,1998年版,第37页。

书中，均有边寿民年谱。在这些年谱的雍正五年丁未(1727)则里，均提到汉上名“邦治”者给边寿民题《泼墨图》诗一首，边以《秋荷图》酬答之事，可惜未对“邦治”的身份及相关信息进行考证，兹以补充。

在天津人民美术出版社出版的《扬州画派书画全集·边寿民》一书中，有9幅图有此人的题诗。第2图《梅花图》、第6图《艾草菖蒲图》上，题诗后均落款“放鹤翁”，钤印“吴邦治”；第13图《芦雁图》题诗落款为“丁未午月醉中走笔为题于汉江尘，芳草学长兄先生正，吴邦治”；第10图杂画卷(上)之九《篱菊图》题诗落款为“鹤关，吴邦治”。《晚晴簃诗汇》卷六十四收有署名吴邦治的七言古风诗《题萧尺木先生画卷》一首，并附简介：“吴邦治，字允康，歙县人。有《鹤关诗集》。”其下诗话云：“允康好学，多才艺，以介节清修为同辈所重。侨居汉皋，淡泊自甘。诗古音锵然，无一俗调。”[①]《四库未收书辑刊》第九辑第二十八册有署名(清)吴邦治的《鹤关诗集》四卷，姓名、字号、居地完全吻合，当为同一人。可知“邦治”全名为“吴邦治”，号“鹤关”“放鹤翁”，活动于湖北一带，多才多艺，擅作诗。

《鹤关诗集》刊行于康熙年间，卷首先后有自称吴邦治的“会稽同学弟远”在康熙四十一年壬午(1702)秋和署名“辱斋汪薇”在康熙五十五年丙申(1716)秋写的两篇序。由序中可知吴邦治科举不顺，“以龙翔凤跃之才，取科名如拾芥，而屡试屡刖”[②]。《鹤关诗集》中有题画诗若干，以题山水、人物为主，可见吴邦治也是兼工诗画、怀才不遇之人。其“远序”写于康熙壬午秋，是年边寿民十九岁，吴邦治已多次落榜，推知吴该年长于边。

有几种年谱均提到乾隆十一年丙寅(1746)，吴仕朝路过淮安，以故人之子身份拜见边寿民之事。而吴仕朝有《题〈苇间书屋图〉》诗，其间有诗句云：“……丈人昔驻汉皋时，贱子七龄才毁齿。沧桑境移世情非，先人背弃童弁矣。……枕中仍企示秘言，丈人因念故人子。”[③]边寿民曾于雍正五年丁未(1727)在湖北与吴邦治交游。吴仕朝诗中言边寿民当年在汉皋时，自己方才七岁。从时间上或是从诗的内容推测，十九年后，同样来自于湖北、父亲

---

① 徐世昌编，闻石点校：《晚晴簃诗汇》，中华书局，1990年版，第2629页。

② (清)吴邦治《鹤关诗集四卷》，载《四库未收书辑刊》编纂委员会编：《四库未收书辑刊9辑28册》，北京出版社，2000年版，第2页。

③ 丁志安著：《边寿民》，上海人民美术出版社，1988年版，第39页。

曾在早年居于汉皋、以故人之子身份拜访边寿民的吴仕朝，可能是吴邦治之子。

吴邦治的题诗在边寿民的画作上多次出现，边寿民本人也多次在自己的画作上题写此人之诗，有时甚至不做注解交代出处。例如在《乾隆时代绘画展》第44图《芦雁图》上，边寿民便题写了前引第13图《芦雁图》题诗，诗后直接落款，署了自己的名字。又如《全集·边寿民》第7图《莲藕图》左下角的五言题诗，“嫩叶滑如毡，双弯臂更柔。雪甘君莫咽，试用枕清秋”，落款为“允康”。吴邦治字允康，这首诗当为吴邦治所作，但第46图《莲藕图》上同样的题诗后却直接写“苇间学人”。这两首诗都不是名诗，假使读者未看过第7图和第13图，就存在将此诗误认为是边寿民之作的可能。事实上，前引第10图杂画卷(上)之九《篱菊图》题诗，便被收入了边寿民的《苇间老人题画集》中。

边寿民的题画诗词无论从创作数量，还是从形式、内容、技巧、思想、意蕴等方面来看，均有可称道之处。边寿民题蛤菌的诗曰“只须山菌兼花蛤，便作诗人骨董羹”(《题画集〈蛤菌〉》)，题茶壶茶瓶的词云“聊淬辩锋词锷，濯诗魂书气”(《题画集〈好事近·茶壶茶瓶〉》)，《买陂塘》词又言，“愿岁岁年年，名园文酒，容我小词谱”(《题画集〉》)。“诗人”“诗魂书气”“文酒”——可知他虽以鬻画为生，但在他自己的心中，仍是首先把自己当作文人的，而绘画只是“偶然事”[1]，他只是“偶尔事丹青”[《全集·边寿民》20图]。然而长久以来，“海内但知重先生画”，其文名常为画名所掩。[2] 笔者相信，随着时间的推移，随着学术研究的一步步深入，体现张扬个性、“性灵”、能够丰富清代诗词意蕴及表现力的边寿民的题画诗词，会愈来愈受到读者的关注，而边寿民的文人形象也会因此得以真正树立。

---

① (清)李浚之编:《清画家诗史》，中国书店，1990年版，第137页。

② 邱崧生《苇间老人题画集》跋，载卞孝萱主编:《扬州八怪诗文集》，江苏美术出版社，1985年版，第22页。

第六章　英雄落拓的高凤翰题画诗

高凤翰（1683—1749），字西园，号南阜山人，山东胶州人。雍正五年（1727）被荐参加“贤良方正科”，考列一等。先后任歙县、绩溪等地县丞、县令。后因卢雅雨案牵连入狱患风痹而致右臂病废，晚年以卖画为生，贫病终老。《山东通志》有其传。① 高凤翰少年时就颇有文名，与蒲松龄为忘年交②，是王士祯的关门弟子③，袁枚在《随园诗话》等著述中也多次提到他，说“素慕”其名。④ 他还曾被举荐应“博学鸿词科”试，力辞。⑤《四库全书总目》对其诗评价颇高，言其“天分绝高，兴之所至，亦时有清词丽句”⑥，《晚晴簃诗

---

① 见《山东通志·人物志第十一》，（清）孙葆田、法伟堂等纂：《山东通志》，上海古籍出版社，1991 年版，第 5101 页。

② 高凤翰曾为《聊斋志异》作跋，载（清）蒲松龄著，张友鹤辑校：《聊斋志异：会校会注会评本》，上海古籍出版社，1983 年版，第 31 页。《聊斋志异》卷九《张贡士》则记有高凤翰及其友人张卯君。

③ 《赠新城王扶九》序：“往者余常以诗见知新城先生，许以执贽，未及，而先生归道山，有遗命付后。余省试过长山，其嗣兄弟闻之，辄来远迓，述先生意殊恻恻，因至其家，受赐书，拜遗像称弟子焉。”见（清）高凤翰撰：《南阜山人诗集类稿》，载《山东文献集成》编纂委员会编：《山东文献集成：第一辑第三十七册》，山东大学出版社，2007 年版，第 491 页。（本章中只有诗名、未注出处的作品均出自此书。）高凤翰诗集中另有多篇与王士祯子侄往来之作。

④ 《随园诗话》卷二、卷五、卷十六均提到高凤翰。“余素慕山左高凤翰之名”一句载（清）袁枚著，顾学颉校点：《随园诗话》，人民文学出版社，1982 年版，第 146 页。另《扬州画派书画全集·高凤翰》第 270 图《牡丹图》上有袁枚长篇题识。

⑤ 王克捷、郑文光、蔡铁原编著：《高凤翰编年录》，青岛出版社，1991 年版，第 49 页。

⑥ （清）纪昀、（清）陆锡熊、（清）孙士毅等原著，四库全书研究所整理：《钦定四库全书总目（整理本）》（下），中华书局，1997 年版，第 2594 页。

汇》录其诗多首。但因他是扬州八怪之一[①],故虽兼擅诗、书、画、印,两百余年来,其诗名却常为画名所掩。对高凤翰的诗歌,尤其是题画诗的研究也较为少见。

目前可知的高凤翰传世的诗歌约 3000 首[②],诗集有稿本、抄本、刻本多种,卷数有一卷、七卷、十卷、二十一卷、二十八卷、三十四卷、三十九卷、四十一卷不等,仅《清人诗文集总目提要》就记录有十余种[③],《山东文献书目》等文献也记有多种[④]。高凤翰的题画诗散见于其诗集中,笔者以《山东文献集成》中的四十一卷本《南阜山人诗集类稿》为底本,参以《高凤翰诗集笺注》,辑得其题画诗 596 首,此外又从高凤翰传世画作和其他文献中辑得 51 首/则,二者合计 647 首/则。本章拟从高凤翰题画诗的特点、内容、思想等几个方面对其现有的题画诗做试探性的分析,希望能重塑高凤翰的诗人形象,并借此评述高凤翰的题画诗在扬州八怪题画诗中的地位。

第一节　绘踪 精雕 尚奇 好论

高凤翰的题画诗具有行踪可绘、精雕细刻、尚“奇”尚“怪”、好发议论等特点。

高凤翰的诗集分四类,按时间顺序编排,为的是“令后之览者,按纪捡披,行踪可绘”[⑤]。何年出游?何年出仕?何年病残?何年归乡?去过哪里?做了什么?……他有意识地在诗中留下生命的痕迹。或喜或悲,或自信或自怜,或昂扬或消沉……高凤翰用诗完整地勾勒出他一生的情感和心情。他这样做的终极目的,是寻求千百年后的知音,“尚其有触绪纷来,千载如

---

① 高凤翰最先被晚清凌霞在《天隐堂集》中归入扬州八怪。现与扬州八怪相关的文献基本均认同其扬州八怪身份。

② 柯愈春著:《清人诗文集总目提要》(上),北京古籍出版社,2001 年版,第 494 页。

③ 柯愈春著:《清人诗文集总目提要》(上),北京古籍出版社,2001 年版,第 494 页。

④ 王绍曾主编:《山东文献书目》,齐鲁书社,1993 年版,第 383 - 384 页。

⑤ 高凤翰《南阜山人诗集类稿》自序,见(清)高凤翰撰:《南阜山人诗集类稿》,载《山东文献集成》编纂委员会编:《山东文献集成:第一辑第三十七册》,山东大学出版社,2007 年版,第 267 页。

揭,浇酒向空,呼高生而哀其志者乎?”[①],令人动容。

高凤翰认为,“大朴出锤炼,至文生自然”,“思从险后平”。[②] 因此他虽喜爱自然朴素的诗歌,却并不疏于雕琢与修饰。事实上,他对自己的诗经常反复斟酌修改,以臻完美。笔者从他的七卷本诗集中共辑得其题画诗 95 首,其中 76 首精选自四十一卷本诗集。通过比较以上两个版本,笔者发现 76 首诗中的 54 首均有高凤翰改动的痕迹,修改率在七成以上。这些改动,有的是把诗的题目变得简明扼要,例如将《题画午日瓶供赠李丹徒玉峰(字伦表)》改作《题画赠李丹徒》,将《为老友法应侯题所寄索诗秋景画幅》改作《为老友法应侯题秋景画幅》。有的是对题画诗的体式和篇幅做了改动,从而使整首诗由杂言诗变成齐言诗,或将原本冗长的诗变得较为凝练。例如《重装画屏风歌为研村弟作》一诗,高凤翰将“因念此屏是余少时读书十年起卧盘桓处其下”改作“读书十年共起卧”,将“吾弟不信试于灯昏月暗酒阑人散呼之出”改作“灯昏月暗酒人散”,使整首诗变成了齐言诗。又如《北固歌,为运使玉川公写意行乐图》一诗,高凤翰将“还君北固图”至“千古江烟白”这 73 字的一大段全部删去,使诗的主题显得更为明确。还有部分改动体现在锻句炼字上,例如在《为祝荔亭同学戏题画蟹》一诗里,高凤翰对螃蟹说祝荔亭“雅喜持尔螯,久恐当见剥”,后将此句改作“雅喜持尔螯,久恐付汤镬”。又如“洪钟不撞声不起”被改作“洪钟万石声不起”(《题栗朴村摹本〈五马图〉》),比较前后两个版本,后者显然用字更工整、表意更精准,且更为含蓄、雅致。

高凤翰的题画诗还有尚“奇”、尚“怪”的特点,这主要是就其绘画艺术和思想等方面而言的。他自己亦说“平生爱画亦爱奇”(《王郎歌为潜英主人题画》),他口中的“奇”“怪”明显具有褒义。他的“奇”,往往有不凡、脱俗、超群之意:他说友人倪鸿宝是“自然奇节士,落墨见高襟”(《题倪鸿宝先生山水》),说画家高其佩的画是“墨奇落想想亦奇,神工鬼斧天为师”(《题且园

---

① 高凤翰《南阜山人诗集类稿》自序,见(清)高凤翰撰:《南阜山人诗集类稿》,载《山东文献集成》编纂委员会编:《山东文献集成:第一辑第三十七册》,山东大学出版社,2007 年版,第 267 页。

② 《题方南堂所寄自刻诗》,见(清)高凤翰撰:《南阜山人诗集类稿》,载《山东文献集成》编纂委员会编:《山东文献集成:第一辑第三十七册》,山东大学出版社,2007 年版,第 313、389 页。

翁指头画龙》)，题鹤是“画里群鹤骨相奇，玉田瑶草伴玄芝”(《题仙山群鹤图》)，等等。他的“怪”则有非比一般、不走寻常路的含义，也往往被用来形容他所肯定的对象。例如，他赞扬张卯君画的草堂图是“缩地仙人果有方，笔精墨怪绝思量”(《赠张卯君奉谢除夕为余作〈南村草堂图〉，并乞写其〈杞城别墅〉于后作合卷》其四)，赞扬朱客亭画的楼阁图是“笔怪幻云烟，意匠生邱壑”(《题朱客亭画册杂诗》其一)。他还喜欢把“奇”“怪”和“绝”字组合使用，以表现他对作品赞赏的程度。例如，高凤翰用“我有画友朱家老仲真怪绝，所见常与鬼神通”(《题〈五岳横秋图〉赠朱仑仲》)称赞朱岷的山水画十分通灵；用“就中一幅尤奇绝……边鸾崔白不在眼，世间余子空自豪”(《大热中题宋人〈雪芦宿雁图〉》)极力赞扬一幅宋人的雁图，认为这幅图十分精妙，连唐代边鸾、北宋崔白这两位著名花鸟画家画作的作品都不能与之相比，世间其他画家的作品更不能与之相提并论。

好发议论也是高凤翰题画诗的一大特点。扬州八怪各家的题画诗词里，或多或少都有一些议论性的篇章或句子，但是高凤翰的题画诗里议论出现的频率在扬州八怪中居高。他议论的内容非常广泛，凡目之所见、画之所及，都有可能成为议论的对象。

高凤翰的题画诗中有不少画论。或就画家评论，例如，他评述遗民画家石涛“半托禅栖半道徒，一生白眼向人孤”，“石解作涛空是海，瓜仍带苦味为茶”(《闻友人李客山述石涛和尚旧事，因检题其画幅》)，将这一位皇室遗孤的身世、经历、心境逐一剖析开来。或就画作评论，例如，他评王原祁画的山“中锋直逼黄大痴，侧势取妍如敝帚。只此云林亦当输一筹”(《题王麓台补写云林幽遂轩图》)。黄公望画山擅绘中锋，倪瓒画脱胎于黄，却常以侧锋之势易中锋。高凤翰觉得王原祁补画倪瓒的山水画，所绘中锋直逼黄公望，侧锋则超出倪瓒，所以对其评价很高。或阐述他的绘画理论：例如“活墨活苔活水云。文心活处见氤氲。倪黄不比空摹想”(《题伯阳老人画二首》其一)，指出并强调向造化学习的重要性；“权奇毛骨虽殊相，雕刻终恨天倪伤”(《浦阳王画梅花巨幛歌》)，指出绘画要少事镂刻，多些自然之风；“写照贵传神，神在形骸外。流露呈天倪，中有性情在。性情谁最深，毛里关至爱”(《题王师周一犁春雨图》)则指出只有对绘画对象有足够的了解及认识才能绘得传神。他总是有意无意地在其题画诗中彰显“我”的存在。

高凤翰的题画诗里还有不少诗论，是他自己观点的体现。他评述诗人陆游“北宋肝肠南宋人”，“纵教没尽深根土，难没千秋北望神”（《画放翁题名石图》）。他还化用陆游的“细雨骑驴入剑门”及《关山月》的诗意作“慷慨当年负剑游，欲凭天险博封侯。可怜一片关前地，白尽中原北望头”（《题画〈山庄清夏图〉》其三）。化用李贺的“此马非凡马，房星本是星。向前敲瘦骨，犹自带铜声”和“厩中皆肉马，不解上青天”作“敲出铜声爱瘦骨，寻常刍豆枉痴肥”。房星是天上星宿，又是天马的代称，刍豆本指饲料，此处是凡马的代称。

除了论画、论诗，他还作有论世道人情的句子。例如，他在题鸰原图的诗里批判世人不讲孝悌，在画像这样的“虚文”里画尽美人、奴仆、奇珍、异卉，乃至犬、马、禽、鱼等，却没有人画亲情（《题黄愚园夫子鸰原图》）。再如，他在题牡丹图的诗里批判时人的虚伪，“开口薄富贵，高谈矜寒酸。其实皆热眼，健羡入心肝”（《题富贵图赠李吴江亲家》）。又如他作的“雪里苍龙骨，香埋困不舒。世间桃李眼，自笑冷花疏”（《题画雪梅》其一），“世间未必无奇石，只是痴人少米颠”（《题画石》），“人间爱马爱驽骀，几个别肠解爱才”（《为雅雨公题出塞图六首》其一），都显示出他对栋梁往往怀才不遇的感慨。

高凤翰的议论中还有不少谈及意象的内容：“所贵希高踪，得意祛其象”（《题探梅图》），“求道不以形，无剑当更妙”（《题〈倚鹿剑仙图〉》），“色相丛中见法王”（《题咏堂和尚借照别本》其二），“真琴不在弦，真醉不在酒”（《为人题闲居爱重九小照》），“真交不以形”（《西亭对酒有怀成毅庵夫子，即题画册奉寄》其一），“大钓者忘钩”（《题垂钓图》），“琴到无弦更有意，不传声处正传声”（《题听蝉图》）。这些诗句透过现象直探本质，是高凤翰内心世界的写照。

第二节　花之品阶与旧山之竹

题画诗词的内容常取决于画作的内容。扬州八怪虽都以画闻名，但每人的侧重点有所不同。如郑燮擅绘兰、竹，边寿民擅绘芦雁，汪士慎、陈撰、高翔、罗聘等人擅绘梅花，他们题画诗词的内容便以这些花鸟为主。而高凤翰绘画兼擅多科，因此花鸟、山水、人物在他的题画诗中均有涉及。

高凤翰的题画诗中近半数是题花、鸟画的诗,其中最多的是题梅画诗。高凤翰爱梅,从少年到晚年,他的画作中一直有梅的存在,写诗也喜写梅,“平生梅花诗,拉杂近百首”(《题画梅赠马秋玉》)。他笔下的梅可以分为两种类型:一种是客观的、作为一种植物的梅;另一种是主观的、人性化的、有思想的梅。客观之梅常体现在他对梅的形态、习性、生长环境等的描写上。例如,他写梅的形态:“苍螺蜕坼苍螺干,碧玉条开碧玉花”(《题画梅》),“下尽黄昏影自斜”(《题画梅》)。再如,他写梅的习性:“彻骨寒翻玉一丛”(《题画梅赠李抑斋》其二),“糁雪不见素,点脂不见彩”(《题梅花写照赠章唯一》)。又如,他写梅的生存环境:“雪后园林见”(《题画梅花》),“水边篱落竹边枝,淡月黄昏乍见时”(《题画红梅花》)。上述诗中的梅是作为客观存在的植物的梅。高凤翰笔下的主观之梅则重点体现梅的“别挺孤标”(《题画杂诗》其七):“抱雪自爱冷,抽玉不肯肥”(《题画二首赠朱仲芸井叔两畏友》其一),“香疏不肯浓,花疏不肯多”(《题画梅》),这几首诗中的梅仿佛有超脱尘俗的主观意识。

高凤翰题花、鸟画的诗中还涉及牡丹/芍药、菊花、芭蕉、玉兰、木樨、竹、松柏等植物,雁、鹤、鹰、鹭、鸰原、乌鸦、猫、鹿、马、龙、狮等动物,以及各类蔬果水产等,但每类作品的数量都不是很多。

高凤翰喜好将花比作人,在他的眼中,不同的人属于不同的类型,其品阶也是不等的。

“梅不在花”(《载酒探梅图为吴江李仙客赋四言一首》),高凤翰认为梅花是人中仙子,是“品到梅花俗不得”的(《题画梅赠州大夫》)。确切地说,他认为梅花不但品性高洁,而且“韵冷难宜俗”(《题画梅花》),已经高洁到绝俗的程度。“百卉丛中姑射仙,一枝香雪写春妍”(《题岁朝图寄玉川公二首》其二),“冰魄素魂玉玲珑,高护天香覆锦丛。浑似仙人藐姑射,别从世外驾天风”(《题清标高出富贵图》),“赠君姑射仙,赞叹不以口”(《题画梅赠马秋玉》),他甚至直接将梅花比作姑射仙人,“肌肤若冰雪,绰约若处子;不食五谷,吸风饮露;乘云气,御飞龙,而游乎四海之外”①。高凤翰认为,梅花的地位比兰花、莲花、菊花高出许多。

---

① 陈鼓应注译:《庄子今注今译:最新修订重排本》(上),中华书局,2009 年版,第 25 页。

兰花、莲花在高凤翰心中似有高节的气质美人。例如，他题兰花图“空谷有佳人，孤芳芝与兰”（《题石交芝兰图寄朱潜园盟弟》），题莲花图“沅芷湘兰共渚涯，水晶宫里自为家。香从清远思君子，骨为玲珑号水华”（《题画莲赠周鹾司》）。

将菊花与陶潜并提是高凤翰题菊图诗的特点。他或描写陶潜对菊的独爱：“晋家老处士，闲静爱东篱”（《题九日东篱图》），“冷到此花真入骨，世无陶令更谁栽”（《题画菊》）。或评述菊花表现了陶潜的精神，认为陶潜就是菊花的模板，是菊花的前世之身：“菊拟渊明世共推”（《题画菊》其二），“应识晚香高绝处，千秋陶令是前身”（《题画菊再寿可木》）。

牡丹则似皇家美人，雍容华贵：“杨家姊妹羞脂粉，晓月宫门大小姨”（《题双枝白牡丹》），“翠袖低昂红袖垂，吴宫歌舞想腰肢”（《题画杂诗》其二），“短瓶博下如趺坐，斜堕花枝委地揉。忽忆明妃毡帐底，偏敧慵袖拍梁州”（《为祝荔亭同学题画瓶花》其二）。杨家姊妹、吴宫美人、明妃都是明艳一时的皇家美人，用这些人来形容牡丹，显见牡丹在高凤翰心中的形象是馥郁秾华的。

值得一提的是，桃花、李花、杏花在高凤翰眼中具有贬义色彩，多数情况下被高凤翰认为是艳俗的。例如他在题菊图诗中写“洞口流香洗热尘，陶家处士认前身。去来自信渔郎便，不学桃花巧赚人”（《题画洞口菊花》），在题梅图诗中写“肯似桃花媚春色，繁枝单趁软东风”（《题画梅赠李抑斋》其二），“纵然着点胭脂写，不是桃肥杏艳人”（《题画红梅》），“总使也从春色见，肯同桃李一齐开”[①]。高凤翰把菊花、梅花和桃花、杏花、李花做对比，认为菊、梅比桃、杏、李明显高洁一些，后三种花便成了庸俗、招摇的象征。

高凤翰的题竹画诗常蕴含“旧山松竹”的意味。如“画竹忽忆家园竹，久别清阴自闭门。记得年年三四月，樱桃风里看龙孙”（《画竹》），又如“辜负家园好绿玉，一般怅望隔春云”（《画新竹寄宋珂江芮城》）。龙孙是竹的别称，高凤翰由画竹想到家乡之竹，又进一步回忆起年年在樱桃花开时赏竹的旧事，体现了他对家园的思念之情。“千里春风寄所思，故园景物报侬知”（《题画新竹寄怀宋珂江官芮城》其一），“留待思家一取看”（《题画竹寄宋珂江官中》），对远仕在外的亲人，他也常借竹的意象来指代家园。

① 高凤翰《题画梅》，载（清）赵慎畛著：《榆巢杂识》，中华书局，2001 年版，第 112 页。

高凤翰的题雁画诗约有10首。例如，“容与一雁水中央，一雁盘空欲下翔。比似闲情同尔我，相呼相唤水云乡”（《题画雁赠别韩雪占》），“一雁眠沙一雁行，行难住脚宿难成。江湖矰缴惊心惯，不但银沙打叶声”（《题雪中芦雁》）。和扬州八怪中的边寿民将雁与自己合二为一不同，高凤翰的诗中虽也有对雁的同情，将人与雁作比，其笔下却常是客观存在的雁。

高凤翰的题山水画诗多写山东、江南等地的自然山水或亭台楼阁。作为善于绘事的诗人，高凤翰善于在题山水画诗中造景、造境。他的题山水画诗，有不少即使脱离画作来阅读，也是一幅美丽的图画。例如，“山云淡不流，蒙蒙四山顶。渔舟向晚归，笠子照云影”（《题画山水二首》其一），“苍屿流云青带雨，孤岑破晓碧含烟。荒丛小泊江边寺，远水高浮天上船”（孙笺《题画杂诗五首·江景》）。自然的山水与有人类气息的笠子、渔舟、江边寺，无声无息地共同构成了一幅幅意味隽永的图画。“新月乍来天色碧，晚烟欲断竹痕清。浩然风露沉阴里，一杖闲拖踏影行”（《题古槐堂图》其二），“披得清凉月满蓑，断桥小立看新荷。菱花香里鸡鹊起，一道斜冲出棹歌”（《题柳村四时图》其二）。此时，人入画境，成了画作中一处处淡远的风景。又如“好夜三五期，万象森清迥。极目东海东，晶丸跳蟾影。流光漾海波，镕金翻巨鼎。珠宫射寒芒，蛟龙不敢瞑”（《题刘淑贻烟波玩月图小照》），团月的流光熠熠，夜海的幽冥森迥，被重重渲染的字句逐一展现出来。

画乃无声之诗，诗乃有声之画。事实上，“诗中有画，画中有诗”在画家诗人这里是极寻常之事。“画与诗皆士人陶写性情之事，故凡可入诗者，皆可入画”[①]，反之同理。正如高凤翰一首诗的标题——《山行忽得画意》，得了画意，将之写出来便是诗，是满含画意的诗，若画出则是具有诗意的画了。诗人以诗写心，画家以画绘心。诗也罢，画也罢，都是心灵的体现。当诗人、画家的身份合二为一时，诗、画相互交融，成为一体，自是无法分割。

《全集·高凤翰》94图

高凤翰的人物图题诗大致分为题画像诗和题人物图诗两种类型。题画像诗又分为题自己画像

① 张传友编著：《古代花鸟画论备要》，人民美术出版社，2010年版，第207页。

诗和题他人画像诗两类。高凤翰题诗的画像有《问月图》《背匙图》《揽辔图》《洗研图》《西亭诗思图》等。在这些诗中，他有时会描绘画中自己的形象，如“白袷山中适，清怀物外开。桐阴兼石气，吹绿上衣来”(《自题〈西亭诗思图〉小照》)[《全集·高凤翰》94 图]，有时会自叙生平，对自己的处境抒发感慨，如“少年激宕多不平，叩剑床头夜有声。壮年落魄困湖海，愁里须眉岁岁改。只今五十四年人，虮虱作吏犹风尘。头童面皱走牛马，腰带常弯眼角下”，“嗟尔昂藏七尺躯，不贵不贱胡为尔。百年辛苦空白头，瞥眼流光如弹指”(《弥勒同龛歌自题五十四岁照》)等等。题他人画像的诗中，高凤翰除了描绘对方的形象外，还常常试图点出画中的深意。他的人物图题诗数量不多，且多为朋友间往来之作。其他还有少数题写钟馗图、麻姑图、彭祖图以及烂柯图、瑶池罢宴图等神鬼内容的诗作，大多是应酬之作。

第三节　自信、自怜：矛盾与统一

由高凤翰的题画诗可以看到一个极具儒家色彩的、较为复杂的文人形象。这个形象既自信甚至自负，有着英雄的情结、经世济民的志向、积极进取的精神以及顽强的个性，又自卑、自怜、自伤，有着面对不可捉摸的命运的悲观心理，既矛盾又统一。

一、自信与自负

高凤翰有时很有自信，甚至自负，这主要体现在他对待自己画作的态度上。例如他的老友朱岷画山水技艺高超，邀他也画一幅。面对朱岷的画，他初时反应是“寻常我亦肆涂抹，对之辄自羞秋虫”，似乎有些缺乏自信，但很快他的竞胜之心就被激发出来，于是“关门一挥破羞涩”，将画画出。画好后，他评价自己的画作曰，“提墨淋漓五岳出，居然突兀撑秋空”，“行看风雷走破壁，当有云气随飞龙”(《题〈五岳横秋图〉赠朱仑仲》)，体现出他对自己画作的高度自信。又如他补画了李鱓的残卷后题诗作，“本是离披烟雨枝，墨痕重染倍淋漓。老兵略得中郎似，敢道仙人续命丝”[①]，将自己补充的画作

---

① 孙龙骅笺注：《高凤翰诗集笺注》，北京师范大学出版社，1993 年版，第 205 页。

比作仙人的“续命丝”。他还曾应邀给别人几丈大的族屋画一幅巨大的蕉叶图,画好后题诗:“画成掷笔自叫绝,呼生指点悬东廊。试与提画较堂壁,未知体势谁低昂。”(《为汪生沛若画蕉叶巨幅》)可见他有时是非常自信,甚至有些自负的。

应该说,虽善画,但高凤翰绝不同于寻常的文人画家,更不同于专司绘画的画匠。高凤翰有着强烈的入世心,这入世心既体现在他对黎民百姓的关怀上,又体现在他的英雄情结上,还体现在他对功名利禄的敢于面对及积极追求上。

诗画之属并不是高凤翰心中最为看重的东西,他所看重的是经世济民。“摒当河干日几回,千帆坐看压云来。筹边大计真难缓,托命穷黎剧可哀。冷案无从恣饱蠹,小臣亦许佐调梅。书生老矣头全白,怕见如山烂雪堆”(《河上勾当公事还有感书壁》)[①],显示出他对泰州附近百姓悲惨生活的高度关怀。又如前引《题柯丹邱〈晚耕图〉卷子》以及《题〈渔家乐〉画幅》,也均可见他对民瘼的关心。高凤翰心中藏着英雄情结:“不竞山鸡羽,羞同野鸭游。终当凌破壁,万里上高秋”(《题画〈江汀雪鹭图〉》);“羊杜风流在,功成意气闲。先将勒铭地,片石画天山”(《送别冯夫子赴军前,题画石代作》);“直与天地之间伟丈夫,勒钟铭鼎杂青碧”(《三台画石歌》);“英雄岁月那容闲”,“分将一半勒天山”(《为雅雨公题出塞图六首》其三);“丈夫报雄襟”(《题宝应高斯斋先生衡门秋水图》);“将军射虎有余豪”(《题画石赠王都阃》);等等。诸如“雄襟”“雄心”“称雄”“成雄”“英雄”“丈夫”“须眉”等具英雄意象的词语在他的题画诗中时有出现。

高凤翰心中还有着追求富贵的思想。“高殿悬金华,宁谢桂与兰”(《题富贵图赠李吴江亲家》)。对富贵的追求,文人一般较为讳言,他却敢于承认。所有这些,都显示出他的高远志向、英雄情结,以及对声名的汲汲追求。

二、自怜与自伤

自始至终,高凤翰都有着强烈的入世心,期望有所作为,但他却命运多

---

① (清)高凤翰撰:《南阜山人诗集类稿》,载《山东文献集成》编纂委员会编:《山东文献集成:第一辑第三十七册》,山东大学出版社,2007年版,第361页。《高凤翰编年录》亦有此诗,言其为《河上勾当公务晚归寓署四首》之一,题《坝上图》,载王克捷、郑文光、蔡铁原编著:《高凤翰编年录》,青岛出版社,1991年版,第42页。

舛，常被动地处于压抑的状态中。于是强烈的入世心与不可抑制的自怜、自伤在高凤翰的心灵深处交织。高凤翰入仕前曾多次参加科举，均落榜，其间写下句子“艰难留得南村在”（《画菊寄怀王秋远》其二），“安得蝉蜕谢寒贱，致身盛世随夔龙”（《为方龙眠题画寄陈沧洲先生》），字里行间流溢出的愁苦，正缘于他不能实现远大志向。高凤翰 46 岁方入仕，却又长期困于微职，“雪丝白尽老丞头，束带依然走马牛”（《题邹衣白画〈高士清风明月图〉》其五）。尽管如此，他入仕仅一年，就因被诬告在命案中受贿而入狱，案情虽水落石出，几年后他却又因卢见曾案被牵连入狱，于乾隆二年丁巳（1737）风痹发作，右臂病废，无奈去职。不久后，他又因疾足蹇，“坐废成土偶”（《题画述怀寄法中黄弟》），“衰病不胜摧”（《题友人赠画册再寄颍州太守李掌峰先生》）。这对他来说是莫大的打击，故自号“丁巳残人”。卢见曾失意多年犹能守得云开，他却再没有了机会。“对宾常大坐，闭户只高歌。众里愁人散，闲中爱酒多”（孙笺《题画酬单仲昭医痹》），由此可以感知他心中的悲哀。

“天寒余病叶，空老未成花”（孙笺《画兰叶一丛，未及着花，以病弃去。偶从纸堆中拣得，感而题诗》），表面上看，这句子是题写因病而未能完成的兰图，实质上何尝不是在写高凤翰自己的人生呢？世交之友的儿子成婚，他拿不出贺礼，只能以画相赠。“老伧生计穷”，“作贺殊草草”，“人情愧秀才”（《安邱张念斋，通家旧好小友也。甲子四月以婚事如胶。作双鹤牡丹画幅具贺价以诗》），清贫文人心中的自惭在此时不禁流露出来。高凤翰去世的前一年，大疫、水灾在胶州接连发生。这使得高家贫困至极，以野菜果腹犹难以维继。高凤翰题元明人蔬果册子，向友人乞粟，“筹荒难自计，养命借匡扶……乞食须仁祖，神伤宛转图”（孙笺《题元明人蔬果杂画册子乞粟所知二首》其二）。对于一个寻常人来说，这样的事情犹会伤害自尊，对于一个有英雄情结的男子汉来说，他心中又会有何感受？不言自明。

高凤翰有一部诗集名为《击林集》，其序曰：“杖击林木，手弄流泉。山中人寄托牢落，别有辛楚。岂真欲老死木石鹿豕间哉！……”①他明白地写出心中的悲哀与落寞。事业上的落魄、身体上的残病、经济上的窘迫……诸多的不称意使高凤翰心中暗藏着挥之不去的自卑、自怜与自伤。

---

① （清）高凤翰撰：《南阜山人诗集类稿》，载《山东文献集成》编纂委员会编：《山东文献集成：第一辑第三十七册》，山东大学出版社，2007 年版，第 267 页。

虽是命运多蹇,时常自卑、自怜,高凤翰却顽强地秉持着不屈服的精神一直到老,这一点在他面对生命困境时表现得尤为突出。在参加科考多年又接连落榜后,他说"九死空余骨尚豪"(《画菊寄怀王秋远》其二);在和卢见曾被迫离开仕途时,他说"世事不妨多面目……且随翰墨缘中过"(《题画牡丹诗为卢运使作》);在残病归老后,他言"廊庙不失心,江湖不失志"(《题宝应高斯斋先生衡门秋水图》);在胶州天灾不断以致家中断粮之时,他说"冷坐寒香屋,绝粮莫漫嗟。天教断火食,饮水看梅花"(《题画梅》)[①]。不只如此,他还说"天留残臂枯犹痛,人报顽心老未闲"(《题画换酒》),并坚持用左手练字绘画,"病里单凭左臂撑,犹能笔阵破纵横"(《为赵澧州根矩题画白牡丹索寄朱砂并报近状四首》其四)。终于,他的左手书画竟比先前的右臂书画更显苍劲浑成,以致郑燮都来仿作,"西园左笔寿门书,海内朋友索向余。短札长笺都去尽,老夫赝作亦无余"[②]。

《全集·高凤翰》232 图

"颓以唐,激以昂"(《自题小像》),这是高凤翰对自己的评价。现在看来,确实算是比较客观的评价。

高凤翰存世的题画诗数量居扬州八怪之首。从题画诗的角度来说,他算是扬州八怪中较为"不怪"的一位。因为从体式上来说,比起有不少三言

---

① 此处引诗与原图有异。引诗见(清)高凤翰撰:《南阜山人诗集类稿》,载《山东文献集成》编纂委员会编:《山东文献集成:第一辑第三十七册》,山东大学出版社,2007年版,第480页。引诗盖是其题画后的修改之作。

② 《砚田生计》,载郑炳纯辑:《郑板桥外集》,山西人民出版社,1987年版,第200页。

诗、杂言诗的郑燮等人，以及有 30 余首题画自度曲词的金农，高凤翰的题画诗中五言、七言绝句占绝大多数，算是较为正统的。从风格上来说，高凤翰题画诗的语言虽然自然流畅，却没有像郑燮、边寿民的有些题画诗那样率性随意，也不似华喦、罗聘、金农的有些题画诗那样犀利透彻。他虽然也会时常修改自己的题画诗，却又不像陈撰那样恪守于格律，雕刻过甚。从情感上来说，高凤翰的题画诗总体上情感真挚，既不似郑燮、李鱓的有些题画诗那样锋芒毕露，又不像金农晚年的有些题画诗那样含蓄隐忍，因此说高凤翰的题画诗是扬州八怪题画诗中较为“不怪”的，是较显平和雅正的，盖因高凤翰具有浓厚的学者风范，自是不怪。

第七章　题画像居多的李葂题画诗

李葂(1691—1755),字啸村,安徽怀宁人,曾被举“博学鸿词科”,未遇,布衣终身。李葂作的诗曾受到乾隆皇帝的赏赐,有《啸村近体诗选》传世。袁枚在《随园诗话》中将他与鲁瑸(星村)并称为“安庆二村”,又言“安庆诗人以‘二村’为最”。[1]

李葂虽为扬州八怪成员之一,又擅作诗,但他传世的题画诗数量甚少,仅见到17首,散见于各种文献中,基本为人物图题诗。这个数字与扬州八怪中诸如高凤翰600余首、郑燮400余首的传世题画诗词数量相差甚远。因为数量少,所以更显珍贵。

这17首诗中有15首是题画像诗,当是朋友间的往来之作。

高南村先生遗照[2]

《题高南村先生遗照》组诗四首存于《南阜山人诗集类稿》中。高凤翰是李葂多年好友,长李葂8岁。《南阜山人诗集类稿》篇首有一幅高凤翰的白描画像,内容与诗相吻合,诗该由此像而来。既为题“遗照”之诗,当作于高凤翰逝后。高凤翰卒于1749年春,李葂卒于1755年,这组诗当作于这段时间内,此时李葂约是耳顺之年。

① 朱一玄、刘毓忱编:《儒林外史资料汇编》,南开大学出版社,2003年版,第47页。

② (清)高凤翰撰:《南阜山人诗集类稿》,载《山东文献集成》编纂委员会编:《山东文献集成:第一辑第三十七册》,山东大学出版社,2007年版,第267页。

其一为："海岳奇峰见袍笏，襄阳疏雨想丰神。此中呼得先生出，不着须眉已有人。"此诗为后三诗之引，李葂借由面前的画像想到已谢世的老友——长髯公高凤翰，表现出了高凤翰的形象和丰神。其二曰："戴笠支邛画面开，竹梧位置听人裁。胸中别自藏丘壑，争教毫端画得来。"画像中的高凤翰头戴斗笠，手扶竹杖，因此说"戴笠支邛"。高凤翰一生志向高远，又强调写诗作画前的胸中"境界"，因此"自藏丘壑"，不是图像所能显现出来的。后两首为"诗里真精识未曾，渔洋一脉的传灯。苏东坡老谢家传，正恐披图唤不应"和"词场老手果无双，一瓣名香意久降。对此即堪供作佛，铸金浪费李才江"，是从高凤翰的文学渊源与地位落笔的。高凤翰是王士祯（渔洋山人）的嫡传弟子，他的题画诗风格介于神韵派与性灵派之间，但整体诗风更接近于神韵派，尤其是其早年的作品，故此处说他是"渔洋一脉的传灯"，同时又具有苏轼的豪迈气韵。李洞，字才江，相传他曾铸贾岛像，供之如神，后世因此有"诗供"之典。李葂对高凤翰的文学才情极为钦佩，"意久降"表明他一直对高凤翰心悦诚服，认为高凤翰本来就是自己的"诗供"，不必再像李洞那样为他铸造雕像了。

《题雅雨夫子出塞图》是为卢见曾的画题写的。卢见曾，号雅雨，曾为两淮盐运使，是当时文化界的名人。卢经其好友高凤翰结识李葂，此后卢与二人均为至交。[①] 李葂的诗集，即是由卢见曾在李葂逝后出资刊刻的。《题雅雨夫子出塞图》："行李萧萧好戒途，关山万里一人孤。使臣有命非迁客，圣主无刑及大夫。惊定风花终未堕，春回霜草不曾枯。会看天上裁新诏，便写高车入塞图。""碧云红树送吟鞭，戎马书生望若仙。义重及门由从我，恩深解网帝同天。纵无罪赎功当立，一出关来事已传。但是幅员皆内地，枕戈何用更筹边。"与李葂交好的高凤翰也有同组题诗，作于1740年卢见曾被控植党营私、谪戍伊犁之前，李葂此组诗当也作于此时。诗的内涵丰富，从多个角度生动描写了历劫后的卢见曾的形象以及李葂对他的关怀。其一，万里关山，出塞远行，用"风花""霜草"形容遭遇弹劾案的卢见曾，足见此案给卢见曾带来的深重影响。幸而卢见曾得到"圣主"的宽待，因此他出塞的身份还是使臣而非逐臣。"惊定风花终未堕，春回霜草不曾枯"，表现出卢见曾强

---

① 卢见曾《啸村近体诗选》序，载卞孝萱主编：《扬州八怪诗文集》，江苏美术出版社，1985年版，第288页。

韧的生命力，诗人期待雨过天晴，很快就可以再画高车入塞图来庆祝了。其二，“碧云红树送吟鞭，戎马书生望若仙”，写卢见曾的形象风度翩翩。接着写卢见曾对自己的宽厚，认为卢见曾必能从罗网中脱困而出，趁这个机会建功立业，当他出关时，他的事迹必已广为传播。诗的末联歌颂天下一统，李葂认为卢见曾即使出关也还是置身于“内地”之中，只是远行一趟，而非应付边疆的战事。此诗为送行之作，李葂期望卢见曾能化险为夷，表达了“圣主”英明，知人善用，卢见曾可能很快就能恢复官守，也会有立功报国的机会的意愿，温柔敦厚，立言得体，卢见曾的形象更显高大。

除《出塞图》外，李葂还曾作《题雅雨师借书图》绝句二首赞美卢见曾：“旋假旋归未得闲，十行俱下片时间。百城深入便便腹，直抵荆州借不还。”“吟披不负客窗虚，借遍人家架上书。为问邺侯三万轴，未经手触待何如。”前一首《清诗别裁集》亦有载录。[①] 其一，写卢见曾借书阅读，书还了，学问却不用奉还，显得风趣。其二，卢见曾借遍别人的书，即使邺侯藏书丰富，却还是要经历“手触”，才能发挥书的功能。诗作视角独特，议论精辟。

《题观察许公细雨骑驴入剑门小照》四首本是赠给朋友的题像之作：“图开一卷剑南春，叠嶂层峦迹尚新。不见只今清要地，乘骢人是跨驴人”；“独据吟鞍去远天，半肩行李客萧然。自从驰入江南路，忻慕何人不执鞭”；“天街此日已鸣珂，风雨孤征较若何。一事却输驴背上，行行容易得诗多”；“笑我饥驱西复东，年来歧路正飘蓬。为公题照应亲切，策蹇担囊是个中”。李葂在前三首诗中写友人快意之状，在旅途中得诗亦多，但在第四首诗中却将自身为谋生四处奔波、无法安定的境遇描写出来，认为自己成了贵人的陪衬角色，未免可哀。

此外还有《题高燕山〈蕉窗读易图〉》《题沈芦山〈瘦吟图〉》《项隅谷松竹小照》七绝各一首，都是李葂根据图画内容描摹与赞美交游之作。

除人物图题诗外，李葂还有两首题荷图诗。一首诗提到了画中荷花的具体画法：“不涂铅粉不施朱，破冻芙蕖色转殊”[②]，以水墨而成。另一首题为《金山》：“鳌背连云未易攀，尘心到此觉全删。空中楼阁无多地，海上蓬莱有

① （清）沈德潜编：《清诗别裁集》，上海古籍出版社，1984 年版，第 1298 页。

② 周积寅、史金城编著：《中国历代题画诗选注》，西泠印社，1998 年版，第 274 页。

数山。天远帆随春树没，潮平钟送夕阳还。当年不解坡公带，长此横腰亦等闲。”[①]后者原为“分韵赋金山”的山水诗，被李葂题写在墨荷图上，作赠人之用，诗与画面关系不很密切，大抵这是诗人尘心已净、借题发挥之作。

李葂传世的10余首题画诗均为七言近体诗，多为绝句，偶有律诗，这与他“工为近体，不为古诗”[②]“最长绝句”[③]的作诗风格相符——颜面素雅，无游戏之笔，较具传统文士对待诗文谨严的态度，不同于郑燮、金农、边寿民等人有时在题画诗中显现出戏谑之笔。扬州八怪共15人，其中14人会写诗。边寿民等人也与沈德潜有交游，沈德潜却只选了李葂的诗歌入其《清诗别裁集》且“谓之神品”[④]，由此可见李葂的诗风与扬州八怪其他人不同，自成格调。

---

① 黄俶成选编：《扬州八怪诗歌三百首》，上海人民出版社，2003年版，第161页。

② 卢见曾《啸村近体诗选》序，载卞孝萱主编：《扬州八怪诗文集》，江苏美术出版社，1985年版，第288页。

③ （清）袁枚著，顾学颉校点：《随园诗话》，人民文学出版社，1982年版，第441页。

④ 朱一玄、刘毓忱编：《儒林外史资料汇编》，南开大学出版社，2003年版，第49页。

结 语

扬州八怪的“怪”名远播。一方面,他们的绘画风格与当时主流画风的巨大差别使得他们“怪”名远扬;另一方面,他们中较为重要的代表郑燮、金农、李鱓等人少数时候的特立独行及其部分传播甚广的凌厉诗词使扬州八怪的“怪”愈发彰显。因此人们常误以为他们的题画诗词皆是“怪”的。其实扬州八怪的题画诗词从整体上来看并不“怪”,与当时文人题画诗词创作的主流面貌基本一致,也较为符合当时的社会规范。但同时,扬州八怪又确实有少量“出格”之作,流露出他们与世、与时的不和谐,显出“怪”性。因此“不怪”与“怪”在他们的题画诗词中以多数与少数并存的形式出现于我们的视野中。

具体分析,有以下几个方面:

从内容上来说,扬州八怪题画诗词大部分为题写梅、兰、竹、菊、荷、松、柳、芙蓉、鹤、鸡等格调较为高雅的动植物并能显出文人志趣的作品,这与明清时期文人花鸟画的主流相一致。但他们也有一些题写诸如芋头、白菜、茄子、菇、豆角、荸荠、猫、狗、羊等不入文人们眼的内容的作品,显得较为俚俗,且与“君子远庖厨”等传统思想多少有所抵牾。此外还存在一些题写诸如渔翁、渔妇、盲人、神仙、蛤蟆、鱼穗、菊蟹、灵芝、艾草、壁虎等内容的市井气息较为浓重的谀世作品,甚至还有题写如钟馗、小鬼、铁拐李、济公等怪异内容的作品,为当时文人画及文人题画诗词圈子所忌讳。

从体式上来说,扬州八怪题画诗词大多是五言、七言绝句和古风,这在整个明清时代题画诗词中较为常见。但同时,他们又创作了一些当时并不多见的三言、六言、九言、杂言作品,甚至还有些似诗非诗、似词非词,无法判定体裁,被当时一些文人所不认可的作品,以及众说纷纭的自度曲,显出扬

州八怪与时流不相符合的气质。

从风格上来说，扬州八怪题画诗词素净、雅淡、辞质的特点与明清题画诗词的主流风格基本一致，但他们又有一些滑熟、俚俗、格调不高的句子，为不少传统文人所排斥。

从思想道德上来说，扬州八怪题画诗词大都符合传统礼教要求，符合儒家所看重的兼济天下、善守其身与自强不息等基本道德标准，但又具有异于主流的张扬情感，有时甚至是愤世疾邪。当题画诗词的情感力度明显超出主流题画诗词的限度，“幽怨”成了“明怨”时，它们便与传统文学作品所讲求的，尤其在清代被特别看重的“温柔敦厚”相背离。加之扬州八怪还有部分题画诗词具“求利”倾向，则又与儒家的传统思想有所抵牾。

以上四点中堪称“怪”的方面，其实在全部扬州八怪题画诗词中均占少数。但当它们都集中到这个群体中时，大概扬州八怪不被时人批判，反倒会成为怪事。

概而言之，扬州八怪的题画诗词一如他们的为人，在少数时候倔强突兀、怪异夸张且关注现实，这是他们的群体特色，也是他们在清代被视为“怪”、被孤立、被指责，在近现代被肯定、被颂扬的主要原因。但另一方面，扬州八怪的题画诗词一如他们的为人，虽有着已远扬于外的“不合时宜”，却又大率符合其时的基本规范，并未超脱。

若由此来看，本书对扬州八怪题画诗词的研究或许有些令人失望，因为似乎没能找到他们的“特点”。但笔者认为，不能以他们少量具有个性的作品代表他们题画诗词的整体面貌，且大概没有必要也不合适刻意避开扬州八怪题画诗词的主要特征去追求少数的、所谓的“独具扬州八怪特色”的结论。那是不符合客观事实的。或者，换个角度来考量，被预设为“怪”的扬州八怪题画诗词原来“不怪”，也许正可算是扬州八怪题画诗词的一大“特点”。

参考文献

一、专著类

[1]华嵒. 新罗山人题画诗集[M]. 宣统间石印本. 杭州:德记书庄.

[2]边寿民. 苇间老人题画集[M]. 罗振玉,辑. 如皋:冒氏暨淮阳志局,1921.

[3]陈撰. 玉几山房吟卷[M]. 扬州:扬州古籍刻印社,1936.

[4]邹一桂. 小山书谱[M]. 丛书集成初编补印本. 北京:商务印书馆,1959.

[5]王实甫. 西厢记[M]. 北京:人民文学出版社,1954.

[6]严可均. 全上古三代秦汉三国六朝文[M]. 北京:中华书局,1958.

[7]许莘农. 扬州八家画集[M]. 北京:文物出版社,1959.

[8]顾麟文. 扬州八家史料[M]. 上海:上海人民美术出版社,1962.

[9]张彦远. 历代名画记[M]. 俞剑华,注释. 上海:上海人民美术出版社,1964.

[10]欧阳询. 艺文类聚[M]. 汪绍楹,校. 北京:中华书局,1965.

[11]华嵒. 离垢集[M]. 台北:文海出版社,1974.

[12]房玄龄,等. 晋书[M]. 北京:中华书局,1974.

[13]龚自珍. 龚自珍全集[M]. 上海:上海人民出版社,1975.

[14]庄申. 李鱓诗钞[M]//大陆杂志社. 大陆杂志语文丛书第三辑第四册:文学·诗词·书画. 台北:大陆杂志社,1975:277-284.

[15]上海古籍出版社. 郑板桥集[M]. 上海:上海古籍出版社,1979.

[16]杜甫. 杜诗镜铨[M]. 杨伦,笺注. 上海:上海古籍出版社,1980.

[17]文物出版社资料室. 扬州八怪[M]. 北京:文物出版社,1981.

[18]文化部文学艺术研究院音乐研究所,北京古琴研究会. 琴曲集成:第1

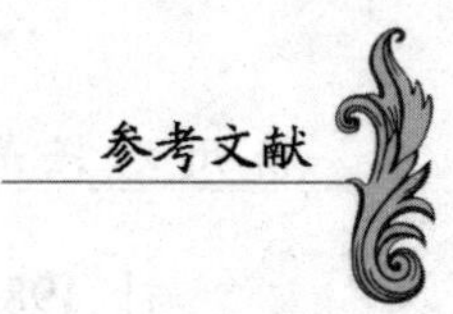

册[M]. 北京:中华书局,1981.

[19]中国人民政治协商会议江苏省兴化县委员会文史资料研究委员会. 兴化文史资料:第5辑[M]. 兴化:政协江苏省兴化县委员会文史资料研究委员会,1982.

[20]王文诰. 苏轼诗集[M]. 孔凡礼,校. 北京:中华书局,1982.

[21]叶恭绰. 全清词钞[M]. 北京:中华书局,1982.

[22]袁枚. 随园诗话[M]. 顾学颉,校点. 北京:人民文学出版社,1982.

[23]潘天寿. 中国绘画史[M]. 上海:上海人民美术出版社,1983.

[24]洪丕谟. 历代题画诗选注[M]. 上海:上海书画出版社,1983.

[25]乔力. 二十四诗品探微[M]. 济南:齐鲁书社,1983.

[26]陈鼓应. 庄子今注今译[M]. 北京:中华书局,1983.

[27]蒲松龄. 聊斋志异:会校会注会评本[M]. 张友鹤,辑校. 上海:上海古籍出版社,1978.

[28]西泠印社编辑部. 梅:梅兰竹菊画谱之一[M]. 杭州:西泠印社,1983.

[29]潘天寿. 潘天寿美术文集[M]. 北京:人民美术出版社,1983.

[30]沈德潜. 清诗别裁集[M]. 上海:上海古籍出版社,1984.

[31]故宫博物院,香港中文大学文物馆. 故宫博物院藏清代扬州画家作品[M]. 北京:故宫博物院,1984.

[32]徐渭. 青藤书屋文集[M]. 北京:中华书局,1985.

[33]尔雅[M]. 郭璞,注. 北京:中华书局,1985.

[34]楼钥. 攻愧集[M]. 北京:中华书局,1985.

[35]刘勰. 文心雕龙[M]. 北京:中华书局,1985.

[36]王士禛,等. 诗问四种[M]. 周维德,笺注. 济南:齐鲁书社, 1985.

[37]徐陵. 玉台新咏笺注[M]. 吴兆宜,注. 程琰,删补. 北京:中华书局,1985.

[38]王象晋. 群芳谱诠释:增补订正[M]. 伊钦恒,诠释. 北京:农业出版社,1985.

[39]李既匋. 高凤翰[M]. 上海:上海人民美术出版社,1985.

[40]林秀薇. 扬州画派[M]. 台北:艺术图书公司,1985.

[41]周积寅,马鸿增,程大利. 江苏历代画家[M]. 南京:江苏古籍出版

社,1985.

[42]周积寅,史金城.中国历代题画诗选注[M].杭州:西泠印社,1985.

[43]方薰.山静居画论[M].北京:中华书局,1985.

[44]卞孝萱.郑板桥全集[M].济南:齐鲁书社,1985.

[45]卞孝萱.扬州八怪诗文集[M].南京:江苏美术出版社,1985.

[46]凌景埏,谢伯阳.全清散曲[M].济南:齐鲁书社,1985.

[47]汪灏.广群芳谱[M].上海:上海书店,1985.

[48]唐圭璋.词话丛编[M].北京:中华书局,1986.

[49]黄宾虹,邓实.美术丛书[M].南京:江苏古籍出版社,1986.

[50]香港艺术馆.乾隆时代绘画展[M].香港:香港市政局,1986.

[51]郑炳纯.郑板桥外集[M].太原:山西人民出版社,1987.

[52]曾国藩.经史百家杂钞[M].长沙:岳麓书社,1987.

[53]陈传席.扬州八怪诗文集2[M].南京:江苏美术出版社,1987.

[54]陈履生.明清花鸟画题画诗选注[M].成都:四川美术出版社,1988.

[55]丁志安.边寿民[M].上海:上海人民美术出版社,1988.

[56]王逸.楚辞章句[M].长沙:岳麓书社,1989.

[57]黄慎.蛟湖诗钞校注[M].丘幼宣,校注.福州:海峡文艺出版社,1989.

[58]钱仲联.清诗纪事[M].南京:江苏古籍出版社,1989.

[59]衣若芬.郑板桥题画文学研究[D].台北:台湾大学,1990.

[60]刘禹锡.刘禹锡集[M].《刘禹锡集》整理组,点校.北京:中华书局,1990.

[61]孔安国.尚书正义[M].孔颖达,等,正义.上海:上海古籍出版社,1990.

[63]毛公.毛诗正义[M].郑玄,笺.孔颖达,等,正义.上海:上海古籍出版社,1990.

[63]郑玄.礼记正义[M].孔颖达,等,正义.上海:上海古籍出版社,1990.

[64]徐世昌.晚晴簃诗汇[M].闻石,点校.北京:中华书局,1990.

[65]杨伯峻.春秋左传注[M].修订本.北京:中华书局,1990.

[66]卞孝萱.扬州八怪年谱(上)[M].南京:江苏美术出版社,1990.

[67]李浚之.清画家诗史[M].北京:中国书店,1990.

[68]周积寅.郑板桥书画集[M].北京:人民美术出版社,1991.

[69]刘文. 魂牵淮甸[M]. 淮阴:淮阴市政协文史资料委员会,1991.
[70]中国地方志集成:江苏府县志辑 54 光绪淮安府志[M]. 南京:江苏古籍出版社,1991.
[71]中国地方志集成:江苏府县志辑 55 同治重修山阳县志民国续[M]. 南京:江苏古籍出版社,1991.
[72]王克捷,郑文光,蔡铁原. 高凤翰编年录[M]. 青岛:青岛出版社,1991.
[73]孙葆田,法伟堂. 山东通志[M]. 上海:上海古籍出版社,1991.
[74]王凤珠,周积寅. 扬州八怪现存画目[M]. 南京:江苏美术出版社,1991.
[75]王凤珠,周积寅. 扬州八怪书画年表[M]. 南京:江苏美术出版社,1992.
[76]蒋华. 扬州八怪题画录[M]. 南京:江苏美术出版社,1992.
[77]薛永年. 扬州八怪考辨集[M]. 南京:江苏美术出版社,1992.
[78]孙龙骅. 高凤翰诗集笺注[M]. 北京:北京师范大学出版社,1993.
[79]胡艺. 扬州八怪年谱(下)[M]. 南京:江苏美术出版社,1993.
[80]王绍曾. 山东文献书目[M]. 济南:齐鲁书社,1993.
[81]郑燮. 板桥家书译注[M]. 华耀祥,顾黄初,译注. 北京:人民文学出版社,1994.
[82]黄天骥,李恒义. 元明词三百首[M]. 长沙:岳麓书社,1994.
[83]蔡若虹,石理俊. 中国古今题画诗词全璧[M]. 石家庄:河北教育出版社,1994.
[84]唐圭璋. 全宋词(上,下)[M]. 郑州:中州古籍出版社, 1996.
[85]顾廷龙,《续修四库全书》编纂委员会. 续修四库全书·一〇八七·子部·艺术类[M]. 上海:上海古籍出版社,1996.
[86]李万才,周积寅. 扬州八怪绘画精品录[M]. 南京:江苏美术出版社,1996.
[87]张郁明,吴岭梅,蒋华,等. 扬州八怪诗文集(三)[M]. 南京:江苏美术出版社,1996.
[88]王伯敏. 中国美术通史(第六卷)[M]. 济南:山东教育出版社,1996.
[89]屈守元,常思春. 韩愈全集校注[M]. 成都:四川大学出版社,1996.
[90]陈邦彦. 历代题画诗[M]. 北京:北京古籍出版社,1996.
[91]金农. 扬州画派书画全集·金农[M]. 天津:天津人民美术出版

社,1996.

[92] 李荣,王世华,黄继林. 扬州方言词典[M]. 南京:江苏教育出版社,1996.

[93]邓国光,曲奉先. 中国花卉诗词全集[M]. 郑州:河南人民出版社,1997.

[94]贾方爵. 基本乐理(修订版)[M]. 重庆:西南师范大学出版社,1997.

[95]上海书店出版社. 历代名画大观·花鸟人物册页[M]. 上海:上海书店出版社,1997.

[96]严可均. 全上古三代秦汉三国六朝文[M]. 石家庄:河北教育出版社,1997.

[97]孔寿山. 中国题画诗大观[M]. 兰州:敦煌文艺出版社,1997.

[98]钱仲联,傅璇琮,王运熙,等. 中国文学大辞典[M]. 上海:上海辞书出版社,1997.

[99]齐森华,陈多,叶长海. 中国曲学大辞典[M]. 杭州:浙江教育出版社,1997.

[100]纪昀,陆锡熊,孙士毅. 钦定四库全书总目(整理本)[M]. 北京:中华书局,1997.

[101]方濬颐. 梦园书画录[M]//徐娟. 中国历代书画艺术论著丛编:第24册. 北京:中国大百科全书出版社,1997.

[102]扬州老年大学《扬州历代诗词》编委会. 扬州历代诗词(二)[M]. 北京:人民文学出版社,1998.

[103]郑燮. 扬州画派书画全集·郑燮[M]. 天津:天津人民美术出版社,1998.

[104]陆游. 剑南诗稿[M]. 长沙:岳麓书社,1998.

[105]方岳. 秋崖诗词校注[M]. 秦效成,校注. 合肥:黄山书社,1998.

[106]周积寅,史金城. 中国历代题画诗选注[M]. 杭州:西泠印社,1998.

[107]丁家桐. 扬州八怪全传[M]. 上海:上海人民出版社,1998.

[108]高凤翰. 扬州画派书画全集·高凤翰[M]. 天津:天津人民美术出版社,1998.

[109]袁枚. 随园诗话[M]. 扬州:江苏广陵古籍刻印社,1998.

[110]吴文治. 宋诗话全编2[M]. 南京:江苏古籍出版社,1998.

[111]北京大学古文献研究所. 全宋诗:第 72 册[M]. 北京:北京大学出版社,1998.

[112]严可均. 全晋文[M]. 北京:商务印书馆,1999.

[113]杨代欣. 中国书画收藏与鉴赏[M]. 成都:巴蜀书社,1999.

[114]中华书局编辑部. 全唐诗 2[M]. 北京:中华书局,1999.

[115]王运熙,顾易生. 清代文论选[M]. 北京:人民文学出版社,1999.

[116]罗聘. 扬州画派书画全集·罗聘[M]. 天津:天津人民美术出版社,1999.

[117]单国霖. 扬州画派研究文集:《扬州画派书画全集》序论汇编[G]. 天津:天津人民美术出版社,1999.

[118]陈浩星. 扬州八怪书画[M]. 澳门:临时澳门市政局澳门艺术博物馆,2000.

[119]边寿民. 扬州画派书画全集·边寿民[M]. 天津:天津人民美术出版社,2000.

[120]汪士慎. 扬州画派书画全集·汪士慎[M]. 天津:天津人民美术出版社,2000.

[121]李方膺. 扬州画派书画全集·李方膺[M]. 天津:天津人民美术出版社,2000.

[122]韩丰聚. 题画诗选释[M]. 石家庄:河北美术出版社,2000.

[123]孟子. 孟子[M]. 杨伯峻,杨逢彬,注. 长沙:岳麓书社,2000.

[124]吴邦治. 鹤关诗集四卷[M]//《四库未收书辑刊》编纂委员会. 四库未收书辑刊 9 辑 28 册. 北京:北京出版社,2000:1 -50.

[125]邓乔彬. 中国绘画思想史[M]. 贵阳:贵州人民出版社,2001.

[126]郑午昌. 中国画学全史[M]. 上海:上海古籍出版社,2001.

[127]蔡云峰. 扬州博物馆藏扬州八怪书画精选[M]. 南京:江苏古籍出版社,2001.

[128]韦明铧. 扬州掌故[M]. 苏州:苏州大学出版社,2001.

[129]韦明铧. 风尘未归客:边寿民、陈撰、杨法、李葂、闵贞合传[M]. 上海:上海人民出版社,2001.

[130]黄俶成. 画仙春秋:李鱓传[M]. 上海:上海人民出版社,2001.

[131]赵慎畛.榆巢杂识[M].北京:中华书局,2001.

[132]李晓廷,蔡芃洋.花之寺僧:罗聘传[M].上海:上海人民出版社,2001.

[133]柯愈春.清人诗文集总目提要[M].北京:北京古籍出版社,2001.

[134]张璋,职承让,张骅,等.历代词话[M].郑州:大象出版社,2002.

[135]边寿民.荣宝斋画谱.古代部分.53.花鸟[M].北京:荣宝斋出版社,2002.

[136]丘幼宣.黄慎研究[M].福州:福建教育出版社,2002.

[137]邵松年.澄兰室古缘萃录十八卷[M]//《续修四库全书》编纂委员会.续修四库全书:一〇八八·子部·艺术类.上海:上海古籍出版社,2002:19-340.

[138]罗聘.香叶草堂诗存一卷[M]//《续修四库全书》编纂委员会.续修四库全书:一四五三·集部·别集类.上海:上海古籍出版社,2002:457-482.

[139]陈传席.中国绘画美学史[M].北京:人民美术出版社,2002.

[140]陆家衡.中国画款题类编[M].北京:人民美术出版社,2002.

[141]吴泽顺.郑板桥集[M].长沙:岳麓书社,2002.

[142]华喦.华喦书画集[M].北京:中国民族摄影艺术出版社,2003.

[143]陈维东,邵玉铮.中华梅兰竹菊诗词选·梅[M].北京:学苑出版社,2003.

[144]袁行霈.陶渊明集笺注[M].北京:中华书局,2003.

[145]黄俶成.扬州八怪诗歌三百首[M].上海:上海人民出版社,2003.

[146]欣弘.清代绘画[M].长沙:湖南美术出版社,2003.

[147]朱一玄,刘毓忱.儒林外史资料汇编[M].天津:南开大学出版社,2003.

[148]宋和修.高凤翰全集[M].北京:中国文联出版社,2005.

[149]盖国梁.中华韵典[M].上海:上海古籍出版社,2004.

[150]俞剑华.中国古代画论类编(上、下)[M].北京:人民美术出版社,2004.

[151]安徽省博物馆.安徽省博物馆藏画[M].北京:文物出版社,2004.

[152]陈戍国.礼记[M].长沙:岳麓书社,2004.

[153]陈鼓应,赵建伟. 周易今注今译[M]. 北京:商务印书馆,2005.

[154]周积寅. 中国画论辑要[M]. 南京:江苏美术出版社,2005.

[155]曹惠民,李红权. 郑板桥诗文书画全集[M]. 北京:中国言实出版社,2005.

[156]毛建波,江吟,张素琪. 板桥题画[M]. 杭州:西泠印社出版社,2006.

[157]丁福保. 历代诗话续编[M]. 北京:中华书局, 2006.

[158]赵昌智,祝竹. 中国篆刻史[M]. 上海:上海人民出版社,2006.

[159]范成大. 范石湖集[M]. 富寿荪,标校. 上海:上海古籍出版社,2006.

[160]曹惠民,陈伉. 扬州八怪全书[M]. 北京:中国言实出版社,2006.

[161]潘运告. 中国历代画论选(上、下)[M]. 长沙:湖南美术出版社,2007.

[162]杨臣彬. 扬州绘画[M]. 上海:上海科学技术出版社,2007.

[163]吴企明,史创新. 题画词与词意画[M]. 昆明:云南人民出版社,2007.

[164]李璟,李煜. 南唐二主词校订[M]. 王仲闻,校订. 北京:中华书局, 2007.

[165]周积寅. 中国历代画论:掇英·类编·注释·研究[M]. 南京:江苏美术出版社, 2007.

[166]高凤翰. 南阜山人诗集类稿[G]//韩寓群. 山东文献集成:第1辑37册. 济南:山东大学出版社,2007.

[167]俞剑华. 中国古代画论类编[M]. 北京:人民美术出版社,2007.

[168]政协靖江市委员会学习文史委员会. 靖江文史资料:第十八辑方言熟语汇编[G]. [出版地不详]:政协靖江市委员会学习文史委员会,2007.

[169]吴志允. 郑板桥题画诗文研究[D]. 济南:山东师范大学,2007.

[170]孔六庆. 中国画艺术专史·花鸟卷[M]. 南昌:江西美术出版社,2008.

[171]祁志祥. 中国美学通史:第1卷[M]. 北京:人民出版社, 2008.

[172]韩格平,沈薇薇,韩璐,等. 全魏晋赋校注[M]. 长春:吉林文史出版社,2008.

[173]华耀祥. 郑板桥诗词笺注[M]. 扬州:广陵书社,2008.

[174]《清代诗文集汇编》编纂委员会. 清代诗文集汇编:200[G]. 上海:上海古籍出版社,2009.

[175]葛路.中国画论史[M].北京:北京大学出版社,2009.

[176]陈水云,陈晓红.梁章钜科举文献二种校注[M].武汉:武汉大学出版社,2009.

[177]欧阳修.欧阳修诗文集校笺[M].洪本健,校笺.上海:上海古籍出版社,2009.

[178]刘继才.中国题画诗发展史[M].沈阳:辽宁人民出版社,2010.

[179]汪士慎.巢林集四卷[G]//《清代诗文集汇编》编纂委员会.清代诗文集汇编:259.上海:上海古籍出版社,2010:229-260.

[180]高凤翰.南阜山人诗集类稿七卷[G]//《清代诗文集汇编》编纂委员会.清代诗文集汇编:253.上海:上海古籍出版社,2010:37-102.

[181]金农.冬心先生集四卷[G]//《清代诗文集汇编》编纂委员会.清代诗文集汇编:263.上海:上海古籍出版社,2010:45.

[182]陈师曾.中国绘画史[M].北京:中华书局,2010.

[183]贺万里,华干林.扬州八怪研究概览:清代扬州画派研究会成立30年纪念文集[G].南京:东南大学出版社,2010.

[184]张瑞媛.《全宋词》所涉乐器与宋词关系研究[D].重庆:西南大学,2010.

[185]张传友.古代花鸟画论备要[M].北京:人民美术出版社,2010.

[186]边寿民.中国画大师经典系列·边寿民[M].北京:中国书店,2011.

[187]贾宗普.公安派文学思想研究[M].北京:中国社会科学出版社,2011.

[188]周积寅.中国画论大辞典[M].南京:东南大学出版社,2011.

[189]兰拉成.清代散曲研究[M].北京:中国社会科学出版社,2011.

[190]彭玉平.诗文评的体性[M].北京:北京大学出版社,2012.

[191]中国艺术研究院音乐研究所《中国音乐词典》编辑部.中国音乐词典[M].北京:人民音乐出版社,2012.

[192]周振甫.文心雕龙今译:附词语简释[M].北京:中华书局,2013.

[193]谈晟广.浮玉山居:宋元画史演变脉络中的钱选[M].北京:中华书局,2013.

[194]龙榆生.词学十讲[M].北京:商务印书馆,2017.

[195]王思宇.长相思:中国历代恋情诗[M].沈阳:辽宁人民出版社,2018.

[196]滋芜.扬州八怪题画诗考释[M].武汉:武汉大学出版社,2020.

二、期刊、报纸等

[1]赵俪生.论清中叶扬州画派中的“异端”特质——为“红楼梦”讨论助一澜[J].文史哲,1956(2):57-61.

[2]丁志安.罗聘家世考[J].江苏大学学报(高教研究版),1982,(2):92-94.

[3]薛锋.谈扬州八怪的诗画结合[J].美术研究,1983(2):64-66.

[4]卞孝萱.《板桥题画》非郑燮所编、刻、印[J].社会科学战线,1983(3):314-319.

[5]卞孝萱.《板桥题画》刻本与墨迹勘对[J].美苑,1984(2):47-49.

[6]郑奇.陈玉几的诗与画[J].扬州师院学报(社会科学版),1986(3):151-154.

[7]钟鸣天.漫谈郑板桥题画诗的美学意义[J].驻马店师专学报,1988(2):10-14.

[8]王伯敏.“扬州八怪”之所以“怪”——在香港中文大学文物馆答客问[J].扬州师院学报(社会科学版),1988(4):150-155.

[9]赵丽华.郑板桥题画诗文的美学价值[J].西南民族学院学报(哲学社会科学版),1992(3):76-81.

[10]徐建融.“扬州八怪”批判[J].文艺研究,1993(6):132-146.

[11]黄俶成.八十年来扬州八怪之研究[J].文史知识,1994(1):112-116.

[12]孔寿山.论中国的题画诗[J].文艺理论与批评,1994(6):105-109.

[13]刘晔.读扬州八怪的兰菊题画诗[J].艺苑(美术版),1995(4):49-52.

[14]张如安.陈撰生平事迹考略[J].宁波师院学报(社会科学版),1996,18(4):95-99.

[15]马兴荣.论题画词[J].抚州师专学报,1997(4):7-13.

[16]邓乔彬.论金农画跋及其文人画的原型精神[J].浙江大学学报(人文社会科学版),2000,30(1):36-43.

[17]东方乔.题画诗源流考辨[J].河北学刊,2002,22(4):97-100.

[18]王世华.说“魃(八)怪”[J].扬州大学学报(人文社会科学版),2002,6

(5):42-44,50.

[19]谈云雷.扬州八怪的题画诗与市场意识[J].常州师范专科学校学报,2003,21(5):29-31.

[20]朱崇才.唐宋词乐谱何以“失传”[J].西南民族大学学报(人文社科版),2006,(12):201-204.

[21]卞孝萱.闵贞不在“扬州八怪”论[J].古籍整理研究学刊,2007(1):6-8.

[22]郗文倩.汉代图画人物风尚与赞体的生成流变[J].文史哲,2007(3):86-93.

[23]蒋将.题画诗的史料价值——以敝斋皮藏的李吉寿、李鱓画作为例[J].新学术,2007(4):44-45,27.

[24]周延,余红微.论扬州八怪的题画[J].新疆艺术学院学报,2008,6(1):64-67.

[25]张兵,张毓洲.清代文字狱的整体状况与清人的载述[J].西北师大学报(社会科学版),2008,45(6):62-70.

[26]张一民.边寿民题画诗词拾遗[EB/OL].[2008-06-20] http://blog.sina.com.cn/s/blog_4e5341fe01009nbr.html.

[27]也说闵贞与“扬州八怪”[N].扬州日报,2011-06-23(T01).

[28]杨飞飞.汪世慎题画诗的审美意趣[J].数位时尚(新视觉艺术),2011(2):103-104.

[29]黄雯.浅谈黄慎的题画诗的思想内容[J].大观周刊,2012(1):85.

[30]易闻晓.论汉代赋颂文体的交越互用[J].文学评论,2012(1):49-54.

附录

一、“扬州八怪”生卒年对照表

干支	公元	年号	陈撰	华嵒	高凤翰	边寿民	汪士慎	李鱓	金农	黄慎	高翔	李葂	郑燮	李方膺	杨法	闵贞	罗聘
戊午	1678	康熙十七年	1														
己未	1679	康熙十八年	2														
庚申	1680	康熙十九年	3														
辛酉	1681	康熙二十年	4														
壬戌	1682	康熙二十一年	5	1													
癸亥	1683	康熙二十二年	6	2	1												
甲子	1684	康熙二十三年	7	3	2	1											
乙丑	1685	康熙二十四年	8	4	3	2											
丙寅	1686	康熙二十五年	9	5	4	3	1	1									
丁卯	1687	康熙二十六年	10	6	5	4	2	2	1	1							
戊辰	1688	康熙二十七年	11	7	6	5	3	3	2	2	1						
己巳	1689	康熙二十八年	12	8	7	6	4	4	3	3	2						
庚午	1690	康熙二十九年	13	9	8	7	5	5	4	4	3						
辛未	1691	康熙三十年	14	10	9	8	6	6	5	5	4	1					
壬申	1692	康熙三十一年	15	11	10	9	7	7	6	6	5	2					
癸酉	1693	康熙三十二年	16	12	11	10	8	8	7	7	6	3	1				
甲戌	1694	康熙三十三年	17	13	12	11	9	9	8	8	7	4	2				
乙亥	1695	康熙三十四年	18	14	13	12	10	10	9	9	8	5	3	1			
丙子	1696	康熙三十五年	19	15	14	13	11	11	10	10	9	6	4	2	1		
丁丑	1697	康熙三十六年	20	16	15	14	12	12	11	11	10	7	5	3	2		
戊寅	1698	康熙三十七年	21	17	16	15	13	13	12	12	11	8	6	4	3		
己卯	1699	康熙三十八年	22	18	17	16	14	14	13	13	12	9	7	5	4		

续表

干支	公元	年号	陈撰	华嵒	高凤翰	边寿民	汪士慎	李鱓	金农	黄慎	高翔	李葂	郑燮	李方膺	杨法	闵贞	罗聘
庚辰	1700	康熙三十九年	23	19	18	17	15	15	14	14	13	10	8	6	5		
辛巳	1701	康熙四十年	24	20	19	18	16	16	15	15	14	11	9	7	6		
壬午	1702	康熙四十一年	25	21	20	19	17	17	16	16	15	12	10	8	7		
癸未	1703	康熙四十二年	26	22	21	20	18	18	17	17	16	13	11	9	8		
甲申	1704	康熙四十三年	27	23	22	21	19	19	18	18	17	14	12	10	9		
乙酉	1705	康熙四十四年	28	24	23	22	20	20	19	19	18	15	13	11	10		
丙戌	1706	康熙四十五年	29	25	24	23	21	21	20	20	19	16	14	12	11		
丁亥	1707	康熙四十六年	30	26	25	24	22	22	21	21	20	17	15	13	12		
戊子	1708	康熙四十七年	31	27	26	25	23	23	22	22	21	18	16	14	13		
己丑	1709	康熙四十八年	32	28	27	26	24	24	23	23	22	19	17	15	14		
庚寅	1710	康熙四十九年	33	29	28	27	25	25	24	24	23	20	18	16	15		
辛卯	1711	康熙五十年	34	30	29	28	26	26	25	25	24	21	19	17	16		
壬辰	1712	康熙五十一年	35	31	30	29	27	27	26	26	25	22	20	18	17		
癸巳	1713	康熙五十二年	36	32	31	30	28	28	27	27	26	23	21	19	18		
甲午	1714	康熙五十三年	37	33	32	31	29	29	28	28	27	24	22	20	19		
乙未	1715	康熙五十四年	38	34	33	32	30	30	29	29	28	25	23	21	20		
丙申	1716	康熙五十五年	39	35	34	33	31	31	30	30	29	26	24	22	21		
丁酉	1717	康熙五十六年	40	36	35	34	32	32	31	31	30	27	25	23	22		
戊戌	1718	康熙五十七年	41	37	36	35	33	33	32	32	31	28	26	24	23		
己亥	1719	康熙五十八年	42	38	37	36	34	34	33	33	32	29	27	25	24		
庚子	1720	康熙五十九年	43	39	38	37	35	35	34	34	33	30	28	26	25		
辛丑	1721	康熙六十年	44	40	39	38	36	36	35	35	34	31	29	27	26		
壬寅	1722	康熙六十一年	45	41	40	39	37	37	36	36	35	32	30	28	27		
癸卯	1723	雍正元年	46	42	41	40	38	38	37	37	36	33	31	29	28		
甲辰	1724	雍正二年	47	43	42	41	39	39	38	38	37	34	32	30	29		
乙巳	1725	雍正三年	48	44	43	42	40	40	39	39	38	35	33	31	30		
丙午	1726	雍正四年	49	45	44	43	41	41	40	40	39	36	34	32	31		
丁未	1727	雍正五年	50	46	45	44	42	42	41	41	40	37	35	33	32		
戊申	1728	雍正六年	51	47	46	45	43	43	42	42	41	38	36	34	33		
己酉	1729	雍正七年	52	48	47	46	44	44	43	43	42	39	37	35	34		
庚戌	1730	雍正八年	53	49	48	47	45	45	44	44	43	40	38	36	35	1	
辛亥	1731	雍正九年	54	50	49	48	46	46	45	45	44	41	39	37	36	2	
壬子	1732	雍正十年	55	51	50	49	47	47	46	46	45	42	40	38	37	3	
癸丑	1733	雍正十一年	56	52	51	50	48	48	47	47	46	43	41	39	38	4	1

续表

干支	公元	年号	陈撰	华嵒	高凤翰	边寿民	汪士慎	李鱓	金农	黄慎	高翔	李葂	郑燮	李方膺	杨法	闵贞	罗聘
甲寅	1734	雍正十二年	57	53	52	51	49	49	48	48	47	44	42	40	39	5	2
乙卯	1735	雍正十三年	58	54	53	52	50	50	49	49	48	45	43	41	40	6	3
丙辰	1736	乾隆元年	59	55	54	53	51	51	50	50	49	46	44	42	41	7	4
丁巳	1737	乾隆二年	60	56	55	54	52	52	51	51	50	47	45	43	42	8	5
戊午	1738	乾隆三年	61	57	56	55	53	53	52	52	51	48	46	44	43	9	6
己未	1739	乾隆四年	62	58	57	56	54	54	53	53	52	49	47	45	44	10	7
庚申	1740	乾隆五年	63	59	58	57	55	55	54	54	53	50	48	46	45	11	8
辛酉	1741	乾隆六年	64	60	59	58	56	56	55	55	54	51	49	47	46	12	9
壬戌	1742	乾隆七年	65	61	60	59	57	57	56	56	55	52	50	48	47	13	10
癸亥	1743	乾隆八年	66	62	61	60	58	58	57	57	56	53	51	49	48	14	11
甲子	1744	乾隆九年	67	63	62	61	59	59	58	58	57	54	52	50	49	15	12
乙丑	1745	乾隆十年	68	64	63	62	60	60	59	59	58	55	53	51	50	16	13
丙寅	1746	乾隆十一年	69	65	64	63	61	61	60	60	59	56	54	52	51	17	14
丁卯	1747	乾隆十二年	70	66	65	64	62	62	61	61	60	57	55	53	52	18	15
戊辰	1748	乾隆十三年	71	67	66	65	63	63	62	62	61	58	56	54	53	19	16
己巳	1749	乾隆十四年	72	68	67	66	64	64	63	63	62	59	57	55	54	20	17
庚午	1750	乾隆十五年	73	69		67	65	65	64	64	63	60	58	56	55	21	18
辛未	1751	乾隆十六年	74	70		68	66	66	65	65	64	61	59	57	56	22	19
壬申	1752	乾隆十七年	75	71		69	67	67	66	66	65	62	60	58	57	23	20
癸酉	1753	乾隆十八年	76	72			68	68	67	67	66	63	61	59	58	24	21
甲戌	1754	乾隆十九年	77	73			69	69	68	68		64	62	60	59	25	22
乙亥	1755	乾隆二十年	78	74			70	70	69	69		65	63	61	60	26	23
丙子	1756	乾隆二十一年	79	75			71	71	70	70			64		61	27	24
丁丑	1757	乾隆二十二年	80				72	72	71	71			65		62	28	25
戊寅	1758	乾隆二十三年	81				73	73	72	72			66		63	29	26
己卯	1759	乾隆二十四年					74	74	73	73			67		64	30	27
庚辰	1760	乾隆二十五年						75	74	74			68		65	31	28
辛巳	1761	乾隆二十六年						76	75	75			69		66	32	29
壬午	1762	乾隆二十七年						77	76	76			70		67	33	30
癸未	1763	乾隆二十八年							77	77			71			34	31
甲申	1764	乾隆二十九年								78			72			35	32
乙酉	1765	乾隆三十年								79			73			36	33
丙戌	1766	乾隆三十一年								80						37	34
丁亥	1767	乾隆三十二年								81						38	35

续表

干支	公元	年号	陈撰	华喦	高凤翰	边寿民	汪士慎	李鱓	金农	黄慎	高翔	李葂	郑燮	李方膺	杨法	闵贞	罗聘
戊子	1768	乾隆三十三年								82						39	36
己丑	1769	乾隆三十四年								83						40	37
庚寅	1770	乾隆三十五年								84						41	38
辛卯	1771	乾隆三十六年														42	39
壬辰	1772	乾隆三十七年														43	40
癸巳	1773	乾隆三十八年														44	41
甲午	1774	乾隆三十九年														45	42
乙未	1775	乾隆四十年														46	43
丙申	1776	乾隆四十一年														47	44
丁酉	1777	乾隆四十二年														48	45
戊戌	1778	乾隆四十三年														49	46
己亥	1779	乾隆四十四年														50	47
庚子	1780	乾隆四十五年														51	48
辛丑	1781	乾隆四十六年														52	49
壬寅	1782	乾隆四十七年														53	50
癸卯	1783	乾隆四十八年														54	51
甲辰	1784	乾隆四十九年														55	52
乙巳	1785	乾隆五十年														56	53
丙午	1786	乾隆五十一年														57	54
丁未	1787	乾隆五十二年														58	55
戊申	1788	乾隆五十三年														59	56
己酉	1789	乾隆五十四年														60	57
庚戌	1790	乾隆五十五年														疑	58
辛亥	1791	乾隆五十六年															59
壬子	1792	乾隆五十七年															60
癸丑	1793	乾隆五十八年															61
甲寅	1794	乾隆五十九年															62
乙卯	1795	乾隆六十年															63
丙辰	1796	嘉庆元年															64
丁巳	1797	嘉庆二年															65
戊午	1798	嘉庆三年															66
己未	1799	嘉庆四年															67

二、"扬州八怪"题画诗词研究论文及专著目录

(一)综合

薛锋.谈扬州八怪的诗画结合[J].美术研究,1983(2):64-66.

刘晔.读扬州八怪的兰菊题画诗[J].艺苑(美术版),1995(4):49-52.

谈云雷.扬州八怪的题画诗与市场意识[J].常州师范专科学校学报,2003,21(5):29-31.

周延,余红微.论扬州八怪的题画[J].新疆艺术学院学报,2008,6(1):64-67.

蒋华.扬州八怪题画录[M].南京:江苏美术出版社,1992.

(二)个案

郑奇.陈玉几的诗与画[J].扬州师院学报(社会科学版),1986(3):151-154.

赖元冲.试析华岩的题画诗[J].龙岩师专学报(社会科学版),1989,7(1):51-57.

景献钰.华嵒和他的题画诗[J].东南传播,2007(1):116-118.

景献钰.华嵒题画诗研究[D].福州:福建师范大学,2007.

罗继祖.边寿民《泼墨》及《苇间书屋》图跋[J].扬州师院学报(社会科学版),1984(1):120.

张一民.边寿民题画诗词拾遗[EB/OL].[2008-06-20].http://blog.sina.com.cn/s/blog_4e5341fe01009nbr.html.

蒋将.题画诗的史料价值——以敝斋庋藏的李吉寿、李鱓画作为例[J].新学术,2007(4):44-45,27.

赵钲.画家本质是诗人(上)——从李鱓题画诗略论画家诗词创作对中国画创作的影响[J].荣宝斋,2009(6):84-91.

赵钲.画家本质是诗人(下)——从李鱓题画诗略论画家诗词创作对中国画创作的影响[J].荣宝斋,2010(1):76-85.

庄申.李鱓诗钞:"扬州八怪"未刊诗之一[M]//大陆杂志社.大陆杂志

语文丛书第三辑第四册:文学·诗词·书画.台北:大陆杂志社,1975:277-284.

王向东,黄强.李鱓题画诗论[J].扬州大学学报(人文社会科学版),2014,18(4):116-120.

李伟铭.关于金农题画与诗文的著述[J].新美术.1989(2):57-63.

王黎明.不趋时流 别出心机——金农画跋中的美学思想浅论[J].湛江师范学院学报(哲学社会科学版),1999,20(1):70-72.

邓乔彬.论金农画跋及其文人画的原型精神[J].浙江大学学报(人文社会科学版),2000,30(1):36-43.

刘静平.丛篁一枝 出之灵府——金农画竹与题跋中禅意的建构与表达[J].文物世界,2006(2):50-51.

金圣容.金农题画文学研究[D].台中:逢甲大学中国文化研究所,2003.

源川彦峰.题画记かう见た金冬心の芸术论[J].二松学舍大学人文论丛,2000(10):85.

黄雯.浅谈黄慎的题画诗的思想内容[J].大观周刊,2012(1):85.

潘茂.郑板桥题画[N].文汇报,1961-11-23.

洪达.读郑板桥的题竹诗[N].南方日报,1979-01-07.

何早梅.郑板桥的题竹诗[N].新华日报,1980-12-21.

张蔷.郑板桥画竹与咏竹[J].南京艺术学院学报(音乐与表演),1981(2):19-20.

何浩坤.郑板桥的题竹诗[N].广州日报,1981-11-01.

卞孝萱.《板桥题画》非郑燮所编、刻、印[J].社会科学战线,1983(3):314-319.

卞孝萱.《板桥题画》刻本与墨迹勘对[J].美苑,1984(2):47-49.

段继山.从板桥题画抒情诗看抒情主人公的性格特征[J].佳木斯教育学院学报,1987(4):32-36.

厉企文.郑板桥画竹拾零[J].温州师范学院学报(社会科学版),1987(3):88.

张汉清,方弢.咏竹咏兰咏石 有节有香有骨——郑板桥题画诗思想价值漫评[J].大理师专学报(哲学社会科学版),1988(2):57-60.

钟鸣天.漫谈郑板桥题画诗的美学意义[J].驻马店师专学报,1988(2):10－14.

韩晓光.试论郑板桥的题画诗[J].潍坊教育学院学报(综合版),1989(1):31－36,69.

赵丽华.郑板桥题画诗文的美学价值[J].西南民族学院学报(哲学社会科学版),1992(3):76－81.

洛少波.诗含画意 画寓诗情——郑板桥题画诗谈片[J].艺术探索,1992(2):70－74.

姜一涵.论郑板桥的兰竹画及其题画诗[J].美育,1993(2):1－10.

路景云.郑燮题画诗文浅识[J].河北师范大学学报(社会科学版),1995,18(4):67－72.

江根源.适性率真 风流千古——浅论郑板桥题画之美学价值[J].浙江师大学报(社会科学版),1995(2):24－28.

林同.郑板桥的题画诗[J].新疆大学学报(哲学社会科学版),1996,24(1):97－101.

广华.郑燮《题画竹》一解[J].新乡师专学报(社会科学版),1997,11(1):27－28.

江其田.爱读板桥题画诗[J].劳动世界,1999(5):45.

曹津源.一枝一叶总关情——郑板桥题画竹诗赏读[J].语文知识,2002(2):16－17.

杨振宇.通往图像的途中——对郑板桥一则题画的现象学描述[J].新美术,2003(1):55－60.

林柏峰.论郑板桥绘画题跋[J].运城学院学报,2003,21(2):59－61.

沈鸿鑫.郑板桥的题画[J].上海艺术家,2004(1):40－41.

李荣.试论艺术创作的过程——读郑板桥为《竹》“题画”有感[J].艺术教育,2004(6):75.

毛建波,江吟,张素琪.板桥题画[M].杭州:西泠印社出版社,2006.

刘世渡.郑板桥先生百首题兰画诗、词及跋文鉴赏(上)[J].中国西部科技,2006(21):28－31.

刘世渡.郑板桥先生百首题兰画诗、词及跋文鉴赏(中)[J].中国西部科技,2006(27):28-31.

刘世渡.郑板桥先生百首题兰画诗、词及跋文鉴赏(下)[J].中国西部科技,2006(33):29-33.

吴志允.郑板桥题画诗文研究[D].济南:山东师范大学,2007.

孙学锋.审美意象下的“画竹三段论”论析——兼谈郑燮题画对“意境”的丰富和发展[J].吉林广播电视大学学报,2009(5):109-112.

王冰.浅论郑板桥的题画诗[J].经典教苑,2009(9):76-77.

钟一鸣.论郑板桥题画诗的“三美”[J].学习与实践,2009(5):159-163.

丁韵.兰芳竹劲石风骨——由板桥诗文看其人格风貌与文化心态[J].黑龙江教育学院学报,2010,29(11):106-108.

范杰.论郑板桥题画诗的艺术特色和价值——读《郑板桥集》有感[J].大众文艺,2010(22):103-104.

马宇清.郑板桥题画诗的艺术个性[J].作家,2011(24):114-115.

张玉红.萧萧风竹见真情——郑板桥题画竹诗赏读[J].阅读与鉴赏(下旬刊),2011(4):5-6.

范震.郑板桥题画诗的艺术价值分析[J].艺术科技,2013(6):3.

金晓东.细查·凝思·妙——读郑板桥题画竹有感[N],文汇报,1978-11-05.

李栖.郑板桥的题画诗[J].艺文志,1982(8):55-59.

卞孝萱.新发现的郑板桥题画残稿[C]//冯尔康,等.扬州研究:江都陈轶群先生百龄冥诞纪念论文集.台北:联经出版公司,1996.

林君仪.郑板桥咏竹题画诗研究[C]//骞翮青云.玄奘大学中国语文研究所第一届校友学术研讨会论文集.新竹:玄奘大学中国语文研究所,2004.

源川彦峰.郑板桥の艺术-题画诗に込められた哲学[J].二松学舍大学论集,2004.

SHI M F. Poetry - calligraphy - painting: The aesthetics of Xing in Zheng Xie (1693-1765) and Zhu Da (1626-1705)[J]. Dissertation abstracts international section: A,57(12):5141.

三、郑燮题画诗词辑佚

（一）题画诗

作品主题或题目	作品全文	出处①	落款	备注
兰	根之茂兮土弗离，花之美兮香堪娱；品纵杂兮叶与扶持，总不若风吹女（汝）兮，花叶依依。	《郑板桥外集》第165页	板桥	原作：二弟在家不肯读书，屡劝不信。吾惟画兰蕙以解其恼，并仿此离骚句："根之茂兮土弗离……"
兰	叶长花则少，叶少花则多。 世上有余不尽，英雄豪杰如何！	《郑板桥文集》第211页		
兰	风虽狂，叶不扬；品既雅，花亦香。 问是谁与友，是我郑大郎。 友他在空谷，不喜见炎凉。 愿吾后嗣子，婚媾结如兰。	《郑板桥外集》第172－173页		
兰	叶短而力，花劲而逸。 永其香，淡其色。 邦国之瑞，山林之客。	《郑板桥外集》第175页		
兰	一叶翩，一叶拂。浊中清，清中浊。 画家若识此中情，何患一门无酒肉。	《郑板桥外集》第176页		原作："一叶翩，……"这等说，不过要画家知道意在笔先耳。

① 表中仅列书名及页码，具体版本信息见表后注。如有书名相同的情况，则加注出版者以区分。

续表

作品主题或题目	作品全文	出处	落款	备注
兰图	叶自短，花自长。 蓄其力，扬其芳。 花在室，香满堂。	《郑板桥文集》第210页	板桥道人	
兰	两盆兰草，一晚一早。 先后得花，春末夏晓。	《郑板桥文集》第210页		荣华按：《扬州八怪现存画目》第388页有题。
兰	写兰宜省，写石宜冷， 画家妙法，笔底还狠。	《郑板桥文集》第211页		
兰	兰芳叶劲，神柔笔硬， 清品清材，此交可订。	《郑板桥全集》第346页	为慧如大师法正，板桥燮	
兰	时浓而浓，时淡而淡， 惟有素心，终始不变。 有意无意，似兰非兰， 忘情心手，趣在法外。	《郑板桥外集》第176页		
深谷幽兰	不土而花，其根卷挞， 惟山有缝，石烂为沙。 小草无名，实为兰家。 高风迥露，天近其芽。 拂月扫日，搂云切霞， 虎不敢啮，龙不敢爬。	《郑板桥外集》第176页		
兰竹	一干一花，一枝一叶， 荆棘丛中，芳香自洁。 兰不成兰，蕙不成蕙， 板桥老矣，七十三岁。 种竹种竹，毫无尘俗， 依依在牖，秋风四入。 胸无成竹，亦无成兰。 并州快剪剪一段山。 如此境地，高不可攀。	《郑板桥外集》第176页		

续表

作品主题或题目	作品全文	出处	落款	备注
兰	时而有心，时而无心。 唯此幽香，终古常存。	《扬州画派书画全集·郑燮》第157图兰图	板桥	
画兰	兰草写三台，无人敢笔栽。 取得新奇法，墨香吹出来。	《郑板桥文集》第210页	板桥得意写之	
兰	春日渐添长，春兰满径芳。 画家无别个，只画郑家香。	《郑板桥外集》第170页	板桥	
兰	留得根棵大，何怨叶短稀。 春雷潜夜发，香气入云飞。	《郑板桥外集》第171页		
兰	许多含蓄意，不肯露春情， 待过清明后，精华入夏清。	《郑板桥外集》第171页	板桥道人画并题	荣华按：《扬州八怪现存画目》第389页有题，书画册之一。
兰	移自深山处，栽来几案幽， 贞姿香有韵，逸性品无俦。 不媚时人眼，忻从君子游， 任他狂浪蝶，未许恋枝头。	《郑板桥外集》第176页		
兰	兰花不是花，是我眼中人， 难将湘管笔，写出此花神。	《郑板桥外集》第177页		
兰	兰香不是香，是我口中气， 难将湘管笔，写出唇滋味。	《郑板桥外集》第177页		
兰	七十三岁人，五十年画兰， 任他雷雨风，终久不凋残。	《郑板桥外集》第177页		
兰	一笔与两笔，其中皆妙腺， 何能信手挥，不顾前人迹。	《郑板桥外集》第177页		
兰	有根不在地，有花四季开， 怪哉一参透，天机信笔来。	《郑板桥外集》第177页		

续表

作品主题或题目	作品全文	出处	落款	备注
芝兰菖蒲	偏不学花卉，爱作芝兰菖， 喜他清且洁，可涤吾之肠。	《郑板桥外集》第177页		
盆兰	既入芝兰之室，岂无廊庙之材； 虽然盆壶瓦罐，宜兴细做粗胎。	《郑板桥外集》第169页		
丛兰荆棘	荆棘以慰其根，风露以畅其神， 素心不形喜怒，众草亦沾余春。	《郑板桥外集》第177页		
九畹兰	天上文星与酒星，一时欢聚竹西亭； 何劳芍药夸金带，自是千秋九畹青。	《扬州八怪全书（第1卷）》第413页		原作： 乾隆二十一年二月三日，予作一桌会，八人同席，各携百钱以为永日欢。座中三老人、五少年：白门程绵庄、七闽黄瘿瓢、与燮为三老人；丹徒李御萝邨、王文治梦楼、燕京于文浚石乡、全椒金兆燕棕亭、杭州张宾鹤仲谋为五少年。午后济南朱文震青雷又至，遂为九人会。因画九畹兰花以纪其盛。诗曰："天上文星与酒星……"座上以绵庄为最长，故奉上程先生携去。

续表

作品主题或题目	作品全文	出处	落款	备注
兰	板桥道人没分晓，满幅画兰画不了。兰子兰孙百辈多，累尔夫妻直到老。	《郑板桥全集》第344－345页	乾隆辛巳，为两峰罗四兄尊嫂方夫人三十初度。郑燮草稿	
兰	唯君心地有芝兰，种得芝兰十顷宽。尘世纷纷谁识得，老夫拈出与人看。	《郑板桥全集》第345页	乾隆辛巳，为瞻乔老长兄画并题。板桥郑燮	
兰	乌衣子弟何其盛，酷似南朝王谢家。百岁老人多种德，自然九畹尽开花。	《郑板桥全集》第345页	乾隆辛巳，板桥郑燮	
芳兰灵芝	芳兰才向盆中植，便有灵芝地上生。寄语青阳司节候，好春先送济南城。	《郑板桥全集》第404页	会稽陶四达先生时客历城，正偕燕婉，故有此祝。弟板桥郑燮	
兰	峭壁垂兰万箭多，山根碧蕊亦婀娜。天公雨露无私意，分别高低世为何？	《郑板桥全集》第392页	板桥燮	
兰	买得沙壶花正开，化为空谷不凡材。耳闻鼻臭同心语，先在王朝御史台。	《郑板桥全集》第383页	板桥	
兰	叶少花稀根亦微，风前也有暗香飞。何人种我砂盆钵，固本添泥雨后肥。	《郑板桥全集》第384页	板桥居士	
兰	一盆兰草一盆芝，心地栽培几许时。挂取竹枝何用处，拂尘洒露最相宜。	《郑板桥全集》第385页	板桥郑燮	

续表

作品主题或题目	作品全文	出处	落款	备注
兰	身在千山顶上头，突岩深缝妙香稠。非无脚下浮云闹，来不相知去不留。	《郑板桥全集》第372页	乾隆戊寅，鹤洲年学长兄正，板桥道人郑燮写。	荣华按： 1.《扬州画派书画全集·郑燮》第82图山顶妙香图、《郑板桥诗文书画全集》第52页图题此诗，并有此落款。 2.《扬州八怪现存画目》第373页有题。作“身在千山头顶上”。
兰	乌皮小几竹窗纱，堪笑盆栽几箭花。楚雨湘云千万里，青山是我外婆家。	《郑板桥全集》第347页		
兰	世人只晓爱兰花，市买盆栽气味差；明月清风白玉窟，青山是我外婆家。	《郑板桥外集》第167页	乾隆丁丑秋七月板桥老人郑燮画并题	荣华按： 《扬州八怪现存画目》第363页有题。
兰	东风昨夜发灵芽，一片青葱一片花；盎植盆栽殊可笑，青山是我外婆家。	《扬州八怪全书(第1卷)》第139页		荣华按： 《扬州画派书画全集·郑燮》第152图兰竹之三图题此诗。作“板桥写之”。

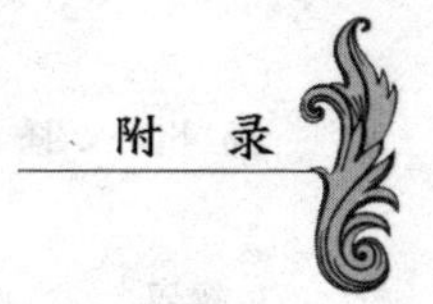

续表

作品主题或题目	作品全文	出处	落款	备注
兰	写来兰叶并无花，写出花枝没叶遮。我辈何能购全局，也须合拢作生涯。	《郑板桥全集》第347页		原作：扬州豪家求余画兰，题曰："写来兰叶并无花……"金寿门见而爱之，即以为赠。题曰："昨宵神女降云峰……"以寿门诗文绝俗也。
兰	昨宵神女降云峰，折得花枝洒碧空。世上凡根与凡叶，岂能安顿在其中？	《郑板桥全集》第347页		原作：扬州豪家求余画兰，题曰："写来兰叶并无花……"金寿门见而爱之，即以为赠。题曰："昨宵神女降云峰……"以寿门诗文绝俗也。
兰	转过青山又一山，幽兰藏躲路回环；众香国里谁能到，容我书呆屋半间。	《郑板桥外集》第166页		荣华按：1.《扬州画派书画全集·郑燮》第176图幽兰图、《郑板桥诗文书画全集》第105页图题此诗。作"板桥郑燮"。2.《扬州八怪现存画目》第375页有题。
兰	世间盆盎空栽植，唯有青山是我家。画入悬崖孤绝处，兰花竹叶两相遮。	《郑板桥外集》第166页	乾隆壬申九秋，板桥居士郑燮写于北海	荣华按：《扬州八怪现存画目》第397页有题。

续表

作品主题或题目	作品全文	出处	落款	备注
盆兰	西江绝妙赣州兰，曾买盆花几上看；画里不知还得似，故乡风露未全乾。	《郑板桥外集》第166页	奉寄冰翁年老先生大人正。板桥郑燮	荣华按：《扬州八怪现存画目》第372页有题。
幽兰	昨日寻春出禁关，家家桃柳却无兰；市廛不是高人住，欲访幽宗定在山。	《郑板桥外集》第166页	板桥郑燮画题	荣华按：《扬州八怪现存画目》第367页有题。
盆兰	买块兰花要整根，神完力足长儿孙；莫嫌今岁花犹少，请看明年花满盆。	《郑板桥外集》第166页	板桥老人郑燮	荣华按：《扬州八怪现存画目》第367、398页有题。
兰石	泰山高绝苦无兰，特写幽姿送宰官；石缝峰腰都布遍，一团秀色尽堪餐。	《郑板桥外集》第167页	恺亭高六弟之任泰安，板桥同学愚兄郑燮作此奉赠，乾隆己巳	荣华按：《扬州八怪现存画目》第398页有题，言乾隆十四年己巳作。
兰	素花心赠素心人，二月风光是好春。他日老夫归去后，对花犹想旧情亲。	《郑板桥外集》第167页		郑炳纯注：《郑板桥书画拓片集》第十五图立幅行书，书二诗，此素花一首在后，前一首诗为“谁剪朝霞一片红，含风浥露上阳宫，太平天子浑无事，笑看杨妃睡态浓”。又曾见旧拓片，只书“太平天子”二句。荣华按：《扬州八怪现存画目》第396页有题。

续表

作品主题或题目	作品全文	出处	落款	备注
盆兰	兰花几箭又添芝，何处寻来问画师；总为一身心上觅，果然培得自然知。	《郑板桥外集》第169页		
兰石	泼墨淋漓拟大家，放开笔下写兰芽；明年长问春消息，富贵连科及第花。	《郑板桥外集》第169页		
兰	素心兰与赤心兰，总把芳心与客看。岂是春风能酿得，曾经霜雪十分寒。	《扬州画派书画全集·郑燮》第43图墨兰图	乾隆癸酉十二月二十有五日，为粹西（张）道友写兰，板桥居士郑燮	荣华按：《郑板桥外集》第170页有此诗但所录落款，少一“张”字。
兰	乱草荒蓬著处埋，兰花无地可安排，想因赋质多灵秀，定要移根上苑栽。	《郑板桥外集》第170页	为锡贶贤契老年侄画并题，板桥郑燮	荣华按：《扬州八怪现存画目》第400页有题。作“乱草荒蓬著处理”。
兰	画兰且莫画盆罂，石缝山腰寄此生。总要完他天趣在，世间栽种枉多神。	《郑板桥外集》第170－171页		
兰	长在山顶怕太高，移来山下又尘嚣。不夷不惠居身好，只在峰峦半截腰。	《郑板桥外集》第171页		
兰	常笑灵筠作《九歌》，歌成十一不为多，即今九畹无拘数，随意拈来蘸墨波。	《郑板桥外集》第171页	板桥	
兰	九畹兰花自千古，兰花不足蕙花补。何事荆榛夹杂生，君子容之更何忤。	《郑板桥外集》第171页	板桥郑燮	
兰	知君本是素心人，画得幽兰为写真，他日江南投老去，竹篱茅舍是芳邻。	《郑板桥外集》第171页	乾隆七年春，为振凡先生画并题，统求教正。板桥弟郑燮拜首	郑炳纯注：卞注云：“此卷为程铎画，有允禧、朱文震、顾元揆、陆恢等题。”

续表

作品主题或题目	作品全文	出处	落款	备注
兰	我在山头兰叶短，尔在山腰兰叶长，后来居上前贤让，定抵先生十倍香。	《郑板桥外集》第171页	晓堂贤友粲正。乾隆乙丑秋八月，板桥居士郑燮画寄	荣华按：《扬州八怪现存画目》第372页有题。
兰	山多兰草却无芝，何处寻来问画师，总要向君心上觅，自家培养自家知。	《扬州画派书画全集·郑燮》第150图兰竹之一图；《郑板桥外集》第172页	板桥又题	荣华按：《郑板桥诗文书画全集》第95页图题此诗。作“板桥郑燮并题”。
兰	少日曾探上苑花，乌纱一顶负烟霞，而今老去亲兰竹，江北江南总是家。	《郑板桥外集》第173页	板桥郑燮	
兰	一峰过去一峰遥，路入三峰近斗杓，兰蕊愈高香欲远，洞庭青草满湖飘。	《郑板桥外集》第174页	板桥	荣华按：《扬州八怪现存画目》第376页有题，疑系伪作。
兰	兰花与竹本相关，总在青山绿水间，霜雪不凋春不艳，笑人红紫作客顽。	《郑板桥外集》第175页	济老年兄，板桥居士郑燮	荣华按：《扬州八怪现存画目》第393页有题。

续表

作品主题或题目	作品全文	出处	落款	备注
兰	蝶蜂有路依稀到，云雾无门不可通，便是东风难着力，自然香在有无中。	《郑板桥外集》第175－176页		原作：鱼以水为家，无水是无鱼也；鸟以树为家，无树是无鸟也；兰以石为家，无石是无兰也。水愈阔，鱼愈巨；林愈茂，鸟愈多；山愈深，兰愈盛。故兰有百年之根，数尺之箭，有数月之花，有数十里之香。人之过之者，闻其香而莫知兰之所在，此则山之妙也。为之诗曰："蝶蜂有路依稀到……"
蕙	从丛蕙草水之涯，绿叶阴深半欲遮，最是清风披拂处，一茎嫩玉九枝花。	《郑板桥外集》第177页		
兰	味自清闲气自芳，如何沦落暗神伤，游人莫谓飘零甚，转眼春风满谷香。	《郑板桥外集》第177页		
兰	不减群芳作色鲜，生成石径力犹坚，却缘冢草休为伍，寂寞空山只自怜。	《郑板桥外集》第177页		
兰	八畹兰花七畹开，天花一畹也须栽，明年定与春光发，只待天门响震雷。	《郑板桥外集》第177－178页		
兰	为买春风二月天，苏松宿草种成田，隔江相望无多路，一到扬州便值钱。	《郑板桥外集》第178页		
兰	一种幽兰信笔栽，不沾雨露四时开，根繁叶密春常在，可惜无香蝶不来。	《郑板桥外集》第178页		

续表

作品主题或题目	作品全文	出处	落款	备注
兰	水殿风漪翠幄凉，丛兰九畹飘芬芳，《离骚》纫作幽人佩，今日方称王者香。	《郑板桥外集》第178页		
兰	林下佳人迥异常，临风无语淡生香，凭谁写作灵均赋，为尔招魂到楚湘。	《郑板桥外集》第178页		
兰	谁向山中挖得来，长枝短叶几花开，先生好把瓯盆买，点石铺苔细细栽。	《郑板桥外集》第178页		
兰	若有香从笔底过，墨如金玉水如珠，欲将孤竹幽兰比，只是夷、齐、屈大夫。	《郑板桥外集》第178页		
兰	浓处清幽淡处香，花开楚畹久名扬，暖风意入高人手，移得金盆上玉堂。	《郑板桥外集》第178页		
兰	记得江南雨后山，春风香吐万峰寒，而今老去无寻处，到处逢人画竹兰。	《郑板桥外集》第178页		
兰	悔贪卖画几文钱，辜负乡关兰蕙天，晚饭得鱼逢网户，知心同醉素心前。	《郑板桥外集》第178页		
兰	古今作画本来难，势要匆忙气要闲，着意临摹全不是，会心只在有无间。	《郑板桥外集》第178页		
兰	四块兰花三块开，中间一块且迟回；世间万事从容好，直待春闺兰复来。	《郑板桥外集》第179页	板桥郑燮	
兰蕙空缸	兰蕙种种要栽盆，无数英雄挤破门。不如画个空缸在，好与山人作酒樽。	《郑板桥外集》第183页	板桥记	
兰	幽处风微淡雪香，托根九畹与三湘，画成一幅将人去，惭愧秦淮马四娘。	《郑板桥外集》第186－187页		
盆兰	画得幽兰在瓦盆，西施未出苎萝村。天然秀骨非容易，笔底分明有露痕。	《扬州画派书画全集·郑燮》第27图盆兰图	乾隆十五年岁在庚午夷□□十有八日板桥居士郑燮写于华不注山下	

续表

作品主题或题目	作品全文	出处	落款	备注
兰	知君胸次有幽兰,竹影相扶秀可餐。世上那无荆棘刺,大人容纳百千端。	《扬州画派书画全集·郑燮》第228图兰竹石图	绍言老寅长兄教画。板桥弟郑燮	荣华按:《郑板桥诗文书画全集》第142页题此诗,并有此落款。
兰	一幅青山叠又高,竹枝兰叶两萧萧。山中樵子曾相约,二月春和去结茅。	《扬州画派书画全集·郑燮》第46图兰竹石图	乾隆癸酉写似圣翁老年台政画,板桥道人郑燮	
兰竹石	石多于兰,兰多于竹, 无紫无红,惟青维绿, 是为君子之谷。	《郑板桥外集》第167页	乾隆壬午郑燮画并题	
兰竹	两峰夹兰竹,幽香在空谷, 何必世人知,相知有樵牧。	《郑板桥外集》第173页	郑板桥	
兰竹	少少数枝兰,萧萧几片竹。 会得幽人怀,山居意已足。 世间桃李花,红紫媚金屋。 应笑画手迂,总不入时目。 吾亦笑胭脂,太欺吾黑墨。	《郑板桥外集》第177页		
兰竹	竹叶兰花清耿耿,飞来一片流泉冷。若要山头写白云,还须道士陶弘景。	《郑板桥外集》第172页	乾隆戊寅,板桥郑燮	
兰竹图轴	官罢囊空两袖寒,聊凭卖画佐朝餐。最惭吴隐奁钱薄,赠尔春风几笔兰。	《郑板桥外集》第166页	乾隆戊寅,板桥老人为二女适袁氏者作	荣华按:《扬州八怪现存画目》第363页有题。

续表

作品主题或题目	作品全文	出处	落款	备注
兰竹	峤壁飞流万丈孤，兀然仙境世间无，兰芳竹翠幽浑处，置个丹炉与茗炉。	《郑板桥外集》第172页		原作：板桥居士既为陶道人作满山兰竹矣，流泉之东，不得更着一花一叶，又惧其淡寂，乃复题二十八字以实之："峤壁飞流万丈孤……"
兰竹	昨夜大醉不能画，今日作画还酒价，价有余钱更饮之，喷出竹兰颇潇洒。兰花不过十数箭，竹枝只堪盈一把，却是清光伴读书，与君相伴寒灯下。	《郑板桥外集》第174页	板桥郑燮	荣华按：《扬州八怪现存画目》第392页有题。
兰竹	半边修竹半边兰，碧叶清芬满近山，总是一团春夏意，略无秋气杂其间。	《郑板桥外集》第175页	板桥老人郑燮	
兰竹	君是兰花我竹枝，峰前相对免相思，世人只作红尘梦，那晓清风皓露时。	《郑板桥外集》第175页	板桥燮	
兰竹	梅花香里雪初晴，谁扣柴扉索画图，倩我写兰兼写竹，湘云湘雨两模糊。	《郑板桥外集》第179页		
兰	全抛忧□嗔□□，事□□华笑水仙。一干一花□□□，一干数花花可怜。	《扬州画派书画全集·郑燮》第203图兰竹册之四	山谷论兰花，一干一花者为上，一干数花者次之	荣华按：《扬州八怪全书(第1卷)》第69页图题此诗，并有此落款。为同一图。图上有几处模糊不清，无法辨认。
兰石	兰之气清，石之体静，清则久，静则寿。	《郑板桥外集》第179页		
兰石芝	山中自有兰，人人寻不到，千岩万壑深，但闻波浩浩。	《郑板桥外集》第183页		

续表

作品主题或题目	作品全文	出处	落款	备注
兰石	小小茅斋也有山，芳兰种在石中间，春风何限阶庭秀，当得三秋桂子攀。	《郑板桥外集》第173页	遮康年学老世兄弄璋之庆，作此贺之。板桥郑燮	荣华按：《扬州八怪现存画目》第386页有题。
兰石	兰为桩主石为宾，石势翻成大王人，总是世间无定局，画工随便付陶钧。	《郑板桥外集》第175页	板桥郑燮	荣华按：《扬州八怪现存画目》第370页有题。作“兰为椿主石为宾”。
兰石	不滋不蔓土芳心，空谷无人自赏音，读罢《离骚》清玩久，满怀真趣托瑶琴。	《郑板桥外集》第179页		荣华按：“土”疑为“吐”。
竹石	石如叟，竹如孙， 或老或幼皆可人。	《郑板桥外集》第162页	板桥	荣华按： 1.《扬州画派书画全集·郑燮》第215图兰竹册之三、《郑板桥诗文书画全集》第114页图题此诗，并有此落款。 2.《扬州八怪现存画目》第365、373页有题。
竹	直其节，虚其心， 可以廊庙，可以山林。	《郑板桥外集》第159页		
竹石	竹也瘦，石也瘦， 不讲雄豪，只求纤秀。 七十老人尚留得少年气候。	《郑板桥外集》第163页	板桥郑燮	荣华按：《扬州八怪现存画目》第370页有题。

续表

作品主题或题目	作品全文	出处	落款	备注
竹石	一峰石，六竿竹， 倚纱窗，对华屋， 伴清谈，陪相读， 凉风生，戛寒玉， 日出东南满青绿。	《郑板桥外集》第164页	板桥	
竹	疏老更强，雨淋风动似潇湘， 更兼一向拔得孙枝生笋长。 疏疏密密，坎坎侧侧，悟者自得。	《郑板桥外集》第155页	板桥郑燮画于焦山石肯堂	
竹	今日醉，明日饱， 说我情形颇颠倒，那知腹中皆画稿。 画他一幅与太守，太守慌慌锣来了， 四旁观者多惊异，又说画卷画的好。 请问世人此中情，一言反覆何多少， 吁嗟乎，一日反覆何多少！	《郑板桥外集》第157页	以字作石，补其缺耳。燮	荣华按：《扬州八怪现存画目》第395页有题。
竹	画竹势如破竹，破竹数节之后， 皆迎刃而解，无复着手处；数笔之后， 皆信手而挥，无复着想处。	《郑板桥外集》第158页	郑燮	
竹	竹君子，石大人。 千岁友，四时春。	《郑板桥集》（上海古籍出版社）第209页		荣华按：《扬州八怪现存画目》第387页有题。
竹	一尺竹，数寸根； 何处栽？古瓦盆。	《郑板桥集》（上海古籍出版社）第216页	板桥	
竹	一块石，两竿竹， 小窗前，清趣足， 伴读书，戛寒玉， 夜灯红，窗纸绿。	《郑板桥外集》第156页	板桥郑燮	

续表

作品主题或题目	作品全文	出处	落款	备注
竹石	石之精，藏水窟。 鬼斧开，神功出。 文明新，混沌辟。 荡平之，无粉饰。 昭四荒，留古色。 一块石，两根竹， 少花看，多不得。	《郑板桥外集》第160－161页		
墨竹册页	竹中有竹，竹外有竹。 渭川千亩，此为巨族。	《郑板桥集》（上海古籍出版社）第213页；《中国历代题画诗选注》第339页		
竹	栽竹拂枝，拂尘洒露。 君子取之，最有用处。	《郑板桥集》（上海古籍出版社）第209页		荣华按：《扬州八怪现存画目》第388页有题。
竹	数尺峰峦不当山，几枝竹叶翠珊珊。 小窗风暖谁相对？只有书呆屋半间。	《郑板桥全集》第389页		
竹	乾笔淡墨，画出细竹。 抽得心丝，无不肖曲。	《郑板桥集》（上海古籍出版社）第210页		荣华按：《扬州八怪现存画目》第388页有题。
竹	石依于竹，竹依于石； 弱草靡花，夹杂不得。	《郑板桥集》（上海古籍出版社）第211页		荣华按：《扬州八怪现存画目》第367页有题。
竹	忽焉而澹，忽焉而浓。 究其胸次，万象皆空。	《郑板桥集》（上海古籍出版社）第214页		
竹	不是春风，不是秋风； 新篁初放，在夏月中。 能驱吾暑，能豁吾胸。 君子之德，大王之雄。	《郑板桥集》（上海古籍出版社）第213页	板桥道人	

续表

作品主题或题目	作品全文	出处	落款	备注
竹	种竹种竹，毫无尘俗。 依依在牖，秋风四入。 枝长叶少，枝短叶多。 世间如此，英雄奈何！	《郑板桥集》（上海古籍出版社）第215页	板桥	
竹石	细细的叶，疏疏的节， 雪压不垂，风吹不折。	《郑板桥外集》第151页		
竹	嶰谷风秋，柯亭节古， 偶然下笔，便是竹谱。	《郑板桥外集》第156页	板桥燮	
竹	友孤山梅，伴东篱菊， 微此君子，谁医世俗。	《郑板桥外集》第159页		
竹石	近栽竹君，千岁为友， 晚逢石丈，四时有春。	《郑板桥外集》第161页		
竹石	竹原龙精，石是松化， 活百千年，才信这话。	《郑板桥外集》第161页		
竹石	林间饮酒，翠影摇樽， 石上围棋，轻阴覆局。	《郑板桥外集》第161页		
竹石	竹称为君，石呼为丈。 锡以嘉名，千秋无让。 空山结盟，介节贞朗。 五色为奇，一青足仰。	《郑板桥集》（上海古籍出版社）第208页	乾隆甲申，板桥郑燮写	
题墨竹扇面	一二十片叶，三四两竿节， 可以耐风霜，亦可欺冰雪。	《郑板桥外集》第151页		荣华按：《扬州八怪现存画目》第396页有题。
墨竹图轴	不过数片叶，满纸浑是节。 万物要见根，非徒观半截。 风雨不能摇，雪霜颇能涉。 纸外更相寻，干云上天阙。	《郑板桥集》（上海古籍出版社）第213页		荣华按：《中国历代题画诗选注》第339页有此诗；日本大阪本山彦一氏藏墨迹，《艺苑掇英》第9页有此诗，作“满纸俱是节”。

续表

作品主题或题目	作品全文	出处	落款	备注
竹	幽篁一夜雪，疏影失青绿。 莫被风吹簸，玲珑碎寒玉。	《郑板桥集》（上海古籍出版社）第210页		
竹	莫漫锄荆棘，由他与竹高。 西铭原有说，万物总同胞。	《郑板桥集》（上海古籍出版社）第213页		
竹	邻家种修竹，时复过墙来。 一片青葱色，居然为我栽。	《郑板桥集》（上海古籍出版社）第210页		
竹石	磊磊一块石，疏疏两枚竹。 佳趣少人知，幽情在空谷。	《郑板桥外集》第155页	板桥郑燮写	
竹	种竹不须多，多则刮耳目。 萧萧两三竿，自然清风足。	《郑板桥外集》第156页	板桥	
竹	策枝小园中，迎人君子风， 此中得粉本，活泼有谁同。	《郑板桥外集》第158页	板桥居士	
竹	举世爱栽花，老夫只栽竹， 霜雪满庭除，洒然照新绿。 幽篁一夜雪，疏影失青绿， 莫被风吹散，玲珑碎空玉。	《郑板桥外集》第159页		

续表

作品主题或题目	作品全文	出处	落款	备注
竹	一拳岩石下，几叶风前竹， 笔底转洪钧，春光自然足。	《郑板桥外集》第164页	板桥郑燮	荣华按： 1.《扬州画派书画全集·郑燮》第286图竹石、《郑板桥诗文书画全集》第140页图题此诗并有此落款。但作"一拳岩下石"。 2.《扬州八怪现存画目》第366页有题。作"一攀岩下石"。
竹	竿是本家生，叶是邻家过， 清风咫尺间，隔篱相唱和。	《郑板桥外集》第164页	板桥郑燮	荣华按： 《扬州八怪现存画目》第401页有题。
竹	一团劲悍气，一团倔强意。 若遇潘桐冈，定然成竹器。	《扬州画派书画全集·郑燮》第151图兰竹之二图	板桥	荣华按： 《郑板桥诗文书画全集》第94页图题此诗并有此落款。
墨竹	一两三枝竹竿，四五六片竹叶； 自然淡淡疏疏，何必重重叠叠？	《郑板桥集》（上海古籍出版社）第205－206页	乾隆辛未秋，板桥居士郑燮	荣华按： 《扬州八怪现存画目》第377页有题，此幅疑系伪作。
墨竹	画竹意在笔先，用墨乾淡并兼。 从人不得其法，今年还是去年。	《郑板桥集》（上海古籍出版社）第210页		

续表

作品主题或题目	作品全文	出处	落款	备注
竹石	偶学云林石法，遂摹与可新篁。一片青葱气色，居然雨过斜阳。	《郑板桥集》（上海古籍出版社）第215页		
竹	一节一节一节，一叶一叶一叶；浑然一片玲珑，苏轼文同郑燮。	《郑板桥外集》第152页		荣华按：《扬州八怪现存画目》第397页有题。板桥书画拓片集之一。
竹	画竹插天盖地，风风雨雨最宜，老夫五蕴皆空，写出大根清静。	《郑板桥外集》第159页		
竹石	淡烟古墨纵横，写出此君半面，不须日报平安，高节清风曾见。	《郑板桥外集》第161页		
竹石	柱石☐盘大地，竹枝一片清风，泽洒江南淮海，此风遍满天东。	《郑板桥外集》第174页	载翁老父台教画、板桥居士郑燮。乾隆庚辰	荣华按：《扬州八怪现存画目》第372页有题。
墨竹	我被微官困煞人，到君园馆长精神。请看一片萧萧竹，画里阶前总绝尘。	《郑板桥集》（上海古籍出版社）第213页		
墨竹轴	信手拈来都是竹，乱叶交枝戛寒玉。却笑洋洲文太守，早向从前构成局。我有胸中十万竿，一时飞作淋漓墨；为凤为龙上九天，染遍云霞看新绿。	《郑板桥集》（上海古籍出版社）第214页		荣华按：1.《扬州八怪现存画目》第400页有题。2.《中国历代题画诗选注》第343页有此诗。

续表

作品主题或题目	作品全文	出处	落款	备注
竹	山谷写字如画竹，东坡画竹如写字。不比寻常翰墨间，萧疏各有凌云意。	《郑板桥集》（上海古籍出版社）第211页		荣华按：《中国历代题画诗选注》第344页有此诗。
题画竹	两枝修竹出重霄，几叶新篁倒挂梢。本是同根复同气，有何卑下有何高！	《郑板桥集》（上海古籍出版社）第209页	乾隆乙酉五月三日，板桥郑燮	荣华按： 1.《扬州八怪现存画目》第364页有题。 2.《历代题画诗选注》第138页有此诗。
题画竹	竹里秋风应更多，打窗敲户影婆娑。老夫不肯删除去，留与三更警睡魔。	《郑板桥集》（上海古籍出版社）第207页	乾隆辛巳，板桥郑燮画并题	荣华按：《扬州八怪现存画目》第392页有题。
题画竹	四十年来画竹枝，日间挥写夜间思。冗繁削尽留清瘦，画到生时是熟时。	《郑板桥集》（上海古籍出版社）第206页	乾隆戊寅十月下浣，板桥郑燮画并题	荣华按： 1.《扬州画派书画全集·郑燮》第75图竹石图、《郑板桥诗文书画全集》第50页图题此诗，并有此落款。 2.《扬州八怪现存画目》第377页有题。 3.《历代题画诗选注》第139页有此诗。

续表

作品主题或题目	作品全文	出处	落款	备注
竹	晨起江边看竹枝，一团青翠影离离。牡丹芍药夸颜色，我亦清和得意时。	《郑板桥集》（上海古籍出版社）第205页	乾隆乙丑，板桥郑燮	荣华按：《扬州八怪现存画目》第394页有题。
竹	满目黄沙没奈何，山东只是吃馍馍。偶然画到江南竹，便想春风燕笋多。	《郑板桥集》（上海古籍出版社）第206页	乾隆戊寅二月十七日，板桥郑燮画	
竹	无多竹叶没多山，自有清风在此间。好待来年新笋发，满林青绿翠云湾。	《郑板桥集》（上海古籍出版社）第206–207页	为瀛翁年学老长兄正。板桥郑燮又题	荣华按：《扬州画派书画全集·郑燮》第75图竹石图、《郑板桥诗文书画全集》第50页图题此诗。
竹	写来三祝仍三竹，画出华封是两峰，总是人情真爱戴，大家罗拜主人翁。	《郑板桥集》（上海古籍出版社）第207页	乾隆壬午	荣华按：《扬州画派书画全集·郑燮》第109图华峰三祝图、《郑板桥诗文书画全集》第66页图题此诗。作“乾隆壬午板桥郑燮”。
竹	曲曲溶溶漾漾来，穿沙隐竹破莓苔。此间清味谁分得，只合高人入茗杯。	《郑板桥集》（上海古籍出版社）第208页	为木斋老长兄政。板桥郑燮。乾隆癸未	
竹	宦海归来两袖空，逢人卖竹画清风。还愁口说无凭据，暗里赃私遍鲁东。	《郑板桥集》（上海古籍出版社）第209页	板桥老人郑燮自赞又自嘲也。乾隆乙酉，客中画并题	

续表

作品主题或题目	作品全文	出处	落款	备注
竹	画竹插天盖地来,翻风覆雨笔头栽。我今不肯从人法,写出龙须凤尾排。	《郑板桥集》(上海古籍出版社)第209页		荣华按:《扬州八怪现存画目》第388页有题。
题南园丛竹图留别质田先生四弟芸亭先生二首(其一)	名园修竹古烟霞,云是饶州太守家。饮得西江一杯水,如今清趣满林遮。	《郑板桥集》(上海古籍出版社)第203页		荣华按:"太守家"后有原注:"饶州太守芸亭胞伯也"。
题南园丛竹图留别质田先生四弟芸亭先生二首(其二)	七载春风住潍县,爱看修竹郭家园。今日写来还赠郭,令人常忆旧华轩。	《郑板桥集》(上海古籍出版社)第203页		荣华按:《扬州八怪现存画目》第397页有题,作"七载春风在潍县"。板桥书画拓片集之一。

续表

作品主题或题目	作品全文	出处	落款	备注
竹	东风昨夜入山来,吹得芳兰处处开。唯有竹为君子伴,更无众卉许同栽。	《郑板桥集》(上海古籍出版社)第211页		荣华按: 1.《扬州画派书画全集·郑燮》第169图竹石、《郑板桥外集》第174页有此诗,作“春风昨夜入山来,吹得芳兰处处开,惟有竹为君子伴,更无他卉可同栽”,且有落款:“写为大老年兄,板桥郑燮”。 2.《扬州八怪现存画目》第367页有题。作“春风昨夜入山来”。
竹	疏疏密密复亭亭,小院幽篁一片青。最是晚风藤榻上,满身凉露一天星。	《郑板桥集》(上海古籍出版社)第211页		荣华按: 《扬州八怪现存画目》第394页有题。
竹	从今不复画芳兰,但写萧萧竹韵寒。短节零枝千万个,凭君拣取钓鱼竿。	《郑板桥集》(上海古籍出版社)第211页		
竹石	七十老人写竹石,石更崚嶒竹更直。乃知此老笔非凡,挺挺千寻之壁立。	《郑板桥集》(上海古籍出版社)第210页		荣华按: 《扬州八怪现存画目》第388页有题。

续表

作品主题或题目	作品全文	出处	落款	备注
竹石轴	宦海归来两鬓星,故人怜我未凋零,春风写与平安竹,依旧江南一片青。	《郑板桥外集》第164页	板桥居士	荣华按: 1.《扬州画派书画全集·郑燮》第221图竹石图、《郑板桥诗文书画全集》第136页图题此诗,并有此落款。 2.《扬州八怪现存画目》第373页有题。
竹石图轴	秋风昨夜渡潇湘,触石穿林惯作狂;惟有竹枝浑不怕,挺然相斗一千场。	《郑板桥集》(上海古籍出版社)第206页	乾隆著雍摄提格姑洗之月,板桥郑燮画并题	荣华按: 1.《扬州八怪现存画目》第367页有题。 2.《历代题画诗选注》第138页有此诗。
竹石图	画根竹枝插块石,石比竹枝高一尺。虽然一尺让他高,来年看我掀天力。	《郑板桥集》(上海古籍出版社)第209页		荣华按: 《扬州八怪现存画目》第388页有题。
竹石	绕膝龙孙好节柯,居中柱石老嵯峨。春风夏雨清光满,历到秋冬翠更多。	《郑板桥集》(上海古籍出版社)第208页	乾隆甲申秋日,板桥道人郑燮	荣华按: 《扬州八怪现存画目》第376页有题。言"乾隆二十四年己卯作"。

续表

作品主题或题目	作品全文	出处	落款	备注
竹	记得为官种竹枝，泰山脚下峄山陲。应知尔日新篁发，定有清风忆我时。	《郑板桥集》（上海古籍出版社）第210页		荣华按：《扬州八怪现存画目》第394页有题。
竹	竹是新栽石旧栽，竹含苍翠石含苔。一窗风雨三更月，相伴幽人坐小斋。	《郑板桥集》（上海古籍出版社）第212页	板桥郑燮画并题	
竹	竹枝石块两相宜，群卉群芳尽弃之。春夏秋时全不变，雪中风味更清奇。	《郑板桥集》（上海古籍出版社）第212页	板桥郑燮	荣华按：《扬州八怪现存画目》第394页有题。
竹	新竹高于旧竹枝，全凭老干为扶持。明年再有新生者，十丈龙孙绕凤池。	《郑板桥集》（上海古籍出版社）第212页	孏石十哥弄璋之兆。板桥弟郑燮	荣华按：1.《扬州画派书画全集·郑燮》第251图墨竹、《郑板桥诗文书画全集》第139页图题此诗，并有此落款，作“懒石十哥弄璋之喜板桥第郑燮”。2.《扬州八怪现存画目》第390页有题。
竹	两枝高干无多叶，几许柔篁大有柯。若论经霜抵风雪，是谁挺直又婆娑。	《郑板桥集》（上海古籍出版社）第212－213页	维翁□老年学长兄正，板桥郑燮画并题	荣华按：《扬州八怪现存画目》第370页有题。作“两枝老干无多叶”。
竹	人传楚雨带湘烟，我意萧疏竟不然。记得东瀛寻嶰谷，白云黄竹几千年。	《郑板桥集》（上海古籍出版社）第213－214页	佳翁年学长兄六十荣寿。板桥郑燮	

续表

作品主题或题目	作品全文	出处	落款	备注
竹	南北东西四面吹，此君淡若不闻知。雨晴风定亭亭立，一种清光是羽仪。	《郑板桥集》（上海古籍出版社）第214页		荣华按：《扬州八怪现存画目》第384页有题，言"乾隆二十三年戊寅作"。竹石图屏之一。
竹	新栽瘦竹小园中，石上凄凄三两丛。竹又不高峰又矮，大都谦退是家风。	《郑板桥集》（上海古籍出版社）第214页		
竹	且让青山出一头，疏枝瘦干未能遒。明年百尺龙孙发，多恐青山逊一筹。	《郑板桥集》（上海古籍出版社）第214页		荣华按：《扬州八怪现存画目》第384页有题，言"乾隆二十三年戊寅作"。作"请让青山出一头"。竹石图屏之一。
竹	一阵狂风倒卷来，竹枝翻回向天开。扫云扫雾真吾事，岂屑区区扫地埃。	《郑板桥集》（上海古籍出版社）第214页	板桥戏题	
竹	一枝偶向崖边出，便晓山中筱簜多。寄语采樵人莫羡，留他君子在岩阿。	《郑板桥集》（上海古籍出版社）第214页		
竹	谁家新笋破新泥，昨夜春风到竹西。借问竹西何限竹，万竿转眼上云梯。	《郑板桥集》（上海古籍出版社）第214页		
竹	江上家家种竹多，傍添石块更阿那。且应一景相看待，恍似湘山立楚娥。	《郑板桥集》（上海古籍出版社）第216页	板桥郑燮	

续表

作品主题或题目	作品全文	出处	落款	备注
竹	老竹苍苍发嫩梢，当年神化走风骚。山头一夜春雷雨，又见龙孙长凤毛。	《郑板桥集》（上海古籍出版社）第216页		
竹	年年画竹买清风，买得清风价便松，高雅要多钱要少，大都付与酒家翁。	《郑板桥集》（上海古籍出版社）第216页	板桥	
竹	两枝修竹过墙来，多谢邻家为我栽。君若未忘虚竹好，请来粗茗两三杯。	《郑板桥集》（上海古籍出版社）第216页	板桥	
竹	曾栽密密小楼东，又听疏疏夜雨中。满砚冰花三寸结，为君图写旧清风。	《郑板桥集》（上海古籍出版社）第216页	板桥郑燮	
竹	读书写画要先知，除此奇能未足奇。莫谓个中皆上品，两竿修竹有高低。	《郑板桥集》（上海古籍出版社）第217页		
墨竹图轴	老干霜皮滑可扪，娟娟小翠又当门；人间俱庆图堪画，却是家公领阿孙。	《郑板桥外集》第153页	郑燮写	荣华按：“俱庆”当为“具庆”。
竹	老老苍苍竹一竿，长年风雨不知寒；好教直节青云去，任尔时人仰面看。	《郑板桥外集》第151页	板桥郑燮	

续表

作品主题或题目	作品全文	出处	落款	备注
竹石	秋风昨夜窗前到，竹叶相敲石有声；及至晓来浓露湿，又疑昨夜未秋清。	《郑板桥外集》第151页		荣华按： 1.《扬州画派书画全集·郑燮》第87图竹子石笋图、《郑板桥诗文书画全集》第111页图题此诗，且有落款“乾隆庚辰秋杪板桥郑燮”。 2.《扬州八怪现存画目》第400页有题。
竹石	置之山下浑无用，移向斋头便可观；一片玲珑堪入画，又添多少翠琅玕。	《郑板桥外集》第152页		
竹	琼条玉线才开碧，凤尾鸾翎已扫空；自是书窗借青翠，砚池茶碗色如葱。	《郑板桥外集》第152页	乾隆壬午夏初，板桥郑燮	荣华按： 《扬州八怪现存画目》第381页有题。
竹	竹枝略与苇枝同，瘦瘦圆圆节节重，他日江头作渔父，钓竿便在画图中。	《郑板桥外集》第152页		荣华按： 《扬州八怪现存画目》第398页有题。板桥书画拓片集之一。
竹石	一枝卧竹一枝昂，石笋萧然与竹长；好是倪迂清閟阁，阶前点缀不寻常。	《郑板桥外集》第152页		荣华按： 《扬州八怪现存画目》第397页有题。板桥书画拓片集之一。
竹	蝶梦初回茗碗持，一瓯清墨仿天池；萧萧几叶凉生笔，是画摇风带雨枝。	《郑板桥外集》第152页		荣华按： 《扬州八怪现存画目》第397页有题。板桥书画拓片集之一。

续表

作品主题或题目	作品全文	出处	落款	备注
竹	静室焦山十五家，家家有竹有篱笆。画来出纸飞腾上，欲向天边扫暮霞。	《郑板桥外集》第152－153页		郑炳纯注：焦山自然庵画竹。李濬之《清画家诗史》丙下及《焦山志》均载此诗。今人许舍北云："此诗题画竹，当作于雍正十三年四十三岁在焦山读书时，明年始中进士。"(《群众论丛》一九八〇年第二期，《郑板桥在仪征镇江事迹考》)
竹石	一块峰峦耸太行，两枝修竹画潇湘；湖南泽绛三千里，都入吾家郭外庄。	《郑板桥外集》第153页	乾隆辛丑板桥郑燮写于扬州	荣华按：《扬州八怪现存画目》第374页有题。
竹石	竹石相交万万年，两家节介本天然；请看十月清霜后，一种苍苍笼碧烟。	《郑板桥外集》第153页	乾隆癸未二月写似碧岑老世兄。板桥道人郑燮	荣华按：《扬州八怪现存画目》第370页有题。

续表

作品主题或题目	作品全文	出处	落款	备注
竹石	两根修竹入云根，下有峰峦石势尊；甘雨和风三四月，满庭篁筱是儿孙。	《郑板桥外集》第153页	写似刚翁年学老长兄正画。板桥郑燮	荣华按： 1.《扬州画派书画全集·郑燮》第111图峭石新篁、《郑板桥诗文书画全集》第67页图题此诗，并有此落款，但“两根”作“两竿”。 2.《扬州八怪现存画目》第376页有题。作“两枝老干无多叶”。
竹	减之又减无多叶，添又加添着几枝；爱竹总如教子弟，数番剪削又扶持。	《郑板桥外集》第153页		荣华按： 1.《扬州画派书画全集·郑燮》第222图墨竹、《郑板桥诗文书画全集》第120页图题此诗，且有落款“板桥居士郑燮”。 2.《扬州八怪现存画目》第364页有题。作“减之又减无尽叶”。
竹	不风不雨正晴和，翠竹亭亭好节柯；最爱晚凉佳客至，一壶新茗泡松萝。	《郑板桥外集》第154页		荣华按： 《扬州八怪现存画目》第396页有题。

续表

作品主题或题目	作品全文	出处	落款	备注
竹	只道霜[illegible]干欲枯，萧萧绿叶又扶疏；风雷昨夜江南岸，拔出龙孙一万株。	《郑板桥外集》第154页	元勋年兄正画，板桥郑燮	荣华按： 1.《扬州画派书画全集·郑燮》第155图墨竹图、《郑板桥诗文书画全集》第96页图题此诗。但作“只道霜[illegible]秃且枯，萧萧绿叶忽扶疏；风雷昨夜潇湘急，抽出龙孙一万株。板桥居士郑燮”。 2.《扬州八怪现存画目》第398页有题。

续表

作品主题或题目	作品全文	出处	落款	备注
竹	茅斋瘦竹都长成，手把风枝感旧情；记得读书窗纸上，为予夜半起秋声。	《郑板桥外集》第154页		郑炳纯注：王拯因得板桥墨竹赋诗，中引板桥此诗，今并录王氏诗于下："出游厂肆，偶得板桥道人画竹一帧，其自题（诗如上）词翰俱美，有触于余情者。一竿两竿初长成，十个五个风雨声。小窗夜读自畴昔，稍尾便思鸾鹫鸣。凤兮不至竹不实，淇水泉源乱萧棘。青苔瘦石谁点染，使我对之忘肉食。何如吴仲圭，焉用文与可，郑燮三绝诗书画，仙骨佛心民父母。想当挂冠归去来，《道情》闲拍冶城隈。小庭种竹气萧索，四壁苍烟为我回。" 荣华按： 《扬州八怪现存画目》第401页有题，作"茆斋瘦竹长都成"。兰竹石四条屏之一。

续表

作品主题或题目	作品全文	出处	落款	备注
竹	年年种竹广陵城，爱尔清光没变更，最是读书窗纸上，为予夜半起秋声。	《郑板桥外集》第157页	板桥居士郑燮画并题	
竹	干少枝稀叶又疏，清光也复照窗书，万竿烟雨何能及，引得清风拂草庐。	《郑板桥外集》第154页	乾隆乙酉春二月，板桥郑燮	郑炳纯注：乙酉为乾隆三十年，是年冬逝世，此幅可代表晚期墨竹之作。荣华按：1.《扬州八怪现存画目》第369页有题，言“乾隆二十八年癸未作”。2.《扬州八怪现存画目》第374页有题。
竹	轩前只要两竿竹，绝妙风声夹雨声。或怕搅人眠不着，不知枕上已诗成。	《郑板桥外集》第155页	板桥	荣华按：《扬州画派书画全集·郑燮》第134图墨竹图、《郑板桥诗文书画全集》第81页图题此诗。作“我怕搅人眠不着，不去枕上已待成。板桥郑燮”。
竹	养成便是干霄器，废置将为爨下薪，千古兰亭修竹茂，事因王谢几家人。	《郑板桥外集》第155－156页	乾隆癸未，板桥郑燮	荣华按：《扬州八怪现存画目》第399页有题。

续表

作品主题或题目	作品全文	出处	落款	备注
竹	叶叶枝枝逐景生,高高下下自人情,两梢直拔青天上,留取根丛雨作声。	《郑板桥外集》第156页		
竹	种得东南美干才,编篱加土尽滋培,阶前已见龙孙长,又报平安持上来。	《郑板桥外集》第156页	板桥郑燮	
竹	一枝瘦竹何曾少,十亩丛篁未是多,勘破世间多寡数,水边沙石见恒河。	《郑板桥外集》第157页	乾隆乙酉,为永公大和尚正,板桥郑燮	
竹	转眼人间变古今,同根同志想知音,画成不负生前约,挂剑徐君墓上心。	《郑板桥外集》第157页	为观音阁昆熔上人画竹。身后之赠	
竹	春雨春风正及时,亭亭翠竹满阶墀。主人茶余巡廊走,喜见新篁发几枝。	《郑板桥外集》第157页		
竹	杜若清清江水边,鹧鸪拍拍下江烟,湘妇人正苍梧去,莫□(遗?)一声啼竹边。	《郑板桥外集》第158页	板桥	
竹	我亦有亭深竹里,酒杯茶具与诗囊,秋来少睡吟情动,好听萧萧夜雨长。	《郑板桥外集》第158页	板桥郑燮	
竹	一枝高竹独当风,小竹因依笼盖中,画出人间真具庆,诸孙罗抱阿家翁。	《郑板桥外集》第158页		荣华按: 1.《扬州画派书画全集·郑燮》第204图墨竹图、《扬州八怪全书(第1卷)》第71页图题此诗。作“板桥郑燮”。 2.《扬州八怪现存画目》第373页有题。作“一枝高竹独挡风”。

续表

作品主题或题目	作品全文	出处	落款	备注
竹	数合人间十竹斋，千枝万叶未安排，耳边忽作萧萧响，风雨飞从天外来。	《郑板桥外集》第159页		原作：西北少竹，故渭川千亩，淇水菁菁，遂为千古美谈。若吾江南，家家皆竹，处处皆竹，有何淇、渭之堪夸，千亩万竿之足贵也。今吾所为，皆吾江南江北之萧萧，洞庭青草之漫漫者乎。恐其太多，故写出于绢素之外，拂云扫日，皆不可限，聊以数叶护其根，特见一斑，非全貌也。诗曰："数合人间十竹斋……"
竹	生成劲节气横秋，肃肃声疑雨未收，林月新筛个簇簇，谷风韵泻笛悠悠。	《郑板桥外集》第159-160页		
竹	君能干直凌霄汉，我亦心虚脱俗浮，六逸七贤归去后，人间谁是伴清幽。	《郑板桥外集》第160页		
竹	心虚节直耐清寒，阅尽炎凉始觉难，惟有此君医得俗，不分贫富一般看。	《郑板桥外集》第160页		
竹	一林寒竹护山家，秋夜来听雨似麻，嘈杂欲疑蚕食叶，萧森还似蟹爬沙。	《郑板桥外集》第160页		
竹	心秉虚兮节挺直，啸傲空山人弗识，任他雨露又风霜，四时不改青青色。	《郑板桥外集》第160页		
竹	积雨初收翠筱凉，又扶新绿上晴窗，笑他烧笋林间客，不为花忙为竹忙。	《郑板桥外集》第160页		

续表

作品主题或题目	作品全文	出处	落款	备注
竹	烟蓑雨笠作生涯，只种篠篸不种花，一任化龙兼化凤，动人情趣不繁华。	《郑板桥外集》第160页		
竹	水云天际是吾家，多种篠篸少种花，一笔万竿摇远绿，宜烟宜月更宜霞。	《郑板桥外集》第160页		
竹	宦海归来两鬓霜，更无心绪问银黄，惟余数节潇湘竹，做得渔竿八尺长。	《郑板桥外集》第160页		
竹	只画潇湘竹一竿，疏疏绿影动春寒，人生独立能如此，不怕红尘热眼看。	《郑板桥外集》第160页		
竹	知希我贵品原高，空谷何曾怨寂寥，却被三闾轻物色，漫恃臭味入《离骚》。	《郑板桥外集》第160页		
竹	江上人家翠竹光，竹屏竹几竹方床，生之气味原谱竹，竹屋还须胜画梁。	《郑板桥外集》第160页		
竹石	石头一块嫌他秃，石边新种潇潇竹，也知夜响搅人眛，且喜纱窗一片绿。	《郑板桥外集》第161页		
竹石	昨日画兰画得去，今日写竹写得好，若欲一时忆秋声，但看此幅金风扫。	《郑板桥外集》第161页		
竹	知仁山水分头乐，竹性由来兼得之，若使故逢鲁司寇，杏坛应种百千枝。	《郑板桥外集》第162－163页	乾隆戊寅夏四月，板桥郑燮	原作：竹之在山不待言。《诗》曰："淇泉绿竹"；《史》云："渭川千亩竹"；少陵云："映竹水穿沙"，又曰："懒性从来水竹居"。是竹不独爱山，又爱水也。今为沙水竹石之图，且系以诗曰："知仁山水分头乐……"乾隆戊寅夏四月，板桥郑燮。

续表

作品主题或题目	作品全文	出处	落款	备注
竹	一个闲人数间屋，阶下石头檐外竹，偶然读得好诗词，高声唱个无腔曲。	《郑板桥外集》第163页	乃心年学老长兄笑正。乾隆辛巳板桥居士郑燮	原作：虬松怪石，异草名花，画槛朱楼，斜阳曲沼，此富贵人之园亭也。贵者骛于朝而不得归，富者骛于市而不得乐。何如一个闲人，数间茅屋，一块石头，几竿修竹，转得优游自适也。诗曰："一个闲人数间屋，……"乃心年学老长兄笑正。乾隆辛巳板桥居士郑燮。
竹	焦山石块焦山竹，逐日相看坐古苔，今日雨晴风又便，扁舟载得过江来。	《郑板桥外集》第163页	乾隆壬午，板桥郑燮	
竹	七十衰翁淡不求，风光都付老春秋，画来密篆才逾尺，让尔青山出一头。	《郑板桥外集》第163页	燮堂大弟教画，墨兄板桥郑燮	
竹	渭川千亩入秦关，淇澳清清水一湾，两地高风来拱向，中间兀突太行山。	《郑板桥外集》第163页	乾隆甲申，为敬翁同□老长兄并慰故乡之意。板桥居士郑燮	
竹	两枝修竹一新篁，柱石相依对画堂，日日平安来好信，又宜温暖又宜凉。	《郑板桥外集》第163－164页	乾隆乙酉，为济翁年学兄正画，板桥郑燮	荣华按：《扬州八怪现存画目》第383页有题。

续表

作品主题或题目	作品全文	出处	落款	备注
竹	十年作客广陵城，落落身如竹叶轻，最是五更凄响处，唤人早起读书声。	《郑板桥外集》第164页	乾隆乙酉，写似玉老年学长兄，板桥郑燮	
竹	昨夜潇湘谒二妃，黄陵古庙掩柴扉，谁知步上君山顶，却见芳魂在翠微。	《郑板桥外集》第164页		
竹	胸中墨汁三千斛，腕底清毫十万茎，喷洒却于何处用，石先生与竹先生。	《郑板桥外集》第164－165页	板桥	荣华按：《扬州八怪现存画目》第400页有题。
竹	人间四月正清和。雨气□□□□科，今日写来千万干，配君高义子孙多。	《郑板桥外集》第165页	宪翁年学长兄，板桥居士郑燮	荣华按：《扬州画派书画全集·郑燮》第143图雨洗琅玕图、《郑板桥诗文书画全集》第87页图题此诗，并有此落款。
竹	画竹何须千万枝，两三片叶峭撑持，千秋不改嵩衡岱，不靠青山却靠谁？	《郑板桥外集》第165页	乾隆十九年六月十八日雨中，板桥道人郑燮画并题	原作：竹少石多，竹小石大，直是以石为君，聊复以数片叶点缀之耳。“画竹何须千万枝……”
竹	石缝山腰是我家，棋枰茶灶足烟霞，有人编缚为条帚，也与神仙扫落花。	《郑板桥外集》第172页	乾隆戊寅，板桥郑燮	荣华按：《扬州八怪现存画目》第384页有题，言“乾隆二十三年戊寅作”。竹石图屏之一。

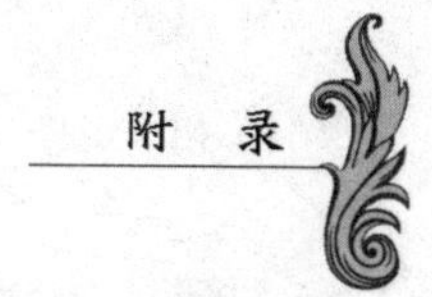

续表

作品主题或题目	作品全文	出处	落款	备注
竹	只有青山是我家，峰根岩缝迸秋砂，因兹秉得坚刚性，历尽东风瘦不斜。	《郑板桥外集》第173页	板桥郑燮画并题	荣华按：《扬州八怪现存画目》第393页有题。
竹	石块玲珑整又歪，离奇秀峭公自裁，旁添竹叶浓兼淡，不费先生再点苔。	《郑板桥外集》第173－174页	板桥	
竹	秣陵游客远相过，轻扣柴门索画多，墨竹一枝酬远意，江南风景近如何。	《郑板桥外集》第178页		
竹	闲写湘筠个个灵，萧疏清韵玉玲珑，羡君此日凌云去，犹带江南一片青。	《郑板桥外集》第178页		
竹	爱写筼筜个个幽，春宜夜雨月宜秋，曾经独立湘江上，一片寒声夹乱流。	《郑板桥外集》第179页		
竹	抽毫先得性情真，画到工夫自有神。瑟瑟萧萧风雨夜，赏音谁是个中人。	《郑板桥外集》第179页		
竹	细写湘筠墨未干，萧萧风雨自生寒，何如四月江南道，烟锁新梢绿万竿。	《郑板桥外集》第179页		
竹	新篁写得四三茎，浓淡相兼自有情；记否读书窗纸破，萧萧夜半起秋声。	《郑板桥诗文书画全集》第41页，第106页；《扬州画派书画全集·郑燮》第47图竹图	乾隆癸酉画为文翁年老长见教。板桥弟郑燮	
竹	南山献篁高千尺，劲节清风觉更高；积行人家天所佑，兰荪蕙种自能饶。	《扬州画派书画全集·郑燮》第57图兰竹石图；《郑板桥诗文书画全集》第44页	乾隆丙子写祝刘母卞太君八十荣庆暨青藜年学见教可。板桥郑燮	荣华按：此落款题"年学见教可"，疑为"年学兄教正"。

续表

作品主题或题目	作品全文	出处	落款	备注
竹	置身已在烟霞外，莫问人间道路难；写与数枝清瘦竹，秋风湖上作渔竿。	《扬州画派书画全集·郑燮》第66图墨竹图；《郑板桥诗文书画全集》第46页	乾隆丁丑孟夏之月为织文世兄画并题。板桥老人郑燮	荣华按：此图题诗“数枝”二字间有一“竿”字。
竹	新霜昨夜满沙洲，竹叶青青色更遒；贯彻四时浑一气，不知天地有清秋。	《郑板桥诗文书画全集》第57页；《扬州画派书画全集·郑燮》第48图修竹图	绍翁年学老长兄先生教画。板桥居士弟郑燮乾隆甲戌九月二十有一日漫笔	荣华按： 1. 此二图为同一图。所题此诗“四时”二字间衍一“气”字。 2.《扬州八怪现存画目》第399页有题。
竹	竹石幽兰合一家，乾坤正气此间赊。任渠霜雪连冰冻，苍翠何曾减一些。	《扬州画派书画全集·郑燮》第113图竹石图	乾隆壬午，板桥郑燮	荣华按： 1.《郑板桥诗文书画全集》第68页题此诗，并有此落款。 2.《扬州八怪现存画目》第373页有题。 3.《扬州八怪现存画目》第401页有题，作“竹石幽兰不一家”。兰竹石四条屏之一。

续表

作品主题或题目	作品全文	出处	落款	备注
竹	十亩桑麻插小园，自成农圃自成村。凡葩乱草何能入，惟有芝兰近竹根。	《扬州画派书画全集·郑燮》第131页兰竹图	乾隆乙酉板桥郑燮画并题	荣华按：《郑板桥诗文书画全集》第79页题此诗，并有此落款。
竹	敲门欲看谁家竹，姓字先须问主人。绿荫清风藏一榻，正宜贤主对嘉宾。	《扬州画派书画全集·郑燮》第158图墨竹图	板桥老人郑燮	荣华按： 1.《郑板桥诗文书画全集》第98页题此诗，并有此落款。 2.《扬州八怪现存画目》第375页有题。
竹	小苑茅堂近郭门，科头竟日拥山尊。夜来夜上萧萧雨，窗外新栽竹数根。	《扬州画派书画全集·郑燮》第159图墨竹图	板桥郑燮	荣华按： 1.《郑板桥诗文书画全集》第99页题此诗，并有此落款。 2.《扬州八怪现存画目》第376页有题。
竹	画得盆花蕙草新，春风已过有余春。折来数片新篁叶，好为名葩小拂尘。	《扬州画派书画全集·郑燮》第162图兰竹盆花图	卫老年学兄正，板桥郑燮	荣华按： 1.《郑板桥诗文书画全集》第100页题此诗，并有此落款。 2.《扬州八怪现存画目》第369页有题。

续表

作品主题或题目	作品全文	出处	落款	备注
竹	昨夜西风动窗竹，一枕秋寒睡不足。未便呼僮尽斫之，石畔还留一枝秃。	《扬州画派书画全集·郑燮》第164图竹石图	板桥郑燮	荣华按：《郑板桥诗文书画全集》第101页题此诗，并有此落款。
竹	竹枝刷石傍山根，岁久年深石有痕。千古文章无捷获，惟求问此且关门。	《扬州画派书画全集·郑燮》第168图竹图	板桥郑燮画并题	荣华按：《郑板桥诗文书画全集》第103页题此诗，并有此落款。
竹	只有高山老结邻，绝无些子世间尘。微风细雨新晴后，一种清光迥照人。	《扬州画派书画全集·郑燮》第211图兰花竹石图	板桥郑燮	荣华按：《郑板桥诗文书画全集》第108页题此诗，并有此落款。
竹	鲜笋鲥鱼味正赊，江南四月好年华。满林新竹青如玉，且趁薰风看蕙花。	《扬州画派书画全集·郑燮》第209图墨竹图	慰老年兄，板桥郑燮	荣华按：《郑板桥诗文书画全集》第109页题此诗，并有此落款。
竹	衙斋案牍真堪厌，赖有窗前竹数竿。记得读书茅屋夜，一灯风雨听秋寒。	《扬州画派书画全集·郑燮》第224图墨竹图	板桥居士郑燮	荣华按：《郑板桥诗文书画全集》第121页题此诗，并有此落款。

续表

作品主题或题目	作品全文	出处	落款	备注
竹石	两枝石笋甲成都，天下名流仰二苏。任是文同能画竹，也须蜀老共持扶。	《扬州画派书画全集·郑燮》第237图墨竹图	西老年兄政，板桥郑燮	荣华按：《郑板桥诗文书画全集》第130页题此诗，并有此落款。
竹	竹叶阴浓盛夏时，画工聊写两三枝。无端七月新篁进，不怕秋风发迹迟。	《扬州画派书画全集·郑燮》第240图七月新篁图	板桥居士郑燮	荣华按：1.《郑板桥诗文书画全集》第133页题此诗，并有此落款。2.《扬州八怪现存画目》第401页有题。
竹	山僧爱我画，画竹满其欲，落笔饷我脆萝卜。	《郑板桥集》（岳麓书社）第121页	乾隆癸未	
竹石	进出新篁石缝中，疏枝清瘦戛灵珑。已经扫尽尘氛气，多谢先生又画风。	《扬州画派书画全集·郑燮》第107图竹石图	乾隆壬午，板桥郑燮	荣华按：《扬州八怪现存画目》第375页有题。
竹菊	本为编篱护菊花，谁知老竹又生芽，千秋名士原同调，陶令王猷合一家。	《郑板桥外集》第181页	板桥郑燮	
兰竹石	兰竹石，相继出。大君子，离不得。	《郑板桥集》（上海古籍出版社）第224页		荣华按：1.《郑板桥外集》第174页有此诗，但作“兰竹石，挤而出，众君子，离不得”。2.《扬州八怪现存画目》第389页有题。

续表

作品主题或题目	作品全文	出处	落款	备注
兰竹石	兰草已成行，山中意味长。 坚贞还自抱，何事斗群芳？	《郑板桥集》（上海古籍出版社）第227页	板桥	荣华按：《历代题画诗选注》132页有此诗。
兰竹石	一竹一兰一石，有节有香有骨。 满堂君子之人，四时清风拂拂。	《郑板桥集》（上海古籍出版社）第224页		荣华按：《扬州八怪现存画目》第389页有题。
兰竹石	画兰画竹画石，敢云不朽之物， 悬之大厦高梁，香气清风拂拂。	《郑板桥外集》第177页		
兰竹石	有兰有竹有石，一种多情历历。 何须碧绿丹黄，千载墨痕一色。	《扬州画派书画全集·郑燮》第228图兰竹石图。	板桥	荣华按： 1.《郑板桥诗文书画全集》第123页题此诗，并有此落款。 2.《扬州八怪现存画目》第386、401、402页有题。

续表

作品主题或题目	作品全文	出处	落款	备注
兰竹石	细雨微风江上村，绿林豪客暮敲门；相逢不用相回避，翠竹芝兰画几盆。	《郑板桥集》（上海古籍出版社）第221页	癸酉九秋，板桥郑燮	原作： 昔李涉过皖桐江上，有贼劫之。问是涉，不索物而索诗。涉曰："细雨微风江上春，绿林豪客夜知闻；相逢不用相回避，世上于今半是君。"书民二哥，晚过寓斋，强索余画，且横甚。因亦题诗诮让之曰："细雨微风江上村……"狂夫之言，怪迂妄发，公其棒我乎！癸酉九秋，板桥郑燮。 荣华按： 《扬州八怪现存画目》第399页有题。

续表

作品主题或题目	作品全文	出处	落款	备注
兰竹石	敢云我画竟无师，亦有开蒙上学时。画到天机流露处，无今无古寸心知。	《郑板桥集》（上海古籍出版社）第222页	乾隆庚辰秋，板桥郑燮	原作： 画兰之法，三枝五叶；画石之法，丛三聚五。皆起手法，非为兰竹一道仅仅如此，遂了其生平学问也。古之善画者，大都以造物为师。天之所生，即吾之所画，总需一块元气团结而成。此幅虽属小景，要是山脚下洞穴旁之兰，不是盆中磊石凑栽之兰。谓其气整故尔。聊作二十八字以系于后：“敢云我画竟无师……”

续表

作品主题或题目	作品全文	出处	落款	备注
兰竹石	高山峻壁见芝兰，竹影遮斜几片寒。便以乾坤为巨室，老夫高枕卧其间。	《郑板桥集》（上海古籍出版社）第222页	乾隆辛巳三月，板桥道人郑燮	原作： 昔人云：入芝兰之室，久而忘其香。夫芝兰入室，室则美矣，芝兰勿乐也。吾愿居深山绝谷之间，有芝弗采，有兰弗掇，各适其天，各全其性。乃为诗曰："高山峻壁见芝兰……" 荣华按： 1.《扬州画派书画全集·郑燮》第90图兰竹图、《郑板桥诗文书画全集》第56页图题此诗，亦有此文及落款。但"芝兰勿乐也"作"芝兰弗乐也"。 2.《扬州画派书画全集·郑燮》第77图兰竹图、《郑板桥诗文书画全集》第51页图题此诗，亦有此文。但有小异："古人云入芝兰之室久而忘其香。夫芝兰入室室则美，芝兰弗乐也。我愿居深山大壑中，有芝不采，有兰弗掇，各适其天，各全其性。乃为诗曰：'高山绝壁见芝兰，竹影遮斜几片寒。便以乾坤为巨室，老夫高枕卧其间。'"且落款为"乾隆戊寅板桥郑燮写"。

续表

作品主题或题目	作品全文	出处	落款	备注
				3.《扬州画派书画全集·郑燮》第129页兰竹石图、《郑板桥诗文书画全集》第78页图题此诗,亦有此文。但有小异:"昔人云:入芝兰之室久而忘其香。夫芝兰入室室则美,芝兰弗乐也。我愿居深山大壑间,有芝不采,有兰弗掇,各适其天,各正其命。乃为诗曰:'高山绝壁见芝兰,竹影遮斜几片寒。便以乾坤为巨室,老夫高枕卧其间。'"且落款为"诞敷年学兄黏壁,板桥郑燮奉寄"。 4.《扬州八怪现存画目》第373页有题。首句:"昔人云入芝兰之室"。 5.《扬州八怪现存画目》第378页有题,言"乾隆二十六年辛巳作"。题画首句:"昔人云入芝兰之室"。 6.《扬州八怪现存画目》第402页有题。作"乾隆五年庚申十一月十二日写于扬州寓斋"。题画首句:"古人云:入芝兰之室久而不闻其香。"

续表

作品主题或题目	作品全文	出处	落款	备注
兰竹石	深山绝壁见幽兰，竹影萧萧几片寒；一顶乌纱早须脱，好来高枕卧其间。	《郑板桥外集》第169页		郑炳纯注：题深山兰竹图（范县作）转录自周积寅编《郑板桥书画艺术》第二十三页。荣华按：此诗在《郑板桥外集》第173页亦载。但“早须脱”作“须早脱”，并有落款“板桥郑燮”。
兰竹石	老夫自任是青山，颇长春风竹与兰。君正虚心素心客，岩阿相借又何难。	《郑板桥集》（上海古籍出版社）第222页	乾隆壬午春日，扬州客斋写赠六源同学兄，并题二十八字见志。板桥道人郑燮	荣华按：1.《扬州画派书画全集·郑燮》第115图兰石图、《郑板桥诗文书画全集》第70页图题此诗，并有此落款。2.《扬州八怪现存画目》第390页有题。
兰竹石	石上披兰更披竹，美人相伴在幽谷。试问东风何处吹？吹入湘波一江绿。	《郑板桥集》（上海古籍出版社）第222页	乾隆壬午，板桥郑燮	

续表

作品主题或题目	作品全文	出处	落款	备注
兰竹石	日日红桥斗酒卮,家家桃李艳芳姿。闭门只是栽兰竹,留得春光过四时。	《郑板桥集》(上海古籍出版社)第223页	乾隆壬午,板桥郑燮	荣华按:《扬州画派书画全集·郑燮》第105图兰竹图、《郑板桥诗文书画全集》第64页图题此诗,并有此落款。
兰竹石	兰竹芳馨不等闲,同根并蒂好相攀。百年兄弟开怀抱,莫谓分居彼此山。	《郑板桥集》(上海古籍出版社)第223页	诞敷大兄一笑,并为诸郎君勗之。七十老人板桥郑燮	荣华按: 1.《扬州画派书画全集·郑燮》第101图兰竹芳馨图、《郑板桥诗文书画全集》第60页图题此诗,并有此落款。 2.《扬州八怪现存画目》第382页有题,言"乾隆二十八年癸未作"。花卉屏四条之一。
兰竹石	挥毫已写竹三竿,竹下还添几笔兰。总为本源同七穆,欲修旧谱与君看。	《郑板桥集》(上海古籍出版社)第223-224页	观文家兄教画,乾隆癸未,板桥愚弟燮	荣华按:《扬州八怪现存画目》第381页有题。

续表

作品主题或题目	作品全文	出处	落款	备注
兰竹石	此花不是世间花,好与青山翠竹遮。借问画工何仿佛,先生心地发灵芽。	《郑板桥集》(上海古籍出版社)第224－225页	希翁年老先生大人教画。板桥郑燮拜手	荣华按:《扬州画派书画全集·郑燮》第295图兰竹石图题此诗。
兰竹石	四时花草最无穷,时到芬芳过便空。唯有山中兰与竹,经春历夏又秋冬。	《郑板桥集》(上海古籍出版社)第225页	殷荐二兄正画。板桥郑燮	荣华按:《扬州八怪现存画目》第367页有题。
兰竹石	东坡与可太颠狂,画竹千枝又万行。袖里玲珑还有石,拈来压倒米元章。	《郑板桥集》(上海古籍出版社)第225页		荣华按: 1.《中国历代题画诗选注》第343页;江西省博物馆藏墨迹有此诗,作:"画竹千枝又千行。" 2.《扬州八怪现存画目》第386、395页有题。
兰竹石	竹劲兰芳性自然,南山石块更遒坚。祝君花甲应无算,加倍先过百廿年。	《郑板桥集》(上海古籍出版社)第226页	奉祝省三老亲翁六十荣寿,板桥郑燮	
兰竹石	日日临池把墨研,何曾粉黛去争妍?要知画法通书法,兰竹如同草隶然。	《郑板桥集》(上海古籍出版社)第226页	板桥	荣华按:《历代题画诗选注》第135页有此诗。

续表

作品主题或题目	作品全文	出处	落款	备注
兰竹石	一片青山一片兰,兰芳竹翠耐人看。洞庭云梦三千里,吹满春风不觉寒。	《郑板桥集》(上海古籍出版社)第226页	板桥	
兰竹石	一半青山一半竹,一半绿阴一半玉。请君茶熟睡醒时,对此浑如在石屋。	《郑板桥集》(上海古籍出版社)第226页	板桥画于橄榄轩	荣华按:《郑板桥诗文书画全集》第69页图、《扬州八怪》第五图《墨竹图轴》、《扬州画派书画全集·郑燮》第114页题诗与此相同。但作"一半青山一半竹。一半绿阴一半玉。请君茶熟睡醒时,对此浑如在岩谷。受老年学兄正。板桥道人郑燮"。
兰竹石	老去依然作画工,题石题上石玲珑;远看却似摩崖刻,藏在兰条竹叶中。	《郑板桥外集》第168页	乾隆辛巳为载翁同学老长兄	

续表

作品主题或题目	作品全文	出处	落款	备注
兰竹石	窄处安身密处藏，石腰石缝是吾乡；四时不老全香节，蛱蝶游峰那用忙！	《郑板桥外集》第168页	板桥郑燮	原作：终日画兰画竹不画石，不过小小局面，即兰竹之精神面目，亦复缺而不全。今为石笋二枚，以兰竹夹杂其中，则石有性，而竹兰亦有托矣。乃为诗曰："窄处安身密处藏……" 荣华按： "游峰"疑为"游蜂"。
兰竹石	兰花质性本清幽，卖与人间不自由；好把竹枝兼石块，故交相伴免春愁。	《郑板桥外集》第170页		荣华按： 《扬州八怪现存画目》第385页有题。作"兰花质性太清幽"。
兰竹石	兰竹石头各一家，不曾水乳乱槎枒，板桥居士聊安点，奠定高卑总不差。	《郑板桥外集》第175页		
兰竹石	画兰画竹已多年，竖抹横涂总自然，更画云中一块石，令人如望藐姑仙。	《郑板桥外集》第179页		
兰竹石	买得兰根满地栽，素心拣起上花台，短墙低处加三尺，不许狂蜂浪蝶来。	《郑板桥外集》第179页		
兰竹石	竹石萧疏又写兰，春风江上解春寒，不须红紫夸桃李，秀色如君尽可餐。	《郑板桥外集》第179页		

续表

作品主题或题目	作品全文	出处	落款	备注
兰竹菊	兰梅竹菊四名家,但少春风第一花;寄语东君诸子弟,好将文事夺天葩。	《郑板桥外集》第169页		郑炳纯注: 影迹见《拓片集》第四图。此图绘水盂中插兰、菊,胆瓶中插竹枝。未画梅,故云:“但少春风第一花”。系早年教蒙馆时所作,未见出色。 荣华按: 1.《扬州画派书画全集·郑燮》第41图墨竹图、第42图兰竹菊图题此诗,二图内容、布局极其接近。 2.《扬州八怪现存画目》第397页有题。板桥书画拓片集之一。
兰竹菊帐额	偶然画竹浑无色,又向秋风写菊花,不敢自夸君子节,愿从陶令作篱笆。	《郑板桥外集》第182页		

续表

作品主题或题目	作品全文	出处	落款	备注
柱石图	谁与荒斋伴寂寥，一枝柱石上云霄。挺然直是陶元亮，五斗何能折我腰？	《郑板桥集》（上海古籍出版社）第229页	诞老年学兄正，板桥郑燮	荣华按： 1.《扬州画派书画全集·郑燮》第226图柱石图、《郑板桥诗文书画全集》第122页图题此诗，并有此落款。 2.《扬州八怪现存画目》第382页有题，言“乾隆二十八年癸未作”。花卉屏四条之一。
题画《石》	欲学云林画石头，愧他笔墨太轻柔，而今老去心知意，只向精神淡处求。	《郑板桥外集》第161页	板桥郑燮	荣华按： 《扬州八怪现存画目》第384页有题。
石	冲天塞地横中立，莽莽苍苍气深郁，兀然静镇盖诸山，泰岱、衡阳逊不及。	《郑板桥外集》第161页	郑板桥	
清朝柱石图	气骨森严色古苍，严如公辅立朝堂。竹枝亦复多情事，靠定青山有主张。	《郑板桥外集》第172页	乾隆戊寅，板桥郑燮又题。清朝柱石图。板桥郑燮画	
郑燮、陈馥合作苔石图	郑家画石，陈家点苔， 出二妙手，成此峦岩， 傍人不解，何处飞来。	《郑板桥集》（上海古籍出版社）第230页	陈馥、郑燮画并题	

续表

作品主题或题目	作品全文	出处	落款	备注
菊花	菊花盘里是明珠，金碗红心翠叶铺。凉气未来霜未落，秋风富贵尽堪图。	《郑板桥集》（上海古籍出版社）第232页	板桥	荣华按：《扬州画派书画全集·郑燮》第121图题画诗六段之二、《郑板桥诗文书画全集》第76图题此诗，并有此落款。但“碗”作“椀”，“图”作“国”。
菊花	松柏缝个破瓦盆，提笔无心画有心。想因会得渊明性，烂漫黄花著一墩。	《郑板桥外集》第181页		
闲居爱重九图册	萧萧冷雨重阳节，艳艳新霜菊径花，不论阴晴各天气，诗情宜称破篱笆。	《郑板桥外集》第182－183页	耐愚年学长兄并政，板桥郑燮草	
菊	悔贪卖画几文钱，孤负家园九月天，紫蟹红菱三白酒，花心吟醉菊花前。	《郑板桥外集》第186页		
橘菊	橘皮香与鞠花香，都入陶家漉酒缸。醉后便饶春意味，不知天地有秋霜。	《郑板桥集》（上海古籍出版社）第230页	板桥郑燮	荣华按：《历代题画诗选注》第140页有此诗。
菊石	南阳菊水多耆旧，此是延年一种花。八十老人勤采啜，定教霜鬓变成鸦。	《郑板桥集》（上海古籍出版社）第230页	板桥居士郑燮画并题	荣华按： 1.《扬州八怪现存画目》第389页有题，书画册之一。 2.《历代题画诗选注》第140页有此诗。

续表

作品主题或题目	作品全文	出处	落款	备注
梅	铁干留清阴，横斜三两枝， 亦然疏狂性，为有岭云知。	《郑板桥外集》第 184 页		
梅	牡丹芍药各争妍，叶乱花翻臭午天。 何似竹篱茅屋净，一枝清瘦出朝烟。	《郑板桥集》（上海古籍出版社）第 229–230 页	板桥郑燮题	
梅	玉骨冰肌品最高，冷淡清癯任挥毫。 等闲着上胭脂水，却是红梅不是桃。	《郑板桥外集》第 184 页		
梅兰	寒梅三冬秀，幽兰四季春。 空谷堪自赏，何须问老人。	《郑板桥外集》第 181 页	板桥居士郑燮	
梅竹轴	一生从未画梅花，不识孤山处士家。 今日画梅兼画竹，岁寒心事满烟霞。	《郑板桥集》（上海古籍出版社）第 229 页；《中国历代题画诗选注》第 336 页		荣华按：《扬州八怪现存画目》第 364 页有题。
牡丹梅花图	牡丹花下一枝梅，富贵穷酸共一堆。 莫道牡丹真富贵，不如梅占百花魁。	《郑板桥外集》第 184 页		荣华按：《郑板桥外集》第 181 页《梅花牡丹》亦有存句，为“莫道牡丹真富贵，谁知梅花百花魁”。
藤萝图	两枝石笋一丛花，红紫缤纷艳质赊。 曾在浙江江上见，苎罗村里丽人家。	《郑板桥外集》第 185 页		

续表

作品主题或题目	作品全文	出处	落款	备注
芙蓉	最怜红粉几条痕，水外桥边小竹门。照影自惊还自惜，西施原住苧萝村。	《郑板桥集》（上海古籍出版社）第232页	郑板桥	荣华按：《扬州画派书画全集·郑燮》第120图题画诗六段之一、《郑板桥诗文书画全集》第77图题此诗，并有此落款。
题《三友图》	复堂奇笔画老松，晴江乾墨插梅兄。板桥学写风来竹，图成三友祝何翁。	《郑板桥集》（上海古籍出版社）第227页	乾隆乙亥，郑燮并题	荣华按：《扬州八怪现存画目》第389页有题。
秋葵石笋图	牡丹富贵号花王，芍药调和宰相祥。我亦终葵称进士，相随丹桂状元郎。	《郑板桥集》（上海古籍出版社）第227页	板桥郑燮题	
萱猫	最得闺中妇女怜，牙床绣被任他眠。偶来花下寻蝴蝶，吉兆先期九十年。	《郑板桥集》（上海古籍出版社）第231页	板桥老人	荣华按：《扬州画派书画全集·郑燮》第124图题画诗六段之五、《郑板桥诗文书画全集》第73页图题此诗，并有此落款。
竹篮春笋	护苏封篱日夜忙，爱他材料供明堂。山妻只要街头卖，一个铜钱一大筐。	《郑板桥外集》第186页		

续表

作品主题或题目	作品全文	出处	落款	备注
八哥	类同乾鹊将毋小，族比慈乌未是多。借问人间何手足，相逢此鸟便称哥？	《郑板桥集》（上海古籍出版社）第231页	板桥老人郑燮	荣华按：《扬州画派书画全集·郑燮》第123图题画诗六段之四题此诗，并有此落款。
鹡鸰	鹡鸰两两唤同行，不减原令好弟兄。可叹世人无古道，酿他饥饿逼他争。	《郑板桥集》（上海古籍出版社）第231页	乾隆甲申，板桥郑燮	荣华按：《扬州画派书画全集·郑燮》第122图题画诗六段之三题此诗，并有此落款。
鹭鸶	鹭鸶拳足立溪边，红蓼花残水月天。欲把霜翎斗霜色，直随孤鹤去摩天。	《郑板桥集》（上海古籍出版社）第232页	板桥郑燮	荣华按：《扬州画派书画全集·郑燮》第125图题画诗六段之六、《郑板桥诗文书画全集》第72页图题此诗，并有此落款。但"水"作"九"。
题画	不红不紫不深黄，碧绿沉沉叶几章。惟有西风偏称意，惯催石上扫秋霜。	《郑板桥外集》第174页		
题山	山上山下都是兰，香芬馥郁是一般，可恨世人薄幸眼，只因高低两样看。	《郑板桥外集》第166页		
九秋图	九秋宝艳胜春三，时雨何如露水甘，不遣芙蓉入图画，恐惊颜色梦江南。	《郑板桥外集》第180页		

续表

作品主题或题目	作品全文	出处	落款	备注
题碧崖和尚遗照	洞曹之后,何得无人?敏修大德,公善其身。两住焦山,其道益纯。肩挑重担,脚踏危津。剖石见玉,选竹抽筠。俗僧劝舍,不舍便嗔。及其已舍,万告千贫。如割心肺,如刳齿唇。忽然祸至,一费千缗。求死不得,求活无因。何似我公,万境皆春。焦山杯水,点豉江莼。焦山抔土,首丘至仁。是僧之言,是我之邻。	《郑板桥全集》第335页		荣华按: 1.《郑板桥外集》第105页有此诗,但有异:“洞曹之后,我得无人。敏修大德,公善其身。两住焦山,其道益纯。肩挑重担,脚踏危津。刻石见玉,选竹抽筠。俗僧劝舍,不舍便嗔。及其以舍,万告千贫。如割心肺,如刳齿唇。忽然祸至,一费千缗。求死不得,求活无因。何似我公,万境皆春。焦山杯水,吴豉江篿。焦山抔土,首丘至仁。是僧之言,是我之邻。”并有落款“碧崖大和尚遗照。板桥郑燮拜题”。 2.《郑板桥外集》中郑炳纯注:“王骧氏考证,此赞为板桥于中进士南归后,入仕选官以前的乾隆二至五年之间所作。”

续表

作品主题或题目	作品全文	出处	落款	备注
题成母单太君七十具庆图	曾读当年令伯书，为因祖母赋闲居，而今具庆华堂内，绝胜朱袍桂紫鱼。	《郑板桥外集》第130页		
题个道人小照	嗟予不是康成裔，羡此真成颖士家，放眼乾坤臣主义，青衣往往胜乌纱。	《郑板桥外集》第132页	乾隆庚辰夏五，板桥郑燮识	原作：郝香山，晴江李公之侍人也，宝其主之笔墨如拱璧，而索题跋于板桥老人。孙柳门又个道人之侍人也，宝其主之笔墨与香山等，而又摹道人之照而藏之，以为千秋供奉，其义更深远矣，用题二十八字。"嗟予不是康成裔……" 郑炳纯注： 卞本全集，据南通博物馆藏墨迹，题作"题黄慎画丁有煜像卷"。据《郑板桥书法》影印此件诗堂上尚有板桥题"好藏之"三大字，小字署"孙柳门所宝个道人小照"，"板桥郑燮题"。

续表

作品主题或题目	作品全文	出处	落款	备注
题李萌岁朝图	一瓶一瓶又一瓶，岁朝图画笔如生。莫将片纸嫌残缺，三百年来爱古情。	《郑板桥集》（上海古籍出版社）第232－233页	乙丑冬十有二月，游扬州东郭。见市上有此画，几于破烂不堪，属装画者托之，常挂几席间，聊以存元初笔仗云。板桥郑燮灯下志	
题陈馥墨竹	一阵旋风卷地来，竹枝敲打靠成堆。无端又是萧萧雨，凤羽鸡毛理不开。	《郑板桥集》（上海古籍出版社）第233页	松亭画，板桥题，天印山农人挂看	
题高凤翰披褐图卷	岂是人间短褐徒，胸中锦绣要模糊。况经风雨离披后，废尽天吴紫凤图。	《郑板桥集》（上海古籍出版社）第234页	愚弟郑燮	原作：“岂是人间短褐徒，……”南阜山人作披褐图，寂寥萧澹。既已蔬食没齿无怨矣。板桥居士为题二十八字，则又怨甚，然居士实不怨也。复录遣怀旧作一首，寄于卷内，以与先篇相发明焉：江海飘零窃大名，……

续表

作品主题或题目	作品全文	出处	落款	备注
题高凤翰披褐图卷	江海飘零窃大名，宫花曾压帽檐轻。尊前更挟韦娘艳，再怨清贫太不情。	《郑板桥集》（上海古籍出版社）第234页	愚弟郑燮	原作：岂是人间短褐徒，……南阜山人作披褐图，寂寥萧澹。既已蔬食没齿无怨矣。板桥居士为题二十八字，则又怨甚，然居士实不怨也。复录遣怀旧作一首，寄于卷内，以与先篇相发明焉："江海飘零窃大名，……"
题李鱓红菊册页	篱菊花开艳，经霜色更红， 不畏西风恶，巍然独自雄。	《郑板桥外集》第191页		
题李复堂蕉竹图	君家蕉竹浙江东，此画还添柱石功。最羡先生清贵客，宫袍南院四时红。	《郑板桥集》（上海古籍出版社）第235页	板桥居士郑燮拜手为复堂先生题画	
题李鱓画老少年立轴	仰天鸿雁唳晴空，立地珊瑚七尺红，惊尔文章成绚烂，从人阅历换霜风。	《郑板桥外集》第191页		
题李鱓古柏凌霄图	古柏苍然挺岁寒，淹留废院气丸丸，画工助尔参天力，故遣凌霄上下盘。	《郑板桥外集》第191－192页	板桥	荣华按：《扬州八怪现存画目》第227页有题。

续表

作品主题或题目	作品全文	出处	落款	备注
题李复堂秋稼晚菘图	稻穗黄，充饥肠； 菜叶绿，作羹汤。 味平淡，趣悠长。 万人性命，二物耽当。 几点濡濡墨水，一幅大大文章。	《郑板桥集》（上海古籍出版社）第236页	板桥题	
题黄慎钟馗小妹图大横幅	五日终南进士家，深怀巨盎醉生涯， 笑他未嫁婵娟梦，已解宜男是好花。	《郑板桥外集》第187页	板桥郑燮题	
题黄慎山水册	江头醉倒山翁，月明中， 记得昨宵归路笑儿童。	《郑板桥外集》第187页		
题黄慎山水册	溪欲转，山已断，两三松， 一段可怜风月欠诗翁。	《郑板桥外集》第188页		
题黄慎画漱石捧砚图小像轴	铁砚犹穿况石头，知君心事欲千秋。 文章吐纳烟霞外，入手先亲即墨侯。	《郑板桥外集》第188页	板桥燮	
题汪士慎、李鱓、李方膺合作花卉图轴	梅花抱冬心，月季有正色， 俯视石菖蒲，清浅茁寒碧。 佛手喻画禅，弹指现妙迹， 共玩此窗中，聊为一笑适。	《郑板桥外集》第189页	乾隆丁卯秋日，士镇画梅，复堂补佛手、石菖蒲，晴江添月季，余作诗于上	
题高凤翰荷花芦苇图轴	济南城外有池塘，荇叶荷花菱藕香。 更有苇竿堪作钓，画工点染入沧浪。 苇花秋水逼秋清，画舫江南旧日情。 最是采莲诸女伴，髯高风郑笑呼名。	《郑板桥外集》第189页	观故人高西园画，感赋二首。板桥郑燮	郑炳纯注：原画右上高氏自署“辛丑初夏，南村居士写意”。

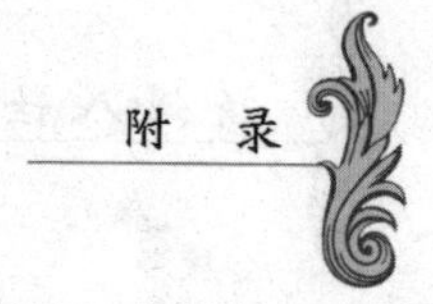

续表

作品主题或题目	作品全文	出处	落款	备注
题李方膺画梅长卷	梅根啮啮，梅苔烨烨； 几瓣冰魂，千秋古雪。	《郑板桥外集》第194页	乾隆二十五年五月十三日板桥郑燮漫题	
题李方膺墨竹册页	一枝瘦影横窗前，昨夜东风雨太颠， 不是傍人扶不起，须知酣醉欲成眠。	《郑板桥外集》第193页	李晴江画，郑板桥题	
题高翔山水	幽岩雨过静箖箊，傍水沿篱结草庐， 何日买山如画里，卧风消受一床书。	《郑板桥外集》第193页		
题华岩浣纱溪扇面	杨柳桃花几度春，隔溪歌舞认前身， 吴宫滋味如纱薄，洗尽江山是美人。	《郑板桥外集》第193页		
题许湘芭蕉轴	主人画笔最清幽。何苦芭蕉写作愁， 雨半窗，风半榻，怎教宋玉不悲秋。	《郑板桥外集》第195页	许衡州画，郑板桥题	
题许湘双钩兰	东阑簇簇小山幽，有廓无填瘦笔钩。 从此素心兼素叶，天涯传说许衡州。	《郑板桥外集》第195页		
题李寅残菊轴	枝尽叶凋谢，难扶汝傲霜， 由来花放足，风过不闻香。	《郑板桥外集》第196页		
题李寅红秋色图	玉露秋华湛碧空，欣看秋圃绽芳丛， 一声雁唳江天外，七尺珊瑚贯顶红。	《郑板桥外集》第197页		
题周璕龙	神龙潜何处，纷纷辩有无， 昔闻生大泽，今岂辱泥涂。 不见叶公好，荒言列子屠， 南阳有遗迹，鼾卧在江湖。	《郑板桥外集》第197页		

续表

作品主题或题目	作品全文	出处	落款	备注
题朱炎百瞎图卷	说与闺中妇女知，嫁夫须要嫁盲儿，缺额掀唇都不见，恩情到老是西施。	《郑板桥外集》第197页	乾隆甲申	
题罗愚溪山水条幅	松声瀑响满虚亭，高士闲眠侧耳听，几个樵夫寻不到，古苔幽径万年青。	《郑板桥外集》第198页	愚溪画，板桥题	
竹	微风倚少儿。	《扬州八怪现存画目》第365页		
墨竹	我是江北人。	《扬州八怪现存画目》第371页		
竹	满天皆大雪。	《扬州八怪现存画目》第395页		
竹石	画石存岳意，画竹引凤声。	《郑板桥外集》第159页		原作："画石存岳意，画竹引凤声。"予一举笔时，即为兢兢，但不知画竹者另有高见示我否？
竹	一片月光如洗。	《扬州八怪现存画目》第395页		

续表

作品主题或题目	作品全文	出处	落款	备注
竹	竹之在山不待言。	《郑板桥外集》第162页	乾隆戊寅夏四月，板桥郑燮	原作：竹之在山不待言。《诗》曰："淇泉绿竹"，《史》云："渭川千亩竹"，少凌云："映竹水穿沙"，又曰："懒性从来水竹居"。是竹不独爱山，又爱水也。今为沙水竹石之图，且系以诗曰：知仁山水分头乐，竹性由来兼得之。若使故逢鲁司寇，杏坛应种百千枝。
竹	瘦条不减黄金缕。	《扬州八怪现存画目》第365页		
兰竹	秀顶双松最老苍。	《扬州八怪现存画目》第370页		
画竹	煮肉烹鱼切笋新。	《扬州八怪现存画目》第370页		
竹	还似当年旧竹林。	《扬州八怪现存画目》第377页		荣华按：《扬州八怪现存画目》记录为："乾隆十七年壬申作。"又有记录为："此幅乾隆二十四年己卯后六月题。"

续表

作品主题或题目	作品全文	出处	落款	备注
竹	小苑茆堂静掩门。	《扬州八怪现存画目》第383页		荣华按：《扬州八怪现存画目》记录："乾隆二十二年丁丑作。"
竹	萧萧江上晚风寒。	《扬州八怪现存画目》第385页		
竹	两枝瘦竹叶无多。	《扬州八怪现存画目》第385页		
竹	不须红紫夸颜色。	《扬州八怪现存画目》第385页		
竹	昨在西湖过六桥。	《扬州八怪现存画目》第385页		
竹	直干千秋无妄曲。	《扬州八怪现存画目》第386页		荣华按：《扬州八怪现存画目》记录："乾隆二十年乙亥作。"
竹	写根竹枝栽块石。	《扬州八怪现存画目》第388页		
竹石	石峰一块欲撑天。	《扬州八怪现存画目》第395页		
墨竹	□□□□含瑞色。	《扬州八怪现存画目》第401页		

续表

作品主题或题目	作品全文	出处	落款	备注
竹	虽然高下分浓淡，总是新篁得意时。	《郑板桥集》（上海古籍出版社）第210页		荣华按：《扬州八怪现存画目》第388、389页有题，书画册之一。
竹	雨中听竹知秋意，秋在书窗小榻边。	《郑板桥集》（上海古籍出版社）第215页	板桥	
竹	水竹不如山竹劲，画来须向石边青。	《郑板桥集》（上海古籍出版社）第215页		
竹	竹林七竹如何六？两阮原应共一枝。	《郑板桥集》（上海古籍出版社）第215页	板桥	
竹	秃竹应须作钓竿，江头风雨不辞寒。	《郑板桥集》（上海古籍出版社）第216页	燮画	
竹	立根坚固何能拔，雨叶风枝纸外寻。	《扬州画派书画全集·郑燮》第153图兰竹之四	郑板桥画并题	
兰竹石	春风莫漫催花急，留取才开未放枝。	《郑板桥集》（上海古籍出版社）第221页	乾隆丁卯正月廿三日	荣华按：诗句后有句："滴沥空庭，竹响共雨声相乱。"

续表

作品主题或题目	作品全文	出处	落款	备注
兰竹石	年年风景皆如意,水暖花香竹叶肥。	《郑板桥集》(上海古籍出版社)第226页		
竹	新篁数尺无多子,蓄势来年长万寻。	《郑板桥外集》第155页		荣华按:《扬州八怪现存画目》第365页有题。
竹	老干枝疏新叶放,龙孙原种复来枝。	《郑板桥外集》第158页		
竹	遇着青山便栽竹,短长高下总清风。	《郑板桥外集》第158页	板桥道人郑燮	
竹	老干新篁千万叶,世间君子不嫌多。	《郑板桥外集》第158页	板桥郑燮写	
竹	昨夜春雷平地起,儿孙都领上青云。	《郑板桥外集》第158页	板桥燮	
竹	剪取竹梢还掐叶,只将小翠斗青春。	《郑板桥外集》第158页	板桥	荣华按:《扬州八怪现存画目》第389页有题,书画册之一。
竹	和风暖雨佳时节,长出龙孙万丈高。	《郑板桥外集》第158页	房母江老夫人八十荣寿。板桥郑燮	

续表

作品主题或题目	作品全文	出处	落款	备注
竹石	竹得此中仙境界，天台走过石梁桥。	《郑板桥外集》第161页		郑炳纯注：题竹石图立幅，为"向夫年学长兄"作。荣华按：《扬州八怪现存画目》第393页有题。
竹	浑如燕剪翻风外，此是新篁正少年。	《郑板桥外集》第162页		荣华按：《扬州八怪现存画目》第397页有题。板桥书画拓片集之一。
竹	一尺竹含千尺势，老夫胸次有灵奇。	《郑板桥外集》第162页		荣华按：1.《扬州八怪现存画目》第397页有题。板桥书画拓片集之一。2.《扬州八怪现存画目》第399页有题。
竹	浓淡有时无变节，岁寒松柏是知心。	《郑板桥外集》第162页		荣华按：《扬州八怪现存画目》第397页有题，作"浓淡有时无"。板桥书画拓片集之一。
竹	一枝折得淇泉竹，想见当年卫武公。	《郑板桥外集》第162页		荣华按：《扬州八怪现存画目》第398页有题。

续表

作品主题或题目	作品全文	出处	落款	备注
竹	未出土时先有节,纵凌云处也无心。	《郑板桥外集》第169页		荣华按:《郑板桥诗文书画全集》第118页图题此诗。但“处”作“去”。且落款为“板桥老人”。
竹	参差错落无多竹,引得春风入座来。	《郑板桥外集》第164页	乾隆乙酉,板桥郑燮	荣华按:《扬州八怪现存画目》第391页有题。作“参差错落每多竹”。言“乾隆三十年乙酉作。”
竹	立根坚固何能拔,雨叶风枝纸外寻。	《郑板桥诗文书画全集》第92页	郑板桥画并题	
竹石	自古龙孙无弱干,况今凤羽不凡毛。	《扬州画派书画全集·郑燮》第53图竹石图。	乾隆乙亥夏日为荆伯年学兄,板桥郑燮	
竹石	满纸皆风君子法,伯夷……	《扬州画派书画全集·郑燮》第136图竹石图。		荣华按:书中此图显示不全,仅可看到一句。
竹	一林旧竹并新竹,几处疏枝间密枝。	《扬州画派书画全集·郑燮》第200图兰竹册之二。	板桥	荣华按:《扬州八怪全书(第1卷)》第68页图题此句,并有此落款。

续表

作品主题或题目	作品全文	出处	落款	备注
竹	午梦醒来无一事,自磨新墨写潇湘。	《扬州画派书画全集·郑燮》第200图兰竹册。	板桥	荣华按:《扬州八怪全书(第1卷)》第68页图题此句,并有此落款。
兰	芝兰之室,君子居之。	《郑板桥外集》第169页		荣华按:1.《郑板桥外集》第183页《芝兰图》有此句,作"芝兰之堂,君子居之",并有落款"板桥居士郑燮"。2.《扬州八怪现存画目》第397页有题。板桥书画拓片集之一。
兰	兰芳竹翠,香节之国。	《郑板桥外集》第171页	板桥	荣华按:《扬州八怪现存画目》第389页有题。作"兰芳竹翠香节之图"。书画册之一。
兰	兰草写三苔。	《扬州八怪现存画目》第389页		
兰	兰为王者香,不与众草伍。	《郑板桥外集》第171页		
兰	洁疑无地种,芳不待人知。	《郑板桥外集》第173页	板桥	

续表

作品主题或题目	作品全文	出处	落款	备注
兰	千秋王者瑞,采樵莫漫担。	《扬州画派书画全集·郑燮》第234图兰竹图	须归用六年学世兄正,板桥	荣华按:《郑板桥诗文书画全集》第128页有题此诗,并有此落款。
兰	自古幽贞是此花。	《扬州八怪现存画目》第383页		
兰	此是姑苏石上花。	《扬州八怪现存画目》第385页		
兰	山上兰花早早开。	《扬州八怪现存画目》第396页		
兰	峭壁兰垂万箭多。	《扬州八怪现存画目》第396页		
兰	石上青青一片兰。	《扬州八怪现存画目》第401页		
兰	处世总无穷竭意,看花全在未开时。	《郑板桥外集》第169页		荣华按:《扬州八怪现存画目》第365页有题。
兰	何劳绿叶扶持我,自有孤芳压服他。	《郑板桥外集》第170页	板桥	
兰	兰少花稀才数笔,世间清品不须多。	《郑板桥外集》第170页	板桥	

续表

作品主题或题目	作品全文	出处	落款	备注
兰	玉盎金盆徒自贵,只栽蒲草不栽菊。	《扬州八怪》第13图墨竹图轴之三	板桥	荣华按: 1.《郑板桥外集》第169页。记载:"玉盎金盆徒自贵,只栽蒲草不栽兰。" 2.《扬州画派书画全集·郑燮》第213图兰竹册、《郑板桥诗文书画全集》第112页兰图题此诗。作"玉盎金盆徒自贵,只栽蒲草不栽兰。板桥"。 3.《扬州八怪现存画目》第373页有题。
甘菊谷泉	南阳甘谷家家菊,万古延年一种花。	《郑板桥集》(上海古籍出版社)第228页	板桥郑燮	荣华按: 1.《扬州画派书画全集·郑燮》第102图甘谷菊泉图、《郑板桥诗文书画全集》第61页图题此诗,并有此落款。 2.《扬州八怪现存画目》第382页有题:"乾隆二十八年癸未作,花卉屏四条之一。"
梅	近日盆花绝□嫌。	《扬州八怪现存画目》第390页		

续表

作品主题或题目	作品全文	出处	落款	备注
石	从来不用苔花点。	《扬州八怪现存画目》第390页		
题高凤翰画册	睡龙醒后才伸爪,抓破南山一片青。	《郑板桥外集》第190页	弟郑燮板桥	原作:"睡龙醒后才伸爪,抓破南山一片青。"聊题画境,其笔墨之妙,古人或不能到,予何言以知之。
题李鱓《菊蟹秋光图》	吾家蕉竹浙江东。	《扬州八怪现存画目》第170页		

(二)题画词

作品主题及题目	作品全文	出处	落款	备注
一剪梅·题兰竹菊帐额	一幅齐纨七尺长,不画春芳,不画秋芳。写来蕙草意飘飏,恍在潇湘,又在沅江。红罗斗帐挂深堂,月夜流光,雨气新凉。薄衾碧簟拥韦娘,帐里花香,帐外花香。	《郑板桥全集》第340页;《郑板桥外集》第136页		

注:

1. 卞孝萱.郑板桥全集[M].济南:齐鲁书社,1985.

2. 曹惠民,陈伉.扬州八怪全书(第1卷)[M].北京:中国言实出版社,2006.

3. 曹惠民,李红权.郑板桥诗文书画全集[M].北京:中国言实出版社,2005.

4. 洪丕谟.历代题画诗选注[M].上海:上海书画出版社,1983.

5. 上海古籍出版社.郑板桥集[M].上海:上海古籍出版社,1979.

6. 上海人民美术出版社.艺苑掇英第八期[M].上海:上海人民美术出版社,1980.

7. 王凤珠,周积寅.扬州八怪现存画目[M].南京:江苏美术出版社,1991.

8. 文物出版社资料室.扬州八怪[M].北京:文物出版社,1981.

9. 吴泽顺.郑板桥集[M].长沙:岳麓书社,2002.

10. 郑炳纯. 郑板桥外集[M]. 太原:山西人民出版社,1987.

11. 郑燮. 扬州画派书画全集·郑燮[M]. 天津:天津人民美术出版社,1998.

12. 郑燮. 郑板桥文集[M]. 成都:巴蜀书社,1997.

13. 周积寅,史金城. 中国历代题画诗选注[M]. 杭州:西泠印社,1985.

四、金农题画诗词辑佚

作品主题或题目	作品全文	出处①	落款	备注
题罗聘《冬心先生蕉荫午睡图》	先生瞌睡,睡着何妨。 长安卿相,不来此乡。 绿天如幕,举体清凉。 世间同梦,惟有蒙庄。	《扬州八怪》第24页		
画竹	雨后修篁分外青,萧萧如在过溪亭。 世间都是无情物,只有秋声最好听。	《历代题画诗选注》第127页		
题花果图册——梅子	江南暑雨一番新,结得青青叶底身。 梅子酸时酸不了,眼前多少皱眉人。	《历代题画诗选注》第129页		
题花果图册	依芳岩而多馥,近恶棘而不伤。 当门之戒,佩之勿忘。	《扬州八家画集》第2页	曲江外史小笔	
闭户不读书	团扇生衣捐已无。掩书不读闭精庐。 故人笑比中庭树,一日秋风一日疏。	《历代题画绝句评鉴》第152页		

① 表中仅列书名及页码,具体版本信息见表后注。

续表

作品主题或题目	作品全文	出处	落款	备注
梅竹	古来画梅谁最好。僧中独数华光老。花光衣钵付吾人。信手写来得其真。曾闻花光能画影。墨晕含苞偏耐冷。石门画梅兼画月。比校烘云尤幻绝。只圈花瓣不安须。看去靡靡月如泼。画月之外更画烟。古笼玉质难为传。斜阳一抹忽中断。似倚孤山向晚船。流落南屏定几时。君今幸得收藏之。写作春风十分态。举似湘西江楼阿师。个是浪子无声诗。十玲珑山馆隙地，高高下下多种梅。主人性癖爱奇古。更令远访江之限。蒋陵气暖首灵谷，花匠家多仕凤台。根蟠数世仍护□，萼点十月先含胚。殷勤拣取六七本，乘涛东下将春回。江神岂是妒花者，鱼龙鼓鬣扬其颏。封姨拗怒得无恙，园丁上番工移栽。南枝记取解束缚，凡廿见之皆舆儓。清泉百道足生意，微阳潜伏扶新荄。西畴居士称好事，行厨招客行深杯。酒阑客散塞月上，疏影一一堪疑猜。挨石鬅鬙镇水怪，循墙屈曲藏冻虺。预想他时雪满眼，仿佛此际香横苔。不须健步烦杜老，芳心更用狂吟催。姑射仙神炼玉砂。丹光晴贯洞中霞。无端夜半东风起，吹作江南第一花。漫天风雪正交加。三径泥融酒懒赊。闲杀老夫无个事，炙开冰块水砚画梅花。	《中国历代梅兰竹菊画谱》第299页		荣华按：参《扬州八怪现存画目》第267页《竹石寒梅图轴》题画。
	潺潺百尺溪。中有千年鹿。悠哉复游哉，饮啄殊自乐。	《乾隆时代绘画展》第147页		

续表

作品主题或题目	作品全文	出处	落款	备注
	占断西湖世外春。只教一鹤伴闲身。人间无笔能图取,还乞林逋自写真。	《乾隆时代绘画展》第149页		荣华按:此诗《冬心先生画梅题记》之朱休度跋有载:"比部集有索金寿门画梅绝句云:……乃乾隆戊寅作,逾年山人画以报,即此幅也。越辛巳比部殁,再越辛丑比部嗣君秋塍要余与曹种梅、蒋春雨饮,出此同观。别有山人为比部画梅花灯八扇,时值上元张灯相品玩,余为赋灯词七首,有'冬心旧笔生春色,疑是相思一夜开'之句,且劝秋塍撷灯幅装为册。今三人皆下世,闻灯画册子已为杭人购去,廉儿忽从他处获此,愣愣然对画如对故人,而余齿且及山人作画之年矣。余往见山人写梅,多乱插繁花,此老笔较疏澹可贵。儿能珍之,纸上花不随人谢也。嘉庆甲子金陀里七十三翁朱休度书。"

续表

作品主题或题目	作品全文	出处	落款	备注
过小孤山	古县萧条对岸开，大江行色榜人催。 水风多处轻抬眼，浮出青山似覆杯。	《题画诗选释》第497页		
感春口号	春光门外半掠过，杏靥桃绯可奈何！ 莫怪撩衣懒轻出，满山荆棘较花多。	《题画诗选释》第1110页		
题梅花	一树梅花破俗，冷香恰称清贫。 旧家门径不改，莫道此中无人。	《题画诗选释》第2463页		
野梅	神与龙泓物外游，野梅江路乱春愁。 瓣香始悟花之偈，残雪烟横水上楼。	《题画诗选释》第2566页		
咏频婆果	晚凉才过浴兰时。一种甘香欲堕枝， 为语玉溪溪上女，不劳红豆寄相思。	《题画诗选释》第4609页		
频婆果	胭脂涂颊粉肌明，瑶席新尝别味清。 翻恨炎州鲜荔子，只同风露不同生。	《题画诗选释》第4610页		
杏	谁折中园第一枝，甘香先饱晚春时。 试看青紫皆成熟，方感东君不见私。	《题画诗选释》第4611页		
木瓜	琼琚投报向来谙。取次芬芳座上探。 忆得故园风味好，疏窗小雪梦江南。	《题画诗选释》第4612页		
莲蓬	倒垂一簇似蜂窝。水榭西风奈老何。 芡实匀圆菱米熟，此中的的苦心多。	《题画诗选释》第4613页		
梅花横幅	枝干墨写，花蕊红渲。 冷艳寒香，气韵静远。	《中国花卉诗词全集》第297页		
墨梅	晓起清寒细雨吹，春回一月半开梅； 重门未启金鱼钥，风送马声何处来。	《明清花鸟画题画诗选注》第9页		

续表

作品主题或题目	作品全文	出处	落款	备注
爱竹图挂轴	爱竹得竹趣,仙人李八百。 口吟沧浪辞,坐此太古石。 茗柯有妙理,新泉试云液。 风林吹不休,秋阴澹将夕。	《扬州八怪题画录》第100页	庚午岁十月,为晴川学长先生,题爱竹图,在真州僧舍书,杭郡金农	
山水人物册页(其一)	白云忽自眉际出,黄叶乱飞衣上来。 空庭久立非无意,拦路溪风不放回。	《扬州八怪题画录》第122页	稽留山民	
山水人物册页(其二)	野梅瘦得影如无,多谢山僧分一株。 此刻闭门忙不了,酸香咽罢数花须。	《扬州八怪题画录》第122页	七十五叟金农,画于扬州客舍	
牡丹	琼姿不着一分肥,如此幽闲绝世稀。 当户姚黄开晓靥,下阶魏紫曳罗衣。 望来国色风神似,捧出天香笑语非。 只有游蜂性孤洁,夜深只傍短丛飞。	《扬州八怪题画录》第134页		
松	松风谡谡洒面凉。十丈不已青盖张。 针如灵龟尾更长,松花黄,松卵香。 下有茯苓夜有光。目明耳聪采作粮。 山中一人百岁强。前村往往闻石羊。	《明清花鸟画题画诗选注》第212页		
兰	苦被春风勾引出,和葱和蒜卖街头。	《扬州八怪题画录》第222页		
	停琴举酒杯,笑对梅花饮。	《乾隆时代绘画展》第146页	金吉金	
	争道玉楼人雅甚,剥来先与老夫尝。	《乾隆时代绘画展》第146页	此前十年戏赠玉屏先生句也。偶写瓜果,漫题旧作,道学先生弗以为笑	
	冬瓜茄子萝卜菜,付与山僧作午餐。	《乾隆时代绘画展》第147页	二十六郎金吉金	

续表

作品主题或题目	作品全文	出处	落款	备注
《山水人物》册页（其五）	风来四面卧当中。	《扬州八怪题画录》，第123页。	寿道士	荣华按：为金农《岁暮复寓吴兴姚大莲花庄》中诗句。

注：

1. 陈斌. 中国历代梅兰竹菊画谱[M]. 西安:三秦出版社,2014.
2. 陈履生. 明清花鸟画题画诗选注[M]. 成都:四川美术出版社,1988.
3. 邓国光,曲奉先. 中国花卉诗词全集. 1[M]. 郑州:河南人民出版社,1997.
4. 韩丰聚,孙恒杰. 题画诗选释[M]. 石家庄:河北美术出版社,2000.
5. 洪丕谟. 历代题画诗选注[M]. 上海:上海书画出版社,1983.
6. 蒋华. 扬州八怪题画录[M]. 南京:江苏美术出版社,1992.
7. 王凤珠,周积寅. 扬州八怪现存画目[M]. 南京:江苏美术出版社,1991.
8. 文物出版社资料室. 扬州八怪[M]. 北京:文物出版社,1981.
9. 吴企明,杨旭辉,史创新. 历代题画绝句评鉴[M]. 合肥:黄山书社,2018.
10. 香港艺术馆. 乾隆时代绘画展[M]. 香港:香港市政局,1986.
11. 许莘农. 扬州八家画集[M]. 北京:文物出版社,1959.

五、边寿民题画诗词辑佚

（一）题画诗

作品主题或题目	作品全文	出处①	落款	备注
芦雁	水落沙汀阔，霜清芦荻寒。 南来终是暂，莫作故乡看。	《边寿民》附图十	颐公	
芦雁	雁膳累累实，西风沉黑云。 洞庭波已动，一雁始相闻。	《扬州画派书画全集·边寿民》12 图杂画卷（上）之十一	古槎老人	

① 表中仅列书名及页码，具体版本信息见表后注。

续表

作品主题或题目	作品全文	出处	落款	备注
芦雁	菰米足疗饥，江寒泊最宜。 天涯少俦侣，两两莫轻离。	《扬州画派书画全集·边寿民》136 图杂画册之二	寿民写并题	荣华按：《扬州八怪绘画精品录》170 图杂画册芦雁册之三题诗与此相同，作"淮海边寿民"，《中国历代题画诗选注》第 273 页双雁依傍册页题诗与此相同。
芦雁	云开斜影落，风紧唳声高。 画到神来候，秋旻在兔毫。	《扬州画派书画全集·边寿民》135 图杂画册之一	寿民	
芦雁	处处稻粱肥，绝无矰缴侮。 奴亦宿芦中，不知打更苦。	《扬州画派书画全集·边寿民》148 杂画册之四	寿民并题	荣华按：《中国题画诗大观》760 页有此诗。
芦雁	虚舟触浅沙，港阔稀人迹。 旅影入中流，浮沉爱深碧。	《扬州画派书画全集·边寿民》156 图杂画册之十二	有印无款	
芦雁	极浦潇潇雨，遥村漠漠烟。 江湖有矰缴，莫下稻粱田。	《安徽省博物馆藏画》第 140 图		

续表

作品主题或题目	作品全文	出处	落款	备注
芦雁	月冷风清洲北，沙明水碧汀西。 得睡且须熟睡，莫近客舟乱啼。	《边寿民》附图十三	苇间边寿民。	荣华按：《扬州画派书画全集·边寿民》125图花卉芦雁册之十一第11页花卉芦雁册之三题诗与此相同，但图不相同，且落款为“寿民”。
题画雁	老夫家住水云乡，画雁撑芦是所长。 粤客持将南海去，从今边雁过衡阳。	《晚晴簃诗汇》第2240页		
芦雁	万山堆雪路茫茫，鸟自归林兽自藏。 唯有塞鸿闲不得，冥飞依旧过潇湘。	《边寿民》附图二	苇间寿民	
芦雁	湘江来去镇相依，菰叶芦花伴落晖。 不慕鸳央守池沼，碧天无际会相飞。	《边寿民》附图三	颐公	
芦雁	齐鸣接翼不分离，曾写天边望远词。 冲断暮云无一句，只留两字足相思。	《边寿民》附图三	颐公	
芦雁	芙蓉两岸江如锦，淼淼澄波浴远岚。 惹得塞鸿呼侣伴，不辞辛苦到湘南。	《扬州画派书画全集·边寿民》第18图杂画卷(下)之五	颐公并题于晴川寓斋	
芦雁	风餐雪虐搅沙汀，雁冷芦寒得未曾。 六月炎蒸试闲看，不思赤脚踏层冰。	《边寿民》附图九	寿民	
芦雁	鸱夷港口暮生霞，败苇风吹一迳斜。 忽听烟中出人语，惊飞拍拍印园沙。	《边寿民》附图四	苇间颐公	
芦雁	四野清寒入窅冥。微阳初下水风腥。 湖波吹皱练纹起，认得秋光是洞庭。	《边寿民》附图十二	苇间边寿民	

续表

作品主题或题目	作品全文	出处	落款	备注
芦雁	双飞双宿学鸳央，芦叶芦花深处藏。恰似淡烟疏雨后，一痕残照在三湘。	《扬州画派书画全集·边寿民》176图芦雁图	苇间边寿民	荣华按：《中国画大师经典系列·边寿民》第4页芦雁图题诗及落款与此相同，图为同一幅图。
芦雁	芦荻秋风两岸开，孤飞碧海独徘徊。怜君万里辞边月，只为潇湘菰米来。	《扬州画派书画全集·边寿民》122图花卉芦雁册之八	苇间居士寿民	荣华按：《扬州画派书画全集·边寿民》189图芦雁图册之三、《中国画大师经典系列·边寿民》第7页芦雁图册之三题诗与此相同，落款亦同；《荣宝斋画谱.古代部分.53.花鸟》第13页花卉芦雁册之五题诗与此相同，但落款有异："边寿民"。以上三幅图中后两幅图为同一图。

续表

作品主题或题目	作品全文	出处	落款	备注
芦雁	无巢栖息雪霜余，芦笛中间颇自如。却笑衔柴乾鹊苦，一场缔造让鸠居。	《中国画大师经典系列·边寿民》第11页芦雁图册之七题诗	寿民	荣华按： 1.《扬州画派书画全集·边寿民》97图芦雁图册之三、193图芦雁图册之七题诗与此相同，落款亦同。 2.《中国历代题画诗选注》第271页，苏州市文物保管委员会藏边寿民《芦丛栖息图册页》题诗与此相同，但"乾"作"千"。以上四图中第二、三幅为同一图，与第一幅不同，第四幅情况不明。

续表

作品主题或题目	作品全文	出处	落款	备注
芦雁	浅水平沙落雁群，萧萧芦笛已斜曛。放他空阔无矰缴，不遣惊飞入断云。	《扬州画派书画全集·边寿民》192 图芦雁图册之六	苇间居士	荣华按：《扬州画派书画全集·边寿民》206 图杂画册之二题此诗，作“寿民”；《扬州八怪绘画精品录》174 图题此诗，作“苇间寿民”；《中国画大师经典系列·边寿民》第10 页芦雁图册之六题诗与此相同，落款亦同。以上三图均不同，最后一幅同《扬州画派书画全集·边寿民》中 192 图相同。
芦雁	渚花汀草日摧残。剩有黄芦飒早寒。请看无边秋惨澹，断肠零雁下空滩。	《扬州画派书画全集·边寿民》206 图杂画册之二	寿民	

续表

作品主题或题目	作品全文	出处	落款	备注
芦雁	点点芦花映碧流，风吹旅影落沙洲。 道人本是无愁客，写到荒凉亦感秋。	《扬州画派书画全集·边寿民》100 图芦雁图册之六	苇间居士	荣华按： 1.《扬州画派书画全集·边寿民》194 图芦雁图册之八、《中国画大师经典系列·边寿民》第 12 页芦雁图册之八题诗与此相同，图非同一幅图但有印无款。 2.《中国题画诗大观》759 页录此诗。
芦雁	飒飒西风响荻芦，嘹嘹归雁递相呼。 庐陵曾作秋声赋，我补秋生一幅图。	《扬州画派书画全集·边寿民》222 图芦雁图条屏之二	苇间学人并题	荣华按： 《中国画大师经典系列·边寿民》第 57 页芦雁图四条屏之二题诗与此相同，落款亦同，图为同一图。
芦雁	风急暮云飞，雨霁秋江涨。 涤羽溯中流，修翎立沙上。	《扬州画派书画全集·边寿民》223 图芦雁图条屏之三	苇间居士	荣华按： 《中国画大师经典系列·边寿民》第 58 页芦雁图四条屏之三题诗与此相同，落款亦同，图为同一图。

续表

作品主题或题目	作品全文	出处	落款	备注
芦雁	天外闲云物外情。秋风旅雁羽毛轻。获花深处孤蒲里，落得安身不受惊。	《扬州画派书画全集·边寿民》224 图芦雁图条屏之四		荣华按：《中国画大师经典系列·边寿民》第 59 页芦雁图四条屏之四题诗与此同，作“苇间居士寿民并题”，图为同一图。
芦雁	寒雪宵来战北风，荻芦丛里玉玲珑。宾鸿乐此停双翼，不是云山没路通。	《扬州画派书画全集·边寿民》73 图芦雁花卉册之一	苇间居士边寿民	荣华按：《扬州画派书画全集·边寿民》126 图花卉芦雁册之十二、《荣宝斋画谱. 古代部分. 53. 花鸟》第 12 页花卉芦雁册之四为同一图，题诗与此相同，但“北”作“朔”，“停”作“息”，且落款为“边寿民并题”。
芦雁	水因秋老疑增暖，芦到花飞若剩香。几个征鸿同泛泛，游人莫误认鸳央。	《边寿民》第 5 图	苇间寿民	
芦雁	溪上秋花似好春，溪头秋水碧粼粼。征鸿泛此缘何事，要洗关山一路尘。	《扬州画派书画全集·边寿民》76 图芦雁花卉册之四	寿民	
芦雁	神契君家得后昆，边鸾彩笔孝先文。不如人处因多技，两足尊难古共闻。	《扬州画派书画全集·边寿民》80 图芦雁花卉册之八	庚申五月春堂题	

续表

作品主题或题目	作品全文	出处	落款	备注
芦雁	不妨宿露共餐风，雪片冰花又满空。若是稻粱谋可得，应无人作信天翁。	《扬州画派书画全集·边寿民》98图芦雁图册之四	寿民	
鸿雁	栖迟顾影自堪怜，肯逐群飞噪野田。海色瞳蒙朝雨歇，又随红日上青天。	《题画诗选释》第4866页		
鸿雁	传书系足记当年，千里飞回湘水边。愧煞莺莺和燕燕，生平只解斗春妍。	《题画诗选释》第4869页		
鸿雁	十年旧梦换沧桑，喜到平泉尚有庄。眺望西郊好秋色，几行飞雁负斜阳。	《题画诗选释》第4870页		
鸿雁	十月江南未陨霜，青枫欲赤碧梧黄。停桡坐对西山晚，新雁题诗小着行。	《题画诗选释》第4871页		
鸿雁	近看分明远欲无，水光空阔好江湖。幸然不入虞人眼，又被闲中画作图。	《题画诗选释》第4872页		
鸿雁	联翩飞处影横斜，暝色如烟暗荻花。远水微茫秋万顷，不妨随意落平沙。	《题画诗选释》第4873页		
鸿雁	平安写就每频看，客地何人吊影单。偌大乾坤无住处，横空嗟尔入云寒。	《题画诗选释》第4875页		
鸿雁	高飞鸿雁避峰峦，嘹唳余音入渺漫。怪底故人书信杳，千山万水寄应难。	《题画诗选释》第4876页		
鸿雁	为传秋信度天关，碌碌长途笔未闲。时去稻畴书乞米，千秋佳帖独尊颜。	《题画诗选释》第4877页		

续表

作品主题或题目	作品全文	出处	落款	备注
鸿雁	天际森森调墨兵，疑真疑草复疑行。 自从点破虚无后，肯似凡文共俗争。	《题画诗选释》第4878页		
鸿雁	西风万里下衡阳，水宿云飞固自双。 似为叫群心事苦，不敢相映睡秋江。	《题画诗选释》第4879页		
述怀十首之一题画雁	学技偶然事，居然以技名。 迹随秋雁远，心似白沙平。 不羡稻粱足，惟耽山水清。 冥冥谢弋者，与世久无争。	《清画家诗史》第137页		荣华按： 1.“以技名”句后有作者原注：“人呼‘边芦雁’”。 2.《魂牵淮甸》第113－114页亦录此诗。
芦雁	江岸芙蓉处处栽。柴门秋水欲平阶。 画师苇屋推窗看，翔雁一顾沙窗来。	《扬州八怪绘画精品录》163图芦雁图册之二	寿民并题	
芦雁	五更霜月下空江，汀草汀花雁一双。 有客此时犹不寐，一灯明灭卧边窗。	《扬州八怪绘画精品录》171图芦雁图册之一	苇间寿民	
芦雁	江南也是雪霏霏。压倒芦花蔽翠微。 毕竟寒威减分寸，随阳莫道计全非。	《扬州八怪绘画精品录》180图芦雁图册之十	乾隆甲子秋八月朔又二日。苇间边寿民	
芦雁	秋风旅雁下菰芦，泛泛真如水上凫。 万里关山尘土渍，修翎刷羽濯江湖。	《扬州八怪绘画精品录》178图芦雁图册之八	苇间居士	
白梅	梨花云底路参差，折得春风玉一枝。 南雪未消江月晓，欲从何处寄相思。	《扬州画派书画全集·边寿民》第2图杂画卷（上）之一	颐公写于苇间书屋，时丙午上元前一日，残雪映窗，研池成冻	

续表

作品主题或题目	作品全文	出处	落款	备注
瓶梅	淡绝瓶中写早梅，寂寥无伴最先开。宜教香色难寻索，一现虚空仙子来。	《扬州画派书画全集·边寿民》47 图杂画册之五	雍正壬子立春后二日，苇间边寿民写	荣华按：《中国画大师经典系列·边寿民》第 34 页杂画册之五题诗与此相同，落款亦同，画为同一幅。
篱菊	出岫云无迹，飞还鸟有家。肯缘五斗米，换此一篱花。	《扬州画派书画全集·边寿民》10 图卷(上)之九	颐公	
菊	楚水吴山道路难，归来篱落已荒寒。却从笔底寻秋色，不借人家径里看。	《扬州画派书画全集·边寿民》第 9 图杂画卷（上）之八	颐公并书旧作	
菊	好似张颠草字斜，居然春蚓与秋蛇。昨宵梦入陶潜径，乌帽酕醄对此花。	《扬州画派书画全集·边寿民》21 图杂画卷（下）之八	颐公	

续表

作品主题或题目	作品全文	出处	落款	备注
菊	扬子潮回抱小楼，焚香啜茗坐高头。风流也学青藤老，闲写黄花过一秋。	《扬州画派书画全集·边寿民》45 图杂画册之三	寿民	荣华按： 1.《扬州画派书画全集·边寿民》213 图题诗与此相同，作“边寿民”；《中国画大师经典系列·边寿民》第 32 页杂画册之三题诗与此相同，落款亦同。 2.《扬州画派书画全集·边寿民》45 图与《中国画大师经典系列·边寿民》第 32 页图为同一图。
盆菊	黄花初放酒新香，门巷萧然意味长。不管人间有风雨，先生高卧过重阳。	《扬州画派书画全集·边寿民》32 图盆菊图	戊申秋月，寿民写于澄观遐寄之楼	
菊	故园三径吐幽丛，一夜玄霜堕碧空。多少天涯未归客，借人篱落看秋风。	《扬州画派书画全集·边寿民》24 图杂画卷（下）之十一	颐公	
菊	黄黄白白竞鲜妍，十月天如二月天。阅尽炎凉知晚节，菊花那不爱陶潜。	《扬州画派书画全集·边寿民》77 图芦雁花卉册之五	寿民	

续表

作品主题或题目	作品全文	出处	落款	备注
写意瓶菊	霜落东篱菊欲残，汝窑瓶好折枝看。 老来事事图安逸，不肯轻身冒早寒。	金瑗《十百斋书画录》		荣华按： 未见到原始资料，摘自张一民博客。
荷	初发始葩，一叶一花。 含而不露，以配娇娃。	《扬州画派书画全集·边寿民》后“边寿民年谱”“乾隆二年”则		
荷	翠盖亭亭立，红衣冉冉香。 采莲人意恼，不敢画鸳央。	《扬州画派书画全集·边寿民》75 图芦雁花卉册之三	苇间居士	
荷	风雨满秋塘，零乱花与叶。 采莲人不来，闲煞沙棠楫。	《扬州画派书画全集·边寿民》174 图荷花图	苇间居士寿民	荣华按： 《中国画大师经典系列·边寿民》第 3 页荷花图题诗与此相同，落款亦同，图为同一图。
莲	一片青荷叶，莲华傍却开。 可怜娇虢国，扶得玉真来。	《扬州画派书画全集·边寿民》5 图杂画题诗		
荷	叶嫩舒新碧，花含凝妙香。 小鬟回舞袖，宛转护红妆。	《扬州画派书画全集·边寿民》180 图白描花果册之三	苇间居士	

续表

作品主题或题目	作品全文	出处	落款	备注
荷	溪藤一幅藕花新，擎雨摇风肖逼真。物态物情何处得，画师原是水乡人。	《扬州画派书画全集·边寿民》159 图花卉册之三	苇间居士	荣华按：《荣宝斋画谱.古代部分.53.花鸟》第 2 页花卉册之二题诗与此相同，落款亦同，图为同一图。
墨荷	不貌花容只写香，氤氲墨气晕沧浪。何须更著胭脂色，惹得人言似六郎。	《扬州画派书画全集·边寿民》101 图墨荷图	己巳初秋，苇间边寿民	荣华按：《梦园书画录》664 页亦录此诗，但作"绰翁"；《清画家诗史》第 138 页录此诗。
荷花	似从洗砚池中出，花叶都沾翰墨痕。不愿人夸好颜色，只留清气满乾坤。	《扬州画派书画全集·边寿民》197 图荷花	边寿民	荣华按：《扬州画派书画全集·边寿民》211 图杂画册之七题诗与此相同，但作"寿民"；《乾隆时代绘画展》题诗与此相同，作"翰字……雍正癸丑立秋前一日"（但资料显示不全，后应有字），三图各不相同。

续表

作品主题或题目	作品全文	出处	落款	备注
莲藕	嫩叶滑如毡，双湾臂更柔。雪甘君莫咽，试用枕清秋。	《扬州画派书画全集·边寿民》第7图杂画卷（上）之六	□康	荣华按：《扬州画派书画全集·边寿民》第7图落款“□康”，46图题诗与此相同，作“苇间学人”，163图题诗与此相同但有印无款；《中国画大师经典系列·边寿民》第33页杂画册之四题诗与此相同，作“苇间学人”；《荣宝斋画谱，古代部分．53．花鸟》第1页花卉册之一题诗与此相同但有印无款。上述五图中第二、四幅与第一幅图相同，第三幅与第五幅图相同。第一幅图诗后落款有异，此诗也许不是边寿民所作。
藕	半弯雪藕净无尘，幻出情苗休当真。纵把银刀生断却，一丝牵杀几多人。	《扬州画派书画全集·边寿民》154图杂画册之十		

续表

作品主题或题目	作品全文	出处	落款	备注
莲藕	胡为乎泥中？胡为乎清空？ 茇以此盖，荷以此筒。 朵以此瓣，实以此蓬。 揽玉□之丰隆兮，授玉节之玲珑。 贯雪心之白虹兮，斗雪窦之神通。 啖不涉齿兮，冰遇春风。 咽即沁腑兮，晶泊瑶宫。 谁写生兮化工，曰边生兮颐公。	《扬州画派书画全集·边寿民》7 图杂画卷（上）之六		
藕叶	风光别清凉，又近中秋节。 节几经，风雨破，残荷叶。 相看此景真清绝，赏心欲说和谁说。 说兴来，把笔永，留缃页。	《扬州博物馆藏扬州八怪书画精选》第 118 页	墨仙	荣华按： 原书注："1727 年作，44 岁，扬州文物商店藏"。
蟹菊	稻蟹膏方满，炉头酒正香。 若辞连日醉，辜负菊花黄。	《扬州画派书画全集·边寿民》164 图杂画册之八	苇间居士	荣华按： 《荣宝斋画谱.古代部分.53.花鸟》第 5 页花卉册之五题诗与此相同，落款亦同，图为同一幅图。
牡丹	退毫试写将离意，枯淡能兼色与香。 肯向时流斗秾艳，一团脂粉貌花王。	《扬州画派书画全集·边寿民》15 图杂画卷（下）之二	颐公并题于晴川寓楼	
题墨牡丹	一池墨汁貌花王，不辨花香与墨香。 最忆前年好清兴，写生十日住淮庄。	《清画家诗史》第 137 页		荣华按： 诗后有作者原注："淮庄程氏别苑牡丹最盛"。

续表

作品主题或题目	作品全文	出处	落款	备注
牡丹	衔头扑面卖花儿，正是阴晴谷雨时。十指浓香收不住，泼翻墨汁当胭脂。	《扬州画派书画全集·边寿民》115 图花卉芦雁册之一	苇间边寿民	荣华按： 1.《荣宝斋画谱. 古代部分. 53. 花鸟》第 18 页花卉芦雁册之十题诗与此相同，落款亦同，图为同一幅图。 2. 此诗在《扬州八怪题画录》中作者署名李鱓。
芍药	秾香独让牡丹王，润色清和殿众芳。莫笑郑公饶妩媚，上阳宫里老平章。	《扬州画派书画全集·边寿民》第 3 图杂画卷（上）之二	花月令，牡丹王、芍药相于阶。颐公	荣华按： 《扬州画派书画全集·边寿民》第 157 图花卉册之一、《荣宝斋画谱. 古代部分. 53. 花鸟》第 3 页花卉册之三题诗与此相同。作“花月令，牡丹王，芍药相于阶。边寿民”。且此二图为同一图与《扬州画派书画全集·边寿民》第 3 图不同。
芍药	四月风光遍药栏，闲将笔墨送春寒。冰绡玉腕天然在，不用胭脂斗牡丹。	《梦园书画录》第 662 页	寿民	荣华按： 《乾隆时代绘画展》第 134 页亦录此诗。

续表

作品主题或题目	作品全文	出处	落款	备注
鸡冠花	偶尔事丹青，亦有笔墨趣。 何必绛帻人，而非黑衣数。	《扬州画派书画全集·边寿民》第20图杂画卷(下)之七	颐公	荣华按：《梦园书画录》664页亦录此诗。作“寿民”
榴	绣裹长连枝，野风吹不落。 金刀劈玉浆，夜深消酒渴。	《扬州八怪绘画精品录》192图花卉册之二	绰绰老人并题	
榴	不趋炎热惯凌霜，腹蕴琼瑶夜有光。 皮相莫轻酸涩子，个中佳味比天浆。	《扬州画派书画全集·边寿民》160图花卉册之四	苇间寿民	荣华按： 1.《清画家诗史》第138页亦录此诗。 2.《荣宝斋画谱. 古代部分. 53. 花鸟》第8页花卉册之八题诗与此相同落款亦同，图为同一图。
萱草	共道山中好，入山苦不早。 山中本无忧，又有忘忧草。	《扬州画派书画全集·边寿民》4图杂画卷(上)之三	颐公并题	荣华按：《清画家诗史》第137页亦录此诗。
萱草	绿莎如发石如拳，点缀忘忧草色妍。 记得年时心境好，瓯盆移植晓窗前。	《1995—2002书画拍卖集成·清代绘画》第27页	苇间居士	
芭蕉	墨汁淋漓洒一瓢，狂来放笔写芭蕉。 凭君横列北窗下，雨雨风风朝复朝。	《历代题画诗选注》第121页		

续表

作品主题或题目	作品全文	出处	落款	备注
芭蕉	猎猎芭蕉战晚凉，秃毫破墨带风霜。看他潦倒离披甚，不比原头小草黄。	《扬州画派书画全集·边寿民》142图杂画册之八	苇间居士	荣华按：《梦园书画录》669页亦录此诗。作“颐公”。
蒲艾	二麦俱秋万姓苏，家家绿酒泛菖蒲。太平景象应须记，不是寻常午瑞图。	《梦园书画录》第663页	寿民	
秋色图	翔雁南来塞草秋，未霜红叶已先抽。绿珠宴罢归金谷，七尺珊瑚夜不收。	《边寿民》附图十六	乾隆癸亥春二月望后。边寿民	荣华按：《扬州画派书画全集·边寿民》86图杂画册之六、《中国画大师经典系列·边寿民》第46页杂画册之六、《荣宝斋画谱. 古代部分. 53. 花鸟》第38页杂画册之六题诗与此相同，落款亦同，图为同一图。
秋色图	越老越少年，不怕秋风早。写此颂冈陵，愿君颜色好。	《扬州画派书画全集·边寿民》162图花卉册之六	寿民	荣华按：《荣宝斋画谱. 古代部分. 53. 花鸟》第7页花卉册之七题诗与此相同，落款亦同，图为同一图。
秋色图	霜叶回红底是春，园中似草逐时新。群芳莫叹余迟暮，猥表英姿殿后尘。	《扬州画派书画全集·边寿民》212图杂画册之八	苇间居士	

续表

作品主题或题目	作品全文	出处	落款	备注
雁来红	墙角艳明霞。婆娑叶作花。 举头又飞雁，嘹唳正天涯。	《扬州画派书画全集·边寿民》后“边寿民年谱”中“乾隆元年”则		
蝴蝶杂卉图	艺圃夏芳饶，风翻满地娇。 弄情回舞袖，作意颤云翘。 深浅猩红湿，匀停蝶粉韶。 精华知有种，尚识楚宫腰。	《扬州画派书画全集·边寿民》第19图杂画卷(下)之六	寿民	
木瓜	温润几同玉，芬芳玉不如。 投老意殊厚，岂是望琼琚。	《扬州画派书画全集·边寿民》134图杂画册之八	寿民	荣华按：《清画家诗史》第137页有此诗，但“几同”作“同良”，“投老”作“赠君”，“岂是”作“不是”。
篱菊木瓜图	烂醉连朝睡起迟，寂寥一径信筇支。 荒园草木无多少，只采黄花一两枝。	《扬州画派书画全集·边寿民》72图花果册之六		荣华按： 1.《梦园书画录》670页录此诗。作“绰绰老人并题”。 2.《中国画大师经典系列·边寿民》第66页花果册之六题诗与此相同，作“苇间居士”，图为同一图。

续表

作品主题或题目	作品全文	出处	落款	备注
篱菊木瓜图	采菊行来篱落深，木瓜黄熟正垂金。 一枚独赏难分赠，且属君家画里寻。	《扬州画派书画全集·边寿民》72 图花果册之六		荣华按：《中国画大师经典系列·边寿民》第 66 页花果册之六题诗与此相同，作"苇间居士"，图为同一图。
端午即景图	最好苇间五月天，苍苍蒲柳碧波前。 兴来写幅端阳景，质与当垆做酒钱。	《扬州画派书画全集·边寿民》201 图端午即景图	风衣先生鉴。边寿民	荣华按：《中国画大师经典系列·边寿民》第 52 页端午即景图题诗与此相同，图为同一图。
笋菜	江南瓢儿北黄芽，冬笋兼之味更嘉。 清夜一杯三白酒，新鲜只欠几钩虾。	《扬州画派书画全集·边寿民》25 图蔬果册之一	有印无款	
竹笋蘑菇	江南竹，绿于玉。 冰坚地冻百草枯，竹下之笋怒而触。 荒橱百日无粱肉，饥肠饱此顾亦足。 莫道山人臞，山人滋味腴。 玉为质，金为铺，雪中还有山蘑菇。	《扬州八怪绘画精品录》193 图花卉册之三	寿民	

续表

作品主题或题目	作品全文	出处	落款	备注
芋豆	蓬头之子椎髻妇，家在山村水[illegible]住。不向朱门饱粱肉，秋天摘豆冬煨芋。	《扬州画派书画全集·边寿民》205图杂画册之一	寿民。食篱豆者宜用蒸食，芋者宜用煨，豆宜秋凉，芋宜冬尽，煨宜夜半，蒸宜晡前，物得其时，味乃生趣，非老于生野，未易识其理矣	荣华按：《梦园书画录》670页有录。诗有不同："蓬头之子垂髻妇，家在山村水村住。不羡朱门餍粮肉，秋天摘豆冬煨芋。"
杂蔬（茄子豆角）	小圃芭篱取径深，客来相访定知心。何须远市营珍味，只向畦边架上寻。	《扬州画派书画全集·边寿民》179图白描花果册之二	寒酸蔬笋之气形于画，复形于诗，享钟鼎者，得无哂之乎。寿民	
紫茄豆角	老屋苇间傍水滨，客来相访定知音。何须远市营兼味，只向畦边架上寻。	《清画家诗史》第137－138页		
劲松	退毫能貌古松神，空际盘拿势终尘。却似老龙矜变化，不叫容易露全身。	《扬州画派书画全集·边寿民》后"边寿民年谱""乾隆二年"则	寿民	
松	溜雨霜皮几百秋，含风携浪老龙愁。狂来笔底生云雾，直送莲花峰顶头。	《扬州画派书画全集·边寿民》后"边寿民年谱""乾隆十二年"则		荣华按：《扬州八怪绘画精品录》193图花卉册之五亦录此诗，题名为《五松》。作"苇间居士边寿民并题"

续表

作品主题或题目	作品全文	出处	落款	备注
蟹	水国传霜信，沿堤市蟹肥。 天涯谋一醉，风雨不思归。	《扬州画派书画全集·边寿民》第11图杂画卷(上)之十	秦邮道中句。颐公	
蟹	晚汀风急芦萧索，秋簖潮声水淼漫。 口腹累人吾岂敢，不劳斫雪劝加餐。	《扬州画派书画全集·边寿民》43图杂画册之一	苇间居士	荣华按： 《中国画大师经典系列·边寿民》第30页杂画册之一题诗与此诗相同，落款亦同，图为同一图。
蟹	姜米醯盐共浊醪，攲斜乌帽任酕醄。 饶君自负双钳健，篱菊秋风餍老饕。	《扬州画派书画全集·边寿民》120图花卉芦雁册之六		荣华按： 1.《梦园书画录》670页亦录此诗。作“寿民”。 2.《荣宝斋画谱. 古代部分. 53. 花鸟》第20页花卉芦雁册之十二与此题诗相同，作“寿民”，《扬州博物馆藏扬州八怪书画精选》图128莲叶图轴亦与此图题诗相同，作“颐公”，但二图与此图非同一图。
菖蒲蟾蜍	果然有用即为灾，节近端阳入药材。 昨日溪头涨新雨，捉来囚系已成堆。	《梦园书画录》第668页		

续表

作品主题或题目	作品全文	出处	落款	备注
佛珠	鬓渐苍,顶渐秃。手掏牟尼渐渐熟。	《扬州画派书画全集·边寿民》56 图杂画册之四	寿民上号渐僧,题句略见大意	
芒屦	漫说天台路渺茫,也曾采药到仙乡。试从脚下看芒屦,犹带林花砌草香。	《扬州画派书画全集·边寿民》62 图杂画册之十	雍正癸丑十月又一月,淮海边寿民写于广陵寓舍	
茶壶瓶盎	活火风炉煎正熟,乳花香泛笔端来。凭君缀取头冈味,解渴何须定望梅。	《梦园书画录》第 667 页	绰道人	
砚台	清泉一注,墨浪一泓。解衣礴裸边颐公。	《扬州画派书画全集·边寿民》165 图杂画册之一	余有泼墨图小影,作解衣磅礴状	
棕扇葫芦	棕扇髯修,葫芦肉好。仙客是珍,凡夫弗宝。	《扬州画派书画全集·边寿民》168 图杂画册之四	寿民	
蓑笠鱼竿	一竿一笠一青蓑。便拟轻舠荡碧波。钓得鱼归更沽酒,宵来不怕雨风多。	《清画家诗史》第 138 页		
锄篓	白云采芝,青山采药。山远云深,归骑黄鹤。	《扬州画派书画全集·边寿民》170 图杂画册之六	寿民	
围棋	长日如年,午睡初足。素心客来,与之对局。	《扬州画派书画全集·边寿民》171 图杂画册之七	余不知奕而能领奕趣,故图清具必及之,正如渊明之无弦琴耳。寿民	

续表

作品主题或题目	作品全文	出处	落款	备注
芦雁	印雪留清迹,穿云度远声。	《扬州画派书画全集·边寿民》13图杂画卷(上)之十二	苇间边维祺写	
瓶梅	冰姿只合玉瓶安。	《扬州画派书画全集·边寿民》后“边寿民年谱”“乾隆五年”则		
瓶梅	南檐暖日烘窗纸,香气时从研北来。	《扬州画派书画全集·边寿民》59图杂画册之七	癸丑冬日,苇间边寿民	
瓶菊	小插分东篱。	《扬州画派书画全集·边寿民》后“边寿民年谱”“乾隆五年”则		

续表

作品主题或题目	作品全文	出处	落款	备注
菊	影随桐帽粽鞋瘦,气染书签叶里香。	《扬州画派书画全集·边寿民》119图花卉芦雁册之五	楚州边寿民写于苇间书屋	荣华按:《扬州画派书画全集·边寿民》228图、《中国画大师经典系列·边寿民》第60页菊花图题诗与此相同,作"寿民";《荣宝斋画谱.古代部分.53.花鸟》第15页花卉芦雁册之七题诗与此相同,落款亦同。以上三图:前二者为同一图,第三幅与《扬州画派书画全集·边寿民》119图为同一图。
瓶菊	分得东篱好秋色,纸窗髹几静中看。	《扬州画派书画全集·边寿民》67图花果册之一	寿民	荣华按: 1.《澄兰室古缘萃录十八卷》第244页亦录此诗。 2.《中国画大师经典系列·边寿民》第61页花果册之一题诗与此相同,落款亦同,为同一幅图。 3.《扬州画派书画全集·边寿民》198图盆菊图题诗与此相同,落款亦同,但图为另一幅图。

续表

作品主题或题目	作品全文	出处	落款	备注
墨菊	眼前景物年年别，唯有黄花似故人。	《梦园书画录》666页	绰翁	
荷	叶嫩舒新碧。	《扬州画派书画全集·边寿民》后“边寿民年谱”“乾隆五年”则		
莲	一天风露藕花香。	《扬州画派书画全集·边寿民》第5图杂画卷（上）之四	颐公	
莲蓬莲叶	多谢浣纱人不折，雨中留得盖鸳鸯。	《扬州画派书画全集·边寿民》图71花果册之五	苇间居士	荣华按：《中国画大师经典系列·边寿民》第65页花果册之五题诗与此相同，落款亦同，图为同一幅图。
芍药	此中亦有胭脂色，茶熟香温仔细评。	《扬州画派书画全集·边寿民》140图杂画册之六	绰翁	
芍药	风光上巳名花好，折向雕栏赠阿谁。	《扬州画派书画全集·边寿民》181图上巳名花图	墨仙	

续表

作品主题或题目	作品全文	出处	落款	备注
虞美人	英雄地下犹怜色，不惜黄金铸美人。	《扬州画派书画全集·边寿民》51 杂画册之九	苇间寿民	荣华按：《中国画大师经典系列·边寿民》第 38 页杂画册之九题诗与此相同，落款亦同。
虞美人	可怜垓下英雄尽，碧血青磷是此花。	《中国画款题类编》第 87 页。		
水仙	眉黛口脂消欲尽，额心犹带一分黄。	《扬州画派书画全集·边寿民》127 图杂画册之一	乾隆辛未春二月，苇间边寿民	
水仙	寸土不沾香不减，可知泉石在膏肓。	《扬州画派书画全集·边寿民》后“边寿民年谱”“乾隆元年”则	乾隆元年岁在丙辰二月十又七日，淮海边寿民写于苇间书屋	
石苍蒲	时收露点揩双眼，要读蝇头细字书。	《扬州画派书画全集·边寿民》55 图杂画册之三	石苍蒲能明目，故书斋养之。苇间居士寿民	
葡萄	墨花飞动乌云卷，露出骊龙颔下珠。	《扬州画派书画全集·边寿民》52 图杂画册之十	颐公	荣华按：《中国画大师经典系列·边寿民》第 39 页杂画册之十题诗与此相同，落款亦同，图为同一幅图。

续表

作品主题或题目	作品全文	出处	落款	备注
葡萄	若欲满盆堆马乳，莫辞添竹引龙须。	《扬州画派书画全集·边寿民》199 图墨葡萄	寿民	
绣球	高枝雪压低枝雪，千朵花攒一朵花。	《木扉藏画考评》第 57 页		
双冠	莫为秋来怨长夜，一声高唱日华明。	《扬州画派书画全集·边寿民》230 图花卉翎毛	苇间寿民	
篓蟹	甲士纷纷溃围去，凭谁佐我醉乡侯。	《扬州画派书画全集·边寿民》208 图杂画册之四	苇间寿民	荣华按：《乾隆时代绘画展》第 135 页中篓蟹图题诗与此相同，作“寿民”，图非同一图。两图基本布局及内容相类似，但《扬州画派书画全集·边寿民》版画蟹两只，一在篓口，一在篓右；《乾隆时代绘画展》版则在篓左多画一只蟹。
草帽竹杖	老去名山结伴游。	《扬州画派书画全集·边寿民》63 图杂画册之十一	渐僧寿民	
拂尘扫帚	扫除拂拭不停手，那怕软红十丈高。	《扬州画派书画全集·边寿民》167 图杂画册之三	有印无款	

续表

作品主题或题目	作品全文	出处	落款	备注
钓竿蓑衣	蓑衣脱却钓丝卷，知是携鱼入酒家。	《扬州画派书画全集·边寿民》169 杂画册之五	苇间居士	
杂画（菱角荸荠莲子藕）	最爱水乡好风味，故将茅屋结苇间。	《历代名画大观·花鸟人物册页》152 页		

（二）题画词

作品主题或题目	作品全文	出处	落款	备注
浪淘沙·芦雁	霜落荻芦丛。满月秋风。 苹花白映蓼花红。 □[见]说江南烟景好，呼侣相从。 □□暂从容。略寄幽踪。 一声高举看凌空。 多少处堂闲燕雀，翘首云中。	《扬州画派书画全集·边寿民》216 图芦雁图	调《浪淘沙》	荣华按： 按：此图有损，内容不全。
望江南·笋鱼	风味好，春笋佐溪鲜。 路近汉川恣劚取，卖鱼艇子棹江烟。 系缆大船边。	《扬州画派书画全集·边寿民》14 图杂画卷（下）	右调望江南，颐公并题于赤壁舟次	
万年欢·岁朝图	今夕如何，便冰霜收拾，春回南国。 烟火千门行处，声传爆竹。 守岁团栾骨肉。愿新年、大家增福。 凭谁换、春帖桃符，旧时有这风俗。 浮生似促明朝，笑都添一岁，谁人能不。 俯仰乾坤，得免饥寒便足。 瓮底新醅初熟。又何妨、醉来匍匐。 把梅花、斜插乌巾，勾引东风穿屋。	《故宫博物院藏清代扬州画家作品》86 图题诗	除夜，调万年欢。寿民	

续表

作品主题或题目	作品全文	出处	落款	备注
西溪子	荻港苹洲归雁，此景老夫图惯。 爱双飞，依水曲，沙际宿。 写到江天寥廓，动秋思，又题词。	《扬州画派书画全集·边寿民》后“边寿民年谱”“乾隆十三年”则		荣华按：《澄兰室古缘萃录十八卷》第244页亦录此诗。
采桑子·篓蟹	夜篝松炬明如昼，公子无肠， 满箭盈筐，姜米醯盐擘嫩黄。 菊花吐蕊枫林艳，时节重阳， 酝酒新尝，醉倒篱边也不妨。	《梦园书画录》第665页	丁卯九日苇间居士戏墨	
渔歌子	湘云湘水映空明，宿雾新霜明复晴。 杨柳岸，蓼花汀。接翅飞来不住声。	《澄兰室古缘萃录十八卷》第244页		
转应曲·题芦雁图	芦荻，芦荻，影动半江斜日。 旅鸿着意随阳，健翮岂嗟路长。 长路，长路，回首塞垣何处？	《题画词与词意画》第129页		
转应曲	秋浦、秋浦，塞雁南归乐土。 潮来午夜风生，一片空江月明。 明月、明月，嘹唳一声凄绝。	《全清词钞》451页		
谒金门	云幕幕，一抹江南江北， 玉屑霏霏疏又密，滩头知几尺？ 地老天荒奚适，且就芦边休息， 转眼西风开霁色，青霄看健翮。	《澄兰室古缘萃录十八卷》第244页		
点绛唇·题画雁	秋到蒹葭，塞鸿认得年年路。 水乡沮洳，日日餐风露。 对景挥毫，状物多幽趣。 君携去，莫征诗赋，个里无声句。	《江苏历代画家》第90页		

续表

作品主题或题目	作品全文	出处	落款	备注
百字令·题杂画册之十一	采莲人返，恁携来玉腕，一般香洁。 素手金刀才落处，道是鲛宫镂雪。 回首西风，香零红乱，冷彻相思骨。 玲珑片片，闻谁捣破瑶月。 只为几缕柔丝，牵情南浦，种就闲根节。 秋水凝精花葬魂，一段空明撰结。 皎齿初尝，数声清脆，早解相如渴。 移来玉井，为君重长新苗。	《题画词与词意画》134 页	调集百字令	荣华按： 原出处断句为“采莲人返，恁携来、玉腕一般香洁。”

注：

1. 安徽省博物馆. 安徽省博物馆藏画［M］. 北京：文物出版社，2004.
2. 边寿民. 荣宝斋画谱. 古代部分. 53. 花鸟［M］. 北京：荣宝斋出版社，2002.
3. 边寿民. 扬州画派书画全集·边寿民［M］. 天津：天津人民美术出版社，2000.
4. 边寿民. 中国画大师经典系列·边寿民［M］. 北京：中国书店，2011.
5. 蔡云峰. 扬州博物馆藏扬州八怪书画精选［M］. 南京：江苏古籍出版社，2001.
6. 程曦. 木扉藏画考评［M］.［出版地不详］:［出版地不详］，［1965］（乙巳）.
7. 丁志安. 边寿民［M］. 上海：上海人民美术出版社，1988.
8. 方浚颐. 梦园书画录［M］//徐娟. 中国历代书画艺术论著从编. 北京：中国大百科全书出版社，1997.
9. 高美庆. 故宫博物院藏清代扬州画家作品［M］. 香港：香港中文大学文物馆，1984.
10. 韩丰聚. 题画诗选释［M］. 石家庄：河北美术出版社，2000.
11. 洪丕谟. 历代题画诗选注［M］. 上海：上海书画出版社，1983.
12. 蒋华. 扬州八怪题画录［M］. 南京：江苏美术出版社，1992.
13. 孔寿山. 中国题画诗大观［M］. 兰州：敦煌文艺出版社，1997.
14. 李浚之. 清画家诗史［M］. 北京：中国书店，1990
15. 李万才，周积寅. 扬州八怪绘画精品录［M］. 南京：江苏美术出版社，1996.
16. 刘文. 魂牵淮甸［M］. 淮阴：淮阴市政协文史资料委员会，1991.
17. 陆家衡. 中国画款题类编［M］. 北京：人民美术出版社，2002.
18. 上海书店出版社. 历代名画大观·花鸟人物册页［M］. 上海：上海书店出版社，1997.
19. 邵松年. 澄兰室古缘萃录十八卷［M］//《续修四库全书》编纂委员会. 续修四库全书：一〇八八. 子部·艺术类. 上海：上海古籍出版社，2002.
20. 吴企明，史创新. 题画词与词意画［M］. 昆明：云南人民出版社，2007.
21. 香港艺术馆. 乾隆时代绘画展［M］. 香港：香港市政局，1986.
22. 欣弘. 1995—2002 书画拍卖集成·清代绘画［M］. 长沙：湖南美术出版社，2004.
23. 徐世昌. 晚晴簃诗汇［M］. 闻石，点校. 北京：中华书局，1992.
24. 叶恭绰. 全清词钞［M］. 北京：中华书局，1982.
25. 张一民. 边寿民题画诗词拾遗［EB/OL］.［2008 - 06 - 20］. http://blog. sina. com. cn/s/blog_

4e5341fe01009nbr. html.
26. 周积寅，马鸿增，程大利. 江苏历代画家［M］. 南京：江苏古籍出版社，1985.
27. 周积寅，史金城. 中国历代题画诗选注［M］. 杭州：西泠印社，1985.

六、高凤翰题画诗辑佚

作品主题或题目	作品全文	出处①	落款	备注
芭蕉图	西亭爱住梅花屋，新写芭蕉共一龛。添得生绡三尺影，一时化作绿天庵。	《扬州画派》第184页	甲午冬腊彷徐天池芭蕉□冠画意，俪以定川子杨枝蜀葵，庶皆文人笔意。南村	荣华按：康熙甲午（1714年）作。
山南道中	深林处处唤提壶，何处垂杨酒可沽？忽见乱松围破屋，山桃山杏两三株。	《高凤翰编年录》第25页		荣华按：据《高凤翰编年录》所记，此诗当作于康熙己亥（1719年）三月。为《山南道中图》题诗。
题《寒林归鸦图卷》	薄日野塘流水，寒林小阵盘鸦。一段萧寂何处，山南山北残霞。	《高凤翰编年录》第25页		荣华按：据《高凤翰编年录》所记，此诗当作于康熙己亥（1719年）十一月十九日。与仿周东郊所题《寒林鸦阵图》稍有差异。

① 表中仅列书名及页码，具体版本信息见表后注。

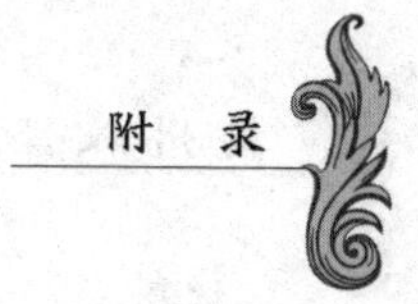

续表

作品主题或题目	作品全文	出处	落款	备注
题牡丹	乱头粗服说文长，密染层渲属静香。自笑南郇风格异，平翻前调写花王。	《乾隆时代绘画展》第96页	近代徐文长、周静皆以牡丹擅名，故借作话柄，高凤翰题	荣华按：雍正癸卯（1723年）作。
题菊	畹晚黄花架上秋，好从高士想风流。更添几叶琅玕影，恰好渊明配子猷。	《乾隆时代绘画展》第97页	南郇居士自述其旧作题画	荣华按：雍正癸卯（1723年）作。
题石	一杖崚嶒自拄支，荒烟漠漠足人思。闲来我欲拂苔藓，坐到夕阳欲暮时。	《乾隆时代绘画展》第98页	摹杨水心画石，并仿其书述其诗题之。南郇居士	荣华按：雍正癸卯（1723年）作。
	烟枝草蔓杂荆棘，却有甜□一段香。	《乾隆时代绘画展》第97页	西园	荣华按：雍正癸卯（1723年）作。
	芦花白处千帆雨，江水清时一雁秋。	《乾隆时代绘画展》第97页	仿东坡书题句	荣华按：雍正癸卯（1723年）作。
梅花草亭图	罨画春山隐列屏，斜阳低衬冻阴清。何人消尽闲滋味，万树梅花一草亭。	《中国历代题画诗选注》第183页		荣华按： 1.《高凤翰》第2图题此诗。此图系高凤翰族弟研村作。 2. 雍正癸卯（1723年）秋作。
题《梅花草亭图》	已见三生石上形，圆公何必旧精灵。不知眼黑翻筋斗，还识今生老竹亭？	《高凤翰编年录》第30页；《中国历代题画诗选注》第183页		荣华按： 1.《高凤翰》第2图题此诗。此图系高凤翰族弟研村作。 2. 据《高凤翰编年录》所记，此诗当作于雍正癸卯（1723年）秋。

续表

作品主题或题目	作品全文	出处	落款	备注
题石	一角仇池洞穴深。	《高凤翰编年录》第32页		荣华按：据《高凤翰编年录》所记，此诗当作于雍正甲辰（1724年）。
牡丹图	软风吹春散春髓。天上美人春乍起。学士堂中春色偏，一捻胭脂醉妃子。绿茸毹㲪烟莎香，雁齿朱阑小院里。腻叶团荫浸雾浓，宝晕流光射晓紫。临风碎堕玉蝉冠，暎日深烘金粟蕊。麟毛锦幕动流苏，铃语风播摇凤尾。丁东屈戌阁门开，泼眼春光坐旖旎。琱盘睒碧红螺卮，细钿嵌花髹漆几。玳瑁研匣珊瑚床，象管银毫玉版纸。天香浣字纷葳蕤，春液流膏漱宝征。芳心绾结待平章，绛殿珠宫人第几。可怜霜鬓负秾华，枉对东皇判花史。闻道上林春寂寞，十二楼空烟似水。	《扬州画派》第186页	乙巳立春，客游海曲，于李学士宅中看牡丹，作得此诗，越岁丙午来安邱，为卯君追图其意，拜书诗其上，以请雅诲。胶州如弟高凤翰识	荣华按： 1. 雍正乙巳（1725年）春作。 2.《中国题画诗大观》第756－757页有此诗及落款
题画册	谁将雨后天窑片，碾作新花缀玉竿。曾向西亭清晓里，几枝倚醉霞中看。	《高凤翰编年录》第33页		荣华按：据《高凤翰编年录》所记，此诗当作于雍正乙巳（1725年）。
草堂艺菊（其一）	绕砌依阑曲作行，西亭破晓是新霜。我来似客花如主，一路将迎到草堂。	《扬州八怪诗歌三百首》第12页		荣华按： 1. 雍正乙巳（1725年）春作。 2. 雍正三年（1725年）作诗，雍正五年（1727年）绘图。

续表

作品主题或题目	作品全文	出处	落款	备注
草堂艺菊（其二）	不问朱门点舞尘。萧然松后自成林。孤寒也似看花客，难作金闺食肉人。	《扬州八怪诗歌三百首》第12页		荣华按： 1. 雍正乙巳（1725年）春作。 2. 雍正三年（1725年）作诗，雍正五年（1727年）绘图。
草堂艺菊（其三）	不架花枝不上盆，居然边幅不修人。形骸土木恁悠忽，别是华中刘伯伦。	《扬州八怪诗歌三百首》第12页		荣华按： 1. 雍正乙巳（1725年）春作。 2. 雍正三年（1725年）作诗，雍正五年（1727年）绘图。
草堂艺菊（其四）	儿子能锄竹外烟，独怜抱瓮少清泉。连朝略典荷衣尽，摒挡邻家买水钱。	《扬州八怪诗歌三百首》第13页		荣华按： 1. 雍正乙巳（1725年）春作。 2. 雍正三年（1725年）作诗，雍正五年（1727年）绘图。
题《牡丹图》赠李飏臣	幽香浥露醒还睡，艳魄笼烟淡转清。绝似西池初罢筵，玉兰倦倚许飞琼。	《高凤翰编年录》第34页		荣华按： 1.《中国题画诗大观》757页有此诗。“还”作“未”。 2.《扬州八怪现存画目》121页有此诗。 3. 据《高凤翰编年录》所记，此诗当作于雍正丙午（1726年）夏。

续表

作品主题或题目	作品全文	出处	落款	备注
题《画中雪意》图	暝色连山冻不开。	《高凤翰编年录》第36页		荣华按：据《高凤翰编年录》所记，此诗当作于雍正丁未(1727年)。
题石	体形崚嶒，直性中正。	《高凤翰编年录》第37页		荣华按：据《高凤翰编年录》所记，此诗当作于雍正戊申(1728年)。
松节莲房图轴	松能抱节峥嵘大，莲到成房辛苦多。	《扬州八怪书画》第12图	雍正六年岁次戊申二月朔六日，高凤翰敬具	荣华按：雍正戊申(1728年)三月十六日作。
题《红白梅合写图》	风条吹出雪皑皑，珍重东皇着意裁。总使也从春色见，肯同桃李一齐开	《榆巢杂识》第112页		荣华按： 1.《榆巢杂识》记录为画册之一图。雍正六年戊申(1728年)作。 2.《高凤翰编年录》第70页录首句。据《高凤翰编年录》所记，此诗当作于乾隆丙寅(1746年)腊月十一。
题牡丹	种种妖娆种种香，锦屏争出斗新妆。深山也有倾城色，疑是人间野洛阳。	《榆巢杂识》第112页		荣华按：《榆巢杂识》记录为画册之一图。雍正六年戊申(1728年)作。

续表

作品主题或题目	作品全文	出处	落款	备注
题石	蔚乎其文，介乎其守。 饱烟雨而披草莱，是为文字之友	《榆巢杂识》第112页		荣华按：《榆巢杂识》记录为画册之一图。雍正六年戊申（1728年）作。
题莲房菱芡	满图新果杂冰澌，挥汗如浆不自疲。 浑似饥人朵馋吻，望门大嚼过屠时。	《榆巢杂识》第112页		荣华按：《榆巢杂识》记录为画册之一图。雍正六年戊申（1728年）作。
题秋葵	玉露团团湛碧苔，汉宫秋净断尘埃。 最怜酒染鹅儿色，惯簇新妆趁晚开。	《榆巢杂识》第112页		荣华按：《榆巢杂识》记录为画册之一图。雍正六年戊申（1728年）作。
题鸡冠芭蕉	雨过西天忽晚霞，送人取象妙无涯。 画禅更欲翻新界，拈尽维摩只此花。	《榆巢杂识》第113页		荣华按：《榆巢杂识》记录为画册之一图。雍正六年戊申（1728年）作。
梅花图	朱唇玉靥额鹅黄，乱锁轻烟共一香。 绝似汉宫初破晓，水晶帘外斗新妆。	《扬州画派》第185页	高凤翰写并题	荣华按： 1.《扬州八怪现存画目》第119页杂画册（十二开）之四有此诗。此画册以指画作之。 2. 雍正癸丑（1733年）作。

续表

作品主题或题目	作品全文	出处	落款	备注
访六朝松石	明日且将去，重来未可知。 肯教千古眼，坐失六朝奇？ 况复身闲日，正及霜老时。 抱树与携酒，何必为黄鹂。	《高凤翰编年录》第44页		荣华按： 1.“霜老时”后有作者原注：“是日得假入吴中”。 2.据《高凤翰编年录》所记，此诗当作于雍正甲寅（1734年）。且言“六朝松在南京”。
怪石图	螺旋云盘，苔锦连钱，山骨之妍。	《扬州画派书画全集·高凤翰》104图	南村戏题。乙卯仿龚半千翁墨法，兼用吾乡杨辅峭画法	

续表

作品主题或题目	作品全文	出处	落款	备注
层雪暖香图轴	香从锻炼来，酷冷出层灵。穿透千丈冰，拗成百尺铁。棱棱岁寒心，阴风吹不灭。	《扬州八怪书画》第13图。	时在乾隆丁巳初腊，题画即赠长老学长兄，自谓一字不泛设，定知许我，如何如何。学弟高凤翰左手，幽人之贞。十二月朔有一日，晚南阜左手再题	荣华按： 1.“灵”当为误字，或为“雪”。 2.此画有诗塘题识：在邗始破谈舌，乃每出滚滚，两人各不休，又往往多肝肠涕泪语，虽相见不四度，而衷曲中人，指无多屈矣。此意兄可自信弟岂徒然哉！别来如吴，龙钟益甚，幸邀上台两照，以病留养，今日偷安视息，或不至有意外龃龉耳。使便一欢欵问，并寄一左画小梅幅合之，此札可作一轴，留为我两人他日息壤。所题小诗，信手占取，直可为吾兄写照，不只为寒香疏影寻常套语。吾兄解人，定不以弟为山鸡照水也。呵呵，不一，启上。畏老学长兄千古，丁巳冬十二月朔一日灯下寄。学弟高凤翰左手顿首。另兄先生同候，别件另札，又急。 3.《明清花鸟画题画诗选注》，第181页有此诗。“层灵”作“层雪”；“拗成”作“拗来”。 4.乾隆丁巳（1737年）腊月作。

续表

作品主题或题目	作品全文	出处	落款	备注
题《南阜山人戴笠图》	颓以唐，激以昂。 不痴不狂，亦虐亦庄。 是为老阜之行藏。	《高凤翰编年录》第54页		荣华按： 1.《清诗纪事》7437页有此诗。 2.据《高凤翰编年录》所记，此诗当作于乾隆戊午(1738年)。
题《披褐图》	舍尔章服，胡宽而博。 委地嬉游，如蜗负壳。 酣歌太平，解衣盘礴。	《高凤翰编年录》第54页	乾隆三年，岁在戊午。冬十二月祀灶日，山人自作赞。属同游李生晴洲作楷，生名朗，江宁人	荣华按： 1.有郑燮题记："岂是人间短褐徒。胸中锦绣要模糊。况经风雨离披后，废尽天吴紫凤图。"复录遣怀旧作一首："江海飘流窃大名。宫花曾压帽檐轻。尊前更挟韦娘艳，再怨清贫太不情"。 2.据《高凤翰编年录》所记，此诗当作于乾隆戊午(1738年)。
题边寿民《苇间书屋图》	平生烟水心，难问芦花曲。 画里通梦有竹屋。	《边寿民》第8页		
牡丹树石图轴	宝光腻粉迥难名。座接清宵许自成。 金蕊密侵春酒艳，玉缸斜映烂霞明。 蝶留酣梦迷红雨，月引香魂绕碧城。 十二栏边怯风露，绛纱深处最关情。	《扬州八怪书画》第17图	长年富贵图。仿元人笔。乾隆戊午，客吴门作此图，并书旧诗。南阜山人左手	荣华按： 乾隆戊午(1738年)作。

续表

作品主题或题目	作品全文	出处	落款	备注
题《物外合踪图》	望云惭高鸟，临水愧游鱼。 此语非徒尔，吾心本淡如。 落花春已暮，拂袖兴犹初。 莫使悠悠者，清冥负太虚。	《高凤翰编年录》第55页	乾隆戊午。雅雨山人，西亭寄客，从落穆中，结人外赏，尘视轩冕，蝉蜕簪组，形骸之余，渺焉嗒焉，其殆有惠庄濠梁之赏乎？百世而下，谁为一笑颔之者？	荣华按： 1. 此图为高凤翰及卢见曾合像。高凤翰及其弟子匡松岑、陆音合作完成。图写“望云惭高鸟，临水愧游鱼”诗意。 2. 据《高凤翰编年录》所记，此诗当作于乾隆戊午(1738年)。
题《出塞图》二首（其一）	丈夫抱雄心，寻常未足了。 碌碌灶下儿，生活讨饥饱。 譬彼驽与骀，栈豆恋刍草。 安之汗血奇，腾驱入报表。	《高凤翰编年录》第60页	《丈夫行》送雅雨翁赴军台。乾隆五年岁在庚申，夏四月，高凤翰拜手书具呈本并布景	荣华按： 乾隆庚申(1740年)作。
题《出塞图》二首（其二）	出哉先生老卢生。仙人宝材梦初惊。 丈夫雄心正未已。天子诏下白麻纸。 ……(少一句) 先生奉诏立功去。臣之图报今有处。 虎头投笔虎纵横。古来异域垂功名。 知君囊脱见锥利。褶衣垂手锦袍易。 丈夫终当一吐气。	《高凤翰编年录》第60页	《丈夫行》送雅雨翁赴军台。乾隆五年岁在庚申，夏四月，高凤翰拜手书具呈本并布景	荣华按： 乾隆庚申(1740年)作。

续表

作品主题或题目	作品全文	出处	落款	备注
杏林图	杏林橘井有遗香。	《乾隆时代绘画展》第100页	南阜老弟高凤翰左手	荣华按：乾隆癸亥(1743年)作。
杏林图	支离老病榻，□□日转忙。 延我桑榆断，多君主力方。 礼文浑亦计，□□竟全忘。 惭愧平生意，穷交敬自荒。	《乾隆时代绘画展》第101页		荣华按：乾隆癸亥(1743年)作。
古木寒鸦图	栖云阁上古仙翁，著作千秋未易逢。闻道开雕有完本，可能全部寄吾侬？	《高凤翰》附图13	萧瑟。向客吴门，曾见周东村所画万鸦图本。久商于心，偶一拟之。 绝句寄怀武安九弟并有古木寒鸦长卷，奉以伴函。庶几粘之成卷，聊通我兄情好于出入怀袖间耳。乾隆十年岁在乙丑，暮春三月望后二日，胶州愚兄丁巳残人凤翰左手顿首	荣华按：乾隆甲子(1744年)作。
影瘦香寒图	掇取山中碧玉枝，扬州何逊写心期，药垆影共寒斋画，土榻香分翠墨时。	《明清花鸟画题画诗选注》第183页		荣华按： 1. 乾隆乙丑(1745年)作。 2.《高凤翰》附图14题此诗。作“影瘦香寒。乙丑冬日”。

续表

作品主题或题目	作品全文	出处	落款	备注
题《莲科图》	费尽寒檐运甓功，始能香雪与梅同。	《高凤翰编年录》第71页	贺□□大人令孙入泮	荣华按： 1、图绘荷花螃蟹。 2、据《高凤翰编年录》所记，此诗当作于乾隆丁卯(1747年)。
题沈石田研图，寄椅园太守	墨庄自恸无堪付， 画癖惟思与君同。	《高凤翰编年录》第71页		荣华按： 据《高凤翰编年录》所记，此诗当作于1747年(乾隆丁卯)2月28日。
题百合图	窥座新妆侧半倾。	《高凤翰编年录》第71页		荣华按： 据《高凤翰编年录》所记，此诗当作于1747年(乾隆丁卯)夏5月。
花卉树石图轴	矮纸能生百尺桐。双双飞上白头翁。 永年谐老时时乐，四季长春月月红。	《扬州八怪书画》第18图	乾隆丁卯仲秋前二日，南阜老人左手	荣华按： 乾隆丁卯(1747年)9月17日作。

续表

作品主题或题目	作品全文	出处	落款	备注
题《菊石图》	不知百谷图中见，错认桃源香水流。	《高凤翰编年录》第73页		荣华按： 1.《扬州八怪书画》第14图有此诗。题名《香流幽谷图轴》，落款："戊辰之春，不知百谷图中见，错认桃源香水流。南阜老人左手并著句"。诗塘有郑燮题识："燮自兴化来通州，谒个老人，即窃取其墨梅四幅，皆藏弆不轻出者，老人笑而不责也。老人最重西园高先生字，苦无以慰其意，遂令奴子往返千里，取高公赭墨鞠花以献。至燮自呈所□诗宁画，各有数种，真是王恺珊瑚不足当季伦，几如无一系也。板桥弟燮呈。" 2.《扬州画派书画全集·高凤翰》第237图题此诗。有郑燮题识。 3、乾隆戊辰(1748年)作。

续表

作品主题或题目	作品全文	出处	落款	备注
题梅花册	硃砂变相玉精神,月底衣裳舞太真。却借梅花簇绛雪,特翻别调写阳春。	《历代题画诗选注》第123页;《中国题画诗大观》第757页		
石梁飞漫	悬溜曾看走玉虹。香炉峰下驾天风。到今心眼留余响,才一开图耳欲聋。	《中国题画诗大观》第757页		荣华按:标题中"漫"疑应为"瀑"。
梅花	画梅生厌盘枝丑,碧玉亭亭扫数条。比似美人好标格,不作态处转妖娆。	《明清花鸟画题画诗选注》,第182页		

注:

1. 陈浩星. 扬州八怪书画[M]. 澳门:临时澳门市政局澳门艺术博物馆,2000.

2. 陈履生. 明清花鸟画题画诗选注[M]. 成都:四川美术出版社,1988.

3. 丁志安. 边寿民[M]. 上海:上海人民美术出版社,1998.

4. 高凤翰. 扬州画派书画全集·高凤翰[M]. 天津:天津人民美术出版社,1998.

5. 洪丕谟. 历代题画诗选注[M]. 上海:上海书画出版社,1983.

6. 黄俶成. 扬州八怪诗歌三百首[M]. 上海:上海人民出版社,2003.

7. 孔寿山. 中国题画诗大观[M]. 兰州:敦煌文艺出版社,1997.

8. 李既匋. 高凤翰[M]. 上海:上海人民美术社,1985.

9. 林秀薇. 扬州画派[M]. 台北:艺术图书公司,1999.

10. 钱仲联. 清诗纪事[M]. 南京:江苏古籍出版社,1989.

11. 王凤珠,周积寅. 扬州八怪现存画目[M]. 南京:江苏美术出版社,1991.

12. 王克捷,郑文光,蔡铁原. 高凤翰编年录[M]. 青岛:青岛出版社,1991.

13. 香港艺术馆. 乾隆时代绘画展[M]. 香港:香港市政局,1986.

14. 赵慎畛. 榆巢杂识[M]. 北京:中华书局,2001.

15. 周积寅,史金城. 中国历代题画诗选注[M]. 杭州:西泠印社,1985.